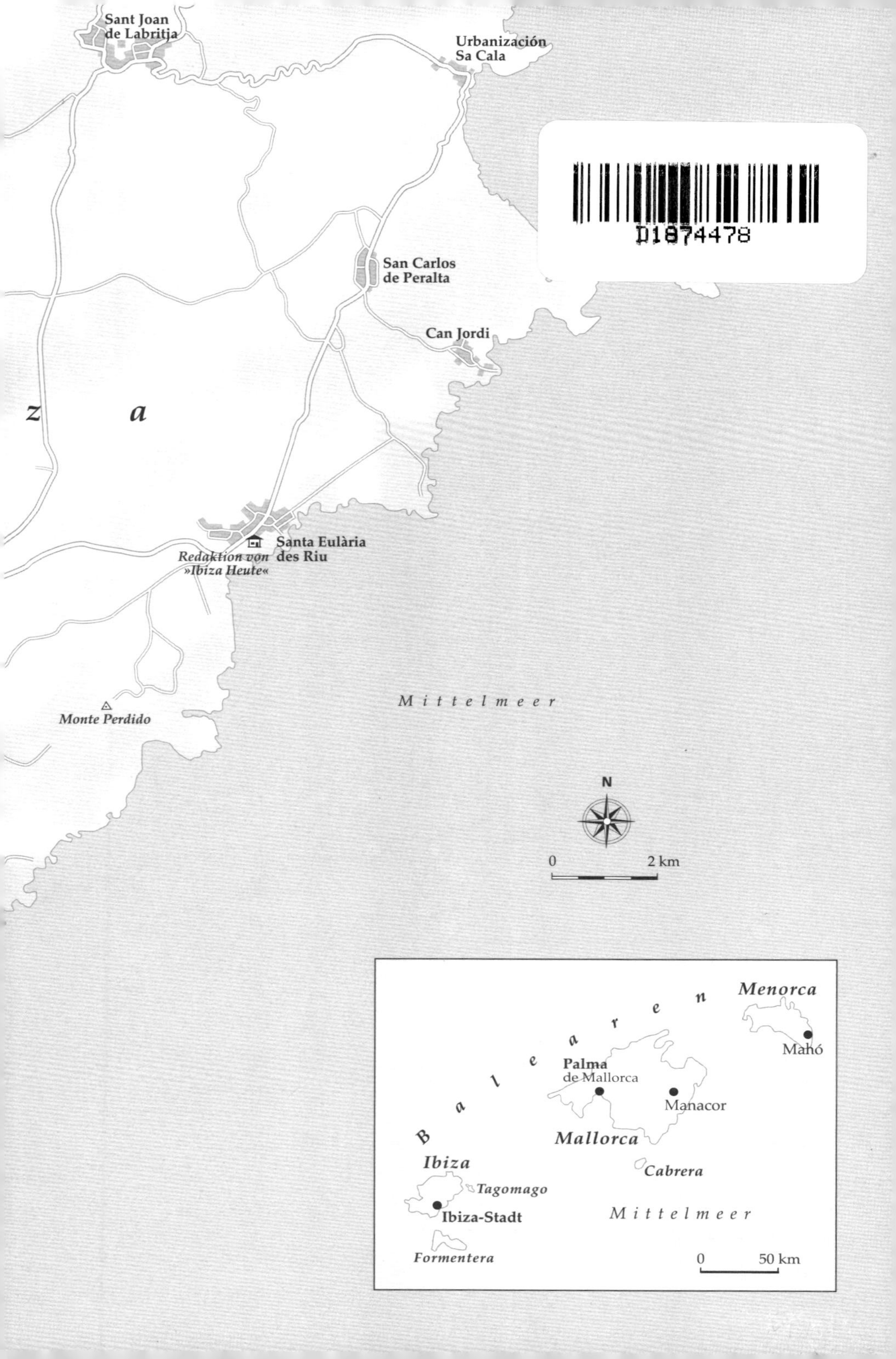
Sant Joan
de Labritja
Urbanización
Sa Cala
San Carlos
de Peralta
Can Jordi
z
a
Santa Eulària
des Riu
Redaktion von
»Ibiza Heute«
Monte Perdido
Mittelmeer
N
0
2 km
Menorca
Balearen
Mahó
Palma
de Mallorca
Manacor
Mallorca
Ibiza
Cabrera
Tagomago
Ibiza-Stadt
Mittelmeer
Formentera
0
50 km

Burkhard Driest

# Küchenkunst

Burkhard Driest

# Küchenkunst

*Roman*

Mit Rezepten von TV-Koch
Andreas C. Studer

Langen*Müller*

2

Besuchen Sie uns im Internet unter
www.langen-mueller-verlag.de


Umschlaggestaltung: Wolfgang Heinzel
Umschlagfoto: mauritius images, Mittenwald
Herstellung und Satz: VerlagsService Dr. Helmut Neuberger
& Karl Schaumann GmbH, Heimstetten
Gesetzt aus der 11,5/14 Punkt GaramondBQ Regular
Druck und Bindung: GGP Media GmbH, Pößneck
Printed in Germany
ISBN 978-3-7844-3212-0

*Die Eifersucht gehört zu den Affektzuständen,*
*die man ähnlich wie die Trauer als normal bezeichnen darf.*

Sigmund Freud

# *Prolog*

Inaki konnte seinen Blick nicht von dem Paar abwenden. Er hatte so etwas noch nicht gesehen. Im Internet gab's Pornos, da loggte er sich ein, wenn er Zeit hatte. Aber in echt, so nah vor ihm – er müsste nur aus seinem Versteck treten, die Tür aufreißen und dann hätte er ihn.

Die Frau hatte die Augen geschlossen und den Mund weit geöffnet. Sie krallte sich mit beiden Händen an der Tischkante fest.

Felipe Inaki begriff nicht, warum das Glück ihn niemals traf. Immer war er zuvorkommend und freundlich zu ihr gewesen, er hatte ihr das Auto repariert, er hatte ihr sogar seine geheimsten Kochrezepte preisgegeben.

Sein Magen krampfte sich zusammen. Er war schweißnass. Ihm wurde schwindlig. Um nicht zu stürzen, stieg er schnell vom Toilettenbecken herunter und schlich zur Tür hinaus.

Als er in die Küche kam, setzte er seine Arbeit an der Millefeuille fort. Die kunstvolle Blätterteigpastete erforderte alle Konzentration. Immer wieder hatte er mit José Arrabal die Möglichkeiten diskutiert, das Gericht zu perfektionieren: Olivenöl oder Butter? Sollten die Fettschichten innen oder außen liegen? Ein wenig Hefe? Das Weizenmehl durch Roggenmehl ersetzen?

Er hielt einen Becher an den Icemaker eines der Kühlschränke. Es klackte und er entnahm dem Becher einen Eiswürfel, mit dem er den Teig vor sich bestrich. Aus dem Tiefkühler holte er eine Platte mit mehreren kleinen Blätterteigstücken, die er auf unterschiedliche Bleche setzte. Diese schob er in mehrere Öfen und stellte verschiedene Temperaturen ein. Dann fuhr er fort, den Teig mit den Eiswürfeln zu bestreichen.

Er bewunderte José Arrabal, seit er zum ersten Mal ein Gericht von ihm probiert hatte. Dabei war es nicht einmal von des Meisters Hand gewesen, sondern bloß nachgekocht von einem langweiligen Hotelkoch, der es in einer Zeitschrift gelesen und schließlich mit falschen Zutaten auf den Tisch gebracht hatte. Dennoch war die Energie der Erfindung zu spüren. Noch am gleichen Tag hatte er beschlossen, Koch zu werden. Nichts anderes hatte ihn mehr interessiert. Bis jetzt, bis diese Frau auf den Plan getreten war, die José Arrabal heute heiraten würde und die ihn schon vor der Hochzeit betrog.

Da war die Millefeuille mit ibizenkischem Bonito und iranischem Osietra Imperial Kaviar, die er als Hochzeitsgabe anrichtete, auch keine Entschädigung. Inaki lachte bitter in sich hinein. Arrabal würde sein Geschenk nicht einmal probieren, wenn seine Braut nicht auf der Hochzeit erschiene.

Dabei hatte er seit Wochen mit dem Teig experimentiert: Er musste einen buttrig-neutralen Geschmack haben. Nicht zu knusprig und mit genügend Konsistenz, um die beiden Füllungen zu tragen, aber sie nicht zu vermischen. Das sollte erst im Mund geschehen. Zu kross durfte er nicht sein, um den Genießer das Zerplatzen jedes einzelnen der graugoldenen Kaviarkörner auf der Zunge spüren zu lassen.

Dann dachte er wieder an die Frau, wie sie sich im Büro von einem anderen vögeln ließ. Er schaute auf die Uhr. Um zwölf sollte José Arrabal mit ihr vor dem Traualtar stehen. Er wollte kein Mitwisser sein, nicht einmal ein heimlicher. Er wollte das vergessen und sich lieber auf die Millefeuille konzentrieren.

Schnell riss er den Kühlschrank auf, wo die Edelfische Kopf an Kopf lagen. Schuppen blitzblank, Kiemen blutig, Augen klar. Im anderen Kühlschrank war das Gemüse nach Art und Größe geordnet – kein Stängel gebrochen, kein Blatt braun oder welk, kein Strunk vertrocknet. Er wählte einige Zwiebeln aus, rote und weiße. Allesamt waren sie makellos.

Dann prüfte er den Thunfisch. Er schnitt ein kleines Stück aus den konzentrischen Ringen in der Nähe des Kopfes. Dazu einen Schnitz Ingwer. Er balancierte das Sashimi O-Toro auf der Messerspitze in den Mund. Der Geschmack war exzellent, so wie er es erwartet hatte. Er tupfte eine Scheibe Fisch mit Küchenpapier ab und legte sie auf seine Arbeitsplatte, um sie mit Olivenöl, Reisessig und Limettensaft zu beträufeln. Noch ein wenig Salz und gemahlenen Pfeffer, dann schob er den Fisch zurück in den Kühlschrank, um ihn für eine Weile in einer Marinade ruhen zu lassen.

Plötzlich hatte er sie wieder vor Augen. Die Beine gespreizt und den Saum ihres Kleides im Mund wie einen Knebel. Er meinte, sie zu riechen. Er dachte laut, er brüllte es heraus, als treibe er die Frau an, die er noch vor Augen hatte, wie sie sich unter dem anderen bewegte. Er verstummte, als das Telefon läutete. Ärgerlich ging er hin und hob unwillig den Hörer ab.

Es war seine Kollegin, die sagte, sie hätten die Luftdruckpatronen für die Siphons vergessen. Inaki knurrte etwas in die Muschel und hängte auf.

Wie ferngesteuert ging er mit schweren Schritten aus der Küche, über den Hof zum ehemaligen Pfarrhaus, schlich leise in den Flur, an dessen Ende die Toilette war.

Er schob sich an der Tür vorbei, vorsichtig, damit sie nicht quietschte, stellte sich wieder auf die Toilette, stützte sich mit den Händen gegen die Wand und richtete sich auf. Durch das Oberlicht sah er ins Büro.

Ihre nackten Füße hatten sich mit den Tischbeinen verkeilt. Sie bäumte sich auf. Ihr Gesicht war verzerrt. Er sah die blutigen Striemen auf dem Hintern des Mannes, den sie gepackt hielt.

Sie warf den Kopf in den Nacken. Ihr Körper erzitterte.

Inaki schloss für einen Moment die Augen. Die Show war zu Ende.

Er eilte zurück in die Küche. Es war 9:54 Uhr. Er strich über seine Schürze. Dann zog er den Gummiring von einer Kaviardose und klopfte mit den Fingerspitzen auf den Deckel, damit sich der Inhalt besser löste, bevor er Boden und Deckel gegeneinander drehte und die Dose behutsam öffnete. Der Kaviar stand ein wenig über den Rand. Kein einziges Ei war zerquetscht. Mit einem Perlmuttlöffel hob er eine Portion ab und schloss die Dose wieder.

Er prüfte seine Messer und wählte das schärfste. Er liebte Nummer 7, das am schwarzen Griff eine Scharte hatte. Er warf einen Blick auf das in Stein gehauene Ebenbild José Arrabals in der Mitte des Raumes – eine Statue in Lebensgröße, den Kochlöffel wie den Stab eines Dirigenten zur Decke erhoben. Einen Moment stand er da, als wollte er die Figur erstechen. Dann wechselte sein Gesichtsausdruck und wie bei einem heiligen Schwur, mit dem er sich eine Wirklichkeit suggerieren wollte, die es für ihn nicht gab, sagte er langsam: »Carmen, ich habe dich gehabt.«

Bis auf das Summen der Kühlaggregate war es still. Er wandte sich wieder ab und den Zwiebeln zu, die er zu schneiden begann. Dabei atmete er durch den Mund ein und drehte den Kopf weg. Dann legte er das Schneidebrett in die Spüle, trat auf das Fußpedal für den Wasserstrahl und hielt die Zwiebeln darunter. Seine Augen reagierten sehr empfindlich beim Schneiden der Knollen. Er erinnerte sich, wie tränenreich seine Zeit als Küchenjunge verlaufen war. Er machte die Schnitte so schnell und konzentriert wie möglich, während er durch den Mund einatmete. Trotz des Wassers wandte er das Gesicht ab. Dabei bemerkte er eine Bewegung in der Tür zum Umkleideraum.

Er hörte auf zu schneiden. Hatte der Bursche die Frechheit, in die Küche zu kommen?

Er machte ein paar Schritte, um nachzuschauen, und starrte in zwei Augen, die ihn aus einer Mülltüte fixierten. Aus den Seiten ragten die Ärmel einer weißen Kochjacke.

Voller Wut hob Inaki das Messer.

Der Müllmann riss den Arm hoch, in der Hand eine Sprühdose. Er drückte ab und das Reinigungsmittel schoss Inaki in die Augen. Halb blind ließ er das Messer fallen und presste die Hände vors Gesicht.

Blitzschnell hob der Müllmann das Messer auf. Der erste Schnitt zerteilte Inakis Bauchschlagader oberhalb des Nabels.

Inaki wusste, dass das seinen Tod bedeutete, obgleich er keinen Schmerz verspürte. Er wollte sich wehren, aber seine Augen brannten wie Feuer.

Der Müllmann stach wieder zu.

Während Inakis Körper mit jedem Pulsschlag schwächer wurde und seine Arme vergeblich durch die Luft wirbelten, verließen ihn die Kräfte.

Als er fast nichts mehr spürte, nur noch die Kälte in seinem Körper, versuchte er, sich einen letzten Lebensimpuls zu geben. »Carmen …«

Verächtlich blickten die Augen seines Gegners auf den Sterbenden. Das angeschliffene spitze Messer hob sich wie ein Degen. »Touché!« Der Stich, getragen von einem Ausfallschritt des rechten Fußes, ging direkt ins Herz. Dort blieb das Messer stecken. Die Hand in dem weißen Gummihandschuh löste sich vom Griff.

Einundzwanzig Grad zeigte das Riesenthermometer an der Apotheke von Sant Jordi an diesem Aprilmorgen. Diesig der Horizont, hellblau der Himmel hoch oben. Die grünen Punkte des Displays sprangen auf die Uhrzeit um. Costa verglich sie mit seiner Armbanduhr. Sie ging richtig, Viertel nach zehn. Da war noch Zeit genug, um ein paar Orangen mitzunehmen, die eine Bäuerin am Straßenrand feilbot. Karin würde sich darüber freuen. Er lächelte, als er sich ihre Freude vorstellte.

Er stieg aus und schnupperte die salzige Luft vom Meer. »Guten Morgen. Geben Sie mir sechs von den größeren.«

Als er wartete, dass die Frau sie ihm einpackte, kam eine Brise von den Salzfeldern hinter La Canal, wo ein Schwarm Flamingos in der Morgensonne aufstieg. Langsam zogen sie über die schneeweißen Salzberge und ihm fiel ein Witz aus seinem letzten Fall ein: »Das Erste, was man von Ibiza sieht, wenn man beim Landen aus dem Flugzeug schaut, sind die Kokainberge.«

Auf diesen Salzhügeln hatte nämlich ein Toter gelegen, der ermordet worden war, weil er eine Sendung Kokain nicht bezahlt hatte. Das Kokain hatte sich in fingerdicken gedrehten Stahlseilen befunden, die auf mannshohen Rollen im Hafen auf ihren Weitertransport in die mitteleuropäischen Großstädte warteten. Durch Zufall war eines dieser Seile gerissen und wie eine Peitsche durch die Luft gewirbelt. »Es schneit!«, hatten die Kinder geschrien, die er später befragt hatte. »Es schneit Puderzucker!«

Aber für Costa war es Glücksschnee, es brachte die Lösung des Falles und schon drei Tage später konnte er Karin versprechen, mit ihr Urlaub in Berlin zu machen. Museen, Oper, Theater – er würde ihr jeden Wunsch erfüllen, würde sich nur nach ihr richten.

Sie war schon am Freitag geflogen, hatte alles organisiert und diese Orangen sollten nun sein Dankesgeschenk sein.

Während ihm die Bäuerin die ausgesuchten Früchte noch einmal hinhielt und er nickte, meldete sich sein Handy. Karin? Doch im Display zeigte sich keine Nummer. Costa war nun sicher, dass das sein Onkel El Cubano war. Er ließ nicht locker. Cubano wollte unbedingt, dass Costa Josefa, die Mutter Cubanos und seine Großmutter, auf eine Hochzeit begleitete. Cubano selbst wollte nicht hin, Josefa aber wollte schon bei der kirchlichen Trauung dabei sein. Sie liebte Hochzeiten über alles und hatte verlangt, dass entweder Cubano oder ihr Enkel Toni sie begleitete. »Irgendwas ist immer«, hatte Karin sofort protestiert. »Sag ihm, wir sind in Berlin.«

Karin brachte kein großes Opfer, sie verpasste nichts, denn sie hatte über das Brautpaar schon eine ausführliche Reportage gemacht. Der Bräutigam war der über Spaniens Grenzen hinaus bekannte Koch José Arrabal, der eine junge bildschöne Südamerikanerin heiratete. Für Karin war die Sache klar, aber er saß in der Klemme. Mit ein bisschen Verständnis hätte sie die Reise nach Berlin um zwei Tage verschieben können, doch sie meinte, sie würden dann keine Karten für die Oper mehr bekommen.

Die Hochzeit war heute und Karin wartete auf ihn in Berlin. Das wusste Cubano bereits, was nicht bedeutete, dass er nachgab. Damit hatte Costa schon seine Erfahrungen gemacht. Sein Onkel gab nie auf. Er war es gewöhnt, sich durchzusetzen. Bei seinem Neffen Toni Costa war ihm das bislang nicht gelungen, doch das verschärfte seinen Ehrgeiz nur.

Costa lächelte. Oft amüsierte ihn dieses Spiel. Was konnte ihm noch passieren? Er war kurz vor dem Flughafen. In einer Stunde würde er in der Maschine sitzen und der Starrköpfige müsste die Kränkung hinnehmen, sich nicht nur dem Willen seiner Mutter zu beugen und sie zu den Feierlichkeiten in die Kirche begleiten, sondern er müsste sich auch nach allen Seiten in der Gemeinde verbeugen und das Raunen ertragen, was es wohl zu bedeuten habe, dass der Teufel persönlich zur Kirche komme.

Costa stellte den grün-weißen Dienstwagen mit dem Wappen der Guardia Civil vor dem Eingang des Flughafens ab, wo ihn gleich ein Kollege holen würde. Er legte den Schlüssel unter die Matte, als sein Handy wieder summte. Diesmal war es El Cubano.

»Hast du's dir überlegt, Toni?«

»Nichts zu machen, Joan.«

»Josefa hat ein ganz besonderes Geschenk für das Brautpaar. Das will sie auch loswerden.«

»Ich bin schon am Flughafen. Meine Maschine geht um 11:30 Uhr. Karin holt mich vom Airport ab. Da ist nichts zu machen. Joan, ich habe es ihr versprochen.«

Wenn Costa bei dem Nein blieb, musste El Cubano Josefa begleiten. Da war nichts zu machen. Sie war die Matriarchin – oder, wie sie selbst sagte, die »Patriarchin«. Die mächtigste Frau auf der Insel. Außerdem besaß sie das Vermögen der Familie. Da wagte Cubano nur leise Einwände in Frageform. Er musste sich darauf beschränken, ihren Willen auszuführen und ihre Wünsche zu erfüllen.

Costa konnte nicht widerstehen, seinen Onkel zu provozieren. »Was ist denn so wichtig, dass du nicht in die Kirche kannst?«

»Nichts ist wichtig, mein Kleiner, aber einer reicht und der wirst du sein.«

Costa steckte das Handy einfach weg. Es war eine von Cubanos Taktiken, Tatsachen, die ihm nicht passten, total zu ignorieren. Eigentlich war das seine wirkliche Stärke. Oft brachte ihm das den Sieg und große Gewinne. Aber es klappte nicht immer.

Costa vergaß seinen Onkel sofort und dachte daran, was ihn in Berlin erwartete – das schöne Hotel, mit Karin zusammen in der Sauna, mit ihr im Bett. Hinterher gemütlich irgendwo essen. Für den nächsten Abend hatte sie eine Mozart-Oper ausgesucht. »Così fan tutte«. Dazu hatte Costa in der Buchhandlung von

Santa Gertrudis einen schönen Bildband über verschiedene Inszenierungen besorgt. Der Buchhändler hatte es ihm als Geschenk eingepackt.

Er grüßte einen Kollegen, der vor dem Gebäude patrouillierte, belud den Trolley mit seinem Gepäck, zog sein Jackett über und betrat die Ankunftshalle. Die Tafel zeigte zwanzig Minuten Verspätung für seinen Flug an.

Er kaufte sich in der Cafeteria ein Croissant und einen *café solo* und setzte sich draußen in der Sonne auf eine Bank gegenüber der weißen Windmühle, die er seit seiner Kindheit kannte.

Der Frühling war über Nacht gekommen. Zwar hatte die Sonne auch gestern geschienen, aber heute würde sie schon ein leichtes Brennen auf der Haut hinterlassen. Wenn ich mit Karin aus Berlin zurückkomme, wird der Winter endgültig vorüber sein, dachte er. Bald würden die Strände von Es Cubells bis Portinatx von Algen und den Überresten der Winterstürme gesäubert sein, die Häuser, frisch geweißt, in der Sonne leuchten und die ersten Kinder kreischend die Riesenwasserrutschen der *Agualandias* hinuntersausen. Schon jetzt wurde auf allen Plakatwänden für die Opening-Partys der Clubs und Restaurants geworben, die nur während des Sommers geöffnet waren.

Für Costa war eher bedeutsam, dass der Sommer auch die Zeit der Verbrechen war. Daher war ihm jetzt der kurze Urlaub mit Karin in Berlin besonders wichtig.

Er zog die Jacke aus und legte sie neben sich. Wieder schnarrte sein Handy. Nach einem Blick aufs Display sah er, dass es wieder nicht Karin war. Wieder sein Onkel. »Vergiss es«, murmelte er und steckte das Handy weg.

Langsam ging er zurück ins Gebäude und stellte sich in die Schlange vor dem Air-Berlin-Schalter. Kaum hatte er damit begonnen, die Mitreisenden zu beobachten, als ein Beamter der Flughafenpolizei erschien und ihn aufforderte, den Chef der Guardia anzurufen. Cubanos nächster Schachzug, dachte er grimmig.

*Teniente Coronel* Andrés Lopez Santander war der ranghöchste Guardia-Beamte auf der Insel und noch zu Francos Zeiten von dessen Innenminister auf diesen Posten berufen worden. Seitdem hatte sich niemand mehr die Mühe gemacht, seine Qualifikation zu überprüfen. Er war ein geschickter Simulant, ein Orchestermusiker, der vorgab zu spielen, aber keinen Ton hervorbrachte, der einem Mächtigen wie Cubano als Misston hätte vorkommen können.

Widerwillig tippte er die Nummer.

»Costa? Gut, dass Sie mich anrufen. Ich habe es vergeblich versucht. Alles in Ordnung bei Ihnen?« Santanders Stimme hatte wie stets einen selbstgefälligen Klang, wenn er sich nach dem Wohlbefinden anderer erkundigte, für die er eine schlechte Nachricht parat hatte. »Ich brauche Sie in einem Mordfall. Den Dienstwagen haben Sie ja dabei.«

Sollte sich dieser Idiot aus Gefälligkeit für Cubano einen Mordfall ausgedacht haben? Irgendwo eine Leiche, deren Tod Costa nun genauestens untersuchen sollte, statt nach Berlin zu fliegen? Ein solcher Trick war ihm durchaus zuzutrauen.

»Ich bin schon im Urlaub«, erwiderte Costa schroff. Als keine Antwort kam, fügte er hinzu: »Der Urlaub ist seit Wochen genehmigt. Wie Sie dem Dienstplan entnehmen können, vertritt mich Rafal Gonzales.«

»Danke für die Belehrung«, schnarrte Santander und seine Stimme hatte nun alles Weiche verloren. »Der Dienstplan ist mir bekannt. Ihr Vetter kann diesen Fall nicht übernehmen. Sein Sohn ist am Tatort und hat die Leiche gefunden.«

Costa begriff sofort Santanders Logik: Pedro hat die Leiche gefunden, daher muss er als Verdächtiger betrachtet werden. Somit ist sein Vater befangen und kann die Untersuchungen nicht leiten. Also muss Costa das tun.

»Pedro?«, fragte Costa ungläubig. Was für ein Blödsinn war das? Jeder wusste, was für ein Softie der Junge war. Und außerdem kannte ihn Costa. Pedro ein Killer? Nein. Als Pedro geboren wurde, lebte Costa in Deutschland, war aber zur Taufe extra nach Ibiza geflogen. Das war zwanzig Jahre her. Später hatte er jedes Mal, wenn er seine Heimatinsel besuchte, etwas für den

Jungen dabeigehabt – Fußballschuhe, Nintendospiele, ferngesteuerte Rennautos. Er konnte sich getrost als Lieblingsonkel bezeichnen. Vor zwei Jahren hatte sich Pedro mit einer grandiosen Paella revanchiert, die er zu Costas Vierzigstem für die ganze Sippe zubereitet hatte.

»Pedro hat die Leiche gefunden. Da war sonst keiner«, hörte er die schnarrende Stimme Santanders, »in der Küche des Restaurants S'Esglesia. Soviel ich weiß, arbeitet er dort.«

Das stimmte, der Junge wollte Koch werden. Aber S'Esglesia? Vermutlich hatte er wieder einmal nicht genau hingehört, als ihm sein Cousin mit aller eintönigen Ausführlichkeit die Familieninterna nahebrachte. S'Esglesia – das war doch das Restaurant von José Arrabal, um dessen Hochzeit es heute ging.

»Costa? Sind Sie noch da?«

Aus den Lautsprechern forderte eine Computerstimme die Passagiere des Fluges Air Berlin 1703 auf, sich zum Ausgang 4 zu begeben.

Was hatten sich Cubano und Santander da ausgedacht?

Costa drückte das Gespräch weg. Doch bevor er das Handy ganz ausschalten konnte, surrte es schon wieder. Es war der Bischof.

»Rafal, was gibt's?«

»Du weißt, dass ich Pedro bei José Arrabal eine Lehrstelle in der Küche besorgt habe.«

»Und? Was ist damit?«

»Er war direkt dem Sous-Chef unterstellt, Felipe Inaki. Heute ist die Hochzeit von Arrabal. Die Trauung ist in der Kirche von Sant Antoni und das Fest nach der Trauung ist auf dem Weingut Can Rich. Alle Köche sind da im Einsatz, um die üppigen Büfetts aufzubauen. Pedro hatte seine Uhr vergessen und musste noch einmal zurück ins S'Esglesia. Als er in die Küche kam, fand er Felipe Inaki in einer riesigen Blutlache. Hingerichtet! Direkt abgeschlachtet! Pedro ist völlig fertig.«

Als Costa sein Gepäck wieder in den Wagen hievte, konnte er es immer noch nicht glauben. Ihn beschäftigte nur ein Gedanke: Karin anrufen. Aber was sollte er ihr sagen?

An wen denke ich eigentlich, fragte sie sich, als sie auf dem Hotelbett langsam und genüsslich aus dem weißen Seidenpapier einer Schachtel ein hauchdünnes Nachthemd zog. Ein Nichts aus schwarzer Spitze. Sie hatte es in einem teuren Laden auf dem Kurfürstendamm gekauft.

Eigentlich hatte sie es mit Toni zusammen aussuchen wollen, aber jetzt würde sie ihn damit überraschen. Zufrieden drehte sie sich ein paar Mal vor dem großen Spiegel im Badezimmer hin und her. 168 cm – eigentlich fand sie das die richtige Größe, jedenfalls für Costa. Er überragte sie um einen Kopf, sodass sie sich gut in seine Halskuhle kuscheln konnte. Auch sonst stellten sie einen interessanten Kontrast dar. Das bemerkte sie immer an den Reaktionen von Leuten, die sie nicht kannten. Sie hatte blondes gewelltes Haar, er aber sehr dichtes braunes widerspenstiges, das er immer kurz hielt. Sie wirkte eine ganze Ecke jünger als 38, er aber sah ein bisschen älter aus, als er war. Und eigentlich war er zu ernst für sie. Hätte sie ein Tierzeichen für sich gewählt – Schmetterling, der von jeder Blüte nascht. Am liebsten würde sie jede Sache gleichzeitig schmecken, riechen, fühlen, hören und sehen. Was sie zu Costa hinzog, als sie ihn 2000 im Flugzeug nach Hamburg kennenlernte, war *the best of both worlds*, denn dem Wesen nach war Costa kein deutscher Spießer, aber auch kein spanischer Macho.

In ihrem Negligé setzte sie sich aufs Bett, die Beine angezogen, die Arme um die Knie. Sie hatte noch über zwei Stunden Zeit, bevor sie zum Flughafen aufbrechen musste. Nach einem kurzen Moment sprang sie auf, holte aus dem Gepäck das Libretto mit dem Text der Oper, streckte sich auf dem Bett aus und fing an zu lesen. Sie fühlte sich wie ein junges Mädchen, sprang wieder auf und malte sich die Lippen rot. Im gleichen Rot lackierte sie die Finger- und Fußnägel. Dann nahm sie den Text wieder und las weiter. Als sie fast schon beim Finale angekommen war, klingelte das Handy. Auf dem Display sah sie, dass es Toni war. Sie fragte sich, was es so kurz vor dem Abflug noch gab. Vorfreude? Liebesschwüre? Eher hätte sie einen Anruf von Marc erwartet. Sie hatte ihn informiert, dass sie ein paar Tage in Berlin sein würde und sie sich auf einen Kaffee treffen könnten.

»Hallo Toni.«

»Wo bist du? Im Hotel?«

»Ja.«

»Hast du die Sauna schon gesehen?«

»Heute klappt es nicht, wir haben Opernkarten schon für heute. Aber ich habe eine andere Überraschung.« Sie sah sich im Spiegel und lächelte sich zu.

»Ich dachte, wir könnten uns erst ein bisschen akklimatisieren?«

»Hast du was gegen Oper?« Aber wie sollte er? Er kannte ja kaum eine.

»Nein, ich sehe Opern gerne.«

»Hören wäre auch nicht schlecht.« Es klang zwar wie ein Witz, aber sie fühlte schon ihre Anspannung.

»Welche Oper hast du denn für unseren ersten Abend ausgesucht?«, fragte er.

»Was fragst du? Ich hab's dir doch gesagt. Così fan tutte.« Irgendwie fiel ihr der vorsichtige einfühlende Ton auf. »Mit Aussuchen war da nicht viel. Ich bin froh, dass ich überhaupt zwei Karten bekommen habe.«

»Wenn das so schwierig ist, ist Cubanos Idee vielleicht doch nicht so schlecht.«

»Cubanos Idee? Welche?« Nun war sie misstrauisch. Es war auffallend, wie er versuchte, locker und harmlos zu wirken.

»Seit er weiß, dass du so auf Oper stehst, will er uns Karten besorgen. Wir können wählen – Mailand, Paris, London, München, was wir wollen. Die besten Plätze.« Sie wollte das gleich ablehnen, aber er unterbrach sie. »Er lässt uns in einem Privatjet hinfliegen.«

Sie schwieg. Worauf wollte er hinaus?

»Es ist doch was, oder?«

Sie hatte keine Lust, sich auf diese Kindereien einzulassen. »Setz dich erst einmal in die Maschine und komm. Ich warte auf dich am Ausgang.«

»Warte! Moment noch!«

»Was ist?«

»Du weißt, dass ich mich freue, oder? Und dass ich schon am Flughafen bin. Ich habe mich sogar mit der Oper beschäftigt. Es ist deine Einladung und ich weiß, wie sehr du dich darauf gefreut hast …«

»Was ist?« Sie spürte ein Unbehagen aufsteigen. »Was willst du mir sagen?«

»Pedro, der Sohn von Rafal, hat seinen Chef ermordet in der Küche gefunden und Santander will nicht, dass Rafal den Fall leitet.«

Es traf sie wie eine Ohrfeige.

»Karin? Bist du noch da?«

»Warum will er nicht, dass Rafal den Fall leitet?«

»Falls Pedro irgendwie darin verwickelt ist.«

»Pedro bringt doch keinen um.« Ihre Stimme war kaum zu hören.

»Ich weiß, Karin, aber es geht jetzt auch nur darum zu klären, dass er mit dem Mord nichts zu tun hat. Sobald das erledigt ist, wird Rafal die Untersuchungen übernehmen. Das kriege ich heute noch hin und komme morgen mit der gleichen Maschine.«

»Wie soll denn Pedro einen umbringen? Er ist doch ein ganz lieber Junge.«

»Ja, stimmt. Das wird sich auch sicher so herausstellen. Und morgen bin ich bestimmt bei dir. Okay?«

»Nein.«

»Ich liebe dich.«

Sie hörte es knacken und das Telefonat war beendet.

Wie betäubt saß sie da. Sie spürte ihr Herz schlagen. Ihr fiel ein, wie oft er sie schon versetzt hatte. Versetzt und verletzt, dachte sie traurig. Dazwischen tauchte das Gesicht von Marc auf. Es löste in ihr Wut aus. Eine Wut auf Toni.

Ihr Magen verkrampfte sich, wenn sie an all die Abendessen dachte, die sie für ihn gekocht und die er in der letzten Sekunde abgesagt hatte. Immer mit der Entschuldigung, er habe noch zu arbeiten, ein neuer Fall. Der wird sich noch mal um Kopf und Kragen schuften. Manche arbeiten, um zu leben, aber er war besessen von seiner Arbeit.

»Der tickt doch nicht ganz richtig«, sagte ihre Freundin Corinna, der sie eine halbe Stunde später auf der Sebastiano-del-Piombo-Ausstellung ihr Leid klagte. Sie standen vor der Neuen Nationalgalerie, weil Corinna unbedingt rauchen wollte.

»Obwohl ich ihm noch vor der Berlin-Reise angekündigt habe, dass ich mich wahnsinnig ärgern werde, wenn er absagt.«

»Und was hat er gesagt?«

»Dass diesmal garantiert nichts dazwischenkommt. Und dann eben ganz trocken: Tut mir leid, ich komm hier einfach nicht weg.«

»Hat er keinen Vertreter?«

»Er hält sich für unersetzlich. Ein neuer Fall – und seine Sonntagsreden von gestern sind wie weggeblasen. Er hält sich nicht an sein Wort. Aber wenn ich dann traurig oder sauer bin, weil er eine Verabredung cancelt, reagiert er vorwurfsvoll!« All die ärgerlichen Beispiele drängten sich ihr auf, aber sie wollte Corinna damit nicht belästigen. Sie nahm ihr die Schachtel weg und zündete sich eine Zigarette an. Tief inhalierte sie und blies den Rauch zum Himmel.

»Ich denke, du rauchst nicht.«

»Tue ich auch nicht. Ich ärgere mich bloß.« Sie erinnerte sich daran, wie Toni einmal ihre Geburtstagsfeier hatte sausen lassen, weil irgendwo eine Leiche aufgetaucht war. Am Ende musste sie mit ein paar Freunden – schlimmer noch: mit seiner Familie – alleine feiern und hatte ihn auch noch verteidigt, als sich alle darüber mokierten, dass er an ihrem Geburtstag nicht mal zwei Stunden Zeit für sie hatte. Ihr schossen Tränen in die Augen. »Ich fühle mich verraten und im Stich gelassen. Ich habe vorhin einen Bekannten angerufen und gefragt, ob er die freie Karte haben will.«

Corinna legte den Arm um sie. »Der liebt dich eben nicht richtig. Jedenfalls nicht mehr. Was ist er denn sonst so für ein Typ?«

Karin überlegte einen Moment. Costa wirkte auf andere kühl, distanziert und kaum ansprechbar, wenn er in einem Fall steckte. Auch sonst fand sie ihn oft verschlossen. Aber sie hatte es immer aufregend gefunden, seine harte Schale zu knacken.

»Er ist zwar da, aber doch nicht da, wenn wir uns sehen. Für ihn gibt es dann nur den Fall, den er zu lösen hat. Der Rest der Welt existiert nicht. Für mich, meine Wünsche und Bedürfnisse interessiert er sich null Komma null. Er kann sich einfach nicht in einen anderen einfühlen. Und schon gar nicht in eine Frau. Wenn ich Geburtstag habe, erkundigt er sich bei meinen Freunden, was er mir schenken soll.«

»Warum trennst du dich dann nicht von ihm?«, fragte Corinna, die gerade ihre Scheidung hinter sich hatte.

Karin antwortete nicht. Sie dachte nur, verdammt, warum tue ich das eigentlich nicht?

In der fleckenlosen Sauberkeit der Küche wirkte das Blut an den Wänden wie ein Schrei. Rote Handabdrücke, Schlieren, Fetzen von Teig und auf dem Boden eine große Blutlache, in der der Tote auf dem Rücken lag. Sein Kopf war hart aufgeschlagen, die Arme ausgebreitet, die gebrochenen Augen weit geöffnet. Tränen aus Schaum klebten auf seinen Wangen. Seine weiße Kochjacke war offen, das T-Shirt darunter rot verfärbt. Eine breite Spur von Blutstropfen lief über die Hose aus blau-weiß karierter Baumwolle. Die Füße steckten in weißen Leder-Clogs, die nun rot gesprenkelt waren.

Aus der Brust, da wo das Herz ist, ragte ein Messer mit einem schwarzen Griff.

Costa dachte an El Cubano. Dies war kein Selbstmord, auch kein zufälliger Tod, schnell von seinem Onkel herbeigeredet. Hier hatte jemand voller Hass getötet. Costa dachte an Karin und spürte, wie sich sein Magen zusammenzog. Er würde sein Versprechen, morgen in Berlin zu sein, nicht einhalten können.

»Immerhin müssen wir nicht lange nach der Tatwaffe suchen«, sagte Dr. Torres, der vor der Leiche hockte und nun zum Leiter der Mordkommission hochsah.

»Was stinkt hier so?«, fragte Costa.

Torres richtete sich auf und klopfte sich die Hose ab. »Es ist eine Mischung aus Fisch, Kaviar, Blätterteig, Blut und Reinigungsspray. Nicht angenehm. Der Geruch von Rotwein wäre mir lieber.«

»Mir nicht«, sagte Costa, dem Torres' säuerliche Fahne entgegenwehte.

»Da riecht es in meinem Auto ja noch besser.«

Costa nickte. Er hatte Torres' uralten Mercedes 123 auf dem Parkplatz gesehen. Der ewig angetrunkene Rechtsmediziner hatte ihn in den Siebzigern neu gekauft, aber davon war nichts mehr zu sehen. Das Auto war leuchtend gelb und so verbeult, dass es jeder Beamte der Verkehrspolizei kannte. Niemand würde den Wagen je anhalten, denn alle mochten Torres und wollten ihm die peinliche Situation ersparen, betrunken am Steuer erwischt zu werden.

Costa schaute sich um. Die Küche war klinisch weiß wie ein Labor. Es schien, als hätte der Ermordete noch einiges zu tun gehabt, denn auf der Arbeitsplatte lagen Zwiebeln und Teigstücke. Eine blaue Dose mit Kaviar stand daneben.

»Der Mann war ein leidenschaftlicher Koch«, erklärte Torres, »und es hat ihn beim Kochen erwischt. So gesehen, ein glücklicher Tod.«

Costa fand diesen Tod überhaupt nicht glücklich und wunderte sich, wie Torres den ganzen Tag lang seinen Alkoholpegel halten und trotzdem gut arbeiten konnte. Aber vielleicht gerade deshalb. »Dein Resümee?«, fragte er.

»Der Täter hat sich vermutlich von hinten genähert. In dem Moment, als unser verstorbener Freund sich umdreht, kriegt er den Inhalt einer Spraydose in die Augen. Dort steht sie. Ein Reinigungsspray. Säure und Fettlöser. Während ihm die Netzhaut weggeätzt wird, er, vor Schmerzen schreiend, die Hände vors Gesicht hält, kriegt er den ersten Stich in den Bauch.« Er zeigte die Stelle bei sich. »Seitlich durch die Aorta. Um weitere Verletzungen abzuwehren, fängt er an, wild um sich zu schlagen, was ihm Wunden an Armen und Händen einträgt. Daher auch die Schlieren an den Wandkacheln, wo er Halt suchte und abrutschte. Schließlich lässt seine Gegenwehr nach und der Täter gibt ihm den Todesstoß.«

»Direkt ins Herz?«

»So ist es. Fein säuberlich platziert.«

Draußen bellte ein Hund. Costa drehte sich um, aber es kam niemand herein.

Unter überdimensionalen Abzugshauben standen die Herde entlang der Wand und blank geputzte Pfannen in allen Größen hingen griffbereit an Haken. Kühlschränke, Regale und Spülstraße waren aus poliertem Edelstahl. Eine Doppelschwingtür führte in den Gastraum und eine Stahltür in den Kühlraum. Zwei Beamte schauten sich gleichgültig in dem Teil der Küche um, der mit einem Absperrband gesichert war, hinter dem sich eine Figur aus rotem Stein erhob. Costa war die lebensgroße Statue gleich beim Betreten der Küche aufgefallen. Jetzt überlegte er, was die in der Küche sollte.

»Das ist Maestro Arrabal«, erklärte Torres.

Die Statue schwang den Kochlöffel wie ein Dirigent, nur war dieser Dirigent nicht umringt von Geigen, sondern von Stahltischen und -töpfen.

»Erfordert die Tat irgendeine Kunstfertigkeit?«, fragte Costa den Gerichtsmediziner.

»Keine Körperkraft jedenfalls. Es kann ein Mann oder eine Frau getan haben.«

»Wann?«

»Noch keine Totenstarre. Pedro, der Sohn vom Bischof, hat ihn entdeckt und seinen Vater gleich angerufen.«

»Wo sind die beiden?«

»Auf der Toilette. Pedro kotzt gerade.«

»Vorsatz oder Affekt, was meinst du?«

»Das Kotzen?«

»Nein, das Abschlachten.«

Torres betrachtete die Blutspuren an der Kachelwand. »Das ist eine Hinrichtung. Der Täter hat Spaß daran gefunden und es zelebriert. Er setzte einen ersten Stich, sodass der Koch blutend taumelte. Vorher hat er ihm das Augenlicht genommen, damit er selbst den Todeskampf in Ruhe beobachten konnte. Er ließ sich Zeit. Dabei kam ihm die Idee, ein Bild zu produzieren. Ein Bild, um diejenigen zu beeindrucken, die den Toten finden würden.«

»Uns?«

»Oder wer ihn sonst finden könnte.« Torres zog das Messer mit geübtem Griff aus dem Körper des Toten und steckte es in eine Klarsichttüte.

»Das ist ja ein Schlachtfest«, kam es von der Tür. Es war Elena Navarro, die gerade eintrat.

Costa wandte sich ihr zu. Sie war die einzige Frau auf der Dienststelle, stellte aber fast jeden Mann in den Schatten. Sie war, wie Costa, in Deutschland aufgewachsen und hatte wie er den Polizeidienst dort begonnen. Beides verband sie. Und er mochte ihre Art, denn sie ging Probleme pragmatisch an, ohne Umschweife, ließ keine Ausreden gelten und machte bei sich selbst keine Ausnahme. Dass sie hübsch war, könnte durchaus eine Rolle gespielt haben, als Costa sie gegen den Widerstand Santanders ins Team holte, aber vor sich selbst begründete er die Entscheidung damit, dass sie fließend Deutsch und sehr gut Englisch sprach. Das war ein großer Vorteil, denn Ausländer waren in die meisten Verbrechen auf der Insel verwickelt.

Elena sah Costa kurz an, strich sich eine Haarsträhne aus dem Gesicht und warf einen Blick auf ihren Notizblock. »Der Tote ist Felipe Inaki, geboren 1974 in San Sebastian. Unverheiratet, sein Vater lebt in Bilbao. Hier auf der Insel hat er keine Angehörigen. Seit fünf Jahren ist er Sous-Chef von Arrabal. Wohnt in Sant Antoni, am Carrer Mozart.«

Costa mochte ihre Stimme und die Art, wie sie knapp berichtete. »Habt ihr irgendwas gefunden? Spuren? Aufgebrochene Schlösser? Hat jemand etwas bemerkt?«

»Das habe ich Rafals Sohn schon gefragt, aber er meint, nein. Jetzt, nachdem er sich …« – sie machte eine Handbewegung, die andeutete, dass Pedro sich erbrochen hatte – »… kannst du ihn dir ja noch mal vornehmen.«

»Wer hat Inaki zuletzt lebend gesehen?«

»Die Köche haben sich heute Morgen um neun vor dem Restaurant getroffen. Inaki arbeitete bereits in der Küche. Sie haben dann die Speisen für die Hochzeit in die Lieferwagen geladen und sind zum Weingut Can Rich gefahren, wo die Hochzeitsfeier stattfindet. Nur Pedro und Inaki sind geblieben. Pedro bis kurz vor zehn. Er sagt, Inaki habe ihn von halb zehn an Knoblauch schälen lassen, als die anderen gefahren waren. So um zehn sei er dann auch aufgebrochen, aber gar nicht bis zur Festwiese gekommen, weil er seine Uhr in der Küche vergessen haben will. Deswegen sei er zurück, und als er hier ankam, war Inaki tot. So, wie wir ihn gefunden haben. Pedro sagt, er habe nichts angerührt, sondern sofort seinen Vater angerufen. Das sei um 10:31 Uhr gewesen.«

»Warum ist Inaki nicht zusammen mit den anderen nach Can Rich gefahren?«

»Keine Ahnung.«

Costa wandte sich an einen der Beamten. »Holen Sie Gonzales von der Toilette.« Das war nicht mehr nötig, denn im selben Augenblick kamen Pedro und sein Vater schon herein.

Der Bischof, so nannten ihn alle wegen seiner auffallenden Leibesfülle und behäbigen Ausdrucksweise, war mit Toni Costa verwandt und zugleich sein Stellvertreter. Er war elf Jahre älter. Er hatte einen Vollbart und das Haar kurz geschoren mit einer sichtbaren Tonsur. Zudem war er stolzer Besitzer eines mächtigen Doppelkinns. Er war ein Gemütsmensch, der während eines Schusswechsels noch nach dem Schinken-Käse-*bocadillo* in seiner Tasche fischte. Das hatte Costa tatsächlich miterlebt. Der Bischof hatte sein Brötchen herausgeholt, geschossen und dann hineingebissen.

Er hatte zwei Söhne, Pedro und Andreu. Jetzt lag der Arm des Vaters um die Schultern des Jungen, der noch seine Arbeitsuniform trug. Schweiß stand ihm auf der Stirn, er zitterte. Costa hatte ihn seit einem Jahr nicht gesehen, aber in der Pubertät ändert sich alles schlagartig: Pedros Körper war muskulöser geworden, sein Gesichtsausdruck erwachsener. Als er Costa sah, schien er sich für einen Moment zurückzuverwandeln. Seine Miene wurde kindlich und weich. »Onkel Toni, *com va*?«

Costa nahm eine Flasche Brandy aus dem Regal, füllte etwas in ein Glas und hielt es ihm hin. »Trink das, es wird helfen.«

Der Junge trank.

»Mein Vater ist Polizist« war nur ein Satz, doch mit eigenen

Augen die Spuren von Gewalt und Grausamkeit zu sehen war etwas anderes. Vielleicht versteht er seinen Vater jetzt besser, wenn der abends nach Hause kommt und mit niemandem reden will, weil er den Tag erst einmal verarbeiten muss, dachte Costa. Pedro hatte sich nämlich einmal bei ihm darüber beschwert.

Er bat den Bischof, ihm die Situation hier am Tatort zu erklären, aber sein Vertreter war äußerst schlecht gelaunt. Vielleicht weil sein Sohn den Toten gefunden hatte.

»Pedro ist heute Morgen früh weg und ich war noch zu Hause, als sein Anruf kam.«

»Wann war das?«

»Um halb elf. Genau gesagt, um 10:31 Uhr. Er war völlig außer sich und brauchte eine Weile, bis er sich beruhigt hatte. Inaki war sein direkter Vorgesetzter. Er hat mit ihm zusammengearbeitet, seit er vor einem Jahr hier anfing.«

Costa warf Pedro einen Blick zu. Ihm fiel auf, wie schlank der Junge war. Das musste er von seiner Mutter Inès haben, die klein und zierlich war.

»Geil, mit seinem eigenen Dolch umgebracht zu werden!« Xico Palomo, den alle den Surfer nannten, betrat die Küche und Costa hörte den Hund wieder bellen. Der Surfer stieg über das Absperrband und machte sich an die Arbeit.

»Woher willst du das wissen? Bis eben hat das Ding noch in seiner Brust gesteckt«, antwortete Costa genervt. Irgendwie waren seine Mitarbeiter heute komisch drauf. Jedenfalls kam es ihm so vor.

»Jeder hat hier seine Messer. Er wurde mit seinem eigenen umgebracht«, rief der Surfer Costa zu und zog mit wichtiger Miene eine Edelstahlschublade auf, der er einen metallenen Handkoffer entnahm. In den Plastikschablonen lagen blinkende Messer; eine war leer.

»Was fehlt, ist das Ausbeinmesser, dreißig Zentimeter lang«, erklärte der Bischof. »Alle anderen Sets sind komplett.« Er bückte sich und hob den Plastikbeutel, in den Dr. Torres das Tatmesser getan hatte. »Mit diesem Ausbeiner wurde er getötet.«

Costa warf einen Blick darauf. »Fingerabdrücke? Oder irgendwo brauchbare DNA?«

»An der Waffe nicht«, sagte der Surfer. »Ansonsten jede Menge. Bis morgen früh bin ich damit fertig.« Er warf ein Messer in die Luft und fing es wieder auf. Costa hasste diese Munterkeit am falschen Platz.

Als die Tür aufging, wurde das Hundebellen wieder unerträglich laut. Es schien aber niemanden außer Costa zu stören.

»Kann mal einer den Köter abstellen?«, rief er.

Pedro lief hinaus. Der Hund verstummte mit einem wohligen Winseln. »Bei Fremden bellt er«, sagte er, als er wieder hereinkam.

Costa merkte, dass der Junge den Hund mochte. Er war mit Tieren aufgewachsen, aber es war sicherlich noch etwas mehr. Costa hatte immer empfunden, dass Pedro anderen Lebewesen gegenüber freundlich gestimmt war. »Okay. Dann erzähl mir mal, was heute Morgen passiert ist.«

»Ich bin pünktlich um neun gekommen, als Inaki die Küche aufgeschlossen hat.«

»Woher weißt du so genau, dass es neun war?«

»Inaki hat mich gefragt.«

Costa warf einen Blick auf Pedros Handgelenk. Er trug keine Uhr. »Wie spät ist es jetzt?«

»Ich hab meine Uhr verloren, keine Ahnung, wo.«

»Aber heute Morgen hattest du sie noch?«

»Ja.«

»Und dann?«

»Dann kamen gleich die anderen. Wir haben den Kühlwagen beladen und um halb zehn sind die dann los zur Festwiese in Can Rich.«

»José Arrabal heiratet«, warf der Bischof ein.

»Weiß ich.« Der Ton war ihm etwas zu scharf geraten, aber es war einfach zu deutlich, wie der Bischof jede Bemerkung kontrollierte. Costa wusste auch, wie harsch Rafal mit seinem Sohn ins Gericht gehen würde, wenn nur der leiseste Schatten eines

Verdachts auf ihn fiele. Er war stolz auf Pedro und das erstreckte sich – bis auf Pedros Weichheit und Nachgiebigkeit – auf alles. Besonders darauf, dass Pedro immer eine reine Weste hatte.

»Ich wollte mit«, sagte er, »aber Inaki befahl mir, mich in den Hof zu setzen und einen Sack Knoblauch zu schälen.«

»Wofür brauchte er den?«

»Keine Ahnung.«

»Und? Hast du es gemacht?«

»Ja.«

»Wie lange hast du geschält?«

»Na ja, so etwa eine halbe Stunde.«

»Und dann?«

»Dann bin ich zur Festwiese gefahren.«

»Wann bist du da angekommen?«

»Da fährt man zehn Minuten hin, ich schätze, es war so kurz nach zehn.«

»Aber du bist ja nicht ganz hin«, mischte sich der Bischof ein. »Du bist ja dann umgekehrt.«

»Ja, aber ich war fast da. Also vielleicht war es fünf nach zehn.«

»Du bist wieder umgekehrt?«, fragte Costa verwundert. »Warum das?«

»Ich habe gemerkt, dass ich meine Uhr in der Küche oder beim Schälen vergessen habe. Kann natürlich sein, ich hab sie beim Beladen des Kühlwagens verloren. Ich hab sie inzwischen nicht gefunden.«

»Hast du in der Küche irgendwas angefasst?«

»Nein. Papa hat ja am Telefon gesagt, ich soll nichts anrühren.«

»Dann schau doch jetzt noch mal, ob die Uhr hier irgendwo liegt.«

Pedro drehte sich langsam um die eigene Achse. Schließlich zuckte er mit den Schultern.

»Und was war, als du wieder hier angekommen bist?«

»Ich bin dann gleich in die Küche und da …« Er deutete auf die Leiche. Er brach ab. Costa spürte seine Nervosität. Der Junge bemühte sich zwar, nach außen hin ruhig zu erscheinen, doch als er sich dem Toten zuwandte, versagte seine Stimme.

Auch sein Vater bemerkte es. Er trat hinter ihn und legte ihm wieder seinen Arm um die Schultern. So standen sie ihm beide gegenüber, Vater und Sohn, und Costa hatte plötzlich das Gefühl, eine Front vor sich zu haben. Eine Front quer durch sein Arbeitsteam. In diesem Fall auch quer durch seine Familie. Wurde hier Schuld verdeckt?

Er begriff nun, warum Santander ihn unbedingt für die Untersuchungen haben wollte. Seit es die EU gab und Brüssel die Subventionen verteilte, hatten sich neue Seilschaften gebildet. Das führte immer wieder dazu, dass jemand aus den alten Verflechtungen im Knast landete. Letztens der Bürgermeister von Sant Antoni. Da war Santander gut beraten, Toni Costa einzusetzen, der zum einen ein echter Europäer war, zum anderen aber zu einer der einflussreichsten Familien auf der Insel gehörte und nun sehen musste, wie er die Kastanien aus dem Feuer holte. Dabei war es Santander egal, ob Pedro im Knast landete oder nicht, schuldig oder nicht – er wollte nur keinen Ärger haben. Der Einzige, der wirklich an der Wahrheit interessiert war, war im Moment vermutlich Costa selbst.

»Wann hast du den Toten entdeckt?«

»Um halb elf.«

»Woher weißt du das?«

»Hat Papa gesagt.«

Wenn er zehn nach zehn in der Nähe der Festwiese war und die Fahrt etwa zehn Minuten dauerte, dann müsste er um 10:20 Uhr hier gewesen sein, rechnete Costa nach. Was also hatte er in den restlichen zehn Minuten gemacht? »Hast du deinen Vater denn gleich angerufen?«

»Ja, aber ich war noch tanken. Der Tank war völlig leer.«

»Wo hast du getankt?« Warum kam er erst jetzt damit heraus?

»In der Avenida Dr Fleming. Die ist an der Ronda nach Port d'es Torrent.«

Costa kannte die Tankstelle. »Weiß ich. Jetzt noch mal genau:

Du bist also hier angekommen und direkt in die Küche gegangen?«

»Ja.«

»Was hast du gesehen?«

»Den Chef ... Inaki.«

»Wie hast du ihn gesehen?«

Pedro zögerte, als verstünde er die Frage nicht. Er stotterte: »So, wie er da jetzt liegt.«

»Genau so?«

»Ja.«

»Und dann?«

»Dann hab ich Papa angerufen.«

»Von wo aus?«

»Von meinem Handy.«

»Kannst du auf dem auch die Uhrzeit sehen?«

»Ja.«

»Und? Hast du?«

»Nein.«

Pedro war von Natur aus langsam, ein bisschen tranig, und Costa hatte Druck gemacht. Der Bischof hielt sich im Moment heraus, obgleich er mit dieser Art scharfem Verhör nicht einverstanden war; das konnte man ihm ansehen.

»Du warst Felipe Inaki unterstellt. Ihr habt täglich zusammen gearbeitet. Seit wann?«

»Seit anderthalb Jahren«, antwortete der Bischof jetzt anstelle Pedros.

»*Bueno*. In anderthalb Jahren lernt man einen Menschen ganz gut kennen. Was war Felipe Inaki so für ein Typ, Pedro?«

»Señor Inaki war der Küchenchef. Der Chef der ganzen Brigade, also der Chef von allen, die hier arbeiten.«

»Er war eine echte Befehlsmaschine«, mischte sich der Bischof wieder ein.

Costa zog fragend die Augenbrauen hoch.

»In der Küche muss es eine strenge Hierarchie geben, sonst kocht alles über«, erklärte er. »Einer ist verantwortlich, die anderen gehorchen. Inakis Arbeitsplatz war der Kommandostand, von dem aus er die Brigade befehligte. Wie beim Militär ist das hier.«

Costa wandte sich wieder an Pedro. »Warum ist Inaki nicht mit auf die Feier gefahren?«

»Er war nicht so der gesellige Typ. Samstagabend hat er noch gesagt, ich komm auf das Fest, aber dann hat er es sich über Nacht anders überlegt. Heute Morgen hat er an seinem Rezept weitergearbeitet. Es sollte wohl ein Hochzeitsgeschenk für Don José werden.«

»Was für ein Rezept?«

Pedro zuckte mit den Schultern. »Keine Ahnung. Ein Geheimnis.«

»Du bist dann noch mal rein, als die anderen nach Can Rich fuhren. Warum?«

»Inaki hat mich gerufen.«

»Warum? Hattest du etwas vergessen?«

»Er hat mir gesagt, dass ich Knoblauch schälen soll.«

»Gehört das zu deinem Aufgabenbereich?«

Pedro fixierte eine Wandkachel. »Eigentlich nicht. Aber wenn's sein muss.«

Hatte Pedro ein Problem mit dieser Antwort? Möglich. Vielleicht schämte er sich für diese Arbeit, die Inaki ihn machen ließ. Einen Sack Knoblauch – wofür? Reine Schikane.

»Brauchte Inaki so viel Knoblauch?«

Der Junge zuckte mit den Schultern und schüttelte dann den Kopf. »Nein.«

»Wollte er nicht, dass du mit den anderen zur Festwiese fährst?«

Pedro zuckte wieder mit den Schultern. »Warum?«

»Ja, das frage ich dich gerade. Wo steht denn dein geschälter Knoblauch?«

»Da, neben der Tür.«

»Hast du ihn dahin gestellt?«

Pedro schaute seinen Vater an. »Nein, Papa.«

Costa zog die Augenbrauen hoch.

»Der Eimer stand noch draußen, wo Pedro geschält hat, aber ich wollte nicht, dass er plötzlich verschwunden ist«, rechtfertigte sich der Bischof lautstark. »Der ungeschälte Knoblauch ist in dem Sack daneben.«

Über diese Art, ein Beweisstück zu sichern, konnte man verschiedener Meinung sein. Hatte der Bischof selbst einen Verdacht gegen seinen Sohn? Versucht er, ihn nun zu schützen? Es war deutlich, dass er bei jeder Antwort darauf hoffte, sie würde Pedro entlasten.

»Du hast den Eimer also dort draußen stehen lassen, bevor du zur Festwiese gefahren bist?«

»Ja.«

»Warum hast du den geschälten Knoblauch nicht zu Inaki in die Küche gebracht? Er wollte ihn doch haben.«

Pedro brauchte einen Moment für die Antwort. »Ich war so wütend über die Schikane, dass ich dachte, soll er sich seinen Knoblauch doch selbst holen.«

»Hattet ihr öfter Streit?«

Pedro druckste herum. »Eigentlich nicht.«

Costa ging zur Tür und schaute in den Eimer. Der Boden war mit geschältem Knoblauch bedeckt, aber der Sack war noch fast voll. Warum hatte Pedro aufgehört zu schälen? Costa wandte sich an den Surfer und befahl ihm, den Eimer mit Inhalt sicherzustellen.

Die Stirn des Bischofs legte sich missbilligend in Falten, weil ihm klar wurde, dass Costa Pedro als Verdächtigen nicht mehr ausschloss und nicht nur Vernehmungstaktiken anwandte, die den Verdächtigen unter Druck setzten, sondern auch Beweise gegen ihn sicherte.

»Was soll das?«, brummte er unwirsch.

Costa ging nicht darauf ein. Er fühlte sich selbst nicht ganz wohl. Nichts war klar. Pedro hatte einen Sack Knoblauch schälen sollen, ließ den Eimer aber schon nach einer halben Stunde stehen, fuhr auf die Festwiese, machte aber wegen seiner Uhr kurz vorher kehrt. Hätte das nicht Zeit bis abends gehabt? Wozu brauchte er eine Uhr bei den Festlichkeiten, wenn er doch sein Handy hatte? Und dann fand er sie nicht einmal. Und als er bei der Befragung bemerkte, dass die Zeiten nicht passten, fiel ihm auch noch das Tanken ein.

Costa vermutete, dass Vater und Sohn den Ablauf längst durchgesprochen hatten. Der Bischof hatte Pedro ganz sicher auf Schwachstellen seiner Erklärungen hingewiesen. Da musste ihm der Junge jetzt nicht vorspielen, dass er das Tanken vergessen hatte.

Für Costa war es unwahrscheinlich, dass Pedro Inaki auf solch grausame Weise getötet hatte, aber der Versuch des Bischofs, seinen Sohn von jedem Verdacht zu befreien, machte alles noch komplizierter.

»Du warst ja jeden Tag mit Inaki zusammen. Hat er jemals irgendetwas geäußert, das seine Ermordung erklären könnte?«

Kopfschütteln.

»Kannte Inaki auf der Insel irgendjemanden? Hatte er hier Freunde oder Kontakte nach Spanien?«

Wieder Kopfschütteln. »Er hat sich immer nur fürs Kochen interessiert.«

Blieben also nur die Kollegen. »Sind jetzt alle aus der Küche auf der Hochzeit?«

»Ja. Sie bereiten alles auf der Festwiese vor.«

»Kannst du deine Kollegen mal beschreiben?«

Pedro schien erleichtert, dass der Blick nun auf andere fiel. »Gérard Montpellier ist der Entremetier. Er bereitet die Beilagen zu, auch die Suppen und Eierspeisen. Der Poissonnier ist Manolo Sanchez. Er ist für den Fisch zuständig und Guillen Puget, der Rôtisseur, für das Fleisch. Joana Bisbal macht die Desserts und ich die kalten Vorspeisen. Señor Inaki stellt dann«, er verbesserte sich, »stellte dann alles zusammen, Beilagen, Saucen und so weiter. Jeder Koch hat noch einen eigenen Lehrling zur Seite, aber die haben heute frei. Nur ich nicht. Ich bin der Älteste von ihnen, kurz vor meinem Abschluss.«

»Und dann gibt es noch Hilfskräfte für die Maschinen«, ergänzte der Bischof und zeigte auf die mannshohen Spülmaschinen, die eine ganze Wand einnahmen.

»Die Spüler, ja. Das hat aber mit der Hierarchie nichts zu tun. Sie sind unten und bleiben unten. Die können nichts anderes werden. Sie bekommen keine Ausbildung. Die meisten können nicht mal lesen oder schreiben. Früher kamen sie aus Marokko, jetzt aus Südamerika. So eine Durchschubspülmaschine«, Pedro deutete auf eine, »schafft sechzig Teller in einer Minute, da müssen die Spüler ganz schön ackern. Wir haben hier im S'Esglesia drei Spüler, die außerdem den Köchen Getränke holen, Kühlschränke auswaschen, Abluftfilter und Fettabscheider säubern, Fische schuppen, Knoblauch schälen – alles, was so anfällt.«

Und da sie aus Südamerika kommen, dachte Costa, haben sie nur eine befristete Aufenthaltserlaubnis, arbeiten schwarz und werden schlecht bezahlt. Aber sie sehen jeden Abend die vollen Teller der Reichen, deren Essensreste sie wegspülen. Doch warum sollte einer von ihnen deshalb den Sous-Chef umbringen?

Er schaute zu Elena hinüber und wusste, dass sie seine Gedanken las. Morgen früh würden die lückenlosen Lebensläufe der Küchenhilfen und deren überprüfte Alibis auf seinem Schreibtisch liegen.

Er fasste einen schnellen Entschluss. »Ihr räumt den Tatort hier auf und schafft die Leiche in die Gerichtsmedizin. Ich fahre jetzt zur Trauung.« Mit einem Blick auf die Uhr: »Schaff ich das noch?«

»Wenn du dich beeilst, ja«, sagte Pedro. Er schien sichtbar erleichtert, dass das Verhör erst einmal zu Ende war.

»Du kommst mit, Rafal.«

Der Bischof sah an sich herunter. »So kann ich nicht gehen.«

»Doch«, entschied Costa. »Alle anderen treffe ich nach der Feier hier. Für die ersten Befragungen.« Er wandte sich an Pedro. »Alle aus der Küche müssen ja heute Abend noch die Sachen herbringen, oder?«

»Ja.«

»Gut. Ich bitte jeden, Stillschweigen über die Ermordung Inakis zu bewahren. Pedro, du tust, als wäre nichts geschehen. Glaubst du, du schaffst das?«

Pedro schaute seinen Vater unsicher an.

Es ist sinnlos, dachte Costa, mit den beiden kann man nicht kooperieren. »Lassen wir das. Dein Vater fährt dich nach Hause und dort bleibst du.« Zu Hause wäre er wohl am sichersten. Sonst würde er sich gegenüber den Kollegen noch verquatschen. Er drückte Pedros Oberarm und schob ihn an sich vorbei. Dabei fiel ihm ein Geruch auf. Ein Frauenparfum. Hatte er nicht einmal gelesen, dass Köche jedes intensive Parfum oder stark riechende Seifen mieden?

Das erinnerte ihn daran, dass er sich noch eine Frage für Pedro aufgehoben hatte: »Warum hast du eigentlich den Knoblauch nicht zu Ende geschält?«

Trotz eines unwirschen Gebrumms des Bischofs behielt Costa Pedro genau im Auge. Es war ganz offensichtlich, dass er rot anlief, und Costa fragte sich, wieso eine so simple Frage ihn erröten lassen könnte.

»Wenn so eine unsinnige Aufgabe ...«, begann der Bischof, aber Costa unterbrach ihn sofort.

»Pedro! Ich will es von Pedro wissen.«

Der Junge schluckte. »Es war die Hochzeit vom Chef und wir sollten alle auf der Festwiese sein. Das hat Señor Arrabal uns selber so gesagt. Wenn Inaki nicht mit wollte, war das seine Sache, aber ich wollte dahin. Ich schäle so viel Knoblauch, wie gebraucht wird, aber aus purer Schikane und dann noch an einem solchen Tag, nein, das wollte ich nicht.«

»Und da hast du alles einfach liegen und stehen lassen und bist auf und davon?«

»Hat er doch gesagt«, mischte sich der Bischof wieder ein.

»Ja, ich wollte zur Festwiese.«

Dieser Entschluss musste ja dann sehr spontan gekommen sein, dachte Costa. »Dann hättest du die Uhr doch auch später holen können. Wenn du sie beim Schälen abgenommen hast, wird sie ja dort noch liegen.«

»Die Uhr ist ein Geschenk von mir«, sagte der Bischof schroff. »Ich habe ihm eingeschärft, dass er die auf keinen Fall verlieren soll. Da war es richtig, dass er zurückgefahren ist, um sie zu suchen. Komm, wir gehen«, sagte er zu Pedro, packte ihn am Oberarm und zog ihn hinaus.

Nachdem die beiden verschwunden waren, forderte Costa den Surfer auf, den geschälten Knoblauch zu den Asservaten zu nehmen. »Hast du den Eimer noch da gesehen, wo Pedro geschält hat, bevor der Bischof ihn reingeholt hat?«

»Ja, habe ich.«

»Gut. Fotografier alles, damit sich das genau rekonstruieren lässt.«

»Wird gemacht, Maestro«, rief der Surfer lachend. Offenbar fühlte er sich durch den sich anbahnenden Ärger zwischen seinen beiden Chefs gut unterhalten.

Den weiteren Ablauf der Untersuchungen besprach Costa mit Elena, bevor er sich verabschiedete. Er schaute auf die Uhr; er würde es noch rechtzeitig zur kirchlichen Trauung schaffen. Als er das Gebäude verließ, sah er zu seiner Linken eine offene Tür. Er blieb stehen und schaute in eine Waschküche mit Mangeln, Leinen, Regalen voller Tischtücher, Servietten und den Uniformen der Köche. Dahinter war ein Vorraum mit Spinden und Personalduschen. Könnte sich hier jemand lange verstecken? Er ging noch einmal zurück, um den Surfer darauf hinzuweisen, dass sie auch aus dem Raum alle Spuren brauchten.

Costa empfand die zunehmende Wärme des Frühlings jetzt noch stärker als am Flughafen. Das Licht war gleißend und er blieb stehen, um die Sonnenbrille aus der Tasche zu holen. Als er an Karin in Berlin dachte, spürte er seinen Herzschlag. Er hatte den Impuls, sie anzurufen, als ihn ein lautes Bellen erschreckte. Mit gefletschten Zähnen sprang ein Schäferhund auf ihn zu – für einen Moment standen sie sich wütend gegenüber, nur vom Maschendraht des Käfigs getrennt.

Außerhalb der Saison war Sant Antoni verlassen wie ein mexikanisches Dorf vor dem erwarteten Überfall einer *horda de bandidos*. Nur ein paar Hunde dösten in den Hauseingängen. Das aufgeregte Zwitschern der Zugvögel auf ihrem Weg von Afrika in den Norden wurde untermalt vom Gesang kubanischer Putzfrauen. Sie hängten Bettwäsche in die Fenster und fegten zwischen den Balustraden der Terrassen. Niemand hätte sich vorstellen können, dass hier bald ein Geschiebe und Gedränge herrschen würde, das einer Mischung aus Volksfest und Popkonzert glich.

Costa bog in den Carrer Ample ein. Eine Straßensperre der Policia Local stoppte ihn. Der Beamte tippte sich an die Mütze. »Eine Prominentenhochzeit, *teniente*. Alle Straßen um die Kirche sind gesperrt. Sind Sie im Einsatz?«

»Eingeladen.«

»Dann viel Spaß.« Der Polizist salutierte und winkte den Wagen durch.

Auf dem Vorplatz der Kirche drängten sich die Menschen, um einen Blick auf das Brautpaar zu erhaschen, doch sie mussten einer schwarzen Limousine Platz machen, die mit lautem Hupen auf den Kircheneingang zufuhr. Im Fond saß Josefa Costa Tur, die knöcherne Hand auf den silbernen Knauf ihres Krückstocks gelegt. Ihre Wangenknochen waren einen Hauch zu rot, aber es passte zu den scharlachroten Lippen.

»Sie leben nicht«, sagte sie zu ihrem Fahrer, dem schönen Alvaro, dem Leibwächter El Cubanos.

Er warf einen Blick in den Rückspiegel. »Ich? Wieso?«

»Weil Sie nie verheiratet waren.«

Er nickte und konzentrierte sich wieder auf die Menschen vor seiner Kühlerhaube, die er langsam beiseitedrängte.

*Ich will dich heiraten.* Mit diesem Gedanken war ihr Mann an jenem denkwürdigen Morgen damals aufgewacht, wie er später immer wieder erzählt hatte. Es war die Lieblingsgeschichte, nicht nur von ihm, auch von ihr. Den ganzen Morgen hatte er diesen Gedanken vor sich hergetragen – aus dem kleinen Haus an der Calle d'es Moro, über die Calle principal, den Puig d'en missa hinauf. Immer schwerer wog der Satz, und als sie auf der Kirchenbank nebeneinander saßen, umringt von ihren Familien, dachte er, nun muss ich ihn loswerden. Er hatte es erst geschafft, als sie die Kirche verließen. Für eine kurze Sekunde trafen sich ihre Blicke und dann sagte er es. Nun war er überrascht, wie leicht der Satz doch von seinen Lippen kam. Der Lärm der Kirchgänger, die Glocken, die Schreie der spielenden Kinder – alles schwieg für einen Moment. Bis auf das Schlagen ihres Herzens war alles erstarrt.

Ein festes Bild in Josefas Erinnerung war dieser Tag, kurz vor ihrem achtzehnten Geburtstag. Es war der aufregendste ihres Lebens gewesen. Ein dreiundzwanzigjähriger Schreiner war schuld daran, Toni Costa Tur, dessen älterer Bruder Josep die kleine elterliche Finca in Morna bei San Carlos bewirtschaftete. Der Ertrag reichte nicht einmal für ihn selbst, sodass der jüngste der drei Brüder, Juan, sich als Wasserträger in der Stadt verdingen musste. Es war ein schlecht bezahlter Beruf, den es kaum mehr gab. Nicht nur Josefa, jeder wusste, aus welch armer Familie Toni Costa Tur kam. Doch sie hatte ihn geliebt. Und das war so geblieben, ein Leben lang. Bis zu seinem Tod.

An jenem Sonntag, als er um ihre Hand anhielt, hatte sie sich vor dem Kirchgang geschminkt. Sonst nie, es war ein Zufall oder Instinkt. Geschminkt nach Art der Bäuerinnen von Santa Eulària. Der Puder, das Rouge und alles andere. Unter dem spitzenverzierten Kopftuch hatte ihr dunkelrotes Haar hindurchgeschimmert. Auf ihrer Brust trug sie die reich mit Kreuzen,

Edelsteinen und goldenen Ketten bestückte Emprendada der Familie Mari Ribas, deren drittjüngstes und zweifellos schönstes Kind sie war.

Sie wusste die Antwort auf sein Heiratsangebot. Dennoch schwieg sie. Sie schaute ihn nicht einmal an, sondern sah herab zu den Mühlen am Rio de Santa Eulària, an dessen Ufern Kinder Flusskrebse fingen. Sie ließ ihren Blick weiter wandern, über die Finca von Toni Clapés an der alten Brücke bis zum Land ihrer Familie. Es erstreckte sich von den Montañas Verdes bis zur Cala Llonga. Sie erinnerte sich noch: An einer Stelle stieg Rauch auf, dort, wo ihr Bruder Pep, obwohl es Sonntag war, mit seinen Freunden Kalk brannte. Es war Frühling und die Häuser mussten geweißt werden.

Ihre Familie war wohlhabend. Äußerlich war das erkennbar an den zweigeschossigen Eingangshallen ihrer Finca, deren kunstvoll gearbeitete Decken aus jahrhundertealten Sabinas bestanden, die weit mehr gekostet hatten als ein *campesino* in seinem ganzen Leben verdienen konnte.

Eine Zeit lang war ihr Vater balearischer Abgeordneter in Barcelona gewesen, jenseits des Meeres. Von dort hatte er ungewöhnliche Dinge mit auf die Insel gebracht: Bewässerungspumpen, die die Landwirtschaft unabhängig vom Regen machten, ein motorgetriebenes Fahrrad, mit dem ihr Bruder das gesamte Viertel in Angst und Schrecken versetzen konnte, ein Klavier, auf dem ihre Schwestern eine neuartige, ziemlich unanständige Musik namens Tango spielten, und einen französischen Einspänner, mit dem Josefa, natürlich unter Aufsicht ihrer Tanten und Onkel, zur sonntäglichen Messe fahren durfte.

All das erinnerte sie so klar, als blätterte sie in einem großen Fotobuch. Und diese Fotos standen ihr bei jeder Hochzeit vor Augen. Bei jeder Hochzeit prägten sich die Bilder klarer ein. Das eigentlich war ihr Genuss an den vielen Hochzeiten, zu denen sie mit Leidenschaft ging.

Aber diese Hochzeit heute war etwas anderes. Der Bräutigam war sechzig, so alt wie damals ihr Großvater, und die Braut war zwar jung, aber gewiss nicht mehr unschuldig. Doch das war Josefa gleichgültig. Es war eine Hochzeit, die sicherlich mit allem Pomp gefeiert würde, denn José Arrabal war zu Ruhm und Vermögen gekommen. Sonst hätte er sich auch nicht diese aufreizend attraktive Südamerikanerin angeln können, die es ihm so schwer wie möglich gemacht hatte; sie hatte die Bedingung gestellt, dass ihre Ehe von keinem Geringeren als dem Bischof persönlich geweiht würde. Außerdem wollte sie, dass ihr erstens die gesamte Hautevolee der Insel vorgestellt würde und zweitens, dass sie im Falle von Arrabals Tod sein ganzes Vermögen erben würde. So ist es heute, dachte Josefa spöttisch, sie beschäftigen sich mehr mit ihren Eheverträgen als mit der Liebe.

Costa hatte seinen Wagen in ein striktes Halteverbot gestellt, aber die lokale Polizei würde ein Fahrzeug der Guardia nicht abschleppen. Er ging zu Fuß die letzten hundert Meter zur Kirche. Die große Limousine El Cubanos stand fast direkt vor dem Eingang und wurde gerade von einem Videoteam gefilmt. Der Fahrer sprang heraus, lief um den Wagen herum, um das Kamerateam zu vertreiben, und öffnete den Schlag für Josefa. Er musste geduldig warten, bis sie mit ihrer Krücke langsam ausgestiegen war. Costa gesellte sich dazu und grinste ihn an, denn der schöne Alvaro war nicht mehr ganz so schön, seit Costa einmal zu fest zugeschlagen hatte.

Costa begrüßte seine Großmutter, indem er sie auf beide Wangen küsste.

»Tut mir leid, dass du den Besuch bei deiner Freundin abgesagt hast«, sagte sie in ihrem stets leicht herrischen Ton. »Du hättest nicht auf Joan hören sollen, ich komme auch alleine klar.«

»Ich tue das gerne«, log er, aber das hörte sie schon nicht mehr, weil Antoni Campaña kam, ein bekannter Anwalt auf der Insel, und sich verbeugte, um ihre Hand zu küssen, die auf dem Silberknauf ihres Stockes lag, den sie nun leicht anhob.

Immer mehr Mitglieder der Familie Costa waren vor der Kirche eingetroffen und kamen nun zu ihr, um die Piratin, wie sie allgemein genannt wurde, zu begrüßen. »Ich freue mich, dass es dir gut geht, Doña Josefa«, sagte Antoni Campaña strahlend. Hinter ihm standen seine Frau Lola und deren Mutter Soledad Planells Valderama. Soledad trug einen ihrer berühmten Wagenradhüte, diesmal zitronenfaltergelb. Ein wenig schräg schwebte er über ihrem taillierten weißen Kostüm, das ihre Figur vorteilhaft betonte. Sie war eine alterslose Schönheit, die in den Fünfzigern des letzten Jahrhunderts auf die Insel gekommen war und sich auf Anhieb in den Sohn von Josefas Schwester Turia verliebt hatte. Ihre Liebe wurde mit einer Tochter belohnt, Lola. Zwanzig Jahre später war Antoni Campaña vom Festland auf die Insel gekommen. Er war jemand, der unbedingt nach oben kommen wollte und ahnte, dass es mit dem faschistischen Regime zu Ende ging. Viele Fälle hatte er bis dahin zur Zufriedenheit des Caudillo Franco abgewickelt. Hier steckte er sein neues Terrain ab und suchte nach Rückendeckung. Da passte es, eine Frau aus der Familie der Costas zu heiraten. Er trug seine ein wenig unscheinbare Lola auf Händen und hatte vermutlich irgendwo in Barcelona eine diskrete Geliebte.

Lola folgte Campaña, der Josefas Arm nahm und sie in die Kirche führte.

»Mein Geschenk für das Brautpaar ist die Aufführung unseres Hochzeitstanzes«, hörte Costa Josefa noch sagen. »Ich habe die besten Musiker und Tänzer der Insel als Überraschung auf die Festwiese nach Can Rich bestellt.«

Costa war es ganz recht, dass Campaña seinen Platz bei Josefa eingenommen hatte, denn er wollte nur einen Überblick gewinnen, wer zur Kirche gekommen war, und sich dann um die Köche kümmern.

Während sie alle in die Kirche strömten, fiel ihm auf, dass kein einziger Politiker dabei war. Vielleicht lag es daran, dass Arrabal hier filmen ließ und außerdem die Kommunalwahlen bevorstanden. Die Creme der Regierungspartei war zu solchen Zeiten mit öffentlichen Auftritten zurückhaltend. Zu leicht konnte von der Opposition der Vorwurf von Vetternwirtschaft und Bestechlichkeit erhoben werden. Der offizielle Wahlkampf würde in zwei Wochen beginnen, aber nach der gewonnenen Wahl würden solche Bedenken keinen mehr kümmern. Die PP regierte bereits seit dem Tode Francos, aber eigentlich schon länger, denn es war dieselbe Partei, nur mit einem neuen Namen.

Die Glocken begannen zu läuten.

Erst vor ein paar Tagen hatte Costa in dieser Kirche gesessen. Wo jetzt das Brautpaar ins gemeinsame Glück startete, hatte ein blumenverzierter Sarg gestanden, mit Costas Kollegen Alonso Ferrer drin. Ihn hatte keine Kugel getroffen, sondern er war im Dienst einfach umgefallen. Herzinfarkt. Ferrer war dreiundvierzig Jahre alt geworden, ein Jahr älter als Costa.

Als der Chor einstimmte, schlossen Ministranten mit wichtiger Miene das Portal, dessen schweres Holz mit schwarzen Querriegeln aus Schmiedeeisen den Bewohnern in vergangenen Zeiten Zuflucht vor den Piraten gewährt hatte. Costa blieb stehen, da er alles im Blick haben wollte.

Schnell wurde es drinnen heiß und stickig. Im Seitenschiff neben dem Altar stand eine Runde würdig dreinblickender Männer mit einem Abzeichen auf der Krawatte. Vor ihnen knieten drei Fotografen und blitzten, während das Videoteam alles filmte – Fotografen, Männer und mit einem Schwenk die ganze Kirche. Costa trat ein paar Schritte näher und fragte einen der Fotografen, wer die Herren seien.

»Kollegen von Arrabal«, flüsterte er. »Angereist aus ganz Europa.«

Interessant. Kamen ja vielleicht auch als Mörder infrage. Einer, der den Bräutigam ins Visier genommen hatte? Der einen übermächtigen Konkurrenten ruinieren wollte?

Costa musste sich eingestehen, keine Ahnung von Köchen, Küchen und Konkurrenten in der Haute Cuisine zu haben. Karin hatte ihn oft als ewig gehetzten Bullen karikiert, der an der Imbissbude Fritten in sich hineinstopfte. Er hatte das hingenommen, aber nie darüber nachgedacht, ob ihn das tatsächlich kennzeichnete. Ernährte er sich wirklich nur von Fritten, *bocadillos* und Erdnüssen? Immerhin fand er die rücksichtslose Hingabe seines Cousins Rafal an die ibizenkische Küche mit Paellas, Doraden von der *plancha* und gebeizten Rebhühnern etwas übertrieben.

Über den berühmten Koch José Arrabal wusste er nur, was Elena ihm vorhin schnell berichtet hatte, nämlich dass er 1948 in Sant Miquel geboren wurde und die Familie so arm war, dass ihn seine Mutter bis zum Alter von drei Jahren stillen musste, um ihn am Leben zu halten. »Kein Wunder«, sagte Elena ohne jeden Anflug von Spott, »dass er gierig aufs Essen ist und schon mit acht Küchenjunge wurde. Im *Port Balansat*, kennst du das?«

»Ja, aber ich war schon lange nicht mehr dort.«

»Er hat nie eine Schule besucht, konnte aber schon mit zwölf einen guten Koch ersetzen. Daher gab es in den Küchen der Insel für ihn bald nichts mehr zu lernen und so ist er aufs Festland gegangen. Da war sein Aufstieg noch steiler. Vor zwei Jahren kam er als Spitzenkoch auf die Insel zurück.«

»Warum hierher? Hatte er Heimweh?«, hatte Costa wissen wollen.

»Vielleicht auch, aber ich glaube, der Grund war, weil er hier in einer Kirche kochen kann. Der einzige Ort, der ihm noch angemessen erschien.«

»Und wen heiratet er?«

»Carmen Trujillo. Eine schöne sechsundzwanzigjährige Südamerikanerin.«

»Schöner als du?«

Auf solche Fragen ging Elena nicht ein.

Das Allegro Opus 7 Nr. 3 von Händel erklang. Der Bräutigam betrat mit den Trauzeugen durch die Sakristei den Altarraum.

Ein plötzliches Geraune ging durch die Menge. Der Grund: Die Braut betrat den Mittelgang, alleine, kein Brautvater begleitete sie. Zwei Jungfern hielten die Schleppe und den bestickten Schleier, aber Angehörige schien sie nicht zu haben, oder sie hielten es nicht für nötig, zu ihrer Hochzeit zu kommen.

»Eine verdammt geile Braut«, hörte Costa den schönen Alvaro hinter sich sagen. Er wandte sich um. »Doña Josefa will, dass du dich zu ihr setzt«, sagte Alvaro mit scheinheiligem Ernst.

Obwohl er ihn schon einmal verprügelt hatte, war Costa mit dem Burschen nicht per Du. Er tat, als habe er nichts gehört.

Josefa saß in der dritten Reihe und winkte ihm zu. »Tut mir leid«, wandte er sich an Alvaro. »Bin auf dem Sprung. Wir sehen uns auf der Festwiese. Sag ihr das.«

Cubanos Leibwächter murmelte irgendetwas Beleidigendes, ging nach vorne, zwängte sich in die Kirchenbank und brachte Josefa die Botschaft.

Costa wollte gehen, aber der Anblick der Braut hielt ihn fest. Für einen Augenblick vergaß er alles und folgte dem Schauspiel.

José Arrabal wartete am Altar. Er war ein wenig größer als Costa, ein kleiner Bauchansatz wölbte seine Weste, das lange grauweiße Haar fiel in Locken bis auf den Kragen. Er trug einen Cutaway mit hellgrauer Flanellweste. Zylinder und Handschuhe hielt einer der Trauzeugen. Er hatte die Hände vor dem Körper überkreuzt, starr, fast besorgt, so als könnte er nicht glauben, dass dies alles passierte. Wie er so dastand, sah man ihm sein Alter an.

Doch seine Anspannung löste sich, als die Braut auf ihn zutrat und ihn in einer Weise anstrahlte, dass jeder sich fragte, ob die Verliebtheit ihrer Blicke echt war. Die Fächer der Señoras bewegten sich schneller und Seufzer wurden laut.

Costa fragte sich skeptisch, ob das zwei Menschen auf dem Höhepunkt ihres Glücks waren.

»Die Liebe erträgt alles, hofft alles und hält allem stand. Die Liebe hört niemals auf.« Die Stimme von Erzbischof Favarola erfüllte das Gewölbe. »Ich frage dich vor Gottes Angesicht: Nimmst du, José Rudolfo Arrabal, Carmen Luisa Margarete Flor-Maria Trujillo als deine Frau und versprichst, ihr die Treue zu halten, in guten und in schlechten Tagen, in Gesundheit und Krankheit, sie zu lieben, zu achten und zu ehren, bis dass der Tod euch scheidet?«

Costa warf einen letzten Blick auf seine Großmutter, die mit ihrem Fächer den Videofilmer verscheuchte, der sich in die Bank gedrängt hatte, um die richtige Perspektive auf die Trauung zu haben. Sie wollte sich im Genuss dieses Zeremoniells nicht stören lassen, obwohl sie es sicher öfter erlebt hatte als der Erzbischof. Ihre Lippen bewegten sich stumm, als jetzt das Kyrie erklang.

Über den Himmel zogen sich seidig schimmernde Wolken in zwei langen weißen Fäden. Das Meer glänzte wie Silber. Die Sonne stand hoch und tauchte alles in gleißendes Licht.

Der Bischof war mit Pedro alle Strecken abgefahren, um seine Angaben zu überprüfen, aber es blieben zwanzig bis fünfundzwanzig Minuten, die sein Sohn nicht überzeugend erklären konnte. Er behauptete, in dieser Zeit Knoblauch geschält zu haben. Für das bisschen Knoblauch – ausgeschlossen. Kochen war auch seine Leidenschaft und da ließ er sich nichts vormachen. »Wenn wir nach Hause kommen, werde ich dir zeigen, wie lange man für zwei Hände Knoblauch braucht.« Er schaute Pedro an. Die Weichheit in seinen Zügen hatte ihn immer dazu veranlasst, seinen Sohn zum Ausgleich härter als dessen Bruder zu behandeln. Aber was er vor allem von ihm verlangte, war Offenheit. Steh zu dem, was du tust, war einer der Sätze, die er ihm während seiner ganzen Kindheit immer wieder eingebläut hatte. Wenn du jemandem dein Wort gegeben hast, dann halte es auch! So hatte er ihn zu einem echten Mann zu erziehen versucht, den man beim Worte nehmen konnte.

Er glaubte, das wäre ihm gelungen. Daher hatte er sich bei El Cubano eingesetzt, damit er Pedro die Stelle bei Arrabal verschaffte. Der mächtige Pate der Costa-Familie wollte anfangs nicht, dass der Junge überhaupt Koch lernte. »Pedro war doch immer in Mathe gut, oder? Ich brauche jemanden in der Buchhaltung, dem ich vertrauen kann«, war sein Einwand gewesen. Aber diesmal hatte sich der Bischof durchgesetzt und Pedro die Lehrstelle verschafft.

Nach all dem war der Bischof enttäuscht, dass sein Sohn beim Anblick des Toten weiche Knie bekommen hatte, sich sogar übergeben musste. Und dann diese vagen Angaben, die einem Pedanten wie Toni Costa auffallen mussten. El Aleman, wie Costa bei der Guardia genannt wurde, wäre womöglich nicht mehr aufzuhalten, wenn erst einmal etwas sein Misstrauen geweckt hätte. Selbst nicht durch El Cubano.

Statt die Fahrt zu genießen, grübelte er über die unsinnige Frage nach, wie Costa zu stoppen wäre, wenn eins zum anderen käme. Sein Cousin stand gut mit Richter Montañya. Staatsanwalt Secundo würde auf keinen Fall gegen Toni Costa vorgehen, wenn es nicht sehr gut begründet war. Und Santander, als Chef der Behörde, würde nur auf eine unmissverständliche Bitte Cubanos hin tätig werden. Die Sache war klar – wenn Pedro in den Mord verwickelt war, konnte nur er, sein Vater, etwas für ihn tun. Das aber setzte voraus, dass Pedro ihm die Wahrheit sagte und alles mit ihm abstimmte.

»Du sagst, Inaki wurde umgebracht, als du auf der Fahrt zur Festwiese oder beim Tanken warst. Da der Haupteingang zum Restaurant zu war, muss der Mörder über die Mauer in den Innenhof gestiegen sein. Dabei hätte der verdammte Köter Zeter und Mordio gekläfft. Toni wird alle Nachbarn befragen lassen.«

»Rosco bellt zu oft, die notieren das nicht.«

»Gut, Schlaumeier, die Aussagen der Nachbarn werden nichts wert sein, aber es muss jemand gewesen sein, der einen ziemlichen Hass auf Inaki hatte. Du warst jeden Tag mit ihm zusammen, du hast viele Gespräche mitbekommen und das ganze Geschwätz deiner Kollegen. Da müsste man ja eigentlich wissen, wer einen Grund hat, diesen engstirnigen Inaki zur Strecke zu bringen.« Er blickte zur Seite. War sein Eindruck richtig, dass sein Sohn rot wurde?

Pedro zuckte gleichgültig mit den Achseln.

»Inaki wurde aber umgebracht, oder?«

Mürrisch antwortete Pedro mit einem Ja.

»Also hatte jemand einen Grund, oder?«

»Wird wohl.«

»Wird wohl?« Der Bischof wurde immer wütender. »Wird sicher!«

Wieder Schulterzucken.

»Warum war Inaki nicht auf der Feier?«, knurrte der Bischof ihn an.

Statt einer Antwort zeigte Pedro nach vorne auf die Fahrbahn. »Der Laster bremst.«

»Seh ich selber!« Der Bischof zupfte wütend an seinem Hemd. Er war schweißnass. »Also antworte!«

»Mit dem Catering hatte er nichts zu tun«, kam die knappe Antwort. »Er experimentierte mit neuen Rezepten und verwaltete das Archiv.«

»Archiv? Wo habt ihr denn das? Hab ich ja noch nie gehört.«

»Nicht mit Büchern. Mit Gewürzen und Zutaten.« Seine Stimme wurde fester. »Über zweitausend haben wir – vom grünen Reis aus Vietnam bis zur getrockneten schwarzen Zitrone aus dem Irak. Daraus entstehen unsere Menüs, die auf der ibizenkischen Küche basieren. Wie die Timbale vom Rotbarbenfilet mit Kakao-Chili-Schaum zum Beispiel.«

Dieser belehrende Ton machte den Bischof noch wütender. Am liebsten hätte er seinen Sohn an den Schultern gepackt und fest geschüttelt. »Was redest du da? Willst du mir hier Kochunterricht geben? Begreifst du nicht, worum es geht?!«

»Um den Tod von Felipe Inaki«, sagte Pedro, als läse er eine Zeile aus einer Zeitung vor.

Der Bischof war kreidebleich. Würde er sich im Spiegel gesehen haben, hätte er es als eine Warnung aufgefasst. Die Warnung vor einem Herzinfarkt. Er aber dachte nicht an seine Gesundheit, er war nur damit beschäftigt, seinem Sohn eine Ahnung davon zu vermitteln, wie ernst seine Situation war. Als er sich ein wenig beruhigt hatte, sagte er: »Nein! Es geht nicht um den Tod von Inaki, es ist scheißegal, wer da umgebracht wurde, es geht darum, dass du es nicht warst, kapierst du das?«

»Ach so.«

»Ja, ach so!«

Als sie zu Hause ankamen, ging Pedro gleich in sein Zimmer. Der Bischof setzte sich zu seiner Frau in die Küche und schwieg lange. Dann begann er, ihr alles zu erzählen, und schloss mit der schwerwiegenden Feststellung: »Wir haben ein Problem, Inès.«

Während sie nachdachte, streichelte sie seine Hand und kam zu dem Schluss: »Wir haben kein Problem, Rafal.«

Er hob den Kopf. »Haben wir nicht?«

»Nein. Pedro wäre zu so etwas nie und nimmer imstande. Möchtest du einen Kaffee?« Sie stand auf.

»Es kommt nicht darauf an, ob er dazu imstande ist oder nicht. Es kommt darauf an, dass ihn niemand für schuldig hält.«

»Ich halte ihn nicht für schuldig. Wer ist niemand?«

»Die Leute.«

»Die Leute?« Fast entglitt ihr der Wasserkessel.

»Der Staatsanwalt, der Richter, die Kollegen, El Cubano, die ganze Familie.« Der Bischof wischte mit der flachen Hand über die Tischplatte, als wäre sie voller Krümel. »Mein Gott.« Dann schaute er seine Frau verzweifelt an. »Dir erzählt er alles. Hatte er Streit mit Inaki?«

Sie setzte den Kessel auf das Gas, nahm aus dem Schrank die rote Tüte mit der Aufschrift *Ibiza Café* und bereitete einen *café leche* vor, wie Rafal ihn liebte. Stark, mit Milch und viel Zucker. »Er hat ihn schikaniert«, sagte sie dabei beiläufig. »Seit Wochen. Er hat ihn richtig fertiggemacht. Pedro hat nachts schon davon geträumt.«

Der Bischof richtete sich auf. »Das wusste ich ja gar nicht! Was hat er getan?«

»Alles Mögliche. Ein Sadist.«

Ein Sadist? Was meinte sie damit? Aber es hatte keinen Zweck, sich aufzuregen, schließlich war derjenige tot. Hatte er seine gerechte Strafe erhalten? »Aber … dann hätte Pedro vielleicht doch …?«

Sie füllte vier gestrichene Maß in die Filtertüte. »Blödsinn.«

»Warum hast du mir nichts gesagt?«

»Er wollte das nicht. Er wollte alleine damit fertig werden.«

»Alleine? Und du?«

»Ich habe ihm gesagt, dass das vorbeigeht. Man hat Gegner im Leben, da muss man durch.«

Der Bischof atmete tief ein und schüttelte den Kopf. »Aber nicht Gegner, die die Polizei dann abgeschlachtet auf dem Küchenboden findet.«

Inès hielt kurz inne. »Rafal! Ein für alle Mal: Das hat mit Pedro nichts zu tun! Es hat keinen Zweck, dass du dich mit solchen Gedanken verrückt machst. Es ist eine Sackgasse, aus und Punkt.« Sie goss das Wasser ein und beobachtete, wie der Kaffee aufschäumte.

»Was ist denn der Grund, dass dieser Inaki ihn so behandelt hat?«

»Er wusste es nicht. Aber ...« Sie gab Zucker und Milch in den Kaffee und rührte ihn um.

»Was aber?«

Vorsichtig trug sie die volle Tasse zum Tisch und setzte sie ab. Dann stellte sie sich vor ihren Mann hin, sodass er nicht aus der Küchenbank heraus konnte, und legte ihm beide Hände auf die Schultern. »In dieser Stimmung lässt du ihn bitte jetzt in Ruhe. Ich werde mit ihm reden.«

»Aber was? Was wolltest du noch sagen?«

»Du versprichst mir, dass du ihn in Ruhe lässt?«

Er nickte.

»Ich hatte das Gefühl, er wusste, warum Inaki ihn so behandelte, aber er wollte es nicht sagen.«

* * *

*Timbale vom Rotbarbenfilet mit Kakao-Chili-Schaum*

150 g Rotbarbenfilets
1 EL Zitronensaft
80 g Sahne
1 Eiweiß
Fleur de Sel

100 g Sahne
1 TL Kakao 100%
1/2 Chilischote, halbiert und entkernt
Akazienhonig

Kerbel

Rotbarbenfilets mit Zitronensaft beträufeln, 15 Minuten tiefkühlen. Mit Sahne und Eiweiß fein kuttern, salzen. 4 Töpfchen mit Klarsichtfolie auskleiden, die Masse einfüllen, glatt streichen. 20 Minuten kalt stellen. Bei 160 Grad im Backofen 40 Minuten im Wasserbad garen. 3 Stunden kühl stellen.
Sahne mit Kakao und Chili 10 Minuten bei kleiner Hitze einköcheln. Absieben, mit Salz und Akazienhonig abrunden.
Timbale auf Teller stürzen. Sauce mit einem Pürierstab aufschäumen, um die Timbale verteilen, mit Kerbel dekoriert sofort servieren.

* * *

Costa nahm die Straße in Richtung Buscastell. Kurz vor Can Tomás ließ er den Wagen rollen. Die Straße war etwas abschüssig und wurde zu einer Allee, von Zypressen, Pinien, Orchideen und Aprikosenbäumen gesäumt.

Er streckte den Arm aus dem Fenster und ließ die warme Frühsommerluft durch seine Finger streifen. Er dachte an Karin und dass sie so wenig Verständnis für seine Situation hatte. Es war doch klar, dass er viel lieber nach Berlin geflogen wäre. Dass Karin ihn eingeladen hatte, war wie eine Liebeserklärung. Der Gedanke gefiel ihm, doch schnell kamen die Zweifel. Vielleicht zahlte sie mit der Einladung nun eine Schuld ab. Denn in einem seiner vorigen Fälle war sie ihm so ins Gehege gekommen, dass es fast ein Unglück gegeben hätte. Danach wollte er sich von ihr trennen. Oft war es für ihn sehr schwierig, dass sie sich immer einmischte, um die Fälle für sich als Journalistin auszuschlachten, wobei sie die feinen Grenzen zu seinem Beruf missachtete. Und außerdem ging es nicht nur um ihre Artikel. Sie wollte immer auch beweisen, dass sie genauso gut war wie er. Oder besser.

Vielleicht sollte er sie noch mal anrufen und mit ihr reden. Insbesondere, weil es nicht danach aussah, dass er morgen wegkommen würde.

Costa hielt an einer Bar und bestellte sich einen *carajillo*. Der warme Brandy tat gut. Dann drückte er Karins Nummer, doch es kam nur die Mailbox.

»Es ist schade, dass du nicht da bist«, sagte er. »Ich denke, diese Hochzeit würde dir gefallen.« Er wollte die Eindrücke mit ihr teilen und malte ihr die Trauungsfeierlichkeit in der Kirche in allen Farben aus. Am Schluss betonte er, wie sehr er sich auf ein Wiedersehen mit ihr freue.

Danach fühlte er sich besser und fuhr weiter nach Can Rich. An der Einfahrt stand ein alter Olivenbaum, Weinstöcke zogen endlose Linien über die welligen Hügel, deren Konturen sich im Dunst verloren. Die asphaltierte Straße führte hinab bis zum Gutshaus. Heute war es umlagert von Pavillons und Zelten, geschmückt mit bunten Fahnen. Das Heerlager eines Maurenkönigs, hätte man meinen können.

Die Sonne war sommerlich warm und die Gäste standen in kleinen Gruppen plaudernd im Schatten der Bäume.

Als Costa ausstieg, fuhr neben ihm die kleine Videotruppe vor. Es waren zwei Burschen und eine junge Dame. Sie wartete, dass Costa ging, damit sie genug Platz hatte, um das Equipment entgegenzunehmen, das ihr aus dem Wagen gereicht werden sollte.

»Für wen filmen Sie?«, fragte Costa.

»Señor Arrabal hat uns angestellt.«

Langsam ging Costa auf den Eingang zu und fragte sich, ob Arrabal auch einen solchen Aufwand an Publicity getrieben hätte, wenn er gewusst hätte, was so alles in seiner Küche passieren konnte.

Der Bischof war anscheinend noch nicht da. Während Costa vergeblich nach ihm Ausschau hielt, hörte er eine Stimme hinter sich. »Er hing in seiner Küche, mit einem Strick um den Hals.«

Tote in Küchen waren im Moment für Costa ein interessantes Thema. Dem Akzent nach war der Sprecher ein Deutscher.

»Aber er kommt. Auf jeden Fall.«

»Wahrscheinlich kann selbst Arrabal es sich nicht leisten, ihn nicht einzuladen.«

Von wem sprachen sie? Costa schaute in die Ferne, zu den Wagen, die vorfuhren und denen die Gäste entstiegen.

»De la Reina? Arbeitet er für den Michelin oder für Gault Millau? Bei uns kennt man ihn nicht.« Ein Schweizer, vermutete Costa aufgrund des Akzents.

»Von wem sprecht ihr?« Auch ohne Akzent hätte Costa den Franzosen erkannt.

»Vom Cervantes der spanischen Gastronomiekritik. Unser Kollege war wohl zu sensibel für diesen ständigen Leistungsdruck.« Die Antwort kam in so schnellem Stakkato, dass der Sprecher nur aus Granada sein konnte. Ein Klang wie die Absätze eines Flamencotänzers auf Holzparkett.

»Das ist nicht die erste Karriere, die er vernichtet hat. Alle großen Gastronomieführer richten sich nach ihm«, sagte ein anderer.

Kein wünschenswertes Leben, das vom Urteil eines Kritikers abhängt, dachte Costa und schaute sich um. Es waren die Köche aus der Kirche. Auch sie blickten zu den vorfahrenden Limousinen. Erwarteten sie die Ankunft dieses gefürchteten Kritikers de la Reina? Costa kannte ihn nicht.

Eine Wagenkolonne fuhr vor. Es waren der schöne Alvaro am Steuer des Mercedes mit Josefa im Fond, Gouverneur Carlos Matares mit seinem Sohn und der Präsident des Inselrates, Pablo Palacio. Alles, was Rang und Namen hatte, war erschienen, obgleich keiner der Politiker in der Kirche gewesen war. Costa verabscheute diese doppelbödigen Typen, wie auch El Cubano einer war. Aber zur Feier kamen sie nun und schritten in ihren maßgeschneiderten leichten Anzügen auf die Finca zu. Auf dem Platz davor stand das Brautpaar und wartete darauf, die Glückwünsche entgegenzunehmen.

»Lass erst einmal die Aufgeblasenen gratulieren«, riss eine Stimme Costa aus seinen Gedanken. Er drehte sich um und erblickte den dicken Paco Cardona, der ihm die Hand hinstreckte. Er war der Besitzer des Can Balansat, eines auf Krustentiere spezialisierten Strandrestaurants im Norden der Insel.

»*Com va aixo, Toni*? Warst lange nicht mehr bei uns in San Miguel.«

»Du weißt doch, die Arbeit«, antwortete Costa lapidar.

Der Dicke nickte verständig. »Ist schon gut. Arrabal hat bei uns als Küchenjunge angefangen. Wir sind gleich alt und glaub nicht, dass mein Vater einen Unterschied zwischen den Angestellten und seinen Kindern gemacht hat. Ich musste schon mit zehn ran wie ein Erwachsener. Und hat man gemault, gab's eins hinter die Ohren. Aber José Arrabal war anders. Er hat nie gemurrt, hat sich nie beschwert, selbst wenn die anderen den Dreck für ihn übrig ließen.« Er schaute zu dem Brautpaar hinüber. »Nun hat er alles erreicht. Aber er wusste schon damals genau, was er wollte und worauf es ankam: der beste Koch sein, das beste Restaurant besitzen und …«, er lachte, »die beste Frau haben.«

»Hat ja geklappt.«

Cardona verzog höhnisch das Gesicht. »Eigentlich hat man erwartet, dass er nach seinem Aufstieg die Tochter des Kultur- und Sportbeauftragten Leopold Flaquer heiratet. Kennst du sie?«

Costa schüttelte den Kopf.

»Aus einer angesehenen Familie. Nicht hübsch, aber jung, nicht besonders helle, aber anständig. Sie war verliebt in Arrabal, ist es wohl immer noch, und es hatte sich auch alles wie geplant angebahnt. Aber dann ist Carmen plötzlich aufgetaucht und der alte Esel hatte nur noch Augen für sie. Das ist der Grund, warum die Herren in den schwarzen Limousinen ihm die Ehre ihrer Anwesenheit in der Kirche verweigert haben. War dein Onkel in der Kirche?«

Costa schüttelte den Kopf.

»Auf diese Weise lassen sie den Emporkömmling seinen Stellenwert spüren. Lache Bajazzo, weine Bajazzo.«

Das hatte ihm Cubano nicht erzählt. Vielleicht aus gutem Grund, denn Costa kannte diese Situation aus seiner Kindheit. Seine Mutter war nämlich ebenso wie diese Carmen eine Fremde gewesen und die Familie seines Vaters hatte schon längst eine Ibizenkerin für ihn ausgesucht. Und auch Costas Mutter war, wie Arrabals Braut, den Frauen der Insel zu schön gewesen. Costa waren die verstohlenen Blicke auf Carmen nicht entgangen, das Getuschel, die unterdrückten Lacher. Im Vorbeigehen hatte er mitgekriegt, dass sie überall in kleinen Grüppchen dabei waren, Carmen als Partygirl abzustempeln. Das musste sie vor ihrer Ehe gewesen sein. So hatten sie damals auch seine Mutter als lockeres Hippiemädchen gebrandmarkt.

Costa betrachtete das Brautpaar. In dem weißen Kleid sah Carmen eher wie der Inbegriff von Unschuld aus. Lächelnd schüttelten die beiden Hände und verteilten Küsse. Manchmal riss Arrabal einen Arm hoch, um einem Scherz beizupflichten. Dann ließ er ihn auf die Schultern seiner jungen Frau sinken, wie um seine Heiterkeit mit ihr zu teilen. Doch damit hielt er sie auch fest.

Vielleicht müsste er sich bald an ihr festhalten, dachte Costa, wenn er von dem Mord in seiner Küche erführe. Der berühmte Koch kam ihm wie ein Seiltänzer vor. Ein Spezialist, den eine einzige Kunst groß gemacht hatte und der mit dieser Kunst stand und fiel. Wer konnte wollen, dass er fiele?

Er sah, wie Josefa mit ihrem Krückstock aus dem Wagen stieg. Ausdruckslos hielt der schöne Alvaro ihr den Schlag auf. Sie machte zwei Schritte, blieb stehen und blickte sich erwartungsvoll um. Gouverneur Matares, der dem Brautpaar bereits gratuliert hatte, eilte mit offenen Armen auf sie zu.

Costa verabschiedete sich von Paco Cardona und ging zu ihr. Sie nahm seinen Arm, hob die Krücke, zeigte die Richtung an und marschierte los. Die Menge teilte sich, als die Patriarchin der mächtigen Costa-Familie mit ihrem Enkel auf das Paar zuschritt.

Zuerst reichte sie Arrabal die Hand und flüsterte etwas, das ihn verlegen nicken ließ, während die Braut sich höflich mit einem der Inselräte unterhielt. Costa war nahe genug, um ihren Blick auf Josefa zu bemerken. Vermutlich sah sie nichts weiter als ein uraltes Mütterchen mit einem Krückstock, denn sie wandte ihre Aufmerksamkeit gleich wieder dem Inselrat zu.

Jeder erwartete, dass die Patriarchin nun Carmen Arrabal gratulieren würde, aber sie tat es nicht. Costa ahnte, dass seine Großmutter erwartete, von der Braut bemerkt zu werden. Sie rührte sich nicht vom Fleck, sondern stand dort wie eine zu Stein gewordene Aufforderung. Die Umstehenden verstummten, jeder bemerkte die Dissonanz, nur Carmen nicht.

Auch dem Inselrat war Josefas Unwille nicht entgangen. Er ließ Carmens Hand los und trat einen Schritt zurück, um das Gespräch mit ihr zu beenden. Carmen verstand nicht und warf ihrem Ehemann einen irritierten Blick zu.

Er legte seinen Arm um sie und flüsterte ihr etwas ins Ohr. Daraufhin machte die Braut die Andeutung eines Knickses, küsste die Hand Josefas und bedankte sich für ihr Kommen. Ihr Spanisch klang schön, ohne harte Konsonanten, mit kaum hörbaren S-Lauten.

Josefa schien versöhnt. Sie tätschelte die Wange der Braut. Was wussten diese Ausländer schon, verriet ihr Gesichtsausdruck.

Ein kleiner Skandal war abgewendet. Costa lächelte. Er verstand diese altmodischen Riten, bei denen es nicht bloß um Macht und Geld ging. Lächelnd trat er vor und gratulierte dem Bräutigam.

Dabei fiel sein Blick auf die Hände des Kochs. Kaum ein Finger war ohne Narben. Der kleine Finger der rechten Hand war vollständig verkrüppelt.

Costa mochte seine eigenen Hände. Ihm wäre es nicht wert gewesen, einen solchen Preis für den Erfolg zu zahlen. Aber Arrabal lenkte mit einem mächtigen Siegelring zusätzlich noch die Aufmerksamkeit dorthin, so als wäre er stolz auf diese Stigmata.

»*Teniente*, ich bin erfreut, Sie ebenfalls zu sehen. Zwei Jahre ist das schon her – Ihre Geburtstagsparty am Strand, nicht wahr?«

Costa erinnerte sich. Pedro hatte die Paella gemacht.

Ohne eine Antwort abzuwarten, richtete sich Arrabal gleich wieder an Josefa. »Das ist ein schönes wertvolles Kleid, das Sie anhaben. Kostbare Tradition.« Er seufzte. »Wir geben mehr und mehr von unseren Traditionen auf, und was rückt an ihre Stelle? Alles soll immer und überall gleich sein. Ist das nicht furchtbar?«

Ein bisschen unbeholfen fand Costa das Kompliment an Josefa, doch sie lächelte. »Vielleicht sollte ich bei Ihnen mal essen«, sagte sie freundlich und fügte spöttisch hinzu: »Was ist denn heute das Menü des Tages?«

Arrabal nutzte nicht die Gelegenheit, all die Speisen aufzuzählen, die seine Köche vorbereitet hatten und die auf die anspruchsvollen Gäste warteten, sondern erwiderte bescheiden: »Wir weichen von den Traditionen nur ab, wenn der besondere Geschmack einer Mächtigen es so will.« Er verbeugte sich ein wenig. »Niemals aber, weil das Rezept vergessen oder die Verbeugung nicht erlernt war.«

Costa stellte amüsiert fest, dass der Küchenjunge von einst nicht nur die Haute Cuisine erlernt hatte, sondern sich auch an der *haute langue* versuchte.

»Sehr wohl gesprochen«, sagte Josefa. »Also ehren wir die Traditionen.« Sie klatschte in die Hände und augenblicklich erklang schrilles Flötenspiel. Die Köpfe fuhren herum. Eine ibizenkische Folkloregruppe begann einen wilden Tanz, vor dem alle zurückweichen mussten.

»*Ses dotzes Rodades*. Der Hochzeitstanz unserer Insel«, erklärte sie dem Bräutigam.

Costa erinnerte sich, wie er diesen Tanz als Kind schon einmal gesehen hatte. Auch damals war er mit seiner Großmutter auf einer Hochzeit. Er hatte Karin davon erzählt und versucht, ihr zu beschreiben, wie beeindruckt er als Neunjähriger davon gewesen war. Sie, die sich sehr für die Sitten der Insel interessierte, hatte ihn später immer wieder gebeten, eine Tanzgruppe zu finden, die diesen kunstvollen, sehr anstrengenden Tanz beherrschte. Es war ihm nie gelungen. Ausgerechnet jetzt, da sie in Berlin war, entfaltete sich dieses Schauspiel vor seinen Augen. Das Spektakel wurde ja gefilmt, dann könnte er es Karin später zeigen.

Zum ersten Mal fühlte er sich schuldig. Wieder einmal hatte er den Beruf an die erste Stelle gesetzt. Jetzt sahen sie, voneinander entfernt, zwar ähnliche Dinge – sie eine Oper, er ibizenkischen Tanz –, aber sie konnten das Erlebnis nicht teilen. Sie konnten sich ihre Erlebnisse nur mitteilen.

Die jungen Männer trugen weiße bauschige Hosen, die von einem roten Hüfttuch gehalten wurden. Über den weiten, ebenfalls weißen Hemden prangten enge, reich verzierte Westen. Sie warfen die Beine so hoch, dass ihre Füße, die in geflochtenen Sandalen steckten, oft weit über ihre Köpfe flogen. Dazu schlugen sie riesige Kastagnetten.

Aus allen Richtungen strömten die Gäste und bildeten einen Kreis. Lauter und schneller wurde das Stück. Die Musiker schlugen mit der einen Hand auf fellbespannte Trommeln und ein langes Metallstück, den Klangdegen, während sie mit der anderen ihren Flöten arabisch klingende Melodien entlockten. Dabei wippten die Spitzen ihrer Jakobinermützen im Takt. Die Frauen trugen die gleiche Tracht, die Josefa heute angelegt hatte, waren aber dazu mit Gold, Edelsteinen und Perlen geschmückt. Sie drehten sich wie Puppen um ihre Achse. Nach einer Weile begannen sie, einer unsichtbaren Acht zu folgen. Die Hände hielten sie steif angewinkelt in Brusthöhe, die Handrücken den Männern zugewandt, und pressten die Daumen gegen Zeige- und Mittelfinger. Durch die immer verwegener werdenden Sprünge der jungen Männer sollten die Mädchen von der Kraft und Geschmeidigkeit der Tänzer überzeugt werden.

Costas zufälliger Blick fiel auf Carmen, die fasziniert zusah. Etwas an ihrer Haltung und ihrem Ausdruck ließ ihn zu Josefa schauen. Er konnte nicht widerstehen, die beiden zu vergleichen. Es gab eine Ähnlichkeit. Keine äußerliche – Josefas Haut war dunkel und ihr Haar kraus wie bei den nordafrikanischen Frauen, wohingegen Carmen blass war, ihr schwarzes Haar dick, glatt und glänzend –, eher bestand die Ähnlichkeit in so etwas wie Kühnheit. Doch war Carmen auch auf Macht und Reichtum aus, wie Josefa? Würde ihr José Arrabal auch so ergeben zur Seite stehen wie zu seinen Lebzeiten Toni Costa Tur seiner Josefa?

Das Publikum klatschte im Takt des wirbelnden Tanzes. Die Melodien der Flöten stiegen auf den Vierteltonstufen der arabischen Skala in schwindelnde Höhen. Kastagnetten und Trommeln erklangen in Sechzehnteln. Rot, Weiß und Schwarz vermischten sich. Dann ein letzter Schlag, der weit über die Hügel hallte, und die Tänzer standen abrupt still.

Während der Applaus aufbrandete, trat Costa an Carmen heran, um auch ihr zu gratulieren. Er wünschte ihr ein langes und glückliches Leben an der Seite Arrabals. Sie schaute ihn ernst – oder verwundert? – an, ohne sich zu bedanken.

Als er sich umdrehte, sah er einen Mann hinter sich stehen, der ihn sofort an Salvador Dali erinnerte. Es waren nicht allein der auffallende Schnurrbart und das dunkle Haar. Auch nicht die affektierte Pose, mit der er Costa sogleich die Hand entgegenstreckte, sondern die Art, wie er permanent Aufmerksamkeit auf sich zu ziehen versuchte. Er schien jede Sekunde Beifall zu brauchen.

»De la Reina«, stellte er sich vor, »Oswaldo de la Reina. Sind Sie ein Freund des Bräutigams oder der Braut?«

»Weder noch. Ich begleite meine Großmutter. Sie ist mit Señor Arrabal bekannt. Und Sie?«

Er war etwas älter als Costa, trug eine schmale Halbbrille, einen dunklen Anzug aus leichter Wolle und ein blau-weiß gestreiftes Hemd mit Fliege. Seine Hände waren manikürt, die Fingernägel lackiert, seine Haut zart und hell.

Arrabal kam plötzlich dazwischen und umarmte de la Reina. »Schön, dass Sie da sind, Don Oswaldo. Kommen Sie, mein Lieber, und gratulieren Sie meiner Frau zu ihrer weisen Entscheidung. Aber zuerst holen wir etwas zu trinken für Sie. *Teniente* Costa, wir sehen uns später«, rief er im Davongehen, wobei er de la Reina mit sich zog.

»Ein schattiges Plätzchen und ein Glas Champagner wären jetzt nach meinem Geschmack«, sagte Josefa, die sich mit einem alten Mann in Militäruniform unterhalten hatte, und deutete auf das Festzelt, in dem Arrabal mit seinem Gast verschwunden war.

Costa ergriff ihren Arm und führte sie.

»Das war General Tur«, flüsterte sie kichernd. »Obwohl er viel jünger ist als ich, hat er mir damals nach dem Tod deines Großvaters einen Antrag gemacht.«

Sie fand sich besonders reizend, wenn sie solche Anfälle von Jungmädchenhaftigkeit bekam. Wahrscheinlich verspürte sie dann auch noch einmal eine jugendliche Heiterkeit.

Sie stieß ihn in die Seite. »Sei doch nicht so ernst, nur weil deine Karin in Berlin ist. Es wird ihr schon nichts abgehen. Amüsier dich doch auch ein bisschen.«

»Ich werde erst mal Champagner für dich holen.«

Das Zelt war mit dicken Perserteppichen ausgelegt, die Gäste versanken in riesigen Kissen und eleganten Sofas. Üppige Arrangements aus wilden Rosen verbreiteten ihren Duft. Fingerfood wurde gereicht und aus unsichtbaren Lautsprechern drang dezenter Café-del-Mar-Chill. Karins Lieblingsmusik an romantischen Abenden, dachte Costa und erinnerte sich an die Sonnenuntergänge am Strand vor dem Café mit ihr.

De la Reina stand im Kreis etlicher Zuhörer. Er hielt eine der Blumen hoch und gefiel sich in der Rolle des Alleinunterhalters.

Josefa zeigte mit dem Stock auf ihn. »Dieser Mann ist ein Wichtigtuer, ein *sabetodo*, genau wie dein Großonkel Pep Mari einer war. Sie reden die ganze Zeit, aber sie sagen nichts. Und warum reden sie?« Josefa sprach so laut, dass de la Reina einen Moment innehielt. »Es ist das Einzige, was sie können«, sagte sie.

Costa fragte sich, ob sie recht hatte oder eher all die, die sich bewundernd über den Restaurantkritiker geäußert hatten.

De la Reina wiederholte die Frage einer dicklichen, mit Schmuck behängten Dame, die in einem der Sessel mehr lag als saß. »Wie er sie kennengelernt hat?« Dabei blickte er alle an, die ihn hören konnten. »Eines Tages stand sie vor ihm, in einem roten Kleid, eine weiße Rose in der Hand. ›Such nicht weiter‹, hat sie gesagt, ›wir beide wissen, dass man das Schicksal nicht betrügen kann.‹ Ich spreche von einer Anziehungskraft, der man nachgeben muss. Einem *coup de foudre*, wie es die Franzosen nennen, einem Blitzschlag der Liebe.« Die Dicke lachte. De la Reina hob die Arme und deklamierte:

»An die Rose,
an diese Rose,
die einzige,
an ihre samtene Tiefe,
an das Aufbrechen ihres weißen Schoßes.«

Costa fragte sich, wie solche Neurotiker Positionen erreichen konnten, die es ihnen erlaubten, Existenzen zu vernichten. Ja, Menschen sogar in den Selbstmord zu treiben, wie es de la Reina angeblich mit einem Koch getan hat.

Es klang fast, als hätte de la Reina Costas Gedanken aufgeschnappt, als er fortfuhr:

»Du und ich,
du bist ich,
du hast mich,
ich töte dich!«

Lachend hob er das Glas Carmen entgegen, die eingetreten war. Dann prostete er Josefa zu.

Sie reagierte nicht darauf. Sie hatte es sich auf einem burgunderfarbenen Diwan bequem gemacht, stieß nun Costa mit ihrer Krücke an, um ihn an den Champagner zu erinnern. Costa brachte ihr schnell das Glas, das er einem Serviermädchen vom Tablett nahm. Dann schaute er sich nach den Köchen um.

Hinter einem Berg von Austern entdeckte er Manolo Sanchez, den Fischkoch des S'Esglesia, der damals seinen Geburtstag mitgefeiert hatte. Manolo war ein witziger Vogel und winkte Costa fröhlich zu, während er ohne hinzusehen in einem wahnsinnigen Tempo Austern anrichtete, wobei er die Vorzüge der einzelnen Sorten erklärte – Fines de Claire, nordspanische Gigantes, galicische und irische Felsenaustern oder französische Belons mit glatter Schale. Costa ging zu ihm und Sanchez erinnerte ihn schmunzelnd an das Ende der ausgelassenen Feier vor einem Jahr: Der Surfer, Costas junger Kollege, und ein Flamencogitarrist hatten einen Holztisch ins Meer getragen, sich wie Schiffbrüchige daraufgesetzt und lauthals »Bamboleo« gegrölt, während der Rest der Gäste barfuß im Sand tanzte und die Morgensonne begrüßte.

Costa zeigte auf die Austern. »Und? Schon mal eine Perle gefunden?«

»Leider nein«, lachte Sanchez, »muss noch ein bisschen suchen.«

»Wann hast du heute angefangen?«

Sanchez setzte sein Messer am Gehäuse der nächsten Auster an. »Sechs. Wegen der Vorbereitungen.« Das Messer drang zwischen die Schalenhälften. »Sonst arbeite ich bis ein Uhr nachts und brauche erst nachmittags zum *mise en place* anzutanzen. Ab halb zehn haben wir aufgebaut. Hat nur zwei Stunden gedauert«, sagte er stolz und drehte das Messer. Die Auster sprang mit leisem Knacken auf.

»Wer ist wir?«, fragte Costa.

»Ich und meine drei Kollegen. Und die Kellner natürlich. Felipe Inaki kommt später. Das ist der Küchenchef.« Sanchez blickte auf die Uhr. »Eigentlich müsste er schon hier sein.« Er blickte suchend in die Menge. »Pedro ist auch noch nicht hier. Den lässt er Knoblauch schälen.« Er grinste. »Der spinnt.«

»Wann wart ihr genau hier?«

»Zwanzig vor zehn.«

»Ist keiner früher gegangen?«

»Nein. Bei der Menge Arbeit wär das gar nicht drin.«

Sanchez fuhr mit dem Messer an der oberen Schalenhälfte entlang, trennte sie von der unteren und hielt diese Costa hin. Der schüttelte den Kopf. Die Auster wanderte ohne Kommentar auf den Berg zu den anderen.

»Oh, de la Reina kommt«, raunte Sanchez.

»Dieser Kritiker?«

»Er ist *der* Kritiker überhaupt. Er hat Arrabals Aufstieg begleitet. Sie kennen sich seit zehn Jahren. 1998 bekam das S'Esglesia seinen ersten Stern. Seitdem testet er jährlich. Der zweite

Stern kam 2001. Der dritte vor zehn Tagen, am 14. April.« Sanchez lächelte spöttisch. »Er besucht das Restaurant sehr oft – öfter, als er eigentlich muss. Die Frau vom Chef sitzt dann bei ihm am Tisch.« Er schmunzelte. »So tut jeder was für die gute Sache.«

»Verstehe«, sagte Costa. Aber eigentlich konnte er sich nicht vorstellen, dass Arrabal seine junge Frau als Schachfigur einsetzte.

De la Reina blieb vor dem Berg Austern stehen und nahm sie mit großer Geste in Augenschein. Sofort bildete sich ein Grüppchen um ihn.

»Warten Sie schon auf die Köstlichkeiten?«, fragte er Costa.

Costa mochte keine Austern. Sie waren ihm zu glibberig. »Der Mann, der die erste Auster gegessen hat, muss sehr hungrig gewesen sein«, sagte er, fast als Entschuldigung.

»Oh nein«, widersprach de la Reina, »ich bin der festen Überzeugung, dass ihm *befohlen* wurde, eine Auster zu essen. Die Kaiser des Altertums waren in diesen Dingen rigoros. Überlebte der Vorkoster die Speise und berichtete außerdem noch von Wohlgeschmack, kam sie auf den Tisch. Mittlerweile gibt es Tausende von Zubereitungen, aber keine, die ein Vorkoster überlebt hätte. Eine ist schrecklicher als die andere. Vor allem die Amerikaner haben auf dem Gebiet der Geschmacksverirrung wie immer Großes geleistet.« Seine Miene karikierte eine gequälte Feinschmeckerseele. »Angels on Horseback, mit Speck auf Spieße gesteckt, gegrillt und mit Cayenne getötet.« Er schüttelte sich. »Brr. Oder überbacken. Oder besser noch: mit Vinaigrette hingerichtet, mit Ketchup besudelt, unter Cheddarkäse und Eigelb begraben – ein endloser Reigen von Folterungen, die die spanische Inquisition einfallslos erscheinen lassen.« Er nahm eine Auster und hielt sie unter seine Nase, schloss die Augen und seufzte. »So müssen sie sein und nicht anders. Jungfräulich geöffnet in ihrem Perlmuttbett. Ave Caesar Arrabal!«

Costa drehte sich um. Der Gastgeber stand hinter ihm.

»Das zweite Wasser! Der pure Saft! Die richtige Temperatur!«, rief de la Reina ihm zu. »Diese Tiere sind in einem Privatjet zur Party angereist.«

Das Kompliment gefiel Arrabal, er hob amüsiert sein Glas. »Ganz recht. Heute Morgen waren sie noch in Arcachon, Marennes, Galway und ahnten nichts von einer Welt jenseits der Wasseroberfläche. Aber Sie haben eine Rezeptur übersehen, die ich gelten lassen würde, verehrter Don Oswaldo: à la Borchardt. Was meinen Sie?«

Der Kritiker schmunzelte. Sie spielten ein altes Spiel miteinander, an dem sie die Gäste teilhaben ließen. Theorie gegen Praxis. »Entbartet, ja. Mit etwas Kaviar, einverstanden. Belegt mit marinierten Tomatenscheibchen? Überflüssig und degoutant. Dann schon lieber als Frikassee mit gewürfeltem Kalbsbries.« Er schlürfte die Auster, als würde er einen zu heißen Tee trinken. Die Umstehenden lachten und applaudierten.

»Das Büfett ist hiermit eröffnet!«, rief Arrabal. *»Bon profit!«*

Er lief herum, ordnete an, begrüßte die Gäste, schenkte hier und da Champagner nach und warf seiner Frau, die ununterbrochen Glückwünsche und Küsse entgegennahm, verliebte Blicke zu.

Costa staunte über den gewaltigen Aufstieg Arrabals: ein Mann aus ärmlichen Verhältnissen, der alle aus seinem Dorf weit hinter sich gelassen hatte. Es wäre kein Wunder, wenn er zahllose Neider hätte. Aber von dem Mord in seiner Küche ahnte er noch nichts. Gerade bewunderte er seine Nachbildung auf einer mannshohen Torte, die hereingetragen worden war und von zwei bis ins Detail erkennbaren Figuren gekrönt wurde – Carmen und José Arrabal. Braut und Bräutigam standen vor ihren Miniaturen und küssten sich. Dann schnitt Arrabal ein sauberes Dreieck von oben nach unten.

Die Braut reckte sich, um die Figuren von der Torte zu nehmen, und gab sie einem jungen Mädchen, das nach altem Brauch damit die nächste Braut sein würde. Das Mädchen wurde rot und stieß einen Entzückensschrei aus, der dem Jungen neben ihr zugedacht war und ihn erschrocken zusammenfahren ließ.

Das nächste Ritual war der Trank aus dem *porrón*, dem traditionellen Behälter für Wein, bei dem kein Tropfen verschüttet werden durfte, wenn man Unglück vermeiden wollte. Alle hielten den Atem an. Arrabal legte den Kopf in den Nacken und zog gekonnt den Weinstrahl in die Länge, bis sein Arm ausgestreckt war, der den gläsernen Schnabelkrug hielt. Die Gäste jubelten. Er reichte den *porrón* an Carmen weiter. Geschickt tat sie es ihm gleich. Nur sie und Costa, der unmittelbar neben ihr stand, sahen den winzigen roten Fleck auf dem Brautkleid, den sie rasch unter einer Rüsche versteckte.

Doch schon im nächsten Moment hatte sie den Fleck vergessen, denn es folgte die feierliche Überreichung der zwölf Goldmünzen an sie. Damit tat der Ehemann öffentlich kund, dass er auf Gütertrennung verzichtete.

»Bravo!«, applaudierten alle.

Das Streichquartett, das auf einer Bühne klassische Musik gespielt hatte, wurde abgelöst von einer lauten kubanischen Combo. »Ricardito!«, schrien die Frauen und kreischten, als der Sänger mit einer schnellen Rumba begann. Binnen Sekunden waren sie alle ausgelassen. De la Reina hatte sich in die Mitte manövriert und schwang exaltiert die Arme.

Jetzt, da man alle Festrituale – bis auf das Feuerwerk – hinter sich hatte, war es für Costa an der Zeit, den Bräutigam über den Toten in seiner Küche zu informieren.

Er wollte sich gerade an Arrabal wenden, als ihn eine kräftige Spanierin in die tanzende Menge zog und nicht mehr freigab. Mit seinen Blicken suchte er nach Arrabal. Der hatte seine Carmen im Arm und küsste sie. Immer wieder wurde das Brautpaar unter lautem Beifall zum Küssen aufgefordert. »Stellt euch auf die Stühle, wir sehen nichts!«, riefen alle, »*Que se besen! Que se besen!*«, wurde zu einem stampfenden Rhythmus.

»*Me muero por tus huesos*«, hauchte Costas Partnerin, *ich sterbe für deine Knochen*. Dabei kniff sie ihm fest in den Hintern. Dieser eindringlichste aller andalusischen Liebesschwüre ließ ihm keine Wahl – er machte seiner Tänzerin klar, dass er jetzt genug hätte, was sie nicht davon abhielt, ihm drei dicke Küsse aufzudrücken.

Costa aber konnte Arrabal nicht mehr finden. Stattdessen stieß er auf de la Reina, der leichenblass am Stamm eines Olivenbaumes lehnte. Er schien schlecht Luft zu bekommen und riss sich gerade den Kragen seines Hemdes auf.

»Ist Ihnen nicht gut?«, fragte Costa ihn.

»Es geht schon wieder. Mein Herz ist nicht das beste. Extrasystolen. Geht vorüber.«

»Haben Sie Arrabal gesehen?«

De la Reina zeigte auf eine Gruppe von Zigarrenrauchern neben einem Stand, an dem es Cocktails gab.

Costa bedankte sich. Wie würde Arrabal reagieren? An einem Tag wie heute. Vielleicht dem ungewöhnlichsten seines Lebens. Vielleicht dem schönsten.

»Kann ich Sie kurz sprechen, Don José?«

Vermutlich dachte Arrabal in diesem Moment nicht daran, dass Costa bei der Guardia war, sondern an seinem Fest nur als Gast teilnahm. Er nickte und stellte einem Serviermädchen sein Champagnerglas aufs Tablett. »Was kann ich für Sie tun?«

Costa nahm ihn beiseite, was Arrabal mit leichtem Widerstreben geschehen ließ. »Ist irgendwas passiert?«, fragte er.

»Don José, ich muss Ihnen eine bedauerliche Mitteilung machen. Ihr Koch Felipe Inaki ist heute Morgen etwa gegen zehn Uhr ermordet worden.«

Costa konnte spüren, wie sich die Stimmung bei Arrabal wandelte. »Ermordet? Felipe? Wo?«

»In Ihrer Küche. Dort hat ihn Pedro Gonzales gefunden.«

»Pedro? Wo ist er?« Arrabal blickte sich nach allen Seiten um. Offenbar bemerkte er erst jetzt, dass Pedro gar nicht anwesend war. »Hatte Felipe einen Streit? Wer war es?«

»Es ist noch zu früh, darüber Vermutungen anzustellen. Er ist mit seinem eigenen Messer erstochen worden und es sah aus wie eine Hinrichtung. Jemand könnte einen ziemlichen Hass auf ihn gehabt haben. Haben Sie eine Ahnung, wer da infrage käme?«

Arrabal war leichenblass. »Nein.« Er atmete heftiger als zuvor und schüttelte den Kopf. »Keine Ahnung.«

»Es tut mir furchtbar leid, aber ich muss Sie jetzt bitten mitzukommen. Sie sollten sich die Sache ansehen und müssten mir dann noch eine Reihe von Fragen beantworten.«

»Wie lange kann das dauern? Ich frage nur wegen meiner Frau. Soll sie auch mitkommen? Muss ich sie jetzt verständigen?«

»Nein. Es wäre mir sogar lieber, wenn wir erst einmal alleine wären. Ich denke, in einer Stunde könnten Sie zurück sein.«

»Was soll ich ihr sagen?«

»Sagen Sie ihr, dass es in der Küche ein Unglück gegeben hat und Sie sich darum erst einmal kümmern müssen. Dass Sie aber auf jeden Fall sehr bald zurück sind.«

Arrabal schien nicht mehr zu atmen. Wie versteinert stand er da. Dann gab er sich einen Ruck. »Wo ist meine Frau?«

Aus dem Augenwinkel hatte Costa gesehen, dass sie herüberschaute. Schon eine ganze Weile. Irgendwie kam es ihm so vor, als hätte sie auf diesen Moment gewartet.

Sie parkten auf dem Lieferantenparkplatz. Costa den Pajero-Geländewagen, Arrabal einen Porsche Cayenne; er wollte möglichst schnell wieder zurück auf seine Hochzeit. »Ein Skandal könnte mein Geschäft zerstören«, hatte er gesagt.

Die inzwischen fahle Sonne stand noch groß über der Bahia. Doch am Horizont zogen sich schon Wolken zusammen. Würde es jetzt ein Gewitter geben?

Costa stieg aus dem Auto und schaute nach oben. Der Himmel war verhangen, aber für ein Unwetter gab es kein Anzeichen. Dennoch spürte er eine ferne Bedrohung.

Torres' Mercedes war weg, ebenso wie der Leichenwagen und die anderen Dienstfahrzeuge. Der Wagen des Surfers, Elenas Motorrad und ein Mannschaftswagen standen noch da. In der geöffneten Schiebetür saß Elena. Sie arbeitete am Computer und winkte Costa kurz zu.

In der Küche erinnerten an die Leiche nur noch das Blut und die Kreidekonturen. Der Surfer sicherte letzte Spuren im Vorratsraum. Arrabal warf einen kurzen Blick auf den Schauplatz und sagte entschlossen: »Gehen wir in mein Büro.«

»Gut«, erwiderte Costa, »aber einen Moment noch. Xicu, bring doch mal den Eimer mit dem geschälten Knoblauch.«

Der Surfer brachte ihn und Costa stellte ihn vor Arrabal hin. »Wie lange braucht man, um diese Menge zu schälen?«

Arrabal sah ihn verblüfft an. Er warf einen kurzen Blick in den Eimer und sagte: »Zehn Minuten.«

»Sind Sie sicher?«

»Höchstens.«

»Gut, gehen wir.«

Costa folgte Arrabal über den Innenhof zum Büro im Nachbargebäude. Er machte Licht und hielt Costa die Tür auf. »Wir nennen es das Pfarrhaus, obwohl hier niemals ein Geistlicher gewohnt hat.«

Dann ging er ins Büro und nahm hinter seinem Schreibtisch Platz.

Der Raum war eingerichtet wie die Kapitänskajüte einer spanischen Galeone. Am Fußende des Bettes stand ein antiker Holzglobus von beeindruckender Größe und nautische Instrumente aus Messing glänzten überall. An den Wänden hingen Seekarten, die so alt waren, dass man Gottes Segen brauchte, um irgendwo anzukommen. Selbst Arrabals Schreibtisch war vermutlich aus einem alten Schiff. Nur das Bett war viel breiter als die Schlafkoje eines Seemanns.

Arrabal machte ein Zeichen, und Costa ließ sich in einen der Sessel mit spröder lederner Oberfläche sinken. Juan Carlos, der König von Spanien, blickte ihn aus einem Silberrahmen lächelnd an. »Don José, dem besten Koch Spaniens, in Verehrung«, stand in der königlichen Handschrift quer darüber.

»Hier habe ich bis vor Kurzem gewohnt. Wie Sie sehen, brauche ich nicht viel. Aber nachdem ich meine Frau kennengelernt hatte, haben wir ein Haus am Meer bezogen.«

»Wo?«

»In der Cala Gracioneta.« Er schüttelte den Kopf. »Ein Verbrechen! An meiner Hochzeit!« Er öffnete einen kleinen Rosenholzhumidor und hielt ihn Costa hin. »Eine Trinidad.«

»Danke, nein.«

Arrabal zündete ein Streichholz an, versank in Gedanken, schüttelte den Kopf ein paar Mal und zuckte mit der Hand, als die Flamme seinen Daumennagel erreicht hatte. »An meiner Hochzeit.« Er zündete ein neues Streichholz an. Als Mann war er immer noch attraktiv: ein Gesicht mit markanten Zügen, vollen Lippen, dunklen Brauen und wachen Augen. »Ich muss das erst mal verkraften«, sagte er leise. »Ein Tag, der so schön begonnen hat.« Er fächelte die Zigarre an, blies in die Glut und lehnte sich zurück. »Ich hatte mir meine Hochzeit anders vorgestellt.«

»Ich werde Sie nicht länger als nötig aufhalten.«

»Dafür danke ich Ihnen. Trinken Sie was?« Arrabal erhob sich, ergriff eine bauchige Flasche und schenkte Costa ein. Er hob sein Glas. »Im Jahr, als dieser Portwein verkorkt wurde, waren wir noch nicht auf der Welt. *Salud.*«

»1830« konnte Costa auf der Flasche lesen. Er ließ das süße Öl langsam über seine Zunge fließen. Es wärmte seine Kehle. Und dann fragte er sich, was Karin wohl gerade machte.

»Gekeltertes Sonnenlicht von den Hängen Andalusiens«, murmelte Arrabal wie einen Trauerpsalm, als könnte er daraus Trost ziehen. »Ich trinke es im Angedenken an einen Freund«, fügte er hinzu.

»Felipe Inaki?«

Arrabal nickte.

Costa bat ihn, ihm alle Ereignisse von heute zu erzählen.

Arrabal schien seine Zigarre vergessen zu haben, die im Aschenbecher vor sich hin glimmte. »Wir wohnen in der Cala Gracioneta, wie ich schon sagte, aber meine Frau hat letzte Nacht hier übernachtet.«

»Hier?« Das Büro war etwa fünfzig Meter von der Küche entfernt, da wäre es möglich, dass sie etwas bemerkt hätte. »Und warum?«

»Die Nacht vor der Hochzeit. Es ist eine alte Tradition. Meine Frau wollte es so. Diese Dinge respektiere ich ohne Nachfrage. Und am nächsten Morgen kam sie rechtzeitig, um sich für die Kirche umzuziehen.«

»Wann war das?«

»10:25 Uhr. Ich weiß die Zeit noch so genau, weil ich bei meiner Nachbarin Doña Nieves Calvo war. Ich wollte, dass sie mir einen Knopf annäht. Als ich ging, fragte sie mich, wie spät es sei.«

»Und da war es 10:25 Uhr?«

»Ja, kurz davor.«

»Wie lange fährt man von hier bis zu Ihnen nach Hause?«

»Zwanzig Minuten.«

»Dann wäre Ihre Frau um fünf nach zehn hier weggefahren?«

»Ich denke, ja.«

»Wir wissen nicht genau, wann der Mord passiert ist, aber es war auf jeden Fall *vor* 10:30 Uhr. Würde man hier merken, wenn in der Küche ein Streit ist?«

»Nein.«

»Auch kein lautes Schreien?«

»Nein. Ich denke nicht.«

»Waren Sie heute Morgen noch einmal hier?«

»Nein. Ich bin von meinem Haus direkt zur Kirche gefahren.«

»Felipe Inaki war Ihr Stellvertreter, wenn ich das richtig verstanden habe.«

»Ja. Er war seit fünf Jahren mein Sous-Chef, meine rechte Hand. Er konnte mich in jeder Hinsicht ersetzen. Zumindest für eine Weile. Ich hatte blindes Vertrauen zu ihm. Wir Köche sagen: Ich bete zwar meine Frau an, aber meine Zeit verbringe ich mit meinem Sous-Chef.«

»Warum fuhr Inaki nicht mit den anderen zur Festwiese, um die Feier vorzubereiten?«

»Das weiß ich nicht. Er hatte zugesagt zu kommen. Er wäre wohl auch noch gekommen, aber jemand hat das verhindert.«

»Wer hatte Zugang zur Küche?«

»Ich selbst, Inaki, der Maître und die Putzkolonne. Aber Inaki schloss nie hinter sich ab, obwohl ich ihn oft genug darum gebeten hatte. Meistens hörte er laute Musik. Man hätte meinen Weinkeller hinter seinem Rücken ausräumen können.«

»Also jeder?«

»Ja. Bis vor ein paar Minuten konnte ich mir nicht vorstellen, dass überhaupt irgendjemand zu so etwas fähig ist.« Er sah vor sich hin. »Monströs.«

»Ihre Frau? Könnte sie irgendetwas bemerkt haben?«

»Nein. Sie hätte mir das sofort gesagt. Meine Frau kann Ihnen nicht weiterhelfen, aber vielleicht das Video aus der Überwachungskamera.«

Costa setzte sich auf. »Sie haben eine Überwachungskamera?«

»Ja, in der Küche. Ich möchte informiert sein, was da passiert. Ich kann nicht ständig selbst dabei sein.«

Costa wollte es nicht glauben. Warum hatte er das nicht gleich erwähnt? Warum nicht schon auf der Festwiese? »Sie haben die Kreidezeichnung in der Küche gesehen. Würde die Kamera das aufnehmen? Filmt sie die ganze Küche?«

»Ja.«

»Lief sie auch heute?«

»Müsste sie. Sie läuft immer, wenn die Hauptsicherung eingeschaltet ist.«

Arrabal stand auf und klappte die Doppeltür eines Schrankes auf. Ein Bildschirm kam zum Vorschein. »Sie haben's noch nicht gesehen?«

»Nein, wann sollte ich, ich war ja auf der Hochzeit und bin erst mit Ihnen gekommen.«

Costa war erstaunt, dass jemand so gelassen sein konnte. Da wurde der Mord an seinem besten Mitarbeiter gefilmt und er zündete sich erst noch eine Zigarre an. »Wie lange heben Sie die Aufnahmen auf?«

»Ich hebe sie gar nicht auf. Ich sehe mir nach Feierabend den Ablauf an, dann wird alles wieder überspielt.«

»Wer außer Ihnen weiß noch von der Existenz dieser Kamera?«

»Niemand.«

Niemand? Dann müsste er sie selbst installiert haben.

Costa rief auf dem Handy Elena im Mannschaftswagen an und bat sie, den Gerichtsmediziner und den Bischof herzubitten. Sie sollten sich alle zusammen das Video anschauen.

Costa fühlte sich auf einmal erleichtert; nun würde er Karin morgen doch sehen. Ein gefilmter Mord war wie ein Bilderbuchfall: Der Kommissar kommt an den Tatort und der Mörder sitzt neben der Leiche. Reine Routinearbeit, die er dem Bischof überlassen konnte, während er morgen nach Berlin fliegen würde. Er brauchte jetzt nur zu warten, bis sie den Mörder auf dem Video sähen.

Er erhob sich und goss sich noch einmal sein Glas voll. Gut gelaunt hielt er Arrabal die Flasche hin. Dieser nickte und Costa füllte nach. Auch für Arrabal sicher eine Erleichterung, denn je schneller die Sache sich erledigte, umso besser war es für seine Reputation.

»Wir werden den Mörder gleich sehen. Haben Sie eine Vermutung?«

»Nein.«

»Wie ist das Verhältnis zu Ihren Konkurrenten auf der Insel?«

Arrabal zog die Augenbrauen hoch, als wollte er sagen: Welche Konkurrenten? »Schon möglich, dass manche Kollegen mich nicht leiden können. Wissen Sie, ich kann schon an der Speisekarte eines Restaurants sehen, wer da zu Werke geht – Könner oder Stümper. Dazu brauche ich nicht einen Bissen zu probieren. Sehe ich zum Beispiel Rinderfilet, Carpaccio, Steak Tatar und Boeuf Stroganoff auf einer Karte, weiß ich zwar, dass der Koch seinen Fleischeinkauf genau kalkuliert, aber ich weiß auch, dass mich seine Küche überhaupt nicht interessiert. Außerdem sind mir diese modischen Zusammenstellungen zuwider.« Er überlegte einen Moment. »Wie Schneckeneier mit Hirsch an Schokoladensauce. Und ich verachte jene Köche, die nicht in der Lage sind, einen Klassiker wie das Wiener Schnitzel richtig zuzubereiten. Das Fleisch muss vom Kalb sein. Ausgebacken wird es in der Panade, halb schwimmend in Schweineschmalz.« Arrabal lächelte müde. »Rauschen muss das Fett. Niemals andrücken, die Panade soll sich wölben. Zum Schluss garnieren Sie es ganz altmodisch mit ein paar Zitronenscheiben und Petersilie. Dann ist es ein feines Gericht.«

War dieser Mann fanatisch? Oder waren derartige Ausführungen nur Ausdruck einer Motivation, wie man sie als erfolgreicher Koch brauchte? In Can Rich vergnügte man sich auf seiner Hochzeit, sein wichtigster Koch oder sogar Freund war gerade ermordet worden und er konnte sich darüber echauffieren, wie ein Schnitzel falsch gebraten wird. Vielleicht interessierte ihn in Wahrheit nichts anderes als Kochen.

Während Arrabal noch über mehrere Abarten eines Schnitzels dozierte, waren Elena, der Surfer, der Bischof und Dr. Torres gekommen. Nachdem Costa ihnen die Situation erklärt hatte, schaltete Arrabal den Player ein. »Die Kamera läuft über den Hauptstromschalter im Generatorenraum unter der Waschküche. In der Küche ist sie in einer Zwischendecke über der Eingangstür installiert. Wenn Strom eingeschaltet wird, springt sie an.«

Costa stand auf und stellte sich neben Arrabal, sodass er den Player jederzeit stoppen oder zurückspulen konnte.

Der Bildschirm blieb zunächst schwarz. In der rechten unteren Ecke rasten die Zehntelsekunden eines Zeitcodes in weißen Ziffern.

*Graues Geflimmer. Dann ein Blitz, Weißabgleich. Die Neonröhren an der Küchendecke sprangen summend an. Ein Ausschnitt aus drei Metern Höhe zeigte Pfannen, Abzugshauben, Kühlschränke, Anrichttische und Spülstraße.*

Dann passierte nichts. Alle warteten schweigend und gespannt.

*Nach etwa einer halben Minute betrat jemand in weißer Kochjacke die Küche. Er ging zu seinem Arbeitsplatz. Den Rücken zur Kamera gewandt, drehte er einen Regler an der Wand auf.*

»Felipe Inaki«, sagte Arrabal.

»Was macht er?«, fragte Costa.

»Dreht das Gas für die Öfen auf.«

*Wieder betrat jemand die Küche. Es war Pedro. Der Zeitcode zeigte 8:59 Uhr.*

Costa drückte auf *Pause.* »Wie macht sich der Junge?«

Arrabal wandte sich dem Bischof zu. »Ihr Sohn ist zweifellos ein Phänomen. Seit er bei uns ist, beobachte ich, dass er enorm diszipliniert ist. Nie verletzt er eine Regel, hilft seinen Kollegen, arbeitet genau und reinlich. Das ist ungewöhnlich, denn jeder macht mal einen Fehler.«

Der Bischof lächelte. Er entspannte sich offensichtlich.

Costa ließ das Video weiterlaufen.

*Inaki öffnete alle Kühlschränke und schloss sie wieder.*

»Er überprüft den Inhalt«, erklärte Arrabal. »Wir haben zwar ein Notstromaggregat, aber trotzdem kann schon mal eine Kühlung ausfallen.«

»Was ist das für ein Schalter, den er jetzt umlegt?«, wollte der Surfer wissen.

»Für die Wasserreinigungsanlage. Von dort kommt das Wasser zum Kochen, für Kaffee, Tee, für die Spülstraße und für die Eiswürfelmaschinen.«

*Inaki stellte einen Plastikbottich auf eine Arbeitsplatte.*

»Blätterteig«, sagte Arrabal.

*Die Küchentür ging wieder auf und das Personal kam plaudernd herein. 9:05 Uhr zeigte der Code.*

Costa erkannte die Köche von der Festwiese: Manolo Sanchez, Gérard Montpellier und Guillen Puget. Die Kamera nahm nicht nur das Bild, sondern auch den Ton auf und damit auch die Lästereien der Köche über die Hochzeitsgäste, die sicher kommen würden.

»Köche sehen sich gerne als eine verschworene Gemeinschaft«, sagte Arrabal. »Sie neigen dazu, Menschen zu verachten, die kein scharfes Messer in der Hand haben und nicht mit Töpfen voll siedenden Öls hantieren können.«

Ein scharfes Messer hatte der Killer auf jeden Fall in der Hand gehabt. War er einer der Köche? Man würde es ja gleich sehen, aber jedes Mal, wenn Arrabal etwas erklärte, stoppte er das Abspulen der Aufzeichnung. Die Spannung stieg allmählich ins Unerträgliche.

»Vielleicht sollten wir schon mal bis zum Mord durchlaufen lassen«, schlug der Surfer vor. »Dann können wir den Schlächter festnehmen.«

»Auf die paar Minuten kommt es jetzt nicht an«, meinte Costa.

»Er könnte ja inzwischen die Insel verlassen«, widersprach der Surfer.

Aber als Guillen Puget ins Bild kam, drückte Arrabal wieder

auf *Stopp*. »Das ist Guillen Puget«, erklärte er. »Er hat ein Problem mit Alkohol. Fast alle trinken zu viel. Der Stress, die Hitze. Das ist auch ein Grund, weshalb ich die Kamera anbringen ließ. Puget hatte zum Beispiel wegen der Sauferei vor ein paar Jahren einen Unfall.«

»Mit einem Messer?«, fragte der Bischof.

»Er verbrannte sich«, erwiderte Arrabal stoisch.

»Ist er ein guter Koch?«, fragte Costa. Natürlich war diese Frage für die Ermittlungen nicht wichtig, aber er wollte Arrabal zeigen, dass er es mit ihm aufnehmen konnte, was die Ruhe anging. Außerdem kamen bei nebensächlichen Fragen oft interessante Dinge heraus.

Der Film stand still und Arrabal betrachtete die erloschene Glut seiner Zigarre. »Er kommt aus dem Nachbardorf. Wir arbeiten schon lange zusammen. Na ja, Sie wissen schon, wie das ist.«

»Nein«, sagte Costa.

»Wenn er jünger wäre, würde ich ihn entlassen.«

War das eine gewisse Fürsorglichkeit? Inaki hatte ebenfalls zu den Älteren in der Küche gehört.

*Der Nächste, der die Küche betrat, war Montpellier.*

Arrabal stoppte wieder und beschrieb Montpellier als einen zuverlässigen, unauffälligen Mann, dessen einziges Manko es sei, nicht richtig Spanisch zu sprechen.

*Manolo Sanchez kam ins Bild.*

Er war kräftig und jung. »Der Klassenclown«, war alles, was Arrabal über ihn sagte, bevor er den Film weiterlaufen ließ.

*Pedro wies einen Spüler an, Gerichte aus dem Kühlhaus und den Vorratsräumen zu holen und sie in Plastikcontainer zu schichten. Der Mann stürmte los und rannte fast ein Mädchen in Kochuniform um, das gerade eintrat.* Es war Joana Bisbal, die Costa von der Festwiese kannte.

»Joana Bisbal. Sie kam aus Barcelona zu uns. Die unumstrittene Nummer eins der Patisserie Spaniens.« Arrabals Stolz klang durch.

Neben dem massig-muskulösen Manolo Sanchez wirkte die

Dessertköchin besonders zierlich. Mit dem hellblonden kurzen Haar und den feinen Gliedmaßen sah sie aus wie eine Balletttänzerin. Vermutlich war sie älter, als sie schien, aber wenn sie eine berühmte Köchin war, musste sie mindestens Mitte zwanzig sein.

*Sie ging zu ihrem Arbeitsplatz, packte etwas ein und verschwand wieder.*

Arrabal stoppte. »Lassen Sie sich von ihrem niedlichen Aussehen nicht täuschen. Sie nimmt es mit jedem Kerl auf. Ich sage das, weil die Küche eigentlich nichts für Frauen ist. Der Ton ist rau, die Sprache zotig, und wenn man sich nicht schnell genug bückt, bekommt man was an den Kopf geworfen. Aber die Bisbal nimmt jede Hürde.« Er lächelte zum ersten Mal. »Man wird nicht so ohne Weiteres der beste Dessertkoch eines ganzen Landes – und schon gar nicht in diesem Alter.«

»Wie alt ist sie?«

»Sechsundzwanzig.«

Arrabal drückte.

*Ein junger Mann, vielleicht ein Indio, trug Behälter nach draußen. Er hatte eine Kippe im Mund.*

Arrabal stoppte. »Das ist zum Beispiel ein Grund für diese Kamera«, sagte er. »In der Küche ist Rauchverbot. Der Spüler hält sich nicht daran. Kein Grund, ihn wegen diesem einen Mal zu entlassen, aber wissen muss ich das.«

*Inaki hatte den Rauch bemerkt. Er ging zu dem Mann, nahm ihm die Zigarette aus dem Mund, hielt sie unter fließendes Wasser und warf sie in die Mülltonne.*

»Guter Mann«, lächelte Arrabal, als wäre Inaki noch am Leben.

»Hat er Sie nie enttäuscht?«, fragte Costa.

Arrabal stoppte den Film und sein Lächeln gefror. »Doch, diesmal. Er hat meine Anweisungen, die Tür nach außen abzuschließen, wieder einmal missachtet. Sonst wäre das nicht passiert.«

Costa gab ihm ein Zeichen und der Film ging weiter.

»Die Nierenschalen da, was ist das?«, wollte Torres wissen.

»Das sind Einsätze für die *bain-marie*. Damit werden Saucen und Suppen im Wasserbad warm gehalten. Wir benutzen so etwas natürlich nur im Catering-Bereich. Im Restaurant kommt es frisch von der Flamme.«

Die nächsten zwanzig Minuten, in denen die Köche Töpfe und Schüsseln nach draußen trugen, ließ Arrabal den Film ohne Unterbrechung laufen.

»Das sind die vorbereiteten Speisen für die Hochzeit, die jetzt in die Kühlwagen geladen werden.«

*Gegen 9:30 Uhr schien die Arbeit erledigt, denn alle verschwanden, bis auf Pedro. Er war der Letzte, aber als er gehen wollte, rief Inaki ihn zurück. »Da drüben steht ein Sack Knoblauch. Brauch ich geschält.«*

*Pedro blieb stehen und starrte Inaki an. »Alles?«, fragte er ungläubig.*

*Ohne die Arbeit zu unterbrechen, sagte Inaki: »Alles. Machst du draußen.«*

*Pedro stand da und starrte auf Inakis Rücken.*

Für einen Moment dachte Costa, Pedro würde sich nun ein Messer schnappen und auf Inaki einstechen.

*Dann aber machte er eine Kehrtwendung, ging zu einem Regal, nahm einen Eimer, warf sich den Sack Knoblauch über die Schulter und verließ den Raum.*

»Warum lässt er den Jungen das machen?«, fragte Elena.

»Keine Ahnung. Das ist Aufgabe der Spüler. Außerdem wäre er mit so einem Sack Knoblauch nicht vor dem Abend fertig geworden.«

»Sie meinten aber, er hat nur zehn Minuten geschält«, betonte Costa, damit auch der Bischof diese Einschätzung Arrabals kannte.

»Für das, was in dem Eimer war, den Sie mir gezeigt haben, braucht man nicht länger, ja.«

»Pedro hat fünfundzwanzig Minuten dafür gebraucht«, sagte der Bischof entschieden.

»Ausgeschlossen«, widersprach Arrabal. Es klang müde.

»Wieso ausgeschlossen?« Der Bischof schien diesen Punkt diskutieren zu wollen.

»Lassen Sie die Aufnahme weiterlaufen!«, sagte Costa etwas zu laut.

*Inaki, der beim Stopp des Filmes vor seinem Teig erstarrt war, begann, ihn mit Eiswürfeln zu bestreichen. Dann entnahm er dem Tiefkühler eine Platte und nahm kleine Teigstückchen herunter, die er in verschiedene Öfen tat.*

»Was macht er da?«, fragte Costa.

»Er testet, wie sich unterschiedliche Temperaturhöhen auf die Konsistenz des Teiges auswirken. Ein Kollege auf dem Festland hat einen Küchenraum, in dem die Temperatur konstant zehn Grad unter null ist. Er hat sehr interessante Ergebnisse mit Olivenöl erzielt ...« Arrabal hielt inne und starrte auf den LCD-Schirm.

*Inaki öffnete nacheinander alle Kühlschränke, als würde er etwas Bestimmtes suchen. Dann nahm er rote und weiße Zwiebeln.*

*Aus einem der Kühlschränke zog er einen Thunfisch, schnitt ein kleines Stück aus der Nähe des Kopfes, bedeckte es mit einem dünnen Scheibchen Ingwer und balancierte es auf dem Messer in den Mund. Er kaute langsam, zog ein paar Grimassen und schien höchstzufrieden. Eine Scheibe Fisch tupfte er mit Küchenpapier ab und breitete sie auf seiner Arbeitsplatte aus. Er beträufelte sie mit drei verschiedenen Ingredienzien, salzte und pfefferte sie. Dann schob er den Fisch zurück in den Kühlschrank.*

»Natürlich«, murmelte Arrabal. »Deshalb ist er nicht aufs Fest gekommen.«

»Was meinen Sie?«

»Er wollte erst das Ergebnis hier haben.«

»Was für ein Ergebnis?«

»Wie man den Blätterteig fest genug kriegt. Aber nicht zu fest. Das ist ein bisher ungelöstes Problem zwischen zu weich und zu knusprig.« Er unterbrach sich und starrte auf den Bildschirm, wo Inaki plötzlich laut vor sich hin deklamierte.

*»Ja, du Miststück, ich hab dich! Du brauchst einen richtigen Kerl wie*

*mich!« Und schriller: »Ich besorg's dir!« Dann läutete das Telefon. Er ging hin und riss den Hörer vom Apparat.*

Alle lauschten gespannt.

*»Ja«, knurrte er, »ich sag's ihm.«*

Costa schaute auf den Zeitcode: 9:40 Uhr. »Stoppen Sie mal. Haben Sie ihn angerufen?«

»Nein.«

»Wer könnte das gewesen sein?«

»Einer der Köche.«

»Privat?«

»Nein.«

Costa machte sich eine Notiz.

»War das für ihn typisch, dass er sich laut mit Pornotexten antörnte?«

»Nicht dass ich wüsste. Aber ich sagte ja schon, das Klima ist manchmal ein wenig rau, und wenn er alleine ist, lässt sich nichts dagegen einwenden.«

Elena warf Costa einen Blick zu, als wollte sie sagen, reg dich nicht auf, jeder hat so seine Eigenheiten.

Arrabal ließ den Film weiterlaufen.

*Nach dem kurzen Telefonat verließ Inaki die Küche.*

Fünf Minuten passierte nichts. Nur das leise Summen des Rekorders war zu hören. Arrabal schaute auf die Uhr. Es war immer noch hell draußen.

»Wie wär's mit einem Glas Rotwein?«, fragte Torres.

Arrabal sprang sofort auf. Aus einem verschlossenen Schrank nahm er eine Flasche und hielt sie Torres hin.

»Hacienda Monasterio«, las er laut vom Etikett ab. »*Muy bien, muy bien.*« Torres war höchstzufrieden.

»Der braucht eine halbe Stunde«, sagte Arrabal, als er den Korken herauszog.

»Kein Problem«, meinte Torres, aber vermutlich stieg sein Blutdruck schon an. Dann konzentrierte er sich aber gleich wieder auf seine Erwägung, dass der Mörder Inaki angerufen haben könnte, um zu prüfen, ob er in der Küche war.

*Nach fünf Minuten kam Inaki zurück, nahm die Blätterteigstücke aus den Öfen und setzte seine Arbeit an der Millefeuille fort. Nach vier Minuten verließ er die Küche aber schon wieder.*

»Wohin ist er jetzt?«, fragte Elena.

»Keine Ahnung, ich nehme an, zur Toilette«, erwiderte Arrabal.

»War er doch gerade«, murmelte der Bischof.

»Vielleicht hat er Durchfall«, lieferte der Surfer einen seiner glänzenden Beiträge. Diesmal aber dauerte es nicht lange, *nach zwei Minuten ging die Küchentür wieder auf.*

»Jetzt hat er einen Müllsack übergezogen«, sagte der Surfer. »Wie einer vom Ku-Klux-Klan. Und Industriehandschuhe hat er an. Die guten Einweghandschuhe aus Copolymerfolie, 30 µ stark.« Er grinste. »Da kenne ich mich aus.«

Arrabal nickte. »Der Spender ist im Vorratsraum. Bei den Spinden.«

*Aus den Schlitzen an der Seite ragten die weißen Ärmel einer Kochjacke – die gleiche, in der Inaki die Küche verlassen hatte. Außerdem waren noch zwei Schlitze in Augenhöhe in das Plastik geschnitten.*

Costa bat Arrabal, den Film anzuhalten. »Warum tut er das? Warum zieht er einen Müllsack über?«

»Das ist nicht Inaki«, sagte Arrabal.

Der Bischof wälzte sich in seinem Sessel herum. »Sie wollen doch nicht sagen, dass das Pedro ist!«

»Ich will nicht sagen, dass das Pedro ist. Ich will sagen, dass das nicht Inaki ist. Aber ich kann mich natürlich täuschen.«

Nicht nur beim Bischof, sondern auch bei Costa sträubte sich alles. Wenn alle Köche zur Festwiese gefahren waren, bliebe nur Pedro übrig. Und der Mann unter der Mülltüte trug eine Kochjacke. Die Handschuhe und die Schuhüberzüge deuteten darauf hin, dass es um mehr ging als um eine Halloween-Kostümierung. »Lassen Sie mal weiterlaufen, dann werden wir ja sehen«, sagte Costa.

»Der will nicht erkannt werden«, meldete sich Torres zu Wort. »Es gibt nur Inaki als Zeugen. Und wenn das hier der Mörder ist, ist der einzige Zeuge gleich tot. Wozu die Maskierung?«

»Könnte noch jemand anwesend gewesen sein – außer Inaki und Pedro?«, fragte Elena.

»Ich wüsste nicht, wer«, erwiderte Arrabal.

»Vielleicht will er nicht von der Kamera erkannt werden.« Costa ließ Arrabal nicht aus den Augen.

»Von der Kamera weiß nur ich.«

»Vielleicht wollte er sich seine Klamotten nicht dreckig machen«, meinte der Surfer.

»Weiter mit dem Film«, knurrte Torres.

*Der Müllmann ging an den Arbeitsplatz Inakis und beugte sich über den Teig. Dann schüttete er aus einem kleinen Fläschchen etwas darauf und verschwand aus dem Bild.*

»Was macht er da?«, fragte Costa und Arrabal stoppte den Film.

»Keine Ahnung. Vielleicht will er den Geschmack verderben.«

»Oder das Gericht vergiften«, sagte Elena. »Wer hätte denn davon zuerst probiert?«

Arrabal war bleich. »Wenn das ein Geschenk für mich sein sollte – ich.« Er rieb seine Hände an der Weste ab. Vielleicht nass vor Angst, dachte Costa.

Der Timecode zeigte 9:54 Uhr, als Inaki eintrat. *Er war wohl tatsächlich auf der Toilette gewesen, denn er brachte seine Kleidung in Ordnung, wobei er irgendeine Nutte dreimal verfluchte, während er den Gummiring von einer Kaviardose zog. Er war aufgeregt und schien sich erst wieder zu beruhigen, als er mit den Fingerspitzen auf den Deckel klopfte.*

»Wo ist der Müllmann?«, fragte der Surfer.

»Versteckt«, sagte Torres.

*Inaki prüfte seine Messer auf ihre Schärfe. Plötzlich stellte er sich vor die Statue Arrabals und hob das Messer wie jener den Kochlöffel, fasste den Knauf mit beiden Händen, als bete er, und stöhnte inbrünstig: »Carmen, ich habe dich gehabt.« Er presste seine Hände an den Kopf.*

Arrabal hielt den Film an. »Wenn man eine attraktive Frau hat, muss man es hinnehmen, dass sie irgendwelchen frustrierten Männern im Kopf herumspukt.« Dem frischgebackenen Ehemann war die Sache offensichtlich peinlich.

»Sie meinen, er hatte nichts mit Ihrer Frau?«, frage Elena kühl.

»Genau das meine ich.« Arrabals Stimme war hart. Die Peinlichkeit wurde eigentlich erst deutlich, weil Arrabal den Film gestoppt hatte und alle auf Inaki starrten, der mit gezücktem Messer vor seinem Chef stand.

Als Arrabal das auffiel, drückte er auf *Play*.

*Es kam wieder Bewegung in Inaki, er wandte sich zur Spüle und begann, unter fließendem Wasser Zwiebeln zu schneiden.*

»Ich hatte recht«, sagte Arrabal, »er tüftelt an unserem Gericht. Er wollte mich zur Hochzeit damit überraschen.« Statt über Inakis Ausbruch länger schockiert zu sein, schien er nun sichtlich gerührt.

»Was sollte das werden?«, fragte der Bischof. »Pedro hat mir gesagt, es war ein Geheimnis.«

»Millefeuille. Ein sehr schwieriges Blätterteiggericht. Wörtlich heißt es: tausend Blätter. Alles geschichtet. Die Schichten bestehen einerseits aus knusprigem Teig und andererseits aus weichen Zutaten.«

*Inaki drehte den Kopf zur Seite,* wahrscheinlich um seine Augen nicht unnötig zu reizen. Dabei schien er irgendetwas gesehen zu haben *und hörte auf zu schneiden.*

*In diesem Moment trat der Müllmann vor. Inaki musste das Rascheln gehört haben, denn er machte ein paar Schritte in die Richtung, aus der es kam. Dann erblickte er den Müllmann und hob das Messer.*

*Der Arm des Müllmanns schnellte vor. In der Hand hielt er eine Dose.*

»Der Reinigungsspray«, murmelte Torres gebannt.

*Er hielt die Spraydose in Augenhöhe und drückte ab.*

Der Schmerzensschrei überforderte das Mikrofon der Kamera und endete in einer kreischenden Rückkopplung. *Inakis Messer fiel zu Boden. Er hielt sich die Augen zu.*

*Der Müllmann bückte sich, hob das Messer auf und fast spielerisch glitt die Klinge in Inakis Bauch. Grausam und unabänderlich begann nun Inakis Sterben.*

Alle saßen da und verfolgten atemlos die filmische Dokumentation eines Mordes.

»Das ist der Schnitt durch die Bauchaorta«, kommentierte Torres. »Sechs Minuten von nun an und er ist verblutet. Auch ohne weitere Stiche.«

*Inaki versuchte sich zu schützen, indem er mit den Armen wirbelte. Der schwarze Fleck auf seinem Bauch wurde schnell größer. »Wer bist du?«, schrie er. Ein seltsames leises Geräusch kam aus dem Müllsack.*

»Antwortet der was?« Costa nahm Arrabal die Fernbedienung aus der Hand und spulte den Film ein kurzes Stück zurück. Er stellte den Ton so laut wie möglich. Aus dem Rauschen war nun das Summen der Neonröhren herauszuhören, das Geräusch der Kühlungen, der plötzlich unerträglich laute Schrei Inakis, das hilflose Stakkato seiner Schuhe auf dem Fliesenboden und dann das leise Geräusch, um das es Costa ging.

»Er kichert«, flüsterte Elena. »Das Ungeheuer kichert.«

»Ja«, stimmte der Surfer zu, »sie hat recht.«

»Es bereitet dem Müllmann Vergnügen, den Koch zu töten«, sagte Torres. »Er lässt sich auch entsprechend Zeit. Und das Messer hat er dann im Herz stecken lassen, offenbar liebt er auch große Inszenierungen. Selbst morgens um 10:06 Uhr.« Torres erhob sich und schlug Costa auf den Rücken. »Immerhin auf fünf Minuten genau geschätzt. Die Kiste Wein hättest du verloren.«

*Inaki rührte sich nicht mehr.*

»Er hat was gesagt«, murmelte Elena.

»Das ist der Müllsack, der raschelt«, meinte der Surfer.

»Ruhig«, herrschte Costa ihn an, obgleich er auch nur das Rascheln gehört hatte. Er merkte nun, dass er unter Hochspannung stand. »Vielleicht hat er was geflüstert. Aber es ist zu leise. Wir lassen das morgen im Labor untersuchen.«

Der Film lief weiter.

»Stimmt, er flüstert irgendwas«, sagte der Surfer. Er trat an den Rekorder, spulte ein Stück zurück und drückte die Lautstärke so hoch, wie es irgend ging. Das ergab ein heftiges Rauschen und jedes zusätzliche Geräusch, jeder Schritt, jede schroffe Bewegung des Müllmanns, der letzte Aufschrei des Opfers klangen schrill wie in einer gefliesten Schlachthalle. Es tat Costa in den Ohren weh, doch Elena und der Surfer wollten tatsächlich ein Flüstern hören, das der Killer mit dem Atem ausstieß.

»An welcher Stelle?«, fragte Costa.

»Wenn er das Herz Inakis durchbohrt«, erwiderte der Surfer.

»*Touché*«, sagte Elena. »Ich höre da *touché*.«

Der Surfer nickte. »Ja, *touché*, das könnte es sein.«

Costa schaute Arrabal an. »Haben Sie es auch gehört?«

Arrabal zuckte die Schultern. »Französisch ist die Sprache der Köche.«

»Was heißt es?«, fragte der Surfer.

»Ich meine, es ist ein Ausdruck aus dem Fechten und bedeutet ›getroffen‹«, sagte Elena.

»Insgesamt eine saubere und professionelle Arbeit. Chapeau«, konstatierte der Surfer.

Für solche Kommentare im Beisein von Zeugen hasste Costa seinen Kollegen. Einfühlungsvermögen war dem Spurenexperten fremd. Er wandte sich wieder Arrabal zu. »Haben Sie dieses *touché* gehört?«

»Ich höre schon lange nicht mehr so gut.«

»Konnten Sie an irgendetwas den Täter erkennen?«

Arrabal schüttelte den Kopf.

»Wie er sich bewegte? Oder wie er das Messer hielt?«

»Nein. Das könnte jeder gewesen sein.«

Costa widersprach. »Es kann beileibe nicht jeder gewesen sein. Wissen Sie, was mir aufgefallen ist?«

Arrabal schüttelte den Kopf.

»Ihr Hund«, sagte Costa. »Von dem Hund war während des ganzen Tatablaufs nichts zu hören. Daher kann es nicht jeder gewesen sein.«

»Sie haben recht«, sagte Arrabal. »Es ist jemand gewesen, der dem Hund vertraut ist.«

Costa spulte bis 10:30 Uhr vor und ließ den Film von da normal weiterlaufen.

Um 10:30 Uhr trat Pedro in die Küche. Das war vierundzwanzig Minuten nach dem Mord und um 10:31 Uhr rief er seinen Vater an. Costa sah, dass er keine Uhr trug.

Um 10:44 Uhr betrat der Bischof die Küche, dreizehn Minuten später Elena. Im Hintergrund bellte der Hund, als würde sein Leben von der Lautstärke abhängen.

»So ist es.« Costas Worte durchbrachen das kollektive Schweigen. »Die Tat wurde von jemandem begangen, den der Hund kannte. Für mich ist es jemand, der sich bestens in Ihrer Küche auskennt. Er sucht nicht nach dem Spray, denn er weiß, wo die Dose steht. Und der Schnitt – was meinst du, Torres?«

»Chirurg, Metzger oder Koch«, war die knappe Antwort.

*Um 11:06 Uhr kam der Surfer und um halb zwölf Costa.*

Torres hatte inzwischen fast die ganze Flasche Rotwein getrunken. Er hielt sie ins Licht, stellte sie aber neben seinen Stuhl, als kein neues Angebot von Arrabal kam. Dann reckte er sich, was er manchmal tat, wenn er nach neuen Ideen suchte. Er fand auch eine, die er, wie immer in eine Wette verpackt, anbot. »Mülltüte hat den Teig vergiftet. Wetten wir eine Kiste Mauro 2006?«

»Wer zum Teufel steckt in diesem Müllsack?« Der Surfer stand auf, streckte sich und gähnte. »Wenn du nichts dagegen hast, Chef, verziehe ich mich jetzt. Wir haben morgen einen Haufen Arbeit vor uns.«

Da niemand auf Torres reagiert hatte, schloss er sich dem Surfer an.

»Elena, du kannst auch gehen«, sagte Costa. Er begleitete sie zur Tür und raunte ihr zu, ohne dass Arrabal es hören konnte: »Ich brauche die Adresse der Firma, die die Kamera eingebaut hat.«

»Kriegst du. Wir sehen uns morgen. Schlaf gut.«

Costa setzte sich wieder in seinen Sessel und blickte Arrabal an. »Ich verstehe immer noch nicht ganz, warum Inaki nicht mit auf das Fest kam. Das Geschenk hätte er ja auch vorher zubereiten können.«

»Um die Millefeuille zu machen, wollte er wohl alleine sein, keine zischenden Pfannen, kein Tellerklappern, kein hektisches Geschrei. Für die Herstellung eines schwierigen Gerichtes braucht man manchmal Ruhe. Er hat vorher schon tagelang daran herumprobiert. Die Millefeuille, die er im Sinn hatte und wie wir sie ein paar Mal besprochen haben, ist nicht einfach ein Gericht, sondern ein Kunstwerk.«

»Ein Kunstwerk?«

Arrabals Antwort kam schleppend, aber klar. »Das hat eben nicht das Geringste zu tun mit dem Zubereiten einer Mahlzeit, wie Sie das von Ihrem Zweiplattenherd kennen.« Costa dachte an sein Lieblingsgericht, Spiegeleier mit Speck. »Nur einer von tausend schmeckt so was. Ich zum Beispiel. Und für mich hat Inaki die wiederholten Versuche gemacht.«

Arrabal schien nach all dem nun sehr müde. Er war in seinem Sessel zusammengesunken und blickte Costa an, als erwarte er, dass durch irgendeinen wundersamen Scharfsinn der Polizei der Mörder entdeckt und sein teures Restaurant vor dem Ruin bewahrt würde. Schließlich konnte er in seinem Beruf ja auch Wunder tun.

»Señor Arrabal, früher oder später werden sich die Medien auf die Sache stürzen. Wenn wir den Mörder finden, dann ist er das Thema und nicht mehr Sie oder das Restaurant. Wir sollten also alles versuchen, was in unseren gemeinsamen Kräften steht. Vielleicht ist ja auch Ihrer Frau etwas aufgefallen. Sie hat hier nebenan übernachtet. Hat sie denn nichts von alledem gehört? Die Todesschreie von Felipe Inaki? Sie könnte den Täter sogar gesehen haben, wenn sie um fünf nach zehn noch hier war.«

Arrabal schaute ihn erschöpft an.

»Ich möchte nicht, dass sie in irgendeiner Weise mit diesem fürchterlichen Geschehen konfrontiert wird. Diese Metzelei ist in meiner Küche passiert. Ich muss das von meinem Privatleben trennen und ich werde es trennen. *Teniente* Costa, ich bin ein herzensguter Mensch, aber in diesem Punkt werde ich alle

Mittel einsetzen. Sie haben meine Frau heute kennengelernt. Sie hat eine sehr reine Vorstellung vom Leben. Eine fast märchenhafte. Und das soll auch so bleiben. Ich erfülle ihr jeden Wunsch.« Er goss sich den Rest Rotwein ein. »Noch nie ist jemand, den ich kannte, auf gewaltsame Weise ums Leben gekommen. Diese Bluttat ist schlimm, aber ein Mann wird leichter damit fertig.«

Das mochte sein, dachte Costa, aber dass Carmen Trujillo eine so reine Auffassung vom Leben hatte, schien bei ihrem Anblick kaum jemand zu glauben. Und wenn außer Pedro und Inaki noch eine dritte Person im Spiel war, bei der der Hund nicht anschlug, konnte das sicher auch Arrabals Frau sein.

Als er sich beim Hinausgehen umdrehte, um Arrabal, der ihm gefolgt war, zu sagen, dass er gleich wiederkomme, um die Speicherkarte mit dem Video mitzunehmen, fügte Costa noch hinzu: »Glauben Sie mir, Don José, ich werde alles tun, um Ihnen zu helfen.«

Lieber wäre Arrabal sofort zur Hochzeitsfeier zurückgefahren. Er wollte wissen, mit wem seine Frau redete, ob sie lachte und wer ihr gerade Avancen machte. Aber er musste auf Costa warten, der, wie er annahm, zur Toilette gegangen war. Arrabal musste sich überwinden, doch er spulte das Video zurück, um sich den wichtigsten Abschnitt noch einmal alleine anzusehen. Vielleicht konnte er etwas entdecken, das ihm vorher nicht aufgefallen war.

Doch bald merkte er, dass sein Widerstand, den Ereignissen in der Küche mit Konzentration zu folgen, immer mehr wuchs. Wie als Kind, wenn er von der vielen Arbeit sehr müde war, kniff er sich ins Bein.

Er durfte dem Verlangen nicht nachgeben, das ihn zu Carmen hinzog. Seit er ihr begegnet war, konnte er sich nicht mehr entspannen. Tatsächlich lebte er in zwei Welten und die eine war immer angefüllt von ihr: was sie tat, wo sie war, was sie dachte, was sie fühlte, und schließlich, wer sie verführen wollte. Nur wenn er bei ihr war, empfand er diese oft peinigende Spannung nicht.

Schon als er sie zum ersten Mal gesehen hatte, war er ihr verfallen. De la Reina hatte recht, der »Blitzschlag der Liebe«. Alles stand ihm damals klar vor Augen, gleich als er sie in jenem Café in Barcelona zum ersten Mal sah. Nach diesem Blick wusste er, dass sie sich wieder begegnen und sie ihm nach Ibiza folgen würde. In seiner so schnell entzündeten Fantasie fanden sie sofort zueinander: Sie heirateten und sie gewährte ihm einen ständigen und niemals nachlassenden Genuss. Damit waren alle Probleme in seinem Leben gelöst. Für jetzt und alle Zeit, wie der ehrwürdige Kirchenmann später gesagt hatte. Natürlich wusste er, dass solche Träume wie Seifenblasen platzten. Doch dieser Traum war nicht geplatzt; im Gegenteil, diese Frau stand plötzlich vor ihm, so nah, dass er ihr Parfum riechen konnte. Etwas süßlich war es und sehr verwirrend. Anfangs wollte er dieses Wunder nicht glauben. Er fühlte sich fast wie damals in Monte Carlo, als er nach hohem Einsatz der Kugel im Roulettekessel folgte und dann – »bingo« – gewonnen hatte. Genauso hatte er sich in dem Moment gefühlt: Hunderte von Wunderkerzen zündeten auf einmal.

Von da an war alles beglückend anders. Wenn er früher nachts nach Hause gekommen war, hatte ihn stets wie ein kaltes Ertrinken die Einsamkeit bedroht. Immer wieder hatte er ihr entgehen wollen. Vergeblich. Schließlich eröffnete er ein Restaurant, das es ihm erlaubte, nach dem Aufräumen und der Abrechnung noch den einen oder anderen der Köche, Kellner oder Gäste zurückzuhalten, damit er selbst nicht zu früh vor dem Morgengrauen nach Hause kommen würde. Er ertrug nicht den Blick in die schwarzen Fenster, in denen nur er sich unter dem Licht der Deckenlampen spiegelte. In solchen Momenten wandelte er in seinen Wohnungen umher wie der einzige Überlebende einer Katastrophe. Wenn er niemanden als Gesellschaft fand, machte er die Küche alleine sauber, polierte die Chromstahlfronten der Kühl-, Gefrier- und Klimaschränke, der Back- und Dampfbacköfen, Mikrowellen und Warmhalteöfen, bis kein Fleckchen mehr zu sehen war.

Nach Carmen wurde dies anders. Er merkte, dass sie ihn wahrnahm, dass sie auf ihn einging, dass sie ihn wiedersehen wollte. Immer fürchtete er, alles könnte sich wie eine Fata Morgana auflösen. Sie war auf die Insel gekommen und er war in einen immer größeren Aufruhr geraten. Ein wundervoller Aufruhr, so als hätte er die Gewinne am Roulettetisch gepachtet. Ein ähnliches Fieber. Es veränderte sich nicht, wie es sonst der Fall war, nachdem sie die erste Nacht zusammen verbracht hatten. Auch nicht, als er merkte, dass sie bleiben würde. Noch eine Nacht, eine zweite, kein Ende für jetzt und alle Zeit.

Es wurde sogar schlimmer – oder schöner? –, als ihn die unzähligen kleinen Abschiede im Alltag zu nerven begannen. Warum konnte sie nicht immer neben ihm sein?

In der ersten gemeinsamen Nacht war er irgendwann gegen Morgen aufgewacht, in die Küche gegangen, hatte eine Scheibe Gouda auf ein ungetoastetes Stück Weißbrot gelegt, das Ganze dann wie in Trance mit Ketchup bestrichen und den Geschmack erst bemerkt, als er schon die Hälfte verzehrt hatte. Er war geschockt.

Am nächsten Tag ging er mit ihr einkaufen. Mode, Schmuck, Kosmetika, alles, was sie wollte. Wenn sie überlegte, ob sie lieber das Kleid von Cavalli oder Gucci nehmen sollte, ließ er beide einpacken.

Bislang hatte er nur für das Kochen gelebt. Sicher, es hatte ein paar Sexgeschichten gegeben, aber im Geist waren es alles Varianten seines ersten Bordellbesuches. Jetzt liebte er und war verliebt. Verknallt, verschossen, vernarrt – alles passte. Er hatte noch nie eine Frau wie Carmen kennengelernt. So direkt. So unterhaltsam. So atemberaubend. Mit dem geringsten Aufwand, mit einem Fingerschnippen konnte sie Gefühle in ihm auslösen, die er niemals vorher gehabt hatte. Wenn er mit ihr war, verlor er die Kontrolle; es fühlte sich an, als würde er mit zu hohem Tempo aus einer Kurve fliegen.

Er hatte niemals geglaubt, dass sie ihn heiraten würde. Nachdem sie Ja gesagt hatte und der Termin für die Hochzeit feststand, fühlte er sich erschöpft wie ein Ertrinkender, der endlich festen Grund unter seinen Füßen spürt. Wie herrlich, in ihrer Liebe und Treue einfach zu entspannen.

Arrabal folgte den Bewegungen des Müllmanns wie ein Kind im Halbschlaf, das zwar alles sieht, aber nicht weiß, ob der Bewaffnete ein Feind oder ein Freund ist, ob es Ernst oder Spaß ist. Er war müde und er spürte die Bedrohung, die näher kam. Er wusste sich in Gefahr.

Die Oper Unter den Linden war ausverkauft und die Leute drängten auf ihre Plätze. Als die ersten Töne der Ouvertüre erklangen, fiel alles von ihr ab, was sie bedrückte. Es war die Musik, die Karin schon seit ihrer Jugend liebte. Sie schaute zu Marc, der Mozart offensichtlich auch mochte. Er lächelte sie an und nahm ihre Hand. Es war die richtige Entscheidung gewesen, ihn in die Oper einzuladen, obgleich das für sie anfangs gar nicht feststand. Eigentlich hatte sie die Karte Corinna geben wollen, doch auf dem Weg zur Neuen Nationalgalerie, wo sie sich treffen wollten, hatte Marc sie erreicht. Wie durch einen seltsamen Zufall schwärmte er sofort von dieser Operninszenierung. Er war so voll des Lobes und bedauerte so aufrichtig, dass er keine Karte mehr hatte bekommen können, dass sie nicht widerstehen konnte, ihm jene von Toni anzubieten.

In der Pause lud er sie auf einen Sekt ein. Sie standen eng nebeneinander im Foyer. Karin mochte seinen Duft, eine Mischung aus Zedernholz und Zitrone. Schnell nahm sie das Sektglas in die andere Hand und wich ein wenig zurück.

Sie hatte ihn vor Monaten bei einer Lesung in seiner Buchhandlung in der Fasanenstraße kennengelernt. Bei seiner Begrüßungsrede sprach er von seiner Vorliebe für zeitgenössische Literatur. Das war auch ihre Schwäche. Am Ende des Abends hatte sie sich ihm vorgestellt. Angeregt plauderten sie eine Weile und waren schnell beim Du. Sie fand ihn äußerst charmant. Seine ausgeglichene Art und sein Humor gefielen ihr auf Anhieb. Er fragte sie nicht nur nach ihrer Lektüre, sondern auch nach allem anderen aus. Der interessiert sich ja tatsächlich für mich, dachte sie und erzählte ihm bereitwillig von ihrer Arbeit und dem

Leben auf Ibiza. Sie verschwieg auch Costa nicht. Auch nicht, dass sie in einem ständigen Spannungsverhältnis miteinander lebten. Mit einem unverbindlichen, aber augenzwinkernden »Meld dich mal wieder, wenn du in der Stadt bist« hatte er sich verabschiedet. Er hatte ihr seine Visitenkarte gegeben und sie ihm ihre Handynummer.

Als sie ein paar Tage später auf Ibiza ihre Reiseunterlagen ordnete, fand sie seine Visitenkarte wieder. Eine Weile drehte und wendete sie sie hin und her und legte sie dann beiseite. Als hätte er das gespürt, kam kurz darauf seine erste SMS. Sie war sich nicht sicher, ob sie antworten sollte, tat es dann aber doch. Sie wusste auch, warum: Sie war ausgehungert nach Komplimenten. Sie hatte sich nicht geirrt, sie musste nicht lange warten, dann kamen per SMS seine schön formulierten Worte, die jeder Frau gefallen hätten. Erst schrieb er wöchentlich, aber schon bald täglich und zum Schluss waren es drei oder vier Nachrichten am Tag. Sie war amüsiert, sie genoss es, es tat ihr gut, aber daran gedacht, wohin das führen könnte, hatte sie nicht.

Doch jetzt, da er neben ihr stand, spürte sie plötzlich etwas, das über all diese Worte und Sätze hinausging.

Als die Pause zu Ende war und es zum nächsten Akt läutete, führte Marc sie an der Hand auf ihren Platz zurück.

Das Gefühl körperlicher Anziehung verlor sich nun, weil sie vom zweiten Teil der Aufführung völlig gefangen war. Doch als das Finale ausklang, stellte sie fest, dass es nicht verschwunden war, sondern sich in körperliche Vertrautheit verwandelt hatte.

Als sie die Oper verließen, hakte Marc sie unter und schlug vor, ihr noch die Tadschikische Teestube zu zeigen, die in fünf Minuten zu Fuß zu erreichen wäre und sich im ersten Stock des Palais am Festungsgraben befände.

Die Musik, seine Berührungen, aber auch der Konflikt, in dem sie steckte, hielten sie davon ab, jetzt noch ein Lokal aufzusuchen und vielleicht mit wildfremden Menschen am Tisch zu sitzen. Oder auf irgendwelchen niedrigen Kissen, wie er es beschrieb. Lieber wollte sie ins Hotel zurück. Das war auch kein

Problem, da sie den gleichen Weg hatten, denn ihr Hotel befand sich in der Nähe von Marcs Buchhandlung, über der er im dritten Stock wohnte.

Sie gingen bis zur Friedrichstraße und nahmen dort ein Taxi. Es war ein typischer Impuls, dass sie im Taxi sofort das Handy einschaltete. Doch eigentlich wollte sie gar nicht erreichbar sein. Als sie sich das im Nachhinein noch einmal überlegte, wurde ihr klar, dass sie Toni damit unbewusst noch eine Chance hatte einräumen wollen.

Ihr Gefühl hatte sie auch nicht getäuscht, denn sie saßen erst zehn Minuten im Auto und Marc wollte ihr gerade einen Kuss auf den Hals geben, als das Handy vibrierte und sie Costas Namen auf dem Display sah.

Sie nahm das Gespräch an, sodass ihr Arm mit dem Telefon sich zwischen sie und Marc schob, der auch sofort in seine Fensterecke zurückwich. Sie wandte sich ihm zu und lächelte ihn an, während sie Costa lauschte, wie er ihr in einer langen Entschuldigung den Ablauf der Ermittlung erklärte. Es ging um Pedro und seinen Vater, El Cubano, José Arrabal und seine junge schöne Frau, aber sie kam mit keinem einzigen Wort vor. Wie es ihr ging und wie sie sich fühlte, schien für Toni völlig ohne Belang und ohne Interesse zu sein. Im Gegenteil, er schien ganz versessen darauf, sie von der Unabänderlichkeit all der Dinge zu überzeugen, die ihn daran hinderten, zu ihr zu reisen und sie in den Arm zu nehmen. So wie er es darstellte, war er nur ein Rad in einem schicksalhaften Räderwerk. Unfrei. Unerotisch. Langweilig.

Sie hätte es ihm gesagt, aber sie wollte nicht, dass Marc ihre Gedanken erführe, und daher drückte sie das Gespräch weg, ohne etwas zu erwidern und ohne Abschied.

Die ganze Zeit hatte sie Marc angeschaut und senkte nun das Handy ganz langsam in ihren Schoß. Dabei musterte sie den Mann neben sich, über dessen Gesicht die Reflexe der Reklamelichter von draußen huschten. Erweckte sie bei ihm etwa den Eindruck, dass sie sich von seiner Aufmerksamkeit insgeheim geschmeichelt fühlte? War dieses Telefonat von Karin für ihn nur ein Vorwand, um sich bei ihm interessant zu machen? Solche dummen Unterstellungen würde sie hassen.

»Möchtest du mit auf mein Zimmer kommen?«, fragte sie, leise provozierend, aber immer noch lächelnd.

»Auf ein Glas Champagner oder einen Fick?«

Das war unverschämt. Diese Art der Sprache war zwischen ihnen bislang tabu. Sollte sie das ungestraft durchgehen lassen? Andererseits gefiel es ihr, denn sie wusste, dass Befangenheit jeden Spaß an Erotik verdarb.

Es machte ihr nichts aus, ihn so lange anzuschauen, bis er ihrem Blick auswich. Er wartete immer noch auf eine Antwort und sie erwiderte: »Beides«, sagte es aber betont gedehnt, was auch gelangweilt wirken konnte.

Als sie das Zimmer betraten, gab es keine stürmische Eröffnung. Er zog sie nicht an sich, küsste sie nicht und drückte sie nicht gegen die Wand. Er machte drei Schritte und schaute sich im Zimmer um, als wollte er erst einmal feststellen, wie viele und welche Art von Büchern sie besaß.

Ein Buchhändler?, fragte sie sich und war selbst überrascht von dem leicht zynischen Gedanken. Wollte er sich jetzt hinter einer Diskussion über ihre Lieblingslektüre verstecken? War er nur selbstsicher, solange er im Theater, im Taxi oder in seiner Buchhandlung war?

Viele kleine Entscheidungen begleiten uns auf dem Weg zum Glück, dachte sie und fragte ihn, ob er vor ihr ins Bad wolle oder hinterher.

»Gar nicht«, sagte er und nahm damit diese Hürde.

»Gut«, sagte sie, »ich bin gleich wieder da. Mach es dir inzwischen gemütlich.«

Nun war er alleine. Was würde er tun? Würde er den Fernseher einschalten? Das Radio und nach Musik suchen? Belanglose Songs, unterbrochen von den dummen Sprüchen des Nachtredakteurs? Würde sie sagen müssen, stell das wieder aus?

Sie ließ ihn länger warten als nötig. Als sie schließlich das Bad verließ, hatte sie nur ihre hohen Pumps an, und wenn Corinna sie gefragt hätte, würde sie gesagt haben: Wenn ich mit jemandem ins Bett gehe, möchte ich gerne wissen, was er empfindet, wenn er mich nackt sieht, was er denkt und wie er reagiert.

Im ersten Moment sah sie ihn gar nicht. Das Zimmer war dunkel, nur durch einen Spalt des Vorhangs fiel Neonlicht aufs Bett. Es fiel auf seine nackten Beine. Er hatte keine Musik angemacht, keinen Fernseher eingeschaltet, sich nichts zu trinken genommen – er lag nackt auf dem Bett. Als sich ihre Augen an das Dunkel gewöhnt hatten, sah sie mehr. Sein Körper gefiel ihr.

Sie machte einen Schritt. Das Licht von draußen warf einen gleißenden Strahl auf sie. Sie wusste, dass sie in seinen Augen wunderschön war. Sie musste ihm unerreichbar scheinen, obwohl sie beide nackt waren und zum Greifen nahe.

Seit dem Moment im Taxi hatte sie sich nicht kontrolliert. In solchen Augenblicken wie diesem ließ sie nur ihr Herz sprechen, wie Corinna sagen würde. Aber es war nicht das Herz, sondern der Geist der Erotik. »So wie du mich jetzt ansiehst«, sagte sie, »stellst du Berechnungen an. Welche?«

Er blieb bewegungslos, sie sah nicht einmal, wie sich sein Brustkorb hob und senkte. »Ich habe nur gedacht, wie schön du bist.« Er sagte es leise, fast wie die letzten Worte vor einer großen Erschöpfung.

Sie trat aus dem Licht ins Dunkel, einen Schritt auf das Bett zu und lächelte. Sie wusste, er konnte ihr Lächeln nicht sehen. Okay, dachte sie, so soll es sein.

Als der Hund ihn sah, fletschte er die Zähne und kläffte. Costa wartete, bis er verstummt war. Nun war es still in dem weiß gefliesten Raum, in den Costa vom Pfarrhaus herübergegangen war, um noch einmal bei Karin anzurufen. Nur das Summen der Neonlampen und ein leises Pfeifen aus den Aggregaten der Kühlungen waren zu hören. Er hoffte, dass ihre Mailbox nicht eingeschaltet wäre. Er wollte keine Nachricht hinterlassen, er wollte sie persönlich sprechen.

Karin hob zwar ab, doch schienen seine Erklärungsversuche sie so zu nerven, dass sie nicht antwortete und das Gespräch nach Kurzem einfach wegdrückte. Sein Anruf war wohl zum falschen Zeitpunkt gekommen. Direkt nach der Oper, wer weiß, wie die Stimmung da war.

Er brauchte eine Weile, um sich zu sammeln.

Dann ging er langsam aus dem Haus. Er winkte kurz dem Beamten zu, der den Tatort bewachte. »Señor Arrabal ist eben gefahren. Er hat diese Festplatte für Sie dagelassen.«

Costa nickte. Der Hund begann wieder zu bellen.

Auf der Fahrt nach Hause versuchte er, die Enttäuschung über Karins Verhalten zu vergessen. Der Tag war anstrengend genug gewesen. Zuletzt, als das Video lief, war ihm Arrabal deprimiert erschienen. Kein Wunder, wenn man auf so grausige Weise seinen besten Mitarbeiter oder gar Freund verliert. Sie waren von ähnlicher Herkunft, teilten die gleiche Leidenschaft und der Tote war seinem Chef völlig ergeben gewesen. Nur – was hatte er gegen Pedro gehabt? Warum musste er ihn so schikanieren? Und warum wollte er ihn nicht auf das Fest lassen?

Als Costa ins Schlafzimmer kam und sein leeres Bett sah, war es ihm, als könnte er Karins Abwesenheit mit Händen greifen. Und wieder dieses nagende Gefühl, schuld an etwas zu sein.

Er zog sich aus und schlüpfte unter die Decke. Um die Gedanken an Karin zu vertreiben, überlegte er, was in den nächsten Tagen auf ihn zukam. Das Verhör von Carmen? Er versuchte, sich auf sie zu fixieren, um Karins Bild zu verdrängen. Es gelang nicht.

Genervt wälzte er sich hin und her.

Dann kam ihm wieder Pedro in den Sinn. Wieso war alles so schwammig, was er angab? Hatte der Junge Angst vor seinem Vater? Auf jeden Fall hatten die beiden es vermasselt, dass er morgen nach Berlin konnte.

Und warum reagierte Karin so schroff? War ihr dieser Opernbesuch wirklich so wichtig? Wenn der Mord an Inaki aufgeklärt wäre, würde er zwei oder drei Wochen Urlaub nehmen und mit ihr in jede Oper gehen können, in jede Ausstellung und jedes Theater. Wenn sie jetzt nur mit dem Stress aufhören würde. Natürlich war sein Job schlecht bezahlt, natürlich nicht mit großen Ehren verbunden, natürlich gab es Berufe, in denen man mehr Zeit hatte, um es sich mit seiner Frau bequem einzurichten. Und natürlich wusste sie, dass El Cubano ihm schon seit Langem so eine bequeme Stellung anbot, die er immer wieder ausschlug. Er hatte nun mal die Aufgabe, Verbrecher zu überführen, und damit basta!

Von Anfang an hatte sie das gewusst und da nutzte auch ihr Bild von den Zwillingen nichts, von denen der eine ein ganz übler Gangster wird und der andere ein Polizist. Eineiig, waren sie charakterlich gleich, standen aber sozial auf ganz verschiedenen Seiten. Der Polizist jagt seinen Bruder so lange, bis er ihn zur Strecke gebracht hat. Natürlich wollte sie damit sagen, dass beide vom gleichen Jagdfieber gepackt waren, dass die gleiche Sucht sie antrieb. Costa aber stimmte dem nicht zu. Er war immer der Meinung gewesen, dass es ihm um Gerechtigkeit und den Schutz der Schwachen ginge, aber sie behauptete, er wolle nichts weiter als Menschen jagen.

Er stand auf und ging ins Bad. Im Spiegel betrachtete er sein Gesicht. Die Narbe über seiner rechten Augenbraue war deutlich zu sehen. Sein dunkler Bart war schon wieder zu schnell gewachsen. Er fuhr sich mit beiden Händen durchs Haar. Dicht und kräftig fühlte es sich an, säuberlich gestutzt. Trotzdem zeigte sein Spiegelbild einen Mann, der müde und ausgebrannt schien. Vielleicht war er das nicht, aber auf jeden Fall kam er sich fremd vor.

In der Küche nahm er ein Glas aus dem Schrank und goss aus einer Plastikflasche Wasser ein. Es schwappte über. Er ärgerte sich und fasste so grob zu, dass es noch einmal überschwappte. Auf dem Balkon lehnte er sich gegen das Geländer und starrte in die Nacht. Die Kneipen in seinem Viertel waren schon geschlossen. Irgendwo suchte ein riesiger Scheinwerfer den Himmel ab. Durch das Licht der Straßenlampe huschte eine Katze und sprang auf eine Mülltonne. Er überlegte, ob er sie von hier oben mit seiner Pistole treffen würde. »Was soll das«, murmelte er. Er zischte einmal, sodass die Katze davonsprang, trank das Wasser aus und warf sich aufs Bett.

Ich werde ihr bereitwillig den Fall für ihre Zeitung liefern, dachte er. Wenn sie aus Berlin zurück ist, werde ich Zugeständnisse machen.

Als er aufwachte, erinnerte er sich, wie Karin einmal abends aus der Redaktion gekommen war, aufgekratzt und nach Alkohol riechend. Es war der letzte Sommer gewesen, unglaublich heiß. Er war zu Hause, hatte kalte Getränke bereit und einen Salat. Sie kam in die Küche, küsste ihn, ließ ihre Hand an ihm heruntergleiten und fragte ihn, ob er ewige Treue schwöre.

»Ja«, hatte er gesagt.

Ewige Treue. Costa sann dem Begriff nach.

Er blieb noch einen Moment liegen. Die Erinnerung hielt ihn fest.

Als er auf die Uhr sah, wusste er, dass er darauf verzichten musste, sich zu rasieren. Während er sich einen Kaffee machte, beschäftigte ihn wieder die Frage nach Pedros Alibi.

Die ganze Sache war seltsam. Er glaubte Pedros Erklärungen einfach nicht. Er würde jetzt gleich die Wegstrecken abfahren, die Pedro angegeben hatte. Der Zeitaufwand ärgerte ihn. Aber er wollte es heute unbedingt schaffen, alles so weit aufzuklären, dass der Bischof die weiteren Untersuchungen übernehmen könnte. Es ging ja eigentlich nur um Pedro. Von ihm musste er den Verdacht abwenden.

Während er über Land fuhr, überlegte er immer wieder, ob er Karin anrufen sollte. Er konnte sich nicht entscheiden. Was hätte er sagen sollen?

Er blickte aus dem Fenster. Der Himmel war von einem durchdringenden Blau. Über den Weinbergen von Can Rich trieben die Wolken schnell dahin.

Als er bei der Festwiese ankam und die Zeit kontrollierte, stellte er fest, dass Pedros Angabe stimmte. Zehn Minuten vom

Restaurant bis hierher. Aber waren es von hier bis zur Avenida Dr Fleming auch zehn Minuten?

Costa fuhr die Route mit 40 km/h ab, etwa die Geschwindigkeit von Pedros Mofa. Plötzlich fiel ihm ein, dass er noch kurz vor dem Einschlafen auf Karins Mailbox die Nachricht hinterlassen hatte, er werde sie gleich in der Früh anrufen. Er nahm sein Handy, drückte ihre Nummer und hörte ihre kurze Ansage. Er ließ es sein. Er hatte keine Lust, schon wieder eine Nachricht zu hinterlassen.

Warum wusste Pedro nicht, wo er seine Uhr gelassen hatte? Sicher sind Jugendliche oft zerstreut, aber als Koch? Da musste man doch konzentriert sein, und dafür hatte Arrabal Pedro ja auch gelobt.

Als Costa bei der Tankstelle ankam, stand eine Schlange von Autos bis auf die Straße. Er parkte auf der anderen Seite und stieg aus. Wenn hier immer so ein Betrieb war, würde Pedro es wohl kaum in fünfundzwanzig Minuten geschafft haben. In diesen fünfundzwanzig Minuten waren fünf Minuten fürs Tanken enthalten. Aber nicht, wenn man so eine Schlange vor sich hatte.

Er ging an den wartenden Wagen vorbei und betrat die Verkaufshalle, in der es von Whiskey bis zu Brennholz alles gab. Es schlug ihm nicht nur der Ibiza-Sound entgegen, sondern auch eisige Luft. Offenbar lief die Klimaanlage auf Hochtouren, obwohl es draußen recht frisch war.

Er ging direkt zum Kassierer, zeigte seinen Ausweis und verlangte den Mitarbeiter zu sprechen, der am Vormittag des Vortages Dienst gehabt hatte.

»Der Kollege, der Sonntagmorgen Dienst hatte?«, wiederholte der Kassierer Costas Frage so, als wollte er Zeit gewinnen. »Haben Sie deswegen heute schon mal angerufen?«

»Nein. Warum?«

»Sie sind doch Bulle, oder?«

»Sie haben doch meinen Ausweis gesehen.«

»Der Kollege hat heute frei. Ist morgen in der Früh wieder da.«

»Haben Sie seine Handynummer?«

Der Kassierer schüttelte den Kopf.

»Adresse?« Costa wurde etwas lauter.

»Keine Ahnung. Sie können's ja mal in der Zentrale versuchen.«

»*Venga*, ich komme wieder. Bis dahin haben Sie den Kassenausdruck von gestern früh bereit. *Claro*?«

Ohne seinen Blick zu heben, nickte der Bursche.

Im Auto sah Costa wieder auf die Uhr und fuhr dann mit 40 km/h bis zum Kolumbus-Denkmal hinauf, dort rechts in den Camí General und bog schließlich hinter der Schule auf die Umgehungsstraße ein. Er war sich sicher, dass diese blöde Mofasimulation zu Protesten geführt hätte, stünde nicht »Guardia Civil« auf dem Geländewagen.

Zehn Minuten brauchte er bis zum S'Esglesia. Pedros Angabe stimmte auf die Sekunde. Sicherlich war er von seinem Vater beraten worden, denn welcher Jugendliche merkt sich schon Fahrtzeiten. Es sei denn – und dies wäre die schlimme Alternative –, es käme darauf an. Wenn man nämlich damit rechnete, sie später als Alibi zu brauchen.

Für diese schlimme Alternative sprach der Hund, musste Costa sich eingestehen. Denn wenn Pedro nicht der Mörder war, sondern ein Fremder, hätte der Hund angeschlagen.

Langsam ging Costa über den klobigen, getrockneten Boden. Er mochte den intensiven Geruch der gelben Strohblumen, die jetzt überall wuchsen. Hinter ihm im Wildbachbett, das kein Wasser mehr führte, standen rosa und weiße Oleanderbüsche. Unter den Mandelbäumen blieb er stehen, den Blick auf einen Bauern gerichtet, der mit einer langen Stange Orangen erntete. Costa nahm an, dass das Toni Serra wäre. An Wochenenden half er seiner Mutter Maria. Sie wohnte in einem kleinen weißen Gehöft, halb verdeckt von Bananenstauden, auf der anderen Seite des Feldes. Costa wusste, dass es noch fünf weitere Nachbarn gab, die das Anschlagen des Hundes hätten hören können.

Er hatte sie alle telefonisch erreicht, aber bei den Serras nur Tonis Frau, die auch Maria hieß. Sie arbeitete in der Küche eines der großen Hotels an der Cala Bassa. Von ihr hatte er erfahren, dass weder sie noch ihr Mann am Wochenende auf der Finca ihrer Schwiegermutter gewesen waren. Sie wusste auch nichts von Arrabals Hochzeit.

»Hatten Sie am Wochenende frei?«, hatte Costa nachgebohrt.

»Wenn ich Urlaub habe, fahre ich nach Miami«, war ihre nicht ganz logische Antwort gewesen.

Sie und ihr Mann bewohnten in einem der Blöcke direkt an der neuen Autostraße ein Einzimmerappartement. Der Platz reichte, weil sie stets zu unterschiedlichen Zeiten arbeiteten – ging sie in die Frühschicht, dann fuhr Toni in der Spätschicht Taxi und umgekehrt.

Taxi fuhr er aber nur in der Saison. Im Winter half er der Mutter auf dem Hof, lockerte mit seinem Traktor die Erde auf, damit die Baumwurzeln Luft und Wasser fanden, reparierte das Haus, baute einen Zaun für die Schafe und Ziegen, weil seine alte Mutter sie nicht mehr hüten wollte. Die Hühner und die Kaninchen fütterte sie noch, aber seit es Strom im Haus gab und der Kühlschrank die Wurstkammer ersetzte, mästeten sie kein Schwein mehr. »Wenn die Mutter stirbt, werden wohl auch die Tiere verschwinden«, hatte die Schwiegertochter gesagt und sich missmutig darüber ausgelassen, dass Toni im Moment den ganzen Tag in der Orangenernte stecke und abends die Nachtschicht fahren müsse. »Die armen Leute müssen immer hart arbeiten«, hatte sie noch hinzugefügt, bevor Costa sich bedankt und aufgelegt hatte.

Jetzt genoss er den kleinen Spaziergang. Als er den Orangenpflücker fast erreicht hatte, sah er, wie sich von der anderen Seite eine Bäuerin näherte. Das musste die alte Mutter sein. Sie trug ein schwarzes Tuch, hatte eine langärmelige schwarze Bluse und mindestens drei schwarze Röcke an, die auf schwarze Schuhe herabfielen. Es war die typische Tracht der ibizenkischen Bäuerinnen.

Der Mann, der mit der langen Stange Orangen vom Baum löste, war etwa Mitte fünfzig, klein, sehnig und verschlossen. Er hielt in der Bewegung inne und wartete, was der Fremde wollte.

Costa schwenkte kurz seinen Ausweis und erfuhr, dass der Bauer tatsächlich Toni Serra war und die Frau, die langsam näher kam, seine Mutter Maria Serra.

»Ich heiße auch Toni«, sagte Costa und lächelte, aber der Orangenpflücker verzog keine Miene. »Meine Mutter heißt auch Maria«, fügte Costa hinzu.

Es hatte keinen Effekt auf Toni Serra. Statt einer freundlichen Erwiderung griff er die Stange mit beiden Fäusten und hielt sie so, dass er sie Costa jederzeit über den Schädel ziehen konnte.

Auf Costas Frage verneinte er, dass er am Sonntag da gewesen sei. Das stimmte, denn am Sonntag habe seine Mutter nach den Orangen geschaut, hatten ihm die anderen Nachbarn erzählt.

Als die Mutter nahe genug war, um ihn bei gutem Gehör zu verstehen, erklärte er ihr, dass er die Untersuchung des Mordes an Arrabals Koch leite, und fragte sie, was sie am Sonntag hier draußen auf dem Feld gemacht habe. Es war ein Test, um festzustellen, wie gut sie hörte.

Sie antwortete erst, als sie vor ihm stand, doch es war ihr offensichtlich keines seiner Worte entgangen. Sie habe die herabgefallenen Orangen aufgesammelt und geprüft, wie viele schon reif für die Ernte wären. Dann sei sie zu einem Nachbarn gegangen, um dessen Telefon zu benutzen und ihrem Sohn von den jetzt reifen Orangen zu berichten.

»Ich bin am nächsten Tag gekommen und habe mit der Ernte begonnen«, bestätigte Toni Serra ihre Worte.

Costa wandte sich wieder an die Alte. »Wann waren Sie hier auf dem Feld?«

»Zwischen halb zehn und halb elf.«

»Haben Sie eine Uhr?«

»Nein.«

»Woher wissen Sie das dann so genau?«

»Ich weiß das.«

»Das muss ich überprüfen, verstehen Sie?«

Sie sah ihn mit ihren runden dunklen Augen an, aber der schmale faltige Mund blieb geschlossen.

Costa zeigte auf das Restaurant: »Die zwei Catering-Wagen von dort drüben sind morgens weggefahren. Haben Sie das gehört?«

Sie nickte. »Sie haben gehupt.«

Das stimmte, sie hatten beim Abfahren gehupt. Das war um halb zehn. »Sind Sie da aufs Feld gekommen?«

»Ja.«

»Irgendwann in der Zeit bis halb elf hat der Hund einmal gebellt. Wissen Sie das? Haben Sie das gehört?« Dies war ein Bluff. Costa wusste von den Nachbarn, dass sie um halb elf bei ihnen gewesen war, um ihren Sohn anzurufen, aber keiner hatte sagen können, ob Arrabals Hund in der fraglichen Zeit gebellt hatte.

Sie überlegte einen Moment, kniff den Mund zusammen und schüttelte den Kopf. Fragend sah sie ihren Sohn an, als könnte er das wissen.

Costa nahm eine Orange auf und roch daran, ließ die beiden aber nicht aus den Augen.

»Sie schmecken gut«, sagte die alte Frau. »Gib ihm ein Messer.«

Ihr Sohn nahm ein Messer, das an der Seite im Geflecht des großen Korbes steckte, und warf es Costa zu.

Er schnitt die Orange und schälte sie ab. Die Schale war dünn, der Saft süß und köstlich. Er warf das Messer zurück, lobte das Aroma und den Geschmack, wenngleich er eigentlich nur auf eine Antwort wartete. Da Maria Serra es vergessen zu haben schien, fragte er sie noch einmal.

Sie schüttelte wieder den Kopf und bestritt jetzt ganz entschieden, dass der Hund gebellt hatte.

Costa nahm das Handy aus der Tasche und drückte die Nummer des Surfers. Während er wartete, sagte er: »Sie wissen, dass José Arrabal am Sonntag geheiratet hat?«

»Ja. Das weiß ich. Eine Südamerikanerin. Er war schon zu erfolgreich für die arme Tochter von Flaquer.«

Costa gab dem Surfer das verabredete Stichwort, um den Hund zum Bellen zu bringen.

Es dauerte nur einen kurzen Moment, dann kläffte der Hund, als würde er mit glühenden Eisen traktiert.

»Jetzt bellt er«, sagte die Bäuerin. »Wenn der bellt, dann weiß ich, José Arrabal kriegt seine Lieferungen.«

»Wieso?«

»Der Hund bellt immer, wenn Fremde kommen.«

Costa bedankte sich.

»Nehmen Sie noch ein paar Orangen mit«, sagte sie und deutete auf den Korb.

Costa ging um das Gebäude zum Hintereingang. Auf dem Lieferantenparkplatz sah er zwei Fahrzeuge der Guardia, Elena Navarros Motorrad und den Mannschaftswagen, in dem sie telefonierte.

»Der Mord verbreitet Panik auf der Insel«, berichtete Elena und begann mit den drei Orangen zu jonglieren, die Costa ihr geschenkt hatte. »Alle hoffen, dass es einer der Köche war und nicht ein Wahnsinniger, der herumgeht und weitermordet.«

»Die sehen zu viele amerikanische Serien.«

»Immerhin ist es unser Hollywood-Restaurant, wo das passiert ist«, erwiderte sie grinsend.

»Gefällt es dir nicht?«

»Machst du Witze?«

»Was würde dir denn gefallen?«

»Ein weißer Raum und einfaches Essen.«

»Beschreib mal!«

»Einfache Küchentische, passende Küchenstühle, weißes Geschirr, weiße Wände mit Fotografien von Tomaten, Artischocken und diesen drei Orangen. Du weißt schon.«

Er lachte. »*Bueno*, und was würdest du essen?«

»Einfache Gerichte aus besten Rohstoffen. Außer Salz und Pfeffer nie mehr als drei Gewürze pro Gericht. Und neben Zwiebeln und Knoblauch nie mehr als fünf Zutaten. Keine Musik, kein Lärm, kein Warten auf die Rechnung. Und du?«

»Ich brauche unbedingt den Kassierer vom Sonntag in der Tankstelle Avenida Dr Fleming. Wenn er Pedros Aussage bestätigt, kann ich meinen Urlaub endlich antreten.« Er sah auf die Uhr. Die Maschine am frühen Abend würde er wohl nicht mehr kriegen.

»Ich bring ihn dir.«

»I love you«, sagte er und war plötzlich gut gelaunt.

Der Surfer kam. »Kollege Bischof ist ziemlich fertig. So habe ich ihn noch nie gesehen.«

Costa nickte. Er war sich sicher, dass sein Cousin dabei war, hinter seinem Rücken alles, ob legal oder illegal, in Bewegung zu setzen, um Pedro aus dem Visier der Ermittlungen zu bekommen. Was ihn am meisten ärgerte, war dessen Blindheit – er wollte den Jungen doch ebenfalls von jedem Verdacht befreien. Statt zusammenzuarbeiten, handelte der Bischof auf eigene Faust. Aber wenn die Gonzales es nicht anders wollten, würde es ihm auch recht sein.

Der Schäferhund stand auf den Hinterbeinen, die Pfoten gegen den Maschendraht, und bellte wütend. Costa blieb einen Moment stehen und fixierte ihn. Wenn schon die Menschen um ihn herum ihm nicht gebührend Beachtung schenkten, wollte er wenigstens den Hund zur Kooperation bringen. »Sei still.« Er versuchte es wie ein Hypnotiseur.

Der Hund jaulte.

»Sei still.«

Er winselte, dann verstummte er.

»*Bueno. Muy bueno.*« Er würde ihm nächstes Mal ein Stück Wurst mitbringen.

»Bist du schon durch?«

»Läuft ein bisschen zäh an. Es ist so die Stimmung: Was wollen die eigentlich von uns? Denken diese Idioten von der Guardia, wir haben diesen Mistkerl umgebracht?«

»Mistkerl?«

»Außer Pedro sind sich alle einig, dass Felipe Inaki ein ziemlich mieser Vogel war.«

»Ein Grund, ihn umzulegen?«

Er zuckte mit den Schultern. »Montpellier, der Beilagenkoch, ist der Meinung, dass Inaki hinter Carmen Arrabal her war.«

»Und jetzt?«

»Sanchez ist der Nächste.« Er warf einen Blick aus dem Fenster. »Da kommt er.«

»Lass mich mal.«

Sein Cousin nickte. Sanchez kam herein.

»Wie stehen Sie zu Carmen Arrabal?«, fragte Costa ohne Begrüßung.

Sanchez hielt kurz inne und schien überrascht, dass Costa ihn nicht wie gewöhnlich duzte. Doch er fing sich schnell wieder und flegelte sich betont lässig auf den Stuhl. Dann grinste er und fuhr sich mit der Hand durch die Locken. »Überhaupt nicht.« Er grinste noch breiter. »Sie ist die Frau vom Chef.«

»Wie war Felipe Inakis Verhältnis zu Señora Arrabal?«

Sanchez zuckte mit den Schultern. »Ich interessiere mich nicht für den Küchentratsch. Da müssen Sie Guillen Puget fragen. Der hat die größten Ohren. Sonst noch was?«

»Ja. Erzählen Sie uns mal, wie Ihr Tag gestern abgelaufen ist. Von Anfang an. Also wann sind Sie aufgestanden?«

Sanchez berichtete alles kurz und knapp, aber es ergaben sich keine neuen Aspekte. Dennoch machte sich der Bischof eifrig Notizen.

»Hast du noch Fragen, Rafal?«

Der Bischof schüttelte den Kopf.

»Dann können Sie gehen. Schicken Sie Puget rüber. Ach, warten Sie. Eine Sekunde!« Costa zeigte ihm den Eimer mit dem Knoblauch. »Wie lange braucht man dafür?«

Sanchez warf einen kurzen Blick darauf. »Fünf Minuten.«

Als er draußen war, ging der Bischof ein paar Mal auf und ab, ließ sich dann in einen der Ledersessel fallen und hob hilflos die Hände. »Was machst du da, Toni? Glaubst du Pedro nicht? Warum soll er sagen, dass er fünfundzwanzig Minuten geschält hat, wenn es nicht stimmt?«

Er tat Costa leid. Doch wie sollte er darauf Rücksicht nehmen? Erst einmal musste er sich einen Überblick verschaffen. »Rafal, ich weiß, dass Pedro mit dem Mord nichts zu tun hat. Aber wir müssen herausbringen, wie alles abgelaufen ist. Es nutzt uns nichts, wenn unsere Aussagen vor Gericht sofort widerlegt werden.«

»Der Surfer hat die geschälte Menge fünfzehn Mal fotografiert, genau gewogen, exakt gezählt. Wozu das alles?«

Costa atmete ein paar Mal ruhig aus und ein. »Willst du damit sagen, dass ich mögliches Entlastungsmaterial für Pedro unterschlagen soll?«

»Wieso Entlastungsmaterial? Wenn Pedro nur fünf Minuten geschält hat, wie dieser Sanchez hier behauptet, dann ergibt sich doch automatisch die Frage: Warum hat er gelogen und wo war er die ganze Zeit? Das findest du entlastend?«

Costa sah seinen Cousin ruhig an. »Rafal, vielleicht *ist* es entlastend. Was wissen wir?«

Der Bischof schüttelte verständnislos den Kopf.

Costa spürte, wie der Ärger in ihm aufstieg. »Rafal, es ist doch scheißegal, ob er fünf Minuten oder fünfundzwanzig geschält hat! Wenn er für diese Zeit kein Alibi hat, steht er unter dringendem Tatverdacht!«

Der Bischof sprang auf. Sein erster Impuls war es wohl, auf Costa loszugehen, aber er bremste sich und schlug sich selbst mit der rechten Faust in die offene Hand. »Ach, darauf willst du hinaus? Dann rufen wir doch gleich bei der Tankstelle an!«

»Das hast du bereits getan. Du weißt, dass der Tankwart vom Sonntag heute nicht zu erreichen ist.«

Der Bischof starrte ihn einen Moment entgeistert an. »Ach, da warst du auch schon?«

»Mein Job.«

»Dein Job. Du tust also deinen Job! Gut, dann weiß ich Bescheid. Dann will ich auch meinen Job tun.« Er setzte sich wieder in den Sessel, holte demonstrativ einen Notizblock und einen Stift aus der Tasche und wartete. »Dann hol mal den Nächsten rein.«

Costa wollte noch etwas sagen, aber der Nächste kam schon. Es war Guillen Puget. Ein unangenehmer Typ. Er neigte den Kopf zur Seite, um die beiden Ermittler zu grüßen, sah ihnen aber nicht in die Augen. Costa konnte ihn auf Anhieb einschätzen. Ein Versager, der nicht so recht vorankam, dem das letzte Quäntchen Talent, Mut oder Glück fehlte, weshalb er sich mit der Zeit immer mehr einbildete, das Leben schulde ihm etwas. Costa kannte diesen Menschenschlag.

Während er ihn den gestrigen Tag rekonstruieren ließ, schwieg der Bischof. Er machte sich nur Notizen. Am Schluss stellte Costa die Frage nach Carmen Arrabal.

Auch diese Frage brachte weder Leben in Pugets Gesicht noch in seine Stimme. »Was weiß ich. Alle sind verrückt nach ihr«, sagte er in einem leicht überheblichen Tonfall. »Außer mir.« Er überlegte einen Moment und fuhr, fast verschwörerisch, fort: »Inaki vor allem. Es war schon peinlich, wie er ihr nachstellte.« Mit gespielter Entrüstung schüttelte er den Kopf. »Ein erwachsener Mann, aber er hat sich aufgeführt wie ein Sechzehnjähriger.«

»Wie hat sie auf ihn reagiert?«

»Auf Inaki?« Er verzog sein Gesicht. »Vergessen Sie's. Inaki war ein Brechmittel für Frauen. Deswegen hat er Argento gehasst.«

»Argento?«

»Inaki hat ihn rausgeschmissen.«

»Warum?«, fragte der Bischof plötzlich.

»Was weiß ich. Einen Vorwand wird er schon gehabt haben. Vielleicht hat er geklaut, ein verpfuschtes Essen, eine Linie Koks in der Personaltoilette, was weiß ich? Die beiden hatten sich sowieso ständig in den Haaren.«

»Wo ist er jetzt?«, hakte der Bischof nach.

»Was weiß ich. Puerto Rico. Von dort hatte er ein Angebot.«

»Wann war das?«, wollte er wissen.

»Keine Ahnung. Einen Monat war er nur bei uns, was weiß ich.«

Costa hatte nichts dagegen, dass sein Cousin Fragen stellte, aber in diesem Fall störte ihn, dass der Bischof sich so offensichtlich auf einen neuen Verdächtigen stürzte. Es erweckte den Anschein, als hielte er Pedro für schwer belastet und suchte in seiner Not nach einem anderen Opfer. Vielleicht ist ein Vater zu nah an seinem Sohn und kann ihn gar nicht mehr einschätzen, dachte er, und traut ihm daher alles zu. Er selbst war überzeugt, dass Pedro zu einer solchen Bluttat nicht fähig war.

»Wie heißt dieser Argento mit Familiennamen?«, fragte der Bischof weiter.

»Argento Casal.«

»Was ist er für ein Typ? Halten Sie ihn für fähig, einen Mord zu begehen?«

»Ganz sicher.«

Das war eine Aussage, die der Bischof hören wollte. »Von mir aus kann er gehen«, sagte er.

Costa entließ Guillen Puget.

»Widerlicher Typ«, sagte der Bischof.

Costa ging zum Fenster und sah ihm nach. Dabei fasste er sich an die Brust. Das wiederkehrende Stechen hatte er seit dem letzten Telefonat mit Karin und es erinnerte ihn daran, dass er sie anrufen wollte.

»Hallo.« Joana Bisbals fröhliches »Guten Morgen« riss ihn aus seinen Gedanken.

Er hatte sie nicht kommen sehen. Ein winziger Spritzer Schokolade zierte ihre Nase. Er überflog seine Unterlagen. Joana Bisbal, sechsundzwanzig, ledig, kinderlos, aus Barcelona. Seit zwei Jahren als Patissière bei Arrabal.

Als sie an ihm vorbeiging, streifte ihn ein Duft von Mokka und Pfefferschoten.

»Señora Bisbal, Sie arbeiten seit zwei Jahren im S'Esglesia?«

Sie nickte.

»Sind Sie die einzige Frau im Betrieb?«

»In der Küche. Im Betrieb gibt's noch die Kellnerinnen und die Frau, die die Reservierungen annimmt. Ich bin die einzige Köchin.«

Sie hatte sicher eine Sonderrolle, wie Elena in seinem Team. Santander hätte längst einen Grund gefunden, sie loszuwerden, würde sie nicht besser arbeiten als jeder Mann. »Ist ein harter Job für eine Frau, oder?«

»Ist ein harter Job für jeden«, sagte sie. Sie sprach schnell und bestimmt. Ihre Stimme war rau, ein krasser Gegensatz zu ihrer kindlichen Erscheinung. »Falls Sie meinen, dass ich keine gusseisernen Pfannen schwenken kann, muss ich Sie enttäuschen. Dafür gibt's Techniken.«

»So habe ich das nicht gemeint. Körperlich traue ich Ihnen einiges zu. Ich meine das Betriebsklima. Ein Haufen Männer und eine Frau. Gibt es da nicht schnell Spannungen?«

Sie lachte. »Ich bin mit vierzehn in die Lehre gekommen, jetzt bin ich sechsundzwanzig. Glauben Sie mir, ich kenne das gesamte obszöne Vokabular, mit dem man sich während des Kochens in Stimmung bringt. Mimosen sollten keine Köche werden.«

»Sie fühlen sich also nicht als Außenseiter?«

»Außenseiter? Ja, im doppelten Sinn – als Frau und als Dessertkoch. Der Patissier ist nämlich normalerweise schon ein Außenseiter in der Küche. Schon weil er abseits steht. Er darf nämlich nicht nah an irgendwelchen heißen Pfannen, Öfen oder sonstigen Feuern sein, weil die Wärme seine Kreationen schnell zum Einsturz bringen würde. Ein Außenseiter ist ein Individualist. Ich war schon in der Schule sehr individualistisch und kreativ. Das passt also zu meiner Tätigkeit. Da kann ich mich mit Erfindungen wirklich austoben. Außerdem besteht der Abschluss des Essens heutzutage oft schon aus zwei oder drei Gängen. Auf jeden Fall ist es der krönende Abschluss und das fand ich schon immer toll.«

Costa fiel ein, dass ein Serienmörder einmal zu ihm gesagt hatte: »Immer, wenn ich eine neue Idee habe, brauche ich einen krönenden Abschluss.« Das war dann der Mord und er hatte seine Opfer aus diesem momentanen Impuls heraus getötet, ohne jede Planung.

Als hätte Joana Bisbal seine Gedanken gelesen, sagte sie: »Kreativ sein ist die eine Seite, aber es braucht auch eine penible Planung und genaue Dosierung, denn man kann die Sachen nicht immer wieder anders machen. Für Kuvertüren zum Beispiel gibt es eine bestimmte Temperatur, bei der sie so schmelzen, wie man es haben will.« Sie lachte. »Das Einzige ist, man darf nicht so viel naschen.«

»Wann haben Sie Felipe Inaki das letzte Mal gesehen?«

»Bevor ich zum Fest fuhr. Später habe ich ihn dann noch von Can Rich aus angerufen.«

Costa wurde hellhörig. »Wann war das?«

»Gleich als wir dort angekommen waren.«

Costa überflog die Daten des Überwachungsvideos. 9:40 Uhr. Sie war also der Anrufer gewesen. »Was wollten Sie von ihm?«

»Wir hatten die Patronen für die Siphons vergessen und Pedro oder Inaki sollten sie mitbringen.«

»Was sollte er mitbringen?«

»Luftdruckpatronen für die Siphons.«

Pedro hatte davon nichts erwähnt, obwohl Inaki gleich nach dem Anruf hinausgegangen war, vermutlich um ihm das zu sagen. Fünf Minuten lang war er weggeblieben. Viel Zeit für eine kurze Nachricht. Hatte er sich mit Pedro noch unterhalten? Davon hatte der ebenso wenig erwähnt wie von den Patronen. Oder hatte Inaki es ihm gar nicht ausgerichtet?

»Kurz nach Ihrem Anruf wurde Inaki ermordet. Können Sie sich vorstellen, wer einen Grund dazu gehabt haben könnte?«

Während Joana Bisbals Hände in rastloser Bewegung zupften, glätteten, strichen, drückten, so als wäre das Leben nichts anderes als eine endlose Zubereitung von Desserts, sah sie Costa erwartungsvoll an, als würde er ihr gleich die Lösung des Rätsels verraten.

Er wiederholte seine Frage.

Sie schüttelte den Kopf.

»Hatte Señor Inaki Feinde?«

Sie überlegte. »Eigentlich nicht.«

»Gab es irgendwelche Konflikte?«

»Nicht mehr als woanders auch.«

»Aber es gab sie?«

»Inaki war ein guter Chef. Natürlich wird ab und zu gebrüllt und geschimpft, das gehört zum Beruf.«

»Und privat?«

»Ich weiß privat so gut wie nichts von ihm.«

»Spielschulden?«

»Das kann ich mir nicht vorstellen. Felipe ging auf Sicherheit. Er überließ nie etwas dem Zufall.«

»Nahm er Rauschgift?«

»Das kann man mit Sicherheit von keinem sagen, aber ich nehme es nicht an.«

»In welchen Kreisen verkehrte er?«

»Er hatte keinen Bekanntenkreis. Er war sehr fordernd und ließ sich nichts erklären. Wenn man seinen Anweisungen nicht folgte, sah er rot. Privat war er nicht anders.«

»Ein eigenbrötlerischer Choleriker also?«

»Ja.«

»Und aggressiv? Wurde er auch handgreiflich?«

»Nicht bei mir, nein. Er hat mich nie angefasst.«

»Señora Bisbal, sagt Ihnen der Name Argento Casal etwas? Nach Angabe Ihrer Kollegen sollen da ganz schön die Fetzen geflogen sein. Bis hin zur Entlassung.«

»Das stimmt. Es hätte fast eine Messerstecherei gegeben.«

»Warum haben Sie davon nichts erwähnt?«

»Ist doch Schnee von gestern. Argento ist schon lange weg. Der hat sich hier nie mehr blicken lassen. Er ist nach Puerto Rico gegangen.«

Costa sah, dass der Bischof sich eine Notiz machte.

»Gibt es sonst noch irgendetwas, das für uns wichtig sein könnte?«

Sie schwieg einen Moment. »Ich wollte es eigentlich nicht sagen.« Ihre Hände glätteten die Schürze auf ihren Knien. »Inaki war immer gemein zu Pedro. Jeder hier weiß das.«

Costa warf dem Bischof einen überraschten Blick zu. »Er hat nie etwas Derartiges erzählt. Könnten Sie uns das ein bisschen näher erklären?«

»Pedro war so was wie ein Blitzableiter für Felipe. Der Sündenbock. Früher war er sein Lieblingsschüler, aber seit einiger

Zeit hat ihn Felipe nicht mehr ausgebildet, sondern nur noch schikaniert.«

»Seit wann?«

»Seit zwei Monaten etwa. Er hat ihm so viel Drecksarbeit wie möglich übertragen. Er musste mehr Überstunden machen als jeder andere. Er hat ihn auch beschimpft.«

Costa spürte, wie sich ein schweres Gewicht auf ihn legte. Das war belastend für Pedro. Das gab ihm ein Motiv. Er hatte einen übermächtigen Feind in der Küche, der ihn gequält hatte. Diese Aussage musste den Bischof alarmieren, denn für einen Polizisten waren Beschimpfungen, tätliche Beleidigungen und Schikanen immer ein Motiv, das zu mörderischer Rachsucht führen konnte.

Das Gesicht des Bischofs war gerötet. Es strengte ihn offenbar an, sich bei dieser Befragung zurückzuhalten. Jetzt verstand Costa auch, weshalb er schon so früh hier gewesen war. Er hatte die Vernehmungen alleine machen wollen.

»Sie sagten, seit zwei Monaten sei das Verhältnis zwischen den beiden immer schlechter geworden. Wissen Sie, was der Grund war?«

Sie schüttelte den Kopf.

»Ich danke Ihnen, Señora Bisbal.«

Als sie den Raum verließ, hielt Arrabal ihr die Tür auf und kam herein. Auch sonst war er höflich und fragte, ob er den beiden Ermittlern etwas zu essen bringen lassen dürfte. Der Bischof hätte ein solches Angebot immer gerne angenommen, aber heute lehnte er ab. Costa hatte zwar noch nicht gefrühstückt, aber er wollte weiterkommen. Er hatte die Hoffnung auf die Abendmaschine nach Berlin noch nicht aufgegeben. »Don José, wann haben Sie Ihre Frau kennengelernt?«

Arrabal antwortete mit einem deutlich abweisenden Unterton. »Ich hoffe, meine Antwort ist für Ihre Ermittlungen hilfreich, *teniente.* Etwa vor einem halben Jahr.«

»Wo?«

»In Barcelona.«

»Darf ich fragen, wo da?«

»Im Café Zurich. Ich habe in der Nähe der Plaça Catalunya eine Wohnung. Wenn ich dort bin, frühstücke ich im Café Zurich und habe auch da meine geschäftlichen Verabredungen.«

Costa kannte das historische Café und den Platz von einem Besuch mit Karin. Er erinnerte sich an die Pfeile aus blau-rot-grauen Fliesen, die sich aus allen Himmelsrichtungen in der Mitte des Platzes trafen. Dort hatten sie gestanden und den Indios gelauscht, die zwischen Springbrunnen und Kastanienbäumen die Musik ihrer Andenheimat spielten. Dann hatten sie aus dem Font de Canaletes getrunken, weil es heißt, jeder, der daraus trinke, werde nach Barcelona zurückkehren.

Costa fiel die Szene ein, die de la Reina auf der Hochzeit beschrieben hatte. »Schenkte sie Ihnen eine Rose?«

»Wie kommen Sie auf den Blödsinn?«

»De la Reina.«

»Ich war immer der Meinung, dass de la Reina schwul ist, aber seit er Carmen kennt, entwickelt er dauernd solche Fantasien. Wenn ich eifersüchtig wäre, würde mich das nerven.«

»Sie hat Sie also nicht angesprochen?«

»Nein. Wir kamen ins Gespräch, weil sie mit einem Koch dort war, der einen Job suchte. Ich bekam die Unterhaltung am Nebentisch mit und bot ihnen Hilfe an. Sie erzählte mir, dass ihnen gerade das Auto mit dem gesamten Gepäck gestohlen worden war. Ich lud sie zum Essen ein und offerierte ihnen meine Wohnung, weil ich noch am Abend nach Ibiza zurückmusste. Mit seiner Anstellung bei meinem Kollegen Jean Louis Neichel hat es dann nicht geklappt und da bot ich ihm die Position als Gardemanger an, die gerade frei war.«

»Entschuldigen Sie, wenn ich das frage, aber manchmal sind solche Details wichtig. War Ihre Frau mit – wie hieß er noch – liiert?«

»Argento Casal.« Arrabal lächelte. »Liiert – das habe ich sie auch gefragt.«

»Und? Was hat sie geantwortet?«

»Sie hat gesagt: Liiert heißt gebunden. Sehe ich aus wie ein Hund an der Leine?« Arrabal lächelte und erwartete offenbar ein Kompliment für die Schlagfertigkeit seiner Frau.

Stattdessen fragte Costa, wie sich Casal in dem Job gemacht habe.

Arrabal hob resigniert die Hände. »Er hat uns schon bald wieder verlassen. Er soll nach Puerto Rico gegangen sein.«

»Ihre Köche haben ausgesagt, dass Inaki und dieser Argento öfter mal aneinandergeraten sind. Wissen Sie den Grund?«

»Nein. Aber er wurde auf mein Geheiß von Inaki entlassen.«

»Warum?«

»Er passte einfach nicht in die Brigade. Mag sein, dass er ein guter Alleinkoch ist, aber für Teamarbeit ist er nicht zu gebrauchen.«

»Was tat er denn?«

»Wissen Sie, was der Gardemanger tut?«

»Nein.«

»Hier in Spanien ist das *amuse-bouche* nicht unwichtig.«

Costa zog fragend die Augenbrauen hoch.

»Es ist der sogenannte Gruß aus der Küche. Das ist das Erste, was die Gäste kriegen, wenn sie Platz genommen haben. Noch vor der Vorspeise. Außerdem macht der Gardemanger sämtliche Pasteten, Terrinen, Salate und alle kalten Saucen. Ich brauche das eigentlich nicht, aber wenn, muss es ein Ästhet sein, der zugleich ein sehr geschickter Bastler ist. Er muss sehr ruhige Hände haben.«

»Die hatte Argento Casal nicht?«

Arrabal lachte. »Argento war ein Suchttyp. Ruhige Hände hatte der nicht. Und da hat es dann auch mit Inaki geknallt. Außerdem hat sich Argento nicht daran gehalten, nur die kalten *amuse-bouches* zu machen. Die warmen macht nämlich der Entremetier, also Gérard Montpellier.«

»Sind Sie zufrieden mit ihm?«

»Mit Gérard?«

»Ja.«

»Er ist manchmal zu langsam. Die unterschiedlichen Garzeiten bei den verschiedenen Gemüsearten führen dazu, dass der Entremetier immer in Aktion ist. Mit schneller Hand muss er schnippeln, muss woanders etwas ansetzen, schauen, wo es gart, muss tausend Sachen gleichzeitig machen. Wenn er zu langsam ist, wartet das Fleisch oder der Fisch, dann stimmen die Abläufe nicht mehr, dann gibt es böses Blut. Lauwarmes Fleisch oder kalt gewordenen Fisch kann man dann neu machen. Das kostet Geld, Zeit und Nerven.«

»Böses Blut gab es auch zwischen Gérard Montpellier und Inaki?«

»Ja.«

»Wusste Argento Casal, dass Sie hinter seiner Entlassung stehen?«, wollte der Bischof wissen.

»Nein. Aber das konnte er sich denken.«

Costa verstand Bischofs Interesse an Argento, aber ihm ging es erst einmal um Pedro. »Gab es persönliche Spannungen zwischen Inaki und Pedro?«

»Davon ist mir nichts bekannt. Inaki war ein guter Koch und Ausbilder. Was soll er gegen Pedro gehabt haben? Wenn er mit ihm nicht zufrieden gewesen wäre – und dazu gab es keinen Grund –, hätte er ihn einfach entlassen können. Außerdem hätte ich davon ja was auf den Videos sehen müssen.«

Hatte Inaki von der Kamera gewusst und darauf geachtet, vor der Linse seine Wutanfälle gegen Pedro zu vermeiden? Wer war hier schlecht informiert, Arrabal oder seine Brigade?

»Könnte Inaki von der Kamera gewusst haben?«

»Nein. Das halte ich für ausgeschlossen.«

»Warum behaupten Pedros Kollegen, Inaki habe ihn schikaniert?«

»In der Küche wird immer viel dummes Zeug geredet, da muss man nichts drauf geben.«

»Sie öffnen abends und fangen jetzt schon an?«, fragte Costa.

»Mise en place beginnt vier Stunden vor der Öffnungszeit, aber nach einem Tag wie gestern und ohne Sous-Chef geht's früher los.« Er sah auf die Uhr. »Macht es Ihnen etwas aus, mit in die Küche zu kommen? Ich muss Inakis Posten übernehmen.«

Als sie über den Hof gingen, fragte Costa Arrabal weiter: »Wie haben Sie eigentlich die Erlaubnis bekommen, diese Kirche in ein Restaurant zu verwandeln?«

»Das war kein Problem, sie ist nie geweiht worden. Der Erbauer dieses Hauses«, Arrabal zeigte auf das Pfarrhaus, »war ein hohes Tier bei der Guardia Civil. *Teniente Coronel* Francisco Serra Bufi. Ihm gehörte dies Grundstück mit der Kirche drauf. Es war ihm in den Wirren des Bürgerkrieges zugefallen, aber er hat nie versucht, etwas damit anzufangen, außer hier sonntags alleine zu beten, dass Gott ihm all die Sünden verzeihe, die er unter der Woche begangen hatte. Er war der Chef der Guardia von Sant Antoni. 1995 war ich auf der Suche nach einem geeigneten Restaurant hier auf der Insel, und als ich die Kirche sah, wusste ich sofort, das ist es. Der Preis, den ich zahlte, war allerdings unverschämt hoch.«

Sie betraten das Restaurant. Arrabal ging zum Umkleideraum, öffnete einen Spind und nahm einen schwarzen Kleidersack heraus. Während er sein Oberhemd wechselte, fragte Costa: »Was hat diese Statue eigentlich zu bedeuten? Ist eine Küche nicht ein etwas seltsamer Platz für so ein Denkmal?«

Arrabal lächelte. »Vielleicht ist es ein wenig eitel. Aber vor allem soll die Figur die Köche immer zu perfekter Arbeit anspornen – als würde ich stets ein Auge auf sie haben.« Er schlüpfte in eine schwarze Jacke mit doppelter Knopfreihe und rotem Kragen. Dann legte er einen Orden an, dessen Band die Farbe der französischen Flagge hatte.

Costa hatte keine Ahnung, warum er sich dekorierte. Vielleicht hatte er es selbst nicht einmal bemerkt.

Sie gingen in die Küche, wo schon rege Betriebsamkeit herrschte. Arrabal hob einen Deckel. »Sautierte Jakobsmuscheln mit ibizenkischen Trockenfrüchten.«

Plötzlich spürte Costa das fehlende Frühstück und einen beißenden Hunger. Arrabal zeigte auf eine andere Schüssel. »Hier haben wir die Filets von Rotem Drachenkopf und Bärenkrebs mit Auberginenkaviar. Das gibt es weltweit nur bei uns. Das da ist ein Artischockensalat mit Taubenbrüstchen.«

Vorsichtig hob er eine Halbkugel mit langen Stacheln an. »Hier drin wird Rührei vom Seeigel serviert. Und dies«, er wies auf ein Gebilde, das aussah wie ein dunkler Schwamm, »ist eine ganze Morchel, gefüllt mit Gänseleber.«

Costas Appetit nahm zu. »Und was ist das da?«

»Langustinen im Porreekleid, geröstet in Trüffelöl. Möchten Sie probieren?«

Er nickte bloß, da schnippte Arrabal schon mit den Fingern, und kurz darauf hielt er einen kleinen Teller samt Gabel und ein Glas Weißwein in der Hand. »Rueda. Verdejo«, sagte Arrabal. »Die neue Mode in Spanien. Leicht, aber voller Fruchtnoten. Maracuja, Passionsfrucht ... *Salud.*«

Der Wein kühlte Costas Zunge. Doch als er die Langustinen verzehrt hatte, war er noch nicht satt. Jetzt ein Steak und dann Dessert, dachte er.

Arrabal sprach inzwischen mit Joana Bisbal. Er winkte Costa zu sich, der der Einladung bereitwillig folgte, denn vielleicht gab es beim Dessert auch ein paar Kostproben, obgleich er sich von dem Gedanken an ein Steak nicht trennen konnte. »Können Sie auch Steak zubereiten?«, scherzte er.

»Leider nein«, sagte sie völlig ernst. »Ich habe in einem Restaurant gelernt, wo es nur Desserts gibt. Es heißt ›Espai Sucre‹, der Zuckerraum. In Barcelona. Manche von meinen Rezepten habe ich dort erfunden. Dies zum Beispiel: Manchego-Käsetörtchen mit Ananas und Thymian. Oder das hier, Karottenbiskuit mit Kokos, Orange und Ingwer. Und da – sehen Sie? Schokolade und Lakritze mit Aprikose und Ziegenkäse.«

»Sie meinen, es gibt ein Restaurant, in dem nur Süßes serviert wird?«

»Sie essen wohl nur Steak. Habe ich recht?«

Costa erwiderte ihre Sympathie. »Jedenfalls versuche ich, Süßigkeiten zu meiden.«

»Wo steht geschrieben, dass Nachspeisen süß sein müssen?«

»Auf jeder Speisekarte.«

»Das hier zum Beispiel ist gepfefferte Milch mit gelber Zitronencreme.« Sie ließ ihn probieren. »Und das«, ein zweiter Fingerhut folgte, »eine Litschisuppe mit Sellerie, Apfel und Eukalyptus. Na?« Sie beobachtete ihn. »Oder möchten Sie lieber schwarze Sesamwaffeln mit ungesüßter Joghurtessenz?«

Sie wartete amüsiert auf seine Reaktionen. »Wie Sie schmecken: Nichts davon ist süß.«

Es war nicht nur sein Hunger, es schmeckte ihm wirklich. Und sie hatte recht, nichts davon war süß.

»Erzählen Sie dem *teniente* vom ›El Olivo‹ in Madrid«, forderte Arrabal sie auf.

»Sechzig Öle«, lachte Joana Bisbal.

»Joana hat dem Besitzer damals seinen ersten Stern gebracht«, erklärte Arrabal stolz. »Es war ein Eis aus Olivenöl, Sahne und Honig mit einem Schuss Orangensauce – ein verfeinertes Rezept aus der Zeit nach dem Spanischen Bürgerkrieg. Stimmt's?«

Joana Bisbal nickte und hielt Costa ein Stück Torte hin. »Aus Kaffee, Himbeeren und Chili an bitterer Schokoladensauce.«

Costa zögerte, aber Arrabal nahm den Teller und reichte ihn Costa, wobei etwas Sauce überschwappte und Costas Hose bekleckerte.

Es schien ihm nicht peinlich. »Das passiert im Gastraum ständig«, sagte er. »Warten Sie.«

»Lassen Sie, lassen Sie nur«, wehrte Costa ein wenig genervt ab.

Aber Arrabal war schneller, er tupfte eine Flüssigkeit auf einen Lappen und rieb über den Fleck, ehe Costa sich wehren konnte.

»Lassen Sie's einwirken«, sagte er. »Es ist Glycerin.«

Glycerin auf der Hose! Die andere war in der Reinigung und die helle hing auf der Leine. Was sollte er in Berlin anziehen?

Für heute hatte er genug und verabschiedete sich. Als er sich an der Tür noch einmal umdrehte, war Arrabal schon mitten im Probeessen.

»Wo ist die Soupe de poisson mit Rouille?«

Ein Teller mit Löffel wurde ihm gereicht.

»Erst die Rouille!«

Ein kleiner Teller wurde ihm gereicht. Er probierte, schmatzte und brüllte: »Soll das etwa eine Knoblauch-Peperoni-Mayonnaise sein? Wollt ihr das den Gästen zumuten?«

Von einem Moment auf den anderen verwandelte sich Arrabal in einen tobenden Berserker. Der kleine Teller wurde sofort wieder zurückgenommen. Mit einer wegwerfenden Handbewegung stellte Arrabal klar, dass auch die Suppe verschwinden müsse.

»Als Pasta hatten wir Linguine mit gebratenem Gemüse, Knoblauch, Babyartischocken, Basilikum und Olivenöl, richtig? Her damit!«

Die Nudeln kamen, er probierte, kaute langsam, schaute gen Himmel, roch daran. Er war wohl zufrieden, denn er gab den Teller ohne Kommentar zurück.

»Was als Fisch?«

»Schwarzer Seebarsch mit Salzkruste.«

»Was noch?«

»Gegrillter Thunfisch Livornese mit Spargel und Bratkartoffeln.«

»Wissen die verdammten Kellner eigentlich, was ›Livornese‹ bedeutet?«

Als keiner antwortete, brüllte er wieder los.

Costa fiel ein, dass Arrabal genau da stand, wo Inaki zuletzt gelegen hatte, und zwar genau auf seiner Brust, auf der der Ermordete die Tätowierung eines von einem Dolch durchbohrten Totenkopfes trug. »Du wagst es, das hier *faux filets* zu nennen? Das ist … Das ist grotesk! Eine Beleidigung. Du solltest dich vor Scham umbringen!«

Die Erinnerung an ihren einstigen Kollegen schien völlig ausgelöscht, untergegangen in den heißen Dämpfen, siedenden Ölen, den klappernden Töpfen, dem Scheppern der Pfannen und den ständigen Flüchen. In dieser brodelnden Hektik war es schwer, nicht aneinanderzugeraten. Und das war Inaki letztlich auch nicht gelungen.

* * *

*Langustinen im Porreekleid, geröstet in Trüffelöl*

16 Langustinen
1 Lauchstange
50 g Butter
Trüffelöl (Sonnenblumenöl mit einem Stück weißem Trüffel
1 Woche in einem geschlossenen Gefäß marinieren)
Fleur de Sel

Langustinen schälen, Köpfe entfernen. Lauchblätter in 3 mm dünne lange Streifen schneiden, einzeln blanchieren, abtropfen. Langustinen salzen, mit Lauchstreifen umhüllen. Butter aufschäumen, Langustinen darin auf jeder Seite 2 Minuten braten. Wenig Trüffelöl dazugeben, salzen.

* *

*Linguine auf ibizenkische Art*

1 Knoblauchknolle
Olivenöl
1 ibizenkische Aubergine
2 Paprika, rot und gelb
200 g Babyartischocken
500 g Linguine
1 Bund Basilikum
Fleur de Sel
Pfeffer

Knoblauchknolle halbieren, in etwas Olivenöl goldgelb sautieren. Aubergine in Würfel scheiden, salzen und 10 Minuten ziehen lassen. Paprika in Rauten schneiden, Babyartischocken putzen, garen und in Streifen schneiden. Aubergine und Paprika

10 Minuten im Olivenöl unter ständigem Rühren anrösten, Artischockenstreifen zum Schluss beigeben. Linguine al dente garen. Knoblauchzehen aus der Knolle herausdrücken, mit dem Olivenöl mischen. Gemüse, Olivenöl, Pasta und das gezupfte, grob geschnittene Basilikum vermischen, abschmecken.

* *

### *Schokoladentörtchen mit Lakritze, dazu Aprikosen und Ziegenkäse*

100 g getrocknete Aprikosen
1 Orange
150 g dunkle Schokolade (75% Kakaogehalt)
150 g Butter
200 g Zucker
150 g Mehl
3 Eier
50 g Lakritze
50 g Ziegenkäse
1/2 Bund Minze

Aprikosen fein würfeln. Orangenabrieb dazugeben, Orangensaft dazupressen, 30 Minuten ziehen lassen.
Schokolade über Wasserbad mit Butter schmelzen. Zucker, Mehl, Eier verrühren, mit flüssiger Schokolade mischen. Lakritze fein hacken, unterheben. Auf gebutterte Timbaleförmchen verteilen. 10 Minuten bei 240 Grad backen.
Ziegenkäse in Würfel schneiden, vorsichtig mit Aprikosen mischen, Minze hacken und daruntermischen. Schokotörtchen vorsichtig aus der Form heben (sollen innen noch flüssig sein) und auf Aprikosen-Frischkäse anrichten.

* *

### *Eis aus Olivenöl, Sahne und Honig mit einem Schuss Orangensauce*

250 g Sahne
100 ml Olivenöl
100 g Akazienhonig
1 Limette, nur Abrieb

3 Orangen
100 ml Hierbas Ibicencas (oder Grand Marnier)
2 EL brauner Zucker

Sahne, Olivenöl, Honig und Limettenabrieb mit einem Pürierstab gut mischen. In einer Eismaschine gefrieren.
Orangen filetieren. Hierbas mit Zucker aufkochen, auf ein Drittel sirupartig einkochen. Orangenfilets darin 20 Minuten ziehen lassen, pürieren.

Eis anrichten, mit einem Schuss kalter Orangensauce servieren.

* * *

Nun mach mal halblang. Wenn dein Sohn ein Alibi hätte, würdest du diesen Argento Casal überhaupt nicht erwähnen.«

Costa und Rafal saßen im Cami Veill in Puig d'en Valls und nippten an ihren *carajillos*. Costa wollte die heiklen Dinge zwischen ihm und seinem Cousin klären, bevor sie den anderen in der Sitzung die Ergebnisse der Verhöre unterbreiten würden. Es war nicht sehr warm, aber der Bischof schwitzte. Costa wusste, dass er ihm mit diesem Gespräch zusetzte, aber es war seine Aufgabe, die Fäden möglichst schnell zu entwirren. Daran würde er sich auch von seinem Cousin nicht hindern lassen.

»Mit dem guten Zeugnis, das Arrabal ihm ausgestellt hat, war es für Argento ein Leichtes, wieder Arbeit zu finden. Warum sollte er nach Monaten Inaki umbringen? Und warum nicht eher Arrabal, der jede Entlassung letztendlich absegnen muss?«

»Das ist es. Das ist der entscheidende Punkt«, sagte der Bischof endlich. Schweißperlen standen ihm auf der Stirn und sein Hemd klebte. »Wir haben zwei Verbrechen. Das eine an Inaki, das andere ist ein Mordversuch an Arrabal. Wie du auf dem Video gesehen hast, war der Mordversuch zuerst. Der Müllmann hat die Millefeuille vergiftet. Er hat sich zwar versteckt, aber Inaki hat ihn dann doch gesehen. Also musste er Inaki umbringen, um das erste Verbrechen – den Giftanschlag – zu vertuschen. Das Mordmotiv des Killers muss man aus seiner Beziehung zu Arrabal ableiten, nicht aus seiner Beziehung zu Inaki.« Er wischte sich mit dem Ärmel über die Stirn.

Costa war nicht schlecht überrascht von dieser Argumentation seines Cousins. Was er sagte, war vollkommen logisch, vorausgesetzt es handelte sich wirklich um Gift. »Nimmst du an, dass es Gift war, weil Torres darauf eine Kiste Rotwein wetten wollte?«

»Nein«, sagte er beleidigt.

Costa nervte diese zusätzliche Empfindlichkeit. »Woher weißt du denn, dass das Gift war?«

»Ich kenne den Leiter der chemischen Fakultät an der Universität Politècnica de Catalunya in Barcelona. Ich habe ihn gleich heute in der Früh angerufen. Er war einverstanden, eine Probe sofort zu untersuchen, wenn ich sie ihm bringen würde.«

Costa sah den Bischof erstaunt an. »Du bist gestern noch nach Barcelona geflogen?«

»Ja.«

»Und warum hast du mir davon nichts gesagt?«

»Ich sage dir jetzt das Ergebnis. Der Mörder hat als Gift Cyanwasserstoff benutzt, Blausäure. Wenn Arrabal nur eine halbe Gabel probiert hätte, wäre er innerhalb von wenigen Minuten tot gewesen.«

»Schon klar«, erwiderte Costa. »Ich kenne die Wirkung von Blausäure. Sicher weißt du jetzt auch, wer für diese Tat infrage kommt«, sagte Costa ungerührt.

Der Bischof beugte sich zur Seite, hob seine Aktentasche hoch und stellte sie sich auf den Schoß. Dann ließ er die Schlösser mit einem Schnapp aufspringen. Costa erwartete, dass er nun so etwas wie eine persönliche Anklageschrift herausholen würde, jedenfalls eine genaue Aufstellung all der Punkte, die Argento Casal des versuchten Giftmordes an Arrabal überführen sollten.

Aber Costa hatte sich geirrt. Der Bischof holte aus seiner Tasche keine Liste oder Akte hervor, sondern ein sorgfältig zusammengelegtes Handtuch, mit dem er sich langsam und gründlich das Gesicht abwischte. Dann den Hals und den Nacken.

Diese Sache muss ihm verdammt zu schaffen machen, dachte Costa. So aufgelöst hatte er ihn noch nie gesehen. »Alle sagen, Argento ist nach Puerto Rico gegangen. Welche Anzeichen gibt es denn dafür, dass er noch auf der Insel ist?«

»Er ist auf der Insel. Ich werde ihn finden, verlass dich drauf.«

»*Bueno*«, sagte Costa, »du bist offenbar entschlossen, deinen Weg zu gehen. Ich werde mich weiter bemühen, Pedro durch Fakten zu entlasten.« Er stand auf. »Du solltest mich darin nicht behindern.«

Der Bischof erhob sich ebenfalls. »Warum sollte ich?«

Costa wollte zahlen, aber der Bischof winkte ab. »Brauchen wir hier nicht.«

Costa verließ das Lokal. Er hielt die Tür auf, aber der Bischof hatte noch irgendwas mit dem Wirt zu bereden. Costa ließ die Tür hinter sich zufallen und ging.

Als Costa in die Einfahrt des Hauptquartiers einbog, öffnete ein Uniformierter, der mit einer Maschinenpistole bewaffnet war, das Tor und salutierte. Das Gelände glich mehr einer Kaserne als einem Polizeipräsidium. Es hing damit zusammen, dass die Guardia Civil unter Franco eine paramilitärische Einheit gewesen war.

Costa hatte für ihre Besprechungen einen Extraraum verlangt, weil er den Lärm des Großraumbüros nicht mehr ertragen konnte. Wegen der hohen Aufklärungsquote seit seinem Dienstantritt wurde ihm dies gewährt, wenngleich Santander nicht müde wurde, die Vorteile der neuen Bürostruktur zu betonen: schnellere Kommunikation zwischen den Einheiten, mehr Teamdenken und mehr Effizienz durch bessere Kontrolle. Für Costa standen diese Vorteile in keinem Verhältnis zur schlechten Beleuchtung, der Zugluft, dem Lärm. Seine Kollegen schien all dies nicht zu stören. Deutschland hatte ihn verändert.

Elena Navarro wartete bereits. Der Surfer war noch nicht da.

»Wann wirst du Carmen Arrabal vernehmen?«, war Elenas erste Frage. Sie trug ein sehr dünnes, dunkelblau gemustertes Sommerkleid und darunter Leggins in der gleichen Farbe. Darüber, passend, eine eng taillierte Leinenjacke.

»Sobald wie möglich. Auch wenn Arrabal sich dagegen wehrt«, antwortete er.

Sie blickte Costa prüfend an. »Ergab sich irgendwas zugunsten von Pedro?«

Costa war stets fasziniert von ihren Augen. Ihr Blick war wach, intensiv und hatte immer auch etwas Heiteres. Unsichere Kollegen empfanden es als spöttisch, er sah darin eher Lebensfreude. »Das Notwendige mit Freude tun« passte vollkommen auf sie.

»Ja, es gibt etwas Neues. Jedenfalls ist das die Auffassung des Bischofs. Er wird euch das selbst erklären, ich will nichts vorwegnehmen. Und der Tankwart? Hast du ihn gefunden?«

Eine breite Haarspange hielt ihre Mähne hinten zusammen, aber eine Strähne hatte sich gelöst und fiel ihr ins Gesicht. Sie blies sie zur Seite, bevor sie sagte: »War bislang nicht zu erreichen.«

Costa verzog das Gesicht.

»Toni!« Sie schaute ihn lächelnd an. »Immer positiv sein! Wir wissen bald mehr, jedenfalls gibt es bislang keinen Grund für dich, den Kopf hängen zu lassen.«

»Wer in der Scheiße sitzt, sollte den Kopf nicht hängen lassen.« Der Surfer hatte den Raum betreten und warf eine Akte auf den Tisch. Er ließ sich auf einen leeren Stuhl fallen und gähnte übertrieben.

»Schlecht geschlafen?«, fragte Elena aggressiv.

»Seit vorgestern gar nicht.« Xico Palomo, der Surfer, war der Jüngste im Team, noch keine dreißig. Wie immer trug er kurze Surfhosen und ein T-Shirt, die schulterlangen, schwarzen Haare waren nach hinten gegelt oder noch nass vom letzten Wellenritt. Niemand hätte ihn für einen Beamten der Guardia gehalten. Auch wenn er manchmal ein kindisches Großmaul war, hätte Costa nicht auf ihn verzichten wollen. Er war der beste Spurenexperte, den er je im Team hatte. Die Akribie stand in völligem Widerspruch zu seinem Auftreten und seiner Erscheinung, besonders wenn man ihn aus seinem bunt bemalten Wagen springen sah, einem Porsche 911 Targa, älter als er selbst, aus dem immer ohrenbetäubend Balearic House dröhnte.

»Inaki hat Pedro bis zum Gehtnichtmehr schikaniert und Arrabal weiß seltsamerweise davon nichts. Was ist mit dem Video?«, fragte Elena den Surfer.

Der Surfer schnippte eine Papierkugel durch den Raum. »Ich lasse gerade untersuchen, ob wir mit der Stimme des Mörders etwas anfangen können. Dieses Geflüster am Schluss. Stimmenfrequenzanalyse. Vielleicht kann man wenigstens bestimmen, ob es ein Mann oder eine Frau ist.«

Costa nickte zustimmend. »Und ansonsten? Fingerabdrücke?«

»Ohne Ende«, antwortete der Surfer. »Von der Brigade, von Inaki, von Pedro, von Arrabal und dann noch ein Haufen nicht bestimmbarer. DNA von allen habe ich eingeschickt. Und hier sind handgeschriebene Kochnotizen von Inaki. Hat sonst keiner angefasst.« Er schob Costa eine Kladde zu. »Mit jeder Menge Randbemerkungen über Pedro. An dem hat ihn alles abgetörnt. Alles.«

Costa blätterte das Heft durch. Die Ränder waren voll mit Skizzen, die Pedro darstellen sollten. Auf ihn bezogen sich wohl auch die Schimpfwörter, die darunter standen: *Arschloch, Affe, Filzlaus.* Oder schmeichelhafte Titel wie *Angeber, Heuchler, Arschkriecher, Schleimbeutel, Dummschwätzer, Schmeißfliege.*

Währenddessen berichtete Elena von ihren Nachforschungen wegen der Videokamera.

»Die Firma, die die Anlage installiert hat, heißt VidSegur. S.A.«, sagte sie. »Ist in Sant Antoni.«

»Wohin hast du die Proben von der Millefeuille geschickt?«, wollte Costa vom Surfer wissen.

»Zur UPC.«

»Ist das die Universitat Politècnica de Catalunya?«

»Genau.«

»Dann haben wir das Ergebnis schon.«

»Blödsinn.« Der Surfer lachte verächtlich. »Wenn es gut geht, kannst du vielleicht am Nachmittag damit rechnen.«

»Du irrst dich.« Costa deutete mit dem Kopf zur Tür, wo der

Bischof hereinkam, der allen kurz zunickte und sich ohne ein Wort an seinen Platz setzte.

Unbeeindruckt von Costas Hinweis, sagte der Surfer in einem ironisch sachlichen Ton: »Da wir jetzt vollzählig sind, kann ich ja mit meinem Bericht beginnen.« Als würde er die Sitzung leiten, klappte er seine Akte auf.

»Hast du meinetwegen gewartet?« Die Stimme des Bischofs verriet, dass er auf eine Konfrontation aus war.

»Du hast unsere ungeteilte Aufmerksamkeit, Rafal«, ging Costa schnell dazwischen.

Der Surfer steckte den Bleistift, mit dem er gespielt hatte, hinter das Ohr. »Ich habe Felipe Inaki noch mal durchleuchtet. Hier ist sein Lebenslauf.«

Costa stand auf und warf einen Blick über Xicos Schulter. Zeugnisse der letzten Stationen, Kopien von Urkunden – das Übliche.

Der Surfer blätterte weiter. Kontoauszüge und andere Bankunterlagen. »Hat gutes Geld verdient, der Mann. Sechstausend Euro. Und sparsam war er auch. Keine Reisen, keine teuren Hobbys, das Konto bis zum Anschlag gefüllt. Der einzige Luxus ist die Wohnung am Carrer Mozart. Schöner Blick auf die Bahia und nur fünf Minuten zum Arbeitsplatz. Allerdings ist sie komplett aus dem Katalog eingerichtet. Ein Hotelzimmer quasi. Alles picobello. Nicht mal ein leeres Glas in der Spüle. Im Kleiderschrank die versammelten Regenbogenfarben von Lacoste. Genau wie im Laden. Fünfmal die gleichen Hosen, die gleichen Schuhe, die gleichen Pullover. Und im Bücherschrank stehen …? Ratet mal was?«

»Kochbücher«, sagte Elena gelangweilt.

»Stimmt. So spannende Werke wie ›Richard Hering – Lexikon der Küche‹, Escoffiers ›Guide Culinaire‹ oder ein Reißer wie ›Die Kultivierung des Appetits‹ von Mennell. Und alles über Arrabal, was jemals veröffentlicht wurde. Als Nächstes habe ich den Computer gescannt. Rezepte, Rezepte, Rezepte. Außerhalb seiner Küche hat der Mann überhaupt nicht existiert. Auf den

Webseiten, die er besucht hat, geht es ausschließlich um Kochen, Restaurants und Köche«, er grinste Elena an, »wenn man von ein paar Pornos absieht.«

Elena reagierte nicht.

»Der Terminkalender: Banketts, Geburtstage, Catering. Die Telefonnummern: alle von seinen Kollegen. In der Tiefgarage steht ein neuer BMW, aber Inaki ist immer zu Fuß gegangen. Seit der letzten Inspektion ist die Kiste keinen Meter bewegt worden. Der einzige Erbe ist sein Vater.«

Der Surfer machte eine bedeutungsvolle Pause und blickte in die Runde.

»Und dann habe ich schließlich noch etwas Persönliches gefunden. In einem Schrank waren Koffer voller Auszeichnungen, Trophäen von Wettbewerben und Dankschreiben von irgendwelchen VIPs. Der Mann ist ganz schön rumgekommen: Bordeaux, Genf, Straßburg, London, Dubai, Hongkong. Aber er wollte unbedingt zurück nach Ibiza. Heimweh nach zu Hause?« Der Surfer wartete eine Antwort gar nicht ab, sein Rededrang war nicht zu stoppen.

»Solche Gefühle hatte er nicht. Was er wollte, war nur, für Arrabal zu arbeiten. Der war für ihn das Größte. Ein Gott. Mit ihm hat er dann auch alles erreicht, was man in seinem Beruf erreichen kann. Aber vor zwei Monaten hat er sich plötzlich verändert: Er hat sich ein persönliches Opfer ausgesucht. Pedro. Wie alle berichten und wie sich aus Inakis persönlichen Notizen ergibt, hat er ihn ohne jeden beruflichen Grund drangsaliert. Bis zu diesem Moment war Felipe Inaki nur ein Workaholic gewesen, ohne Abweichung, ohne Bekanntenkreis, ohne Liebesbeziehung. Er lebte an seinem Arbeitsplatz und verließ ihn nur zum Schlafen. Und dann plötzlich diese Wut auf Pedro.«

Als er das sagte, warf er dem Bischof einen prüfenden Blick zu. »Unverständlich.«

»Wie kann es sein, dass Arrabal davon nichts wusste?«, fragte Costa.

»Vielleicht wusste er es und will seine Köche decken«, überlegte Elena.

»Ich wusste es auch nicht«, sagte der Bischof und nahm wieder das Handtuch aus seiner Aktentasche.

Costa sah dem Bischof an, wie es in ihm arbeitete.

»Was hat Inaki getan, für das er sterben musste? Was hat er gehört oder gesehen, das er nicht sehen sollte?«, fragte Costa so neutral wie möglich.

»Einbruch haben wir ausgeschlossen«, sagte Elena. »Nichts fehlt. Sogar die hundert Euro Wechselgeld in der Restaurantkasse sind noch da.«

»Reifenspuren?«, fragte der Bischof und trocknete sich den Nacken.

Der Surfer schüttelte den Kopf. »Nichts.«

»Könnte man den Hund betäubt haben?«, fragte er.

»Nein«, sagte der Surfer. »Wir haben ihn bei der Tierärztin in St Gertrudis untersuchen lassen.«

Der Bischof gab nicht auf. »Was ist mit Carmen Arrabal? Sie war angeblich die ganze Zeit im Haus nebenan.«

Der Blick, den ihm der Surfer zuwarf, war pures Mitleid. Das hätte der Bischof unter anderen Umständen von einem so jungen Kollegen nicht hingenommen. Er riss sich aber zusammen und berichtete vom Ergebnis seiner Reise nach Barcelona. Dass Gift im Spiel gewesen war, überraschte Elena und den Surfer sehr. Denn das konnte tatsächlich bedeuten, dass es der Müllmann eigentlich auf Arrabal abgesehen hatte und Inaki nur tötete, weil er von ihm erwischt worden war.

Costa überlegte, ob diese Theorie zu der Videoaufzeichnung passte. Sie passte. Und zusätzlich erklärte sie, warum sich der Mörder maskiert hatte. Hätte er nur den Tod Inakis im Sinn gehabt, wäre das unnötig gewesen.

»Vor allem müssen wir die Frage beantworten«, sagte der Bischof, »wer hat ein Interesse daran, Arrabal umzubringen?«

Der Surfer rutschte ungeduldig auf dem Stuhl hin und her. »Du meinst Carmen?«

Der Bischof schwieg.

»Das meinst du doch, wenn du sagst: Sie war angeblich die ganze Zeit im Haus nebenan.«

»Warum sollte sie Arrabal vergiften wollen?« Der Bischof hatte seine alte Überlegenheit wiedergewonnen. »Um ihn zu beerben? Zu dem Zeitpunkt war sie noch nicht einmal mit ihm verheiratet. Aber bitte – wenn es Indizien gegen sie gibt, warum nicht?«

Costa versuchte, sich Carmen unter einer Mülltüte vorzustellen.

»Wie auch immer – Toni wird sie auf jeden Fall vorführen lassen«, sagte Elena.

»Wenn wir von Rafals These ausgehen«, sagte Costa in seiner freundlichen und vermittelnden Art, »dann brauchen wir Arrabal selbst nicht zu überprüfen.«

Die etwas klamme Atmosphäre löste sich und der Surfer ergriff die Chance. »Arrabal hat sowieso ein Alibi. Ich habe die Nachbarin Doña Nieves Calvo befragt. Elena wollte unbedingt, dass ich zu ihr fahre. Sie hat bestätigt, dass Arrabal morgens um zehn bei ihr geklingelt hat, damit sie ihm einen Knopf am Hemd annäht.«

»Und? Hat sie?«, fragte Elena.

»Ja.«

»Außerdem ist der Tod Inakis ein schwerer Verlust für ihn«, sagte der Bischof. »Inaki war sein bester Mann. Es entlastet ihn auch, dass er uns sofort auf die versteckte Kamera hingewiesen hat.«

»Die hätten wir sowieso entdeckt.« Der Surfer fing wieder an zu sticheln.

»Wer hätte Grund, Arrabal zu hassen?«, kam der Bischof auf seine ursprüngliche Frage zurück.

Alle warteten.

Er lächelte triumphierend. »Jemand, dem Arrabal die Frau weggenommen hat.«

»Und wer soll das sein?«, fragte Elena.

»Argento Casal.«

Über Nacht hatte ein Regenguss den Himmel über der Insel und die Pflanzen blank gewaschen. Auf beiden Seiten der Straße leuchtete der Klatschmohn auf den Feldern.

Erstaunlicherweise war die Tankstelle heute fast leer. Nur zwei Kunden standen an der Kasse, als Costa hereinkam.

Der Tankwart hatte ein rot verbranntes Gesicht und trug eine gelbe Sicherheitsweste. Jeden Kunden titulierte er als *caballero*, ohne von ihm Notiz zu nehmen, auch Costa, der ihm daraufhin seinen Ausweis unter die Nase hielt. Nach einem Moment der Besinnung sagte er: »Ach, Sie sind der, der den Kassenausdruck vom Sonntag haben will.« Er zog eine Schublade auf und holte drei DIN-A4-Seiten hervor. »Das ist der ganze Vormittag«, sagte er und reichte Costa die Seiten. »Genau fünf Liter werden Sie da nicht drauf finden.«

»War es am Sonntag hier auch so leer wie heute?«

»Nein. Die Leute haben ein Ölembargo erwartet und deswegen auf Vorrat getankt. Aber leer ist es an dem Tag auch sonst nicht, weil wir die einzige Tankstelle in der Gegend sind, die sonntags außerhalb der Saison offen hat. Da kommen auch die Leute von Sant Josep und Sant Rafel.«

Costa hielt ihm Pedros Bild hin und fragte, ob er sich an das Gesicht erinnern könne.

Der Tankwart betrachtete es einen Moment und schüttelte den Kopf. »Kann mich nicht erinnern, den schon mal gesehen zu haben. Was für ein Mofa?«

»Eine Hercules, blau. IB-34-GF.«

Der Mann schnaufte verächtlich. »Viel zu viele von den Dingern auf der Insel. Machen einen Heidenlärm. Ich achte nicht drauf.«

»Er sagt, dass er hier zwischen zehn und halb elf getankt hat.«

»Kann sein, kann nicht sein«, sagte er und nahm die Kreditkarte eines jungen Mannes entgegen.

Costa überflog den Ausdruck. Fünf Positionen kamen infrage. Hätte gar nichts Pedros Angaben entsprochen, wäre er als Lügner überführt worden. So aber konnte seine Geschichte wahr sein oder nicht. Würde sich aber ergeben, dass er gelogen hatte, müsste Costa gegen ihn einen Haftbefehl erwirken.

Es war eine schöne Fahrt durch blühende Täler, aber Costa hatte keine Augen dafür. Immer wieder fragte er sich, ob sein Neffe wirklich der Täter sein könnte.

Das Haus des Bischofs stand inmitten eines Hains von Mandel- und Olivenbäumen. Seine Frau Inès hatte es von ihren Eltern geerbt. Von der ursprünglichen Finca war noch viel erhalten, weil das karge Gehalt nicht zu Modernisierungen gereicht hatte.

Im Vorhof spendete ein uralter knorriger Olivenbaum, der das eingeschossige Haus überragte, kühlen Schatten. Über dem Rundbogen der Eingangstür, der aus dem gleichen Bruchstein bestand wie die Gartenmauer und der Außenkamin, befand sich ein mit Schilf gedecktes Vordach. Wie Costa bemerkte, waren die Hausgäste des Bischofs schon da: Ein Schwalbenpaar hatte vor Jahren zum ersten Mal unter dem Vordach sein Nest gebaut und bewohnte es seitdem in jedem Frühling.

Er zog an der altmodischen Kette neben der Tür. Eine Glocke schlug an. Inès öffnete ihm. Sie war in diesem Jahr fünfundvierzig geworden, eine schlanke, lebenslustige Frau, ohne die er sich seinen Cousin nicht vorstellen konnte. Im letzten Herbst war ihre silberne Hochzeit gewesen und Pedro hatte für alle gekocht. Jetzt blickte Costa in ein kummervolles Gesicht. Ihre Augen waren vom Weinen gerötet.

»Komm rein, Toni«, sagte sie. »Rafal wartet schon auf dich.«

Er folgte ihr durch das Wohnzimmer zu Rafals »Spielzimmer«, wie der Bischof es nannte. Es war eine Mischung aus Büro und Bastelstube, vollgestellt mit Andenken.

Die kleinen Fenster ermöglichten, die Kühle im Sommer und die Wärme im Winter zu wahren. Der Bischof saß an seinem Schreibtisch in einer Ecke des Zimmers und arbeitete im Schein einer Leselampe.

»Ich habe meine Kontakte schon abtelefoniert«, sagte er. »In ein paar Stunden werden wir mehr wissen.« Vor ihm lag ein Zettel mit einigen Telefonnummern und Notizen.

Costa wusste nicht, weswegen er herumtelefoniert hatte, aber er sah deutlich, wie verzweifelt sich sein Cousin an jeden Strohhalm klammerte. Er hatte ihm gesagt, er wolle mit Pedro alleine sprechen, und erwartete, dass der Bischof ihn hereinholen und sich selbst zurückziehen würde. Aber der schien gar nicht daran zu denken. Stattdessen beklagte er sich über den frechen Ton des Surfers, der wirklich nicht feinfühlig mit dem Verdacht gegen Pedro umging.

Costa hörte ihm eine Weile zu. Als er anfing, sich zu wiederholen, bat er ihn, Pedro hereinzuholen.

Sein Vetter beachtete die Bitte nicht und redete weiter.

»Hol Pedro«, sagte Costa schließlich laut.

Rafal sah ihn beleidigt an, stand aber auf und kam mit seinem Sohn zurück.

»Setz dich, Pedro«, forderte Costa nur ihn auf, obgleich er die Not des Vaters verstand. Der brachte es nicht über sich, ihn mit Pedro alleine zu lassen.

»Wenn du eine Frage nicht verstehst, sag es«, ermahnte der Bischof seinen Sohn.

Pedro wirkte verschlossen. Er schaute seinen Onkel nicht an.

Costa bemerkte, dass er immer noch keine Uhr trug. »Hast du deine Uhr nicht gefunden?«

»Nein. Zu Hause war sie auch nicht.«

»Hattest du sie beim Schälen abgenommen?«

»Nein.«

»Sag uns am besten die Wahrheit, mein Junge«, fing sein Vater wieder an. In dieser ermunternden Aufforderung schwang mit, dass er schon alle Antworten mit Pedro besprochen hatte.

»Erzähl mir noch mal den ganzen Ablauf am Sonntagmorgen von dem Moment an, wo du aufgestanden bist«, sagte Costa.

Pedro schwieg. Er hielt seinen Blick immer noch unablässig gesenkt.

Costa betrachtete den kleinen silbernen Ohrring, der herausfordernd zu sagen schien, seht her, ich bin attraktiv. Er passte ganz und gar nicht zu Pedros momentanem Versuch, unsichtbar zu sein.

»Er hat bereits alles erzählt«, verteidigte der Bischof seinen Sohn. »Auch mir zu Hause noch einmal. Er ist um acht aufgestanden, war kurz nach neun am Arbeitsplatz, hat mit den anderen die Kühlwagen beladen und um halb zehn, als die anderen abfuhren, von Inaki den Auftrag bekommen, im Hof Knoblauch zu schälen, was er dann auch gemacht hat. Dann ist er …«

Costa unterbrach. »Er sagt, er hat fünfundzwanzig Minuten lang geschält. Alle anderen meinen, höchstens fünf oder zehn Minuten.«

Sie hatten den Punkt schon diskutiert und sein Cousin schaute ihn missbilligend an. »Man kann langsamer oder schneller schälen.« Damit forderte er von Costa einen klaren Beweis.

»Joanas Anruf kam um 9:40 Uhr. Inaki sollte Pedro vermutlich sagen, dass er noch Luftdruckpatronen für die Siphons zur Festwiese mitbringt, denn er ging gleich raus. Hat er es dir gesagt, Pedro?«

»Nein.«

»Irgendwas anderes?«

»Nein.«

»Gar nichts?«

»Ja.«

»Warum nicht?«

»Was wissen wir, warum er es nicht getan hat«, sagte der Bischof schroff.

»Richtig, auch das beweist nichts. Aber was hat er denn von dir gewollt, als er heraus in den Hof kam?«

Pedro zuckte die Achseln. Sein Vater mischte sich wieder ein. »Pedro sagt, er hat ihn im Hof nicht gesehen. Vom Video wissen wir zwar, er hat die Küche verlassen, aber er kann ja auch auf die Toilette im Restaurant gegangen sein.«

»Wenn wir alle Fahrtzeiten zugrundelegen, die Pedro angegeben hat, plus die fünfundzwanzig Minuten für die wenigen Knoblauchzehen, dann war Pedro nicht am Tatort, als der Mord um 10:06 Uhr passierte.« In einem drohenden Ton fügte Costa hinzu: »Es sei denn, der Tankwart kann sich nicht an ihn erinnern.«

»Auch das bedeutet nicht, dass Pedro nicht da war«, sagte der Bischof.

Pedro stierte vor sich hin und zeigte keine Reaktion. Plötzlich brüllte Costa ihn an: »Kann der Tankwart sich an dich erinnern, Pedro? Ja oder nein!«

Es hatte eine andere Wirkung, als Costa erhofft hatte – Pedro kamen die Tränen. »Das glaubst du doch nicht wirklich, Onkel Toni?«, sagte er gepresst.

»Was glaube ich nicht?«

»Dass ich Felipe erstochen habe.«

»Ich glaube gar nichts, bis du mir erzählst, was wirklich geschehen ist.«

»Du bist nicht der Staatsanwalt, Toni!«, brüllte der Bischof und sprang auf. »Vergiss das nicht!«

Auch Costa erhob sich. Sie standen sich gegenüber wie zwei Kampfhähne. Als wir noch Kinder waren, schoss es Costa durch den Kopf, hätte ich bei einer Schlägerei keine Chance gegen ihn gehabt.

»Ich verbürge mich für Pedro«, knurrte der Bischof. »Er bleibt hier im Haus, bis die Sache geklärt ist. Und dir rate ich, dich um den Hauptverdächtigen zu kümmern.«

Doch durch Drohgebärden war Costa nicht zu beeindrucken. »Das gilt auch für dich. Du unternimmst nichts mehr in der Sache, solange Pedro unter Verdacht steht. Du bist hiermit beurlaubt und von den Ermittlungen ausgeschlossen, Rafal.« Er ging zur Tür.

Der Bischof holte ihn ein, als Costa die Klinke bereits in der Hand hatte.

»Hast du ihm was von der Küchenkamera erzählt?«, fragte er den Bischof mit schneidender Stimme.

Sein Cousin schaute ihn verachtungsvoll an. Eine Antwort war ihm die Frage offenbar nicht wert.

»Hat Pedro eigentlich eine Freundin?«

Der Bischof zog verwundert die Brauen hoch. »Er arbeitet ja nur.« Seine Stimme wurde hart. »Vor einem Jahr hat er mal eine mit nach Hause gebracht. Sie war aus der Kochschule in Blanca Dona. Warum?«

»Er parfumiert sich recht seltsam.«

»Ich verstehe nicht, worauf du hinauswillst.«

»Mein Gott, Rafal! Vielleicht ist er schwul. Das will ich wissen!«

Der Bischof donnerte ihn an: »Pedro ist nicht schwul! Und Parfum hat er auch nicht!«

Costa ließ sich nicht beeindrucken. »Am Morgen der Tat war er parfumiert. Ich dachte immer, Köche dürfen kein Parfum tragen. Und seines war sehr intensiv.« Er wich dem wütenden Blick seines Cousins nicht aus. »Ein Frauenparfum.«

»Ein Frauenparfum? Was soll mein Sohn denn noch sein? Mörder reicht nicht? Besser noch ein schwuler Mörder. Hast du vielleicht irgendein Problem mit mir oder meiner Familie, Toni Costa? Komm!« Der Bischof zerrte an seinem Arm und zog ihn ins Badezimmer. Wütend riss er einen dreiteiligen Spiegelschrank auf. »Hier drin sind die Sachen meines Sohnes. Überzeug dich selber.«

Es war kein Parfum dabei.

Costa stand am Hafen und beobachtete die Möwen.
Er hatte seinen Cousin beleidigt. Wie so oft fragte er sich, ob es nicht ein Fehler gewesen war, nach Ibiza zurückzukommen. In Hamburg gab es keine familiären und beruflichen Verstrickungen. Hamburg war zu groß. Die Insel dagegen war ein Dorf.

Inaki hatte den Jungen vor versammelter Mannschaft gedemütigt – warum? Aus purem Sadismus? Pedro hatte sich nie beschwert, nicht bei Arrabal, nicht einmal bei den Kollegen. Zu Hause auch nicht. Inaki war sein Lehrer. Hatte Pedro etwa alles heruntergeschluckt? Und haben ihn dann all diese Beleidigungen dazu gebracht, eine so grausame Tat zu begehen?

Die Möwen standen im Wind, die Flügel ausgebreitet, ein wenig hin und her schwankend, um die Balance zu halten. Plötzlich stürzten sie ab, fingen sich wieder, ließen sich vom Wind wieder hinauftragen und das Spiel begann von Neuem. Doch dann, als hätten sie auf eine bestimmte Luftbewegung gewartet, formten sie einen Bogen und verschwanden.

Während er dem fortfliegenden Schwarm nachschaute, fiel ihm ein, dass Karin einmal von den Möwen in Berlin erzählt hatte. Als Kind wollte sie sonntags immer mit dem Spreedampfer fahren, weil es ihr so viel Spaß machte, die Möwen zu füttern.

Er nahm sein Handy und rief sie an.

»Erinnerst du dich an die Möwen, von denen du mir einmal erzählt hast?«

»Nein.«

»Wir lagen zusammen im Bett ...«

»Was soll das?«, unterbrach sie ihn. Ihre Stimme war abweisend.

Er spürte, wie sich etwas in ihm zusammenzog. »Mir fiel ein, dass wir in Zukunft immer zusammen fliegen sollten«, sagte er.

»In Zukunft? Rufst du mich deswegen an?«

»Ich rufe dich nicht deswegen an, aber wenn wir zusammen geflogen wären, dann hätten sie mich nicht mehr holen können.«

»Was soll das? Du bist auf Ibiza und ich in Berlin.«

»Ich meine, dann wären wir zusammen.«

»Ich möchte jetzt nicht mit dir zusammen auf Ibiza sein, ich möchte in Berlin sein und heute Abend in das Tschaikowski-Konzert gehen. Ich freue mich darauf.«

»Gehst du alleine?«

»Nein. Ich hatte für alle Veranstaltungen zwei Karten.«

»Gehst du mit Corinna?«

»Nein. Ich gehe mit einem Mann.«

Es traf Costa wie ein Schlag. Er war sich nicht sicher, ob er seiner Stimme noch mächtig war. »Du meinst ein Kollege oder ein Mann?« Er hoffte, sie würde sagen, ein Kollege.

»Ein Mann. Ich habe mich verliebt.«

Costa schluckte. Sein Mund war trocken. Es flimmerte ihm vor den Augen. Vielleicht stand der Typ gerade neben ihr. »Seit wann kennst du ihn?«

»Das ist egal.«

»War er mit dir am ersten Abend in der Oper?«

»Ja. Warum interessiert dich das? Du hattest ja keine Zeit!«

Er überlegte blitzartig, ob er alles stehen und liegen lassen sollte, um sofort zu ihr zu fliegen. Es ging nicht. »Wann kommst du zurück?«

»Ich rufe dich an, wenn ich zurück bin.« Damit beendete sie das Gespräch.

Er stand bewegungslos da und starrte auf den Boden. Der brennende Schmerz in ihm verstärkte sich, als er begriff, dass sie die Wahrheit gesagt hatte. War es aus?

Ihm fiel seine Ehe in Hamburg ein. Sabine hatte ihn im Dienst angerufen und ihm mitten in einer Besprechung gesagt, dass sie sich scheiden lassen würde. War dies ein ähnliches Telefonat? Ging wieder ein Abschnitt seines Lebens zu Ende? Waren alle Bemühungen, alle Neuanfänge und Zugeständnisse umsonst gewesen?

Ein schmerzhaftes Ziehen und Stechen unter seinen Rippen nahm ihm den Atem. Er verstand seine Reaktionen nicht. Wie oft hatte er sich über Karin geärgert, wie oft hatte er gedacht, es wäre besser, er würde sie gar nicht kennengelernt haben, wie oft hatte er sie verflucht, wie oft hatte er unter ihr gelitten, weil sie so kalt und unsensibel war, weil sie ihre Motive nicht preisgab und nicht ihre Gefühle. Sie forderte nicht *vorher*, sie klagte *hinterher*. Das hatte ihn oft zur Verzweiflung gebracht. Natürlich ließ sie ihn auch manchmal sitzen, aber das sah sie nicht. Natürlich sagte sie Verabredungen ab oder war überhaupt nicht zu erreichen. Damals, als sie nicht mehr mit ihm zusammen wohnen wollte, hatte er eigentlich schon den Schlussstrich gezogen. Hätte er es doch dabei belassen, dachte er wütend vor Schmerz.

Die Reise nach Berlin hatte er eigentlich nicht als Erholungsurlaub betrachtet, vielmehr hätte er ihr damit einen Gefallen getan, weil er sie nicht verlieren wollte; das musste er sich eingestehen.

Jetzt aber erschien alles in einem anderen Licht. Auf einmal kam ihm jede Sekunde mit Karin in Berlin als eine paradiesische Verheißung vor. Wie gerne wäre er mit ihr durch die Museen gebummelt, wie gern hätte er neben ihr im Theater gesessen und ihre Hand gehalten. Wie ein Ausgestoßener sehnte er sich nach Einklang und Harmonie. Von Minute zu Minute war er überzeugter, dass gerade Karin perfekt zu ihm passte und durch keine andere zu ersetzen wäre. Aber von einer anderen war hier nicht die Rede. Es gab nur *einen* anderen – den Feind, den Verführer. Ihn galt es auszuschalten. Was für ein Mensch war er? Wie hatte sie ihn kennengelernt? Kannte sie ihn schon lange? War er der Trumpf in ihrem Ärmel und war die Einladung Costas nach Berlin nur der letzte Test gewesen? Nach dem Motto: Wenn Toni diesmal wieder nicht kommt, nehme ich den anderen.

Die Gedanken peinigten ihn. Er musste sich ablenken. Aber womit, um Himmels willen?

Der Fall. Doch der Fall war Routinearbeit. Die Indizien deuteten alle auf Pedro. Er wird es gewesen sein und muss nur noch gestehen.

Normalerweise hätte Costa furchtbare Skrupel gehabt, so etwas zu denken – niemals hätte er seinem Neffen einen Mord zugetraut. Aber nach der schockierenden Nachricht waren alle Empfindungen auf Karin konzentriert. Als hätte jemand einen Vorhang niedergerissen, begriff er, dass er sie falsch behandelt hatte. Es hatte viel zu viel Streit gegeben, Auseinandersetzungen, bei denen keiner einlenken wollte. Jetzt plötzlich verstand er, dass er ihr mehr Aufmerksamkeit hätte schenken müssen. Sie mehr hätte lieben müssen.

Ablenken. Er musste sich ablenken.

Er schaute auf die Uhr. Carmen sollte vernommen werden. Eine attraktive Frau. Ein guter Anlass, um sich abzulenken. Früher hatte das doch immer geklappt.

Er rief Elena an, wie es mit der Vernehmung Carmens stehe.

»Arrabal hat nachgegeben und sie wird morgen zum Verhör kommen.«

»Na also.«

Plötzlich ein Schmerz in der linken Brust. Als er mit der rechten Hand den Fensterheber betätigte, um etwas Luft hereinzulassen, fühlte er ihn zum ersten Mal. Konnte Enttäuschung einem Körper so zusetzen?

Er würde Karin vorerst nicht mehr anrufen.

Ein riesiger Glutball blendete Costa im Rückspiegel, als er Santa Inés erreichte. Hinter dem Cap Nonó türmten sich Abendwolken zu einem luftigen Gebirge. Die Mandel- und Johannisbrotbäume warfen scharf geschnittene Schatten auf das moosige Grün der Felder.

Er hatte die Straße genommen, die über Buscastell nach Santa Inés führte, um dem Stau wegen der Bauarbeiten vor Sant Antoni auszuweichen. Außerdem mochte er die *zona verde*, das Naturschutzgebiet der Insel, in der Besiedlung kaum zugelassen war. Er fuhr talwärts und bog links in die Straße nach San Mateo ab.

Von Hügeln und Pinienwäldern umgeben, lag das kleine idyllische Hotel seiner Mutter. Vor vielen Jahren hatte sie mit ihrem Freund Elmar zu einem Spottpreis eine halb zerfallene Finca erworben und in mühevoller Arbeit zu einem Hotel ausgebaut. Costa war damals noch bei der Hamburger Kripo gewesen und hatte sich darüber gewundert, dass sie auf die Insel zurückgegangen war, von der sie einst bei Nacht und Nebel geflohen war.

Die Kluft zwischen der Welt seines konservativen Vaters, eines Ibizenko, und Marias neuen Freunden war zu groß geworden: Studenten, die damals auf die Insel gekommen waren und Hippie spielten. Sie waren anders gekleidet als die Einheimischen, dachten anders und redeten anders. Mit ihnen waren Lachen, Vergnügen und freie Liebe gekommen. Dem hatte sich auch Maria nicht entziehen können. Sie wollte sich scheiden lassen, aber dann hätte man ihr das Kind genommen.

Der einzige Ausweg schien die Flucht. Ein Freund, der eine Hochseejacht besaß, brachte sie an die französische Küste; von dort reisten sie weiter nach Hamburg. In Norddeutschland war es kühl und einsam, Costa vermisste die Wärme der großen Familie, das Meer und die Sonne. Und er vermisste jeden Tag seine Mutter, die arbeiten ging, um sie beide durchzubringen. Etwas von dieser Bitternis schmeckte er auch jetzt, wenn er an eine Trennung von Karin dachte.

Als das Hotel fertig war, hatte sich Maria wegen der nötigen Konzession mit Josefa in Verbindung gesetzt. Ihre Schwiegermutter zeigte Verständnis und alle stimmten einer Versöhnung Marias mit der Familie zu. Durch diese Auseinandersetzungen mit den Costas kannte seine Mutter den Clan sehr gut.

Deswegen war er gekommen. Er wollte ihren Rat, denn ihm war klar, dass Pedros Lage auch ihn in große Schwierigkeiten bringen würde, sollte er sich gegen die Interessen der Familie stellen.

Er parkte den Wagen und Maria kam ihm entgegen. Über ihren Shorts trug sie ein übergroßes weiß-blau gestreiftes Hemd von Elmar. Sie zog ihre Gartenhandschuhe aus und schlug sie gegeneinander, damit der Sand abfiel.

»Toni, mein Lieber.« Sie umarmte ihn und ihre Augen strahlten. »Wie geht's dir, mein Junge?«

»Beschissen.«

»*Bueno*, dann lass uns erst einmal was essen.«

Elmar saß schon am Tisch und begrüßte Costa mit den Worten: »Da hast du dir ja was Schönes eingebrockt.« Es sollte wohl ein Scherz sein, aber Costa wusste nicht, ob er Karin meinte oder den Mord im S'Esglesia.

Bevor Costa etwas erwidern konnte, hatte seine Mutter schon das Wort ergriffen. »Übrigens, ich habe Karin angerufen und ihr gesagt, was für eine heiße Story dein Mord im S'Esglesia ist, und deswegen kommt sie morgen Nachmittag zurück.«

»Karin hat sich in einen anderen verliebt.«

Nach einem gedehnten »Oh« schwieg seine Mutter eine Weile. Dann bat sie ihn, mehr zu erzählen. Er berichtete kurz, was er wusste.

Sie hatte aufgehört zu essen. »Und wie fühlst du dich dabei?«

Er versuchte in Worte zu fassen, wie ihm zumute war. »Hintergangen. Betrogen. Verraten. Im Stich gelassen. Einsam. Wertlos.«

»Das klingt nicht gut«, sagte sie.

»Nein.« Er schaute zu dem Wolkenberg, der von einer dunkelroten Lichtlinie umgeben war. »Mir ist das noch nie passiert.«

»Du wolltest dich doch sowieso von ihr trennen.«

Richtig. Aber nun empfand er gar nicht mehr so. Im Gegenteil, die Bemerkung ärgerte ihn. »Ja, wollte ich, will ich aber nicht mehr.«

»Warum nicht?«

»Weil ich sie liebe. Hab ich jetzt erkannt. Ist eben so.«

»Ich greif dich ja nicht an, ich frage bloß.«

»Ja, ist schon okay.«

»Außerdem glaube ich dir das. Deinem Vater ist auch erst klar geworden, wie sehr er mich liebt, als ich ein Verhältnis mit einem anderen hatte. Da gab es dann großes Geschrei. Das war auch nicht klug von ihm, denn dadurch hat sich Josefa der Sache angenommen. Wir mussten Hals über Kopf die Insel verlassen und damit war auch die Ehe mit deinem Vater gescheitert.«

»Nutzt doch Toni alles nicht«, sagte Elmar.

Sie schaute Costa an. »Außer er lernt daraus, was er nicht machen sollte.« Sie lächelte nicht, aber in ihren Augen lag etwas Schalkhaftes. »Ich gebe dir einen Tipp, wenn du möchtest.«

»Tu das.«

Inzwischen hatte sie eine Flasche Rotwein geöffnet und goss beiden ein.

»Stell dir vor, dass du keine Frau brauchst. Weder Karin noch sonst eine.« Sie stieß ihr Glas gegen seines, obgleich er es nicht in der Hand hatte. »Kannst du dir das vorstellen?«

»Ja. Du hast immer meine Freundinnen vertrieben. Schon als ich jung war«, sagte er, während er das Glas hob.

»Toni ist ein Scheidungskind«, unterbrach Elmar. »Auch wenn sein Vater noch lebt und ihr euch wieder versteht, Scheidungskinder eignen sich nicht für langfristige Beziehungen.«

Costa hörte darüber hinweg. »Wozu soll das gut sein?«, fragte er.

»Ich sagte nicht, dass du keine Frau *haben* sollst. Es ist besser, wenn du keine *brauchst.* Dieses schmerzhafte Verlangen ist bloß ein Bedürfnis, im Grunde das Bedürfnis eines kleinen Jungen. Zu Beginn einer Liebe ist alles wunderbar, aber es bleibt nicht so. Erst wenn wir gelernt haben, auch alleine glücklich zu sein, das heißt, wenn wir erwachsen geworden sind, können wir mit jemandem eine echte Beziehung haben. Wenn die Menschen das beachten würden, wäre ihr Verhalten nicht so zerstörerisch.«

Costa nervten ihre Ratschläge. Er hätte nie gedacht, dass Karins Betrug – oder gar ihre Trennung – so eine Wirkung auf ihn haben würde. Zwar hatte er sich trennen wollen, nachdem sie sich so sehr in einen Fall eingemischt hatte, dass sie selbst in Lebensgefahr geraten war. Er hatte sie mit einem gezielten Schuss gerettet, doch dann warf sie ihm vor, dass er zu schnell zur Waffe gegriffen hätte. Es war ein weiteres Beispiel, dass ihre und seine Welt zu verschieden waren. Auch ihre Charaktere waren zu verschieden. Sie empfanden dieselben Dinge verschieden, interpretierten sie verschieden und reagierten verschieden.

Bei so vielen Verschiedenheiten gab es kaum eine Brücke. Doch jetzt plötzlich begriff er Karins Verlangen nach Anerkennung, Bestätigung, Liebe und Zärtlichkeit. In all dem war sie zu kurz gekommen – er sah es ein, und wie er es einsah! Und das holte sie sich jetzt woanders, sie brauchte es. Er war bereit, ihr das alles jetzt zu geben.

Aber es war zu spät. Sie würde es ihm nicht mehr glauben. Er hatte seinen Kredit verspielt.

»Woran denkst du?«

»An den Typen, der an allem schuld ist. Wenn ich den vor mir hätte …«

»Er hat mit deinem Schmerz nichts zu tun. Vielleicht mag er sie einfach nur«, sagte Maria. Costa fand das nicht sehr einfühlsam.

»Sie will mit dir nicht mehr. Das liegt an eurer Beziehung. Und für deine Beziehung bist du zuständig, nicht der andere.«

Costa stocherte in seinem Essen herum.

»Du musst von deinem Groll loskommen«, versuchte seine Mutter, ihn zu ermutigen. »Sonst kriegst du sie nicht zurück.«

Doch Costa hörte gar nicht mehr hin. Er fluchte innerlich über Fehler, die er begangen hatte.

»Es bringt nichts, wenn du dir Vorwürfe machst«, sagte seine Mutter. »Jetzt hast du gelernt. Du kannst es das nächste Mal besser machen.«

Costa dachte an »das nächste Mal« mit einer anderen Frau und sein Magen krampfte sich zusammen. Er empfand diesen Gedanken wie einen Betrug. Er wollte mit Karin neu beginnen.

»Das Rad dreht sich immer nur nach vorne«, sagte seine Mutter.

»Das Rad wird den Kerl überfahren.« Costa saß leichenblass da. Er fühlte einen grenzenlosen Hass in sich aufsteigen.

Obwohl es schon spät war, fuhr Costa ins Büro. Er schaltete die Neonleuchten ein. Sie flackerten, erloschen wieder und sprangen dann erst endgültig an. Er packte sich alle Akten auf den Schreibtisch, um die entscheidenden Notizen und Aussagen noch einmal durchzusehen. Die Betriebsamkeit bis in die Nacht half ihm, sich abzulenken. Wenn der Täter überführt wäre, würde er Urlaub nehmen und sich um seine privaten Angelegenheiten kümmern. Jetzt war es besser, mechanisch und bis zur völligen Erschöpfung zu arbeiten, damit die quälenden Gedanken vor dem Einschlafen gar nicht erst aufkommen könnten.

Plötzlich stand der Bischof in der Tür. »Was machst du denn noch hier?«

»Und du?«, fragte Costa zurück.

»Wir stecken beide tief drin. Ich weiß, was dir passiert ist.«

Costa schwieg.

»Es wird Zeit, dass du mit der Faust auf den Tisch haust.«

»Auf welchen Tisch?«

»Mein lieber Vetter, tu nicht so. Karin arbeitet bei *Ibiza Heute*, die ganze Zeitung weiß, dass sie einen anderen hat.«

Die Bemerkung schlug bei Costa wie eine Bombe ein. Wieso wusste man bei der Zeitung, dass sie ihn in Berlin mit einem anderen betrog? Und woher wollte der Bischof das haben? War das schon Gesprächsstoff auf der ganzen Insel? »Wo hat sie einen anderen?«

»Wo wohl? Sie ist doch in Berlin.«

»Woher weißt du das denn?«

»Dass sie in Berlin ist?«

»Nein, was in ihrer Redaktion geredet wird.«

»Toni, sei doch nicht so naiv! Sie arbeitet da, sie hat da eine Freundin, also was soll es?«

»Was weißt du denn?«

»Dass mit euch Schluss ist.«

»Und woher weißt du das?«

»Ich habe mit *Ibiza Heute* zu tun wegen Argento. Daher weiß ich, dass der Chef Karin für die Story im S'Esglesia wollte. Sie hat ja schon einmal über José und Carmen Arrabal geschrieben. Aber sie hat das abgelehnt, weil es zwischen dir und ihr Stress gibt. Der Chef hat mich gefragt, was daran ist, ich habe gesagt, keine Ahnung. Hat er denn eine andere, fragte er. Und ich sagte, auf keinen Fall. Also meinten sie alle, dann muss ja wohl Karin einen anderen haben. Hier weiß doch jeder schon alles, bevor du es selbst weißt. Du tust ja gerade so, als wenn es das erste Mal wäre.«

Der letzte Satz traf Costa wie ein Schlag ins Gesicht. »Es *ist* das erste Mal«, sagte er.

»*Bueno*, und was tust du?«

»Was soll ich tun? Den Typ erschießen?«

»Schmeiß sie raus.«

»Ich wohne nicht mehr mit ihr zusammen.«

»Sag ihr, sie soll von der Insel verschwinden.«

»Ich will sie nicht verlieren.«

»Das hast du schon – oder beinahe. Jetzt musst du konsequent sein, es ist eine Frage der Selbstachtung.«

Als der Bischof gegangen war, klappte Costa die Akte zu, auf der »Pedro Gonzales« stand, fuhr ins Sa Calima in der Nähe seiner Wohnung und bestellte einen doppelten Absinth, um sich zu betrinken. Er hatte sich in eine Position gebracht, in der ihm der Bischof tatsächlich seine Überlegenheit demonstrieren konnte. *Hau auf den Tisch*, mein Gott, er schlug mit der flachen Hand auf die Theke. Als Pep ihn anschaute, sagte er: »Zahlen.«

Als er die Treppe hinaufwankte, stand es für ihn fest: Er würde sie morgen nicht am Flughafen empfangen. Er würde nicht dastehen mit weit geöffneten Armen, als wäre nichts gewesen.

Karin hatte sich in ihrem schwarzen offenen Kimono in einen der Sessel fallen lassen und Marc mit sich gezogen. Ihre Beine umschlangen seine Hüften. Die zu Fäusten geballten Hände hielten sich in seinem Haar fest, drückten seinen Kopf in den Nacken, sodass der Schmerz sich mit seiner Lust mischen konnte.

Als sie nachher zusammen eine Zigarette rauchten, schien er nachdenklich: »Warum habt ihr euch getrennt?«

Karin hielt ihr Champagnerglas hoch. Sie drehte es langsam, um darin die Reflexe der Nachmittagssonne zu beobachten. Plötzlich überkam sie eine heftige Traurigkeit. Doch sie ließ sich nichts anmerken und ihre Worte klangen eher nachdenklich. »Wir sind uns fremd geworden. Falsch«, fügte sie mit einem Lächeln hinzu, das ihre Wehmut kaschierte. »Wir waren uns immer fremd. Wir haben es nur nicht gemerkt. Deshalb haben wir uns immer gestritten.«

»Er hat es auch nicht gemerkt?«

»Er weiß es immer noch nicht. Für ihn ist es nicht wichtig. Für manche Männer ist es sogar reizvoller. Jedes Mal, wenn man zusammen schläft, ist es, als hätte man sich gerade kennengelernt.«

Später, als sie an der Hotelbar saßen und der Barkeeper zum sechsten Mal fragte, ob er nachgießen dürfe, und Marc wieder nickte, waren sie sich sehr vertraut. Vielleicht sollte man das ganze Leben mit einem Mann in einer Champagner-Bar verbringen, dachte sie. War sie verliebt?

Es war der zweite Abend. In der Lobby verabschiedete sie sich von Marc. Sie ließ sich nicht einmal von ihm hinaufbegleiten.

Als sie im Fahrstuhl stand, dachte sie: Die kommende Nacht schenke ich Toni. Es ist seine Chance. Es ist seine Sache, was er damit anfängt. Dann zog sie sich um und ging ins Theater. Die zweite Karte ließ sie verfallen.

Als sie abgeschminkt im Bett lag und das Licht löschte, war es kurz nach halb zwölf. Sie spürte in sich hinein und ließ sich von den Gedanken an die beiden Männer treiben. Das Summen des Handys riss sie aus dem Halbschlaf. Sie machte Licht und las die SMS: »Nach dieser zauberhaften Barstunde bin ich nun noch vernarrter in meine Liebesgöttin.«

Sie lächelte vor sich hin und schlief ein.

Als Costa das Büro betrat, das sie als Verhörraum benutzten, warteten Elena und Carmen Arrabal schon auf ihn. Die schöne Südamerikanerin trug ein rubinrotes, tief ausgeschnittenes Kleid, dazu schwarze Pumps. Sie lächelte und kam ihm langsam entgegen. Costa vermied es, sie länger anschauen. Er fixierte seinen Blick auf die glitzernde Spange, die ihr üppiges schwarzes Haar auf einer Seite zurückhielt. Dort leuchtete ein mit Steinen besetzter Ohrring. Mit dem kostbaren Schmuck erschien sie Costa wie auf dem Weg zu einem Galadiner. Er war irritiert, doch bevor er etwas sagen konnte, war sie schon bei ihm und hauchte ihm links und rechts einen Kuss auf die Wange.

Sie roch nach einem teuren, für Costa etwas zu süßen Parfum.

Ihm fiel sofort ein, dass er diesen Geruch irgendwie kannte. Er würde später darüber nachdenken.

Er warf Elena einen amüsierten Blick zu: So sind nun mal die Südamerikanerinnen, immer ein großer Auftritt. Elena richtete den Kragen ihrer Jeansbluse, verzog keine Miene, sondern wartete hinter dem Computer auf den Beginn der Befragung.

Natürlich war ihm klar, dass sie sich nicht von einer Frau wie Carmen Arrabal beeindrucken lassen würde. Schon gar nicht bei dem Altersunterschied. Carmen Arrabal war sechsundzwanzig und Elena sechsunddreißig.

Costa hatte sich heute Morgen gleich als Erstes einen dunkelgrauen leichten Kammgarnanzug gekauft und die Turnschuhe gegen ein Paar schwarze glatte Derbys ausgetauscht. Den Anzug brauchte er sowieso, war ihm während der Vorbereitungen für Berlin klar geworden. Unter der Jacke trug er ein weißes offenes Hemd.

»Wollt ihr noch zusammen essen gehen?«, fragte Elena spöttisch mit einem Blick auf seinen Anzug.

Carmen Arrabal griff die Bemerkung sofort auf und strahlte ihn an. »Ja, kommen Sie heute Abend doch ins S'Esglesia. Mein Mann und ich würden uns freuen.«

»Nehmen wir erst einmal hier Platz«, sagte Costa und wies auf den Stuhl vor dem Tisch. Er selbst nahm sich einen der Stühle, die an der Wand standen, und setzte sich so, dass er Carmen direkt ins Gesicht schauen konnte. Jetzt sah er ihren schön geschwungenen Mund aus der Nähe. »Möchten Sie etwas zu trinken?«

Sie zog das Kleid zurecht, sodass ihm ihre langen Beine nicht entgingen. »Wie wäre es mit einem Louis Roederer Cristal?« Ihr Ton war lasziv, ihr Blick müde, fast herablassend.

Costa wusste, dass eine Flasche dieses Champagners über zweihundert Euro kostete, und goss ihr Wasser ein. Sie scheint die Tatsache zu ignorieren, dass sie sich im Polizeipräsidium befindet, dachte er.

Sie nahm das Glas und hielt es ins Licht. Ihre bernsteinfarbenen Augen mit den langen dunklen Wimpern verliehen ihrem blassen Teint einen speziellen Reiz. Das Glas war sauber, sie stellte es zurück.

»Viel Zeit, mich vorzubereiten, haben mir Ihre Leute nicht gelassen. Das Ganze war etwas, wie soll ich sagen, überfallartig.«

»Aber jetzt haben wir Ruhe«, sagte Costa und meinte es auch so. Er würde sich Zeit lassen, denn die quälenden Gedanken an Karin waren mit Carmens Erscheinen verschwunden. Wenn das die Wirkung ihrer Gegenwart war, würde er sich nicht beeilen. Am besten mit dem Unwichtigsten anfangen. »Wir wären auch zu Ihnen nach Hause gekommen«, sagte er, »aber Ihr Mann war dagegen. Haben Sie eigentlich eine Ahnung, warum er nicht wollte, dass wir uns unterhalten?«

»Er wollte mir das nicht zumuten. Er sagte zu mir, du hast damit nichts zu tun. Du wirst bei der Polizei nur alles durcheinanderwirbeln.«

Costa bezweifelte, dass das Arrabals Worte waren. Viel eher war Carmen der Typ, der solche Sachen sagte, um das Gegenüber zu verunsichern. An ihrem wachen Blick sah er, dass ihr keine Reaktion entging. Er nickte lächelnd. »Wir wissen, dass Felipe Inaki am Sonntag um 10:06 Uhr ermordet wurde. Es war Ihr Hochzeitstag und ich würde gerne wissen, wo Sie zu dieser Zeit gewesen sind.«

»Ich war im ehemaligen Wohnhaus meines Mannes. Wir nennen es das Pfarrhaus. Es ist jetzt das Büro, aber es steht immer noch eine Schlafcouch drin. Ich habe da übernachtet und bin am Sonntagmorgen um 10:25 Uhr nach Hause gekommen.«

»Woher wissen Sie das so genau?«

»Mein Mann schaute auf die Uhr und sagte es mir.«

»Macht er das immer, wenn Sie nach Hause kommen?«

»Nein. Ich denke, er wollte sehen, wie viel Zeit ich noch hatte, um mich für die Kirche zurechtzumachen.«

»War er schon fertig?«

»Nein, er kam gerade von der Nachbarin. Sie hatte ihm einen Knopf angenäht.«

»Vom Restaurant bis zu Ihrem Haus fährt man ungefähr zwanzig Minuten. Dann sind sie also um etwa fünf nach zehn dort weggefahren?«, fragte Elena.

»Ja. Ich habe zwar nicht auf die Uhr geschaut, aber das wird so sein.«

»Inaki wurde um 10:06 Uhr ermordet. Haben Sie irgendetwas gesehen oder gehört?«

»Nein.«

»Wo war Ihr Wagen geparkt?«

»Auf dem Parkplatz vor dem Restaurant.«

»Sie verließen also das Pfarrhaus, sagen wir um 10:05 Uhr, gingen quer über den Hof am Hundezwinger vorbei ins Restaurant, durch das Restaurant hindurch und zum Parkplatz vor dem S'Esglesia. Ist das so?«

»Ja.«

»Hat der Hund da angeschlagen?«

»Nein, er kennt mich.«

»Bellt er nur ...«

»Der schlägt nur an bei Fremden.« Seine Fragen schienen sie zu langweilen. »Sonst hätten wir da die ganze Zeit das Gekläffe.«

»Und abends?«

»Da sperrt ihn einer der Köche ein.«

»Also war um 10:06 Uhr kein Fremder auf dem Gelände?«

»Sicher nicht.«

Diese Antwort deutete nicht darauf hin, dass sie sich entlasten wollte, denn wenn ein Fremder ausschied, blieben nur Pedro und sie als Täter. »Inaki hat geschrien. Haben Sie das nicht gehört?«

»Nein.«

»Warum haben Sie eigentlich in dem Pfarrhaus geschlafen und nicht zu Hause?«

»Wir hatten Streit.«

»Darf man fragen, worum es bei dem Streit ging?« Sie legte den Kopf etwas schief und fragte verwundert: »Darf man fragen, was das mit dem Mord zu tun hat?«

Costa wollte wissen, warum sie in der Nacht vor ihrer Hochzeit im Büro geschlafen hatte. Sicher gab es diese Sitte, von der Arrabal geredet hatte, aber die Braut hätte dann auch verlangt, dass die Brautjungfern, die Schneiderin, der Frisör oder wer auch immer dort hinkommen, wo sie schlief, um sie zurechtzumachen; von dort wäre sie dann zur Kirche gefahren. »Ich frage nur, weil Ihr Mann sagte, das sei eine alte Sitte.«

Sie sog die Luft etwas ein, als wollte sie eine Bemerkung, die ihr auf der Zunge lag, herunterschlucken. »Ja, meinen Mann entzücken solche traditionellen Bräuche. Wenn es nach ihm ginge, wäre alles sehr formalisiert.«

»Hatten Sie auch Brautjungfern?«

Sie wandte sich Elena zu. »Brautjungfern?« Sie wartete, als sollte Elena ihr erklären, was das sei. Dann blickte sie wieder zu Costa, schürzte die Lippen und schüttelte den Kopf. »Ich bin eine sehr pragmatische Frau, ich mache das alles alleine. Selbst mein Make-up habe ich nie anderen überlassen.«

»Señora Trujillo war auch Fotomodell«, erklärte Elena, die sich als Einzige bislang mit Carmens Biografie befasst hatte.

Bis auf den Witz mit dem Champagner verhielt sie sich korrekt, aber dennoch hatte Costa das Gefühl, dass sie mit ihnen spielte. Und sie schien Vergnügen daran zu haben, was keineswegs zu der Tatsache passte, dass am Morgen ihrer Hochzeit der beste Mitarbeiter ihres Mannes ermordet worden war und als Täter nur sie und der Lehrling infrage kamen. Vielleicht aber hielt sie sich für sehr intelligent und meinte, hier nichts weiter als zwei dumme Polizisten vor sich zu haben. Wegen der schlechten Bezahlung war der Ruf der Guardia Civil nicht gerade der beste.

»Haben Sie in der Nacht vor Ihrer Hochzeit gut geschlafen?«, fragte Costa weiter.

Sie verzog das Gesicht, als hätte sie sich verhört. Als Costa seine Frage aber nicht wiederholte, sagte sie gedehnt: »Ja. Sehr gut.«

»Wann sind Sie aufgestanden?«

»Ich bin durchs Hupen aufgewacht«, antwortete sie sachlich. »Die Köche hatten den Kühlwagen beladen, und als sie zur Festwiese fuhren, haben sie gehupt.«

Er ging darüber hinweg, wusste aber, dass Elena das Hupen notierte und auch die Uhrzeit, 9:30 Uhr, zu der Carmen aufgewacht sein wollte. »Wie war Ihr Verhältnis zu Felipe Inaki?«

»Wir haben uns gehasst.«

»Ein tödlicher Hass?« Natürlich erwartete Costa kein Geständnis, er wollte nur ihre Reaktion sehen.

Sie lachte einmal auf. »Sehr witzig.«

Das Lachen war echt, sie amüsierte sich. Dass sie unter Verdacht stand, wenngleich ihr das bislang niemand gesagt hatte, schien ihr nicht bewusst zu sein oder gleichgültig. Gleichgültig, weil sie sich ihrer Unschuld vollkommen bewusst war?

Wie auch immer, sie nahm diese Befragung nicht sehr ernst. Wenn sie so sorglos war, würde sie ihm vielleicht ein paar nützliche Auskünfte über die Köche geben können. Auf den Hass zu Inaki würde er später zurückkommen. »Was ist Manolo Sanchez für ein Mensch?«

»Der Poissonnier.« Sie sang es fast. »Ein neunundzwanzigjähriger Fischkiller, dessen Traum es ist, ein Star unter den Fernsehköchen zu werden. Er ist äußerlich fleißig, aber innerlich faul. Sein Problem ist, dass er das nicht weiß. Außerdem riecht er nicht gut.«

Waren das die Ansichten Arrabals? Redete er zu Hause so? »Wie war es zwischen Sanchez und Inaki?«

»Wissen Sie, in diesem Chaos aus Hektik, Konkurrenz, Aggression und Angst ist es nicht einfach, die Beziehungen untereinander zu durchschauen. Eins kann man sagen: José nimmt nur ungewöhnliche Talente, er will Hingabe, profundes Wissen und den Funken Genialität. Nur in einer solch angespannten Atmosphäre können Kreationen entstehen, die dem Anspruch meines Mannes genügen. Wie stehen die Einzelnen in so einem Hexenkessel zueinander? Sanchez und Inaki? Sie liebten sich nicht. Sie lieben sich alle nicht.« Ein feines Lächeln umspielte ihren Mund. »Sie lieben alle nur Joana Bisbal.«

»Die Dessertköchin. Ist sie zu einer derartigen Handlung imstande?«

Carmen musterte ihn kühl. »Zu einem Mord an Inaki? Ja, das könnte ich mir vorstellen.«

Elena schaute auf. Sie hatte vermutlich den gleichen Gedanken wie er: War das einer von Carmens Scherzen?

»Meinen Sie das ernst?«, fragte Costa.

»Ja.«

»Können Sie das etwas genauer erklären? Zum Beispiel, was Inaki getan haben müsste, um bei Joana Bisbal eine solche Reaktion auszulösen.«

»Wenn sie in ihrer sexuellen Ehre verletzt würde.« Der Satz kam klar und entschieden.

»Und solch eine Verletzung wäre Inaki zuzutrauen gewesen?«

Sie nickte nur kurz. »Er war der Typ.«

»Ist etwas in der Art jemals vorgefallen zwischen ihm und Joana Bisbal?«

»Fragen Sie sie selbst. Ich weiß davon nichts. Sie wollten von mir eine charakterliche Einschätzung der Köche. Wenn das Ihnen nichts nutzt – mit mehr kann ich nicht dienen.«

»Was ist mit Gérard Montpellier?«

»Dem Entremetier? Was sein Innenleben betrifft, hat er sicherlich etliche Menschen auf dem Gewissen. Aber eben nur in der Fantasie, nicht mit einem Dolch direkt ins Herz.«

Costa verzieh ihr die frivole Art, weil er ihre Einschätzung der Köche intuitiv teilte. Er tauschte mit Elena einen heimlichen Blick. Sie schien mit allem einverstanden zu sein, zumal sie wusste, dass Costa gerade mit solch schwierigen Kandidaten wie Carmen Arrabal gut umgehen konnte und es durch Beharrlichkeit schaffte, dass sie ihre Fassade irgendwann fallen ließen. Wie alle, die hier verhört wurden, spielte Carmen ihnen etwas vor. Die Frage war nur, ob sie dazu einen konkreten Grund hatte oder ob diese Theatralik Teil ihres Charakters war.

»Dann haben wir noch Guillen Puget, den Rôtisseur«, wandte sich Costa wieder an die Südamerikanerin.

»Das Scheusal vom Dienst. Eine Natter. Würden die Gäste wissen, dass er gelegentlich seine Giftzähne in die Steaks schlägt, würden sie schon Anzeige wegen Körperverletzung erstatten, bevor sie die Bestellung aufgeben.«

Elena, die die Antworten mitschrieb, unterbrach das Verhör und wollte wissen, wie das zu verstehen sei.

»Was? Dass er eine intrigante Natter ist, die überall ihr Gift verspritzt? Oder dass er bei den Gästen, die er nicht leiden kann, in die Steaks beißt?«

»Warum sollte er das tun?«, fragte Elena.

»Wenn zum Beispiel ein Gast eigentlich Huhn will, der Kellner ihn aber zu Steak überredet und das dann Puget berichtet. Puget hasst Hühner. Er sagt, Hühner sind schmutzig, fressen ihren eigenen Unrat, werden unter Extrembedingungen gemästet und infizieren in einer Restaurantküche sehr leicht andere Lebensmittel. Er sagt immer, Gäste, die Huhn essen, sind selbst Hühner, da spucke ich auf ihre Teller.«

»Wen hasste er noch?«

»Die Frage wäre, was hasst er nicht? Auf jeden Fall verabscheut er Vegetarier und ihre radikale Splittergruppe, die Veganer. Er sagt, Vegetarier sind Feinde des reinen Genusses und betrachten das Essen als eine Unterfunktion der Gesundheit.« Sie lächelte. »Er sagt, er isst alles, was Fleisch ist, außer Hühner, Vegetarier und Veganer.«

»Sie halten Puget für fähig, jemanden umzubringen?«

»Ja. Aber mit Gift, nicht mit Stahl.«

»Woher wissen Sie das alles?«, fragte Costa.

»Ich war mit einem Koch zusammen, ich bin mit einem Koch verheiratet. Ich scheue mich auch nicht, in die Küche zu gehen.«

Costa betrachtete sie, als sie mit schnellem Griff einen Stift aus der Tasche nahm und ihre Lippen nachzog. Nach dieser kleinen Vorführung schaute sie Costa herausfordernd an.

Er wandte sich an Elena, ob sie noch Fragen habe. Sie nickte und erbat für das Protokoll ein paar Daten aus der Biografie.

Carmen hob die Augenbrauen. »Was wollen Sie wissen?«

»Ein paar simple Sachen – wo Sie geboren sind und so weiter.«

Hinter Carmens Lächeln verbargen sich unzählige Gedanken, die wie schnell vorüberziehende Wolken die Färbungen des Lächelns veränderten.

»Wann wurden Sie geboren?«, fragte Elena.

Carmen stand auf, ging um ihren Stuhl herum, umständlich und unnötig, und schob ihn ein Stück weiter, sodass sie direkt vor Elena Platz nehmen konnte. Sie stützte sich mit beiden Ellbogen auf den Tisch und schaute Elena über den Computer hinweg direkt in die Augen. Costa war ausgeschlossen, und auch der Ton, den sie nun anschlug, suggerierte ganz das vertraute Gespräch zwischen zwei Frauen.

Obgleich er sich bereits vorkam wie der einzige Besucher in einem Kammerspiel, überraschte ihn der neue Einfall der offenbar dauernd zu irgendwelchen Spielen aufgelegten Südamerikanerin.

»Ich wurde in einem Dorf an der Grenze zwischen Ecuador und Kolumbien geboren. Asunción. 1982.« Sie sagte diesen ersten Satz, den sie in drei getrennte Teile zerlegte, wie die Eröffnung zu einer fantastischen Enthüllung. Dabei waren es nur ihre Geburtsdaten, und die auch noch ungenau. Dennoch – Costa war amüsiert. Was immer die Spielzüge seiner Gegner waren, ihre Verhaltensmuster gaben ihm die Chance, ihre wahren Motive zu durchschauen. Während er als Jäger frei war, gab es stets den Moment, wo sein Wild sich im eigenen Muster wie in einer Schlinge verfing.

Eigentlich war das nicht seine Sprache – Jäger und Gejagte –, aber Elena hatte seine Arbeit einmal mit diesen Begriffen analysiert. Natürlich war ihm klar, dass er Carmen Arrabal nur zu Fall bringen würde, wenn sie tatsächlich die Mörderin wäre.

»Meine Eltern starben, als ich noch sehr klein war. Ich wuchs bei meiner Großmutter auf. Sie wohnte alleine mit mir in einem großen Haus aus Holz. Es hatte viel mehr Zimmer, als wir brauchten, und einen Garten voller Rosen, der immer gepflegt werden musste.« Sie unterbrach sich. »An der Hauswand standen Töpfe mit Heilpflanzen. Sie wirkten gegen alle menschlichen Leiden. Auch gegen böse Geister und die Qualen des Fegefeuers.« Costa dachte an seine Großtante Turia und *Sa Por*, den Ort der geheimen Ängste. Bis vor wenigen Jahrzehnten war auch Ibiza voller Aberglaube und geheimer Wesen gewesen.

»Es gab auch Kräuter und Gewürze, die Krankheiten heilten und Speisen verfeinerten.«

Mit einem Seitenblick sah Costa, dass Elena nichts davon eintippte.

»Meine Großmutter brachte mir Lesen und Schreiben bei. Vor allem lehrte sie mich die unbedingte Leidenschaft für das Schöne.«

Carmen sprach die Sätze zu Elena wie leise Formeln der Beschwörung. Ihr Monolog war so deplatziert und zugleich so faszinierend, dass Costa vergaß, warum sie eigentlich hier waren. Für einen Moment war alles weit weg – der Mord an Inaki, der

Tatverdacht gegen Pedro, Karin in den Armen eines anderen, die stechenden Schmerzen in seiner Brust.

»Es sind die Gerüche, die die Bilder meiner Kindheit zurückbringen. Neulich sägte jemand Holz im Hof und der Geruch ließ vor meinen Augen das Haus meiner Großmutter entstehen. Ich sah sie auf dem Diwan liegen – sie hielt ihren Mittagsschlaf –, ich hörte das Ticken der Standuhr und das Summen der Fliegen.«

Costa stellte sich Carmens Heimatort als einen verlassenen, sumpfigen Flecken voller Schlangen und giftigem Getier vor.

»Eines Tages erhob sie sich nicht mehr von ihrer Siesta. Zum Glück hatte sie Geld im Haus versteckt. Es reichte für ihre Beerdigung und mein Schiffsticket nach Spanien. Ich war gerade achtzehn geworden und wollte das Land sehen, aus dem die Eltern meiner Großmutter stammten. *Tierra de conquistadores* wird dieser Landstrich in der Extremadura genannt, die ›Erde der Eroberer‹. Cortés, Pizarro, de Soto sind dort geboren. Ich ging den umgekehrten Weg, von Südamerika nach Spanien. Ich sah Madrid, Granada und dann Barcelona, die Stadt der Freiheit. Die Nächte auf den Ramblas sind voller Musik und sinnlicher Gerüche. Für mich war alles neu – die Vogelverkäufer und die Akrobaten, die Köstlichkeiten an den Ständen und die eleganten Menschen in den teuren Restaurants.«

Elena hatte Costa ein verabredetes geheimes Zeichen gegeben, woraufhin er einen Blick auf ihren Bildschirm warf. »Was will sie mit ihren poetischen Erinnerungen verbergen?«, las er.

Er war überrascht, dass Elena das alles für eine Taktik hielt. Auf ihn wirkte der Bericht Carmens eher wie die emotionale Erzählung eines Kindes. In manchen Momenten wurde diese selbstbewusste Frau wieder zu einem kleinen Mädchen, das seine Zuhörer beeindrucken wollte, dachte er. Jemand konnte nicht so unbekümmert wirken, wenn er einen Mord auf dem Gewissen hätte.

Elena sah das offenbar anders und daher mischte sich Costa wieder in die Befragung ein. »Und in Barcelona haben Sie José Arrabal kennengelernt?«, fragte er.

Sofort wandte sie sich ihm zu. »Ja, seinen Namen kannte ich schon vorher. Eine Freundin schwärmte von seinen Koch- und Verführungskünsten. Und dann sind wir uns beim Frühstück im Café Zurich begegnet.«

Das wusste Costa schon von Arrabal.

Carmen nahm aus ihrer schwarzen Lederhandtasche ein Fläschchen, sprühte sich etwas auf die Finger und tupfte es hinters Ohr. Dabei wanderten ihre Blicke gleichgültig zwischen ihm und Elena hin und her.

Da fiel ihm ein, woher er diesen Duft kannte. Pedro! Es war der gleiche Duft, den er in der Küche an ihm bemerkt hatte. War es möglich, dass Carmen ihren Bräutigam verlassen hatte, um die Nacht im Pfarrhaus mit Pedro zu verbringen? Welch ein Gedanke!

Ihm war klar: Ohne die Enttäuschung über Karins Betrug wäre er niemals auf eine solche Idee gekommen und er wehrte sich gegen diese Vorstellung: ein Betrug am Hochzeitstag – wie absurd allein schon die Idee!

Wie aus weiter Ferne hörte er ihre Stimme: »Ist das Verhör jetzt beendet?«

»Ich denke, ja«, sagte er. »Ich muss Sie noch um Ihre Fingerabdrücke und eine Speichelprobe bitten. Das ist leider nötig, um die am Tatort gefundenen DNA-Spuren zuordnen zu können. Verifikation durch Ausschluss. Meine Kollegin wird Sie begleiten und das durchführen.«

An der Tür fragte er beiläufig: »Ihr Parfum gefällt mir. Wie heißt es?«

»Das Parfum können Sie in Sevilla bei Victorio & Lucchino bestellen. Es trägt meinen Namen.«

»Es heißt Carmen?«

»Ja.«

»Nehmen Sie es deshalb?«

»Es trägt meinen Namen, weil ich ihm meinen Namen gab.«

Als er etwas begriffsstutzig schaute, mischte sich Elena ein. »Señora Trujillo hat das Parfum kreiert.«

Elena! – immer gut vorbereitet und perfekt in der Recherche.

»Dann haben Sie sich ja bereits einen Namen gemacht«, scherzte er, aber in Wahrheit war es kein Scherz. Er hatte keine Ahnung, wer diese Frau wirklich war.

»Ja, das stimmt«, sagte Carmen Arrabal mit einem Funkeln in den Augen. »Aber darum geht es nicht. Ein Parfum zu kreieren setzt eine Poesie der Erinnerung voraus. Als Parfumière muss ich Lust empfinden, um meinerseits Lust zu schenken. Lust zu überraschen, zu betören und sich nach und nach enträtseln zu lassen. Gefällt es Ihnen wirklich?«

»Unwiderstehlich«, sagte er und dachte, war das ihr Spiel? Sich enträtseln zu lassen?

»*Hasta luego*«, sagte Elena spöttisch, als sie mit Carmen Arrabal zur Tür hinaus verschwand.

Costa saß am Schreibtisch der Sekretärin von Lopez Santander, dem obersten Chef. Sie suchte immer noch nach der Telefonnummer von Victorio & Lucchino.

Costa hatte dort Platz genommen, weil er ein Festnetztelefon, eine Schreibunterlage und einen Moment Ruhe brauchte.

Wie war das Parfum auf Pedros Haut gekommen? Vielleicht hatte sich Costa geirrt, aber eigentlich konnte er seinem Geruchssinn trauen. Hatte Carmen die Nacht im Büro verbracht, weil es so Brauch war oder weil sie mit Pedro ein Stelldichein hatte? Costa konnte sich das zwar kaum vorstellen, aber immerhin war Pedro etwa in ihrem Alter und vielleicht musste es bei ihr immer ein Koch sein.

In seinem Verhältnis mit Karin hatte er sich von Anfang an gewünscht, dass ihm Betrügereien erspart blieben. Und nun? Er konnte nicht widerstehen, Karin jetzt sofort anzurufen. Er hatte nicht damit gerechnet, sie zu erreichen, aber es war tatsächlich ihre Stimme und nicht die der Mailbox.

»Stör ich dich gerade?«

»Nein.«

»Wenn ich dich jetzt etwas frage, würdest du mir die Wahrheit sagen?«

»Ja.«

»Wie lange betrügst du mich schon?«

»Du willst wissen, wann ich mit Marc zum ersten Mal ins Bett gegangen bin?«

Die kühle Gegenfrage ließ seinen Puls schneller schlagen. »Ja.«

»Erst hier in Berlin.«

Empörung und Wut schnürten ihm fast die Kehle zu. »Wie lange geht das denn schon mit ihm?«

»Du meinst, wann ich ihn kennengelernt habe?«

»Ja, das meine ich.« Es kostete ihn ziemliche Anstrengung, sich zu beherrschen.

Santanders Sekretärin warf ihm einen fragenden Blick zu, aber es war ihm egal.

»Und dann?«

»Er hat mir gemailt und gesimst.«

»Und du ihm auch?«

»Ja, ich habe geantwortet.«

»Und warum?«

»Er versteht mich, er möchte wirklich etwas über mich wissen, und« – sie machte eine kurze Pause – »wir können zusammen lachen. Mit ihm entdecke ich Berlin neu. Es ist wunderbar.«

Das Letzte hatte Costa schon nicht mehr gehört. Voller Wut hatte er die Auflegetaste des Handys gedrückt und war froh, als ihm die Sekretärin ein Zeichen gab, dass er nun mit Sevilla verbunden war. Er nahm den Telefonhörer. Eine tiefe Stimme, die ihm wegen ihrer Laszivität sofort unsympathisch war, meldete sich: »Victorio & Lucchino, wie können wir Ihnen helfen?«

»Ich habe eine Frage für ein paar Kunden auf Ibiza. Haben Sie das Parfum ›Carmen‹ im Sortiment?«

»Unsere Fragrance ›Carmen‹ ist die Mischung zweier weiblicher Gegensätze«, nervte die Stimme, als beschriebe sie eine köstliche Abart von Sex, die eigentlich den Womens-Lib-Nobelpreis verdiente. »Einerseits Al-Andalus, die fordernde Frau, stark, mit rassigem Temperament, und dann Mythos, blumig-romantisch und ultrafeminin.«

»Ist es Zufall, dass das Parfum den gleichen Namen trägt wie Señora Arrabal?«

»Und wer bitte soll das nun wieder sein?«

Costa verbesserte sich und nannte Carmens Mädchennamen.

»Carmen Trujillo!«, tönte es angeregt aus dem Hörer. »Kein Zufall, nein, nein, um Gottes willen! Sie hat es entwickelt! Flüchtige Genüsse – eines ihrer Lieblingsthemen. Entspannung oder Anregung. Fragen Sie sie danach und sie wird Ihnen die Welt der Düfte erklären: den Jasmin, der für Liebe und Erotik steht, aphrodisierend und sinnbetörend, die Yohimbe, die die olfaktorische Wahrnehmung verfeinert, Amber, Lotus, Galan de la Noche, die warme Schauder den Rücken hinunterjagen. Dazu der pfeffrige Balsamduft der Copai, der die animalischen Sinne feurig anregt, und das erdig-veilchenhafte Aroma des Jonon, der sie wieder beruhigt.« Ein tiefer Seufzer folgte. »Wie Sie hören, gerate ich bei diesem Thema ebenfalls ins Schwärmen.«

»Wo kann ich das Parfum auf Ibiza kaufen?«

»Sie können es noch nicht kaufen. Weder auf Ibiza noch sonst wo. Die Markteinführung ist im Herbst. Die wenigen köstlichen Tropfen, die bisher das Haus verließen, befinden sich im Besitz von Carmen Trujillo selbst.«

Und auf der Haut von Pedro Gonzales, dachte Costa schlecht gelaunt.

Du bist zu Hause?« Costa war erstaunt.

»Ich weiß, du willst ihn wieder in die Mangel nehmen, aber ich werde dabei sein.« Der massige Körper des Bischofs füllte den Eingang aus.

»Das ist nicht dein Ernst.« Costa lächelte.

»Du ermittelst gegen ihn. Denkst du, ich merke das nicht?«

»Ich wäre lieber nach Berlin geflogen. Santander hat mir diesen Fall angehängt.«

»Und nun willst du schnell einen Schuldigen, damit du in den Urlaub kannst?«

Costa zwang sich, ruhig und tief zu atmen. »Ich bemühe mich, den Fall aufzuklären. Das ist alles. Pedro ist mein Patenkind, ich würde niemals wollen, dass ihm ein Haar gekrümmt wird.« Unwillig schob er seinen Cousin beiseite, der es sich in einem Moment der Verblüffung gefallen ließ. Doch als Costa entschieden auf Pedros Zimmer zusteuerte, drängte er sich an ihm vorbei und umfasste mit festem Griff die Türklinke.

»Lass mich allein mit ihm, Rafal«, sagte Costa mit unterdrückter Wut.

»Was soll das, Toni? In meinem eigenen Haus gibst du mir Befehle?« Sein mächtiger Brustkorb bebte.

Costa hob die Stimme, aber gerade nur so viel, dass Inès ihn mit Gewissheit nicht hören konnte. »Wenn du willst, können wir die Unterhaltung auf dem Präsidium fortsetzen. Elena und der Surfer können von mir aus gerne dabei sein.«

Der Bischof holte tief Luft. Dann trat er beiseite und stieß Costa die Tür auf. Dieser trat ein und schloss sie von innen.

Pedro lag auf dem Bett und las. Costa war erstaunt, wie aufgeräumt das Zimmer war. War er so ordentlich oder war das seine Mutter? Inès hatte das Haus fest im Griff. Das musste Pedro wohl akzeptieren, solange er sich keine eigene Wohnung, wie sie andere Gleichaltrige hatten, leisten konnte, denn Arrabal zahlte den Auszubildenden nichts. Doch im Gegensatz zu anderen hatte er ein Ziel, und um es zu erreichen, verzichtete er auf vieles. Costa gefiel das.

Er setzte sich neben ihn auf den Bettrand. Pedro hatte sein Buch zur Seite gelegt. »Restaurants der Superlative«, las Costa. »Ist das dein Traum? Ein eigenes Restaurant?«

»Ich möchte ein Restaurant, in dem die Gäste wie Freunde sind. Ich glaube, dass eine tiefere Verbindung zu den Menschen bestehen sollte, für die ich koche. Jetzt ist das ganz schön schwierig, denn meistens bekomme ich die Leute ja nicht mal zu Gesicht.« Pedros Augen leuchteten. Er hatte seine Beklommenheit verloren. »Mein Restaurant wird eine Küchentür haben, die immer offen steht, sodass jeder, der hereinkommt, kurz Hallo sagen kann.«

Costa schaute sich um. Über dem Bett hingen die Medaillen des Sommercamps für Tischtennis, daneben die ersten Urkunden erfolgreich bestandener Kochprüfungen. Ein Wecker tickte – ein anachronistisches Geräusch im digitalen Zeitalter, aber seine Monotonie passte zur Abgelegenheit und Altertümlichkeit des Hofes.

»Es scheint ja gut zu laufen bei dir.«

»Ja, nachdem Argento rausgeflogen ist, haben sie mir seinen Posten gegeben. Das ist eine große Ehre. Also Gardemanger, ich mache die Vorspeisen.«

»Ist das viel Arbeit?«

»Ich bin völlig geschafft, wenn ich nach Hause komme. Alle anderen Köche haben eine Hilfskraft, aber ich bin meine eigene Hilfskraft.«

»Macht dir aber trotzdem Spaß?«

»Mein Ziel ist, Saucier zu werden. Der Posten bedeutet Verantwortung. Nicht nur für das Fleisch und die Saucen. Ein Saucier ist für die Abläufe in der ganzen Küche zuständig.«

»Wer ist das bei euch?«

»Einen Saucier haben wir nicht, obwohl der in den Topküchen eigentlich der große Star ist. Das ist die letzte Station in meiner Lehrzeit, aber dazu muss ich woanders hingehen. Hier in Spanien haben wir dafür oft den Rôtisseur. Das ist Guillen Puget.«

Costa musste langsam auf den Fall zu sprechen kommen. »Wie fandest du eigentlich Felipe Inaki als Mensch?«

Pedro fiel ein wenig in sich zusammen. Er schwieg. Costa wartete geduldig, obwohl er fürchtete, dass der Bischof jeden Augenblick hereinkommen könnte. »Mochtest du ihn nicht?«

»Eigentlich war er nett. Er hat mir zum Beispiel dieses Buch geschenkt.«

Er sagte es mit einer so schwachen Stimme, dass Costa sich vorbeugte, um zu sehen, ob er weinte. Er weinte nicht.

»*Bueno*. Weißt du, dass ihr in der Küche ständig von einer Überwachungskamera gefilmt worden seid?«

Bei der Erwähnung der versteckten Kamera zeigte Pedro keine Regung. Das bestärkte Costa in der Meinung, dass der Bischof bereits alle wichtigen Informationen an seinen Sohn weitergegeben hatte.

Pedro schüttelte den Kopf.

»Daher wissen wir«, log Costa, »dass Felipe Inaki dich schikaniert hat. Wann hat das angefangen?«

»Im Februar etwa«, antwortete Pedro mit monotoner Stimme.

»Davor habt ihr euch gut verstanden?«

»Das auch wieder nicht. Schon als ich bei ihm anfing, hatte er etwas auszusetzen. Gleich am ersten Tag. Ich musste Karotten schälen und dann habe ich sie falsch geschnitten. Nicht gerade, sondern schräg sollten sie geschnitten werden, damit die Scheiben größer sind und dadurch das Aroma besser zur Wirkung kommt. Er hat es erklärt und ich habe es verstanden. Da wusste ich, dass ich alles von Señor Inaki lernen konnte. Aber ab Februar schloss er mich immer aus, wenn er etwas erklärte. Alle durften Fragen stellen, nur ich nicht. Er teilte mich als Gemüsekoch ein. Dann sagte er mir absichtlich die Bons, also die Bestellungen, falsch an oder ließ etwas weg, sodass ich dauernd Ärger mit dem Pass bekam. Zuerst dachte ich, er vertut sich.«

»Pass?«

»Da läuft alles zusammen. Der Pass ist die Grenze zwischen Küche und Restaurant, zwischen Köchen und Kellnern. Da werden die Bestellungen kontrolliert, bevor sie an die Tische gehen. Und wenn da ständig was falsch läuft, und immer aus der gleichen Ecke, dann kriegt man Ärger.«

»Was für Ärger?«

»Zuerst mal eine Abmahnung vom Küchenchef, also von Inaki selbst.«

»Vor versammelter Mannschaft?«

Pedro nickte.

»Hast du die gekriegt?«

Er nickte wieder.

»Und dann?«

»Als Nächstes gibt's einen Anschiss bei Arrabal.« Er machte eine Pause. »Mehr als zwei hat noch keiner überlebt. Und wer bei Arrabal rausgeflogen ist, kann seine Karriere vergessen.«

»Und gab's dann den Anschiss von Arrabal?«

»Nein.«

»Wieso nicht?«

Der Junge sah ihn unsicher an. »Das weiß ich auch nicht.«

»Und vorgestern, am Samstag, was ist da passiert? Deine Kollegen sagen, es hat eine körperliche Auseinandersetzung zwischen Inaki und dir gegeben?«

»Das war vor der Küche. Er hat mich in den Schwitzkasten genommen und zugedrückt. Ich hatte wirklich Angst. Alle haben dabeigestanden, aber keiner hat mir geholfen. Und dann kam auch noch Arrabal, um das Catering zu kontrollieren. Der kleine Gonzales drückt sich vor der Arbeit, hat Señor Inaki zu ihm gesagt, ohne ihn wären wir längst fertig.«

»Wieso hat er dich in den Schwitzkasten genommen?«

»Das ist es doch«, die Stimme des Jungen wurde aufgeregt und laut, »es gibt keinen Grund.«

Costa ließ ihm einen Moment Zeit. »Hast du keine Ahnung, warum er dich seit Februar schikaniert?«

Er schüttelte den Kopf.

»Pedro«, Costa sah ihm direkt in die Augen, »du sagst mir nicht die Wahrheit. Inaki hätte dich auf der Stelle entlassen können. Er brauchte nicht einmal die Zustimmung Arrabals. Wenn ein Chef mit seinem Lehrling nicht zufrieden ist, schmeißt er ihn raus. Er quält ihn nicht aus Spaß, verdammt noch mal. Da ist ein Krieg zwischen euch gelaufen und du hast deinen Teil dazu beigesteuert.«

»Aber ich habe mich doch nie gewehrt!«, schrie der Junge verzweifelt.

»Mit irgendwas hast du ihn gereizt. Weder dein Vater noch ich glauben, dass du ihn umgebracht hast. Aber wir wissen nicht, wie weit du mit drinsteckst.« Er gab seiner Stimme einen drohenden Klang. »So, wie es im Moment aussieht, könnte gegen dich Anklage wegen Mordes erhoben werden.«

Es war totenstill im Raum.

»Warum?«, fragte Pedro leise.

»Du bist der Letzte, der Inaki lebend gesehen hat. Du hattest Streit mit ihm, der bis zur körperlichen Auseinandersetzung ging. Du hast gesagt, du hast fünfundzwanzig Minuten Knoblauch geschält. Doch es waren nur fünf oder zehn Minuten. Vom Restaurant zur Festwiese sind es zehn Minuten, ich bin die Strecke gefahren. Du hast kein Alibi, Junge.«

»Das ist nicht wahr«, wehrte sich Pedro. »Ich hatte nicht genug Benzin. Ich bin zur Tankstelle gefahren.«

»Hast du eine Quittung?«

»Wofür soll ich die brauchen?«

»Jetzt zum Beispiel könntest du sie brauchen. Kannte dich der Tankwart?«

Er bekam keine Antwort.

»Kennst du ihn?«

»Wenn ich ihn sehe?«

»Soll das eine Frage sein?« Costa stand auf. »Ich sage dir mal, wie das vor Gericht ablaufen wird. Pedro Gonzales, angeklagt wegen Mordes – so heißt dann das Stück. Dieser Gonzales kommt am Sonntagmorgen mit seinen Kollegen, um die Speisen für die Hochzeit von José Maria Arrabal einzupacken. Alle sind gut drauf, denn sie haben nicht viel Arbeit vor sich. Sie freuen sich auf den Champagner, den sie heute auf das Wohl ihres Chefs trinken werden. Um halb zehn sind sie fertig und wollen starten, aber da – halt! – der kleine Gonzales bleibt hier! Felipe Inaki möchte sich nämlich ebenfalls amüsieren und das tut er, indem er seinen Lehrling schikaniert. Er hat ihn gefressen, er kann ihn nicht leiden, er gönnt ihm kein Vergnügen. Zunächst fügt sich Pedro Gonzales, aber irgendwann will er abhauen. Leider erwischt Inaki ihn, bevor er sein Mofa erreicht.«

Costa sah Pedro direkt in die Augen. »Und dann? Eine Backpfeife? Oder hat er dich zu deinem Sack mit Knoblauch gezerrt? Da hast du dann mit glühendem Kopf gesessen, ein scharfes Messer in der Hand, während die anderen feierten. Das kann er mit mir nicht machen, hast du gedacht. Dieses miese Schwein! Ich bin doch kein Kind mehr. Und da hast du recht, mein Junge. Das werden alle im Gerichtssaal auch so sehen. Du wirst nicht unter das Jugendstrafrecht fallen, sondern als Erwachsener abgeurteilt werden, und da winkt lebenslänglich!«

Pedro saß unbeteiligt da, Costa ließ ihn nicht aus den Augen. »Nach der Tat, um 10:06 Uhr, bleibt der Mörder noch einen Moment stehen und genießt sein Werk. Er wird gedacht haben, Inaki, das hast du nun davon, du brutaler Menschenschinder. Dann aber muss er die blutbefleckten Indizien loswerden. Er weiß einen guten Platz, wo er alles mit Benzin überschütten und verbrennen wird. Deshalb fährt er rasch zur Tankstelle. Zugleich rechnet er damit, dass ihm das als Alibi dient. Das alles ist um 10:30 Uhr erledigt. Um 10:31 Uhr ruft er seinen Vater an, um den Mord zu melden.«

Pedro war den Tränen nahe. »Das glaubst du doch nicht wirklich, Onkel Toni?« Es war ein Satz, den er schon einmal gesagt hatte. Er saß da wie ein Angeklagter, der es aufgegeben hatte, sich zu wehren, aber zu einem Geständnis nicht bereit war.

»Dein Vater hat dir inzwischen von der Überwachungskamera erzählt, nicht wahr?«

Er nickte.

Costa empfand Mitleid. Er ging zu ihm und klopfte ihm auf die Schulter. »Wir behalten das Gespräch erst einmal für uns und ich sage deinem Vater, dass wir irgendwann eine ordentliche Vernehmung machen werden und bis dahin nicht darüber sprechen wollen. In Ordnung?«

Pedro blickte dankbar zu ihm auf. »Ja. Vielen Dank, Onkel Toni.«

Costa ging zur Tür, wandte sich aber noch einmal um. »Ach, eigentlich bin ich ja gekommen, um dich noch etwas anderes zu fragen. Ich nehme an, du trägst kein Parfum aus dem Haus Victorio & Lucchino?«

Pedro schaute ihn verständnislos an.

»Komm mal her.«

Er kam und Costa schnupperte an ihm. Er roch muffig und ein wenig nach Schweiß. Costa lächelte entschuldigend. »Am Morgen der Hochzeit hattest du den Geruch eines bestimmten Parfums an dir. Kannst du dir das erklären?«

Pedro zuckte mit den Schultern. »Nein. Keine Ahnung.«

Costa glaubte ihm nicht, aber er musste sich mit dieser Antwort begnügen. Er wusste, dass kein Richter seine Nase als Beweismittel akzeptieren würde. Er legte den Arm um Pedro. »Es wäre wirklich besser, du würdest mir die Wahrheit sagen.« Er sah ihm in die Augen. »Egal, was es ist.«

Pedro zuckte wieder mit den Schultern, aber diesmal eher, um Costas Arm abzuschütteln. »Tu ich ja.«

Als Costa aus dem Zimmer trat, sah er durch eine offene Tür Rafal und Inès in der Küche sitzen. Als der Bischof ihn hörte, erhob er sich und kam auf ihn zu.

»Was war?«, fragte er drängend. »Was hat er gesagt?«

Costa schaute Inès an. Auch sie war aufgestanden und wartete auf eine Antwort.

»Dass er es nicht war.«

»Was genauer? Was im Einzelnen?«, fragte sie.

»Ich habe mit ihm ausgemacht, dass wir das Gespräch erst mal für uns behalten, bis wir zur offiziellen Vernehmung kommen.«

»Zur offiziellen Vernehmung? Sag es mir jetzt.« Der Bischof ergriff Costas Arm.

Costa machte sich los und schob ihn zurück. »Es bleibt dabei. Ich stehe zu meinem Wort.«

Auf dem Weg zum Büro erhielt Costa einen Anruf von El Cubano. Sein Onkel war gut gelaunt und dankte ihm, dass er seiner Bitte entsprochen hatte. »Mama hat sich sehr gefreut über deine Begleitung, obwohl sie nicht verstanden hat, warum du hinten in der Kirche stehen geblieben bist, statt dich neben sie zu setzen.«

»Sie hatte ja den schönen Alvaro dabei.«

»Das ist nicht dasselbe.«

»Außerdem musste ich mich noch um den Mordfall kümmern. Wie du ja schon weißt, ist der Sous-Chef des S'Esglesia am Morgen der Hochzeit erstochen worden.«

»Ich weiß, ich weiß, Rafal hat mir bereits sein Leid geklagt. Aber ich habe ihm gesagt, da kann er doch sehr froh sein, dass du die Untersuchungen leitest.«

»Ist er offenbar nicht.«

Costa konnte hören, wie Cubano an seiner Zigarre paffte, bevor er bedächtig sagte: »Sollte er aber.« Daraufhin paffte er wieder und führte wortreich aus, dass Pedro auf keinen Fall einen Mord begehen könne. Jede Beschäftigung mit ihm sei reine Zeitverschwendung und führe nur dazu, dem Mörder einen weiteren Vorsprung zu verschaffen. Costa müsse ohne weitere Verzögerung gegen den wahren Täter vorgehen, ihn verhaften und zum Geständnis bringen.

Costa fragte sich, wer wohl der Täter war. Aber Cubano schwieg, als läge das auf der Hand und brauchte gar nicht erst ausgesprochen zu werden.

Schließlich brach Costa das Schweigen. »Wer?«

»Wer war zur Zeit des Mordes vor Ort?«

Nun verstand Costa, wen Cubano im Visier hatte. Trotzig antwortete er: »Pedro.«

»Zu der Zeit war Pedro tanken. Ich habe mir die Mühe gemacht, den Tankwart anzurufen. Er bestätigt das.«

Er hatte den Tankwart entweder eingeschüchtert oder bestochen und stellte sich vor Pedro, was bedeutete: Wenn du Pedro willst, musst du dich über mich hinwegsetzen. Costa musste sich zusammenreißen, um seinen Onkel nicht anzubrüllen.

»Wenn Pedro ein Alibi hat, haben wir bislang keinen Verdächtigen«, sagte er, so sachlich er konnte.

»Das wundert mich. Wer war denn zur Tatzeit im S'Esglesia anwesend?«

»Du sprichst von Carmen Arrabal?«

»Ja. An diesem Morgen hieß sie aber noch Carmen Trujillo. Der Haupteingang war versperrt, sie war die einzige Person auf dem Areal.«

Costa unterbrach ihn. »Arrabal sagte mir, dass der Haupteingang nicht verschlossen war.«

»Pedro hat selbst abgeschlossen«, erwiderte Cubano ohne Zögern.

»Davon hat er mir nichts gesagt. Wann will er das gemacht haben?«

»Bevor er zur Festwiese fuhr. Er sagt, es war Anweisung seines Chefs, dass außerhalb der Öffnungszeiten immer abgeschlossen war.«

Sie hatten sich abgesprochen. Sie hatten alles miteinander abgestimmt, und was zur Verteidigung Pedros diente, geriet nun zum Angriff auf Carmen.

»Also noch mal«, hörte er den entschiedenen Bass seines Onkels, »die Südamerikanerin war die einzige Person, die nach Pedros Abfahrt ungehinderten Zugang zur Küche hatte. Hast du da andere Informationen?« Er machte eine kurze Pause, aber Costa fehlten die Worte. »Oder kommt sie nicht infrage, weil du ein Auge auf sie geworfen hast?« Er lachte auf. »Wenn es dir darum geht, hast du viel bessere Karten, wenn sie in U-Haft sitzt. Nicht nur bessere Karten, auch meinen Segen.«

Costa hörte ihn wieder lachen.

»Ich weiß, wie sich das anfühlen muss, von der eigenen Frau betrogen zu werden. Da braucht man Ausgleich, und wenn du nicht so verstockt wärst, dann würdest du wissen, dass ich dafür am meisten Verständnis hätte. Mann, Toni, du bist mein nächster Verwandter, du stehst mir näher als Pedro, der Bischof oder sonst jemand. Die Piratin hat dich ins Herz geschlossen. Junge, wenn *du* leidest, spüre *ich* die Schmerzen.«

Costa antwortete nicht. Er schloss nicht aus, dass sein Onkel die Wahrheit sagte, aber diese Wahrheit gründete sich auf andere Voraussetzungen, als er sie akzeptierte.

»Du solltest sie auf jeden Fall so lange festsetzen, bis sie ein Geständnis abgelegt hat«, fügte Cubano nachdrücklich hinzu.

Costa wusste, dass jede weitere Unterhaltung sinnlos war. »Ich werde das überprüfen«, sagte er so neutral wie möglich.

Cubano räusperte sich und bemerkte spitz: »Das tut einem für José Arrabal leid. So ein Debakel wäre ihm mit der Tochter von Flaquer nicht passiert. Kann man sich etwas Geschäftsschädigenderes vorstellen als die eigene Frau, die den besten Koch schlachtet? Da fragt sich doch jeder das nächste Mal, ob das Steak auch wirklich vom Rind ist.«

Sein Lachen wurde leiser, vermutlich beugte er sich vor, um die Asche seiner Zigarre abzustreifen.

Costa wartete nicht, bis er wieder dran war, sondern drückte das Gespräch weg, ließ das Handy ins Fach der Mittelkonsole fallen und überlegte, was er nun von Cubano zu erwarten hatte. Unverschämt, ihm eine Affäre mit Carmen nahezulegen! Seinem Onkel, natürlich, war es unvorstellbar, sich nach einer Frau zu sehnen, die ihm den Laufpass gegeben hatte.

Ehe er sich versah, hatte Costa das Handy wieder in der Hand und Karins Nummer gedrückt. Nach dem fünften Klingeln meldete sich nur ihre Ansage. Er hinterließ keine Nachricht. Vielleicht war sie ja schon aus Berlin zurück. Er versuchte es in der

Redaktion. Aber auch da war nur ihre Stimme zu hören: »Karin Schäfer. Ich bin gerade nicht am Platz, bitte hinterlassen Sie eine Nachricht.«

Ihre Stimme war so, wie sie immer war. So, wie er sie kannte. Vielleicht war ihr Verhältnis auch noch so, wie es immer gewesen war?

Es war sinnlos. Er musste an etwas anderes denken.

Im Büro ließ er sich von Elena sofort die Vernehmungsprotokolle geben. Er stand unter Druck, denn Cubano wollte Carmen als Bauernopfer. Es war zugleich die Rache der Oberschicht dafür, dass Arrabal Flaquers Tochter nicht geheiratet hatte. Wenn er dem nichts entgegenzusetzen hätte, würde Cubano ihm den Fall aus der Hand nehmen.

Der Mord an Inaki war kein kühl kalkuliertes Delikt, er war von Leidenschaft bestimmt. Der Täter musste eine starke emotionale Beziehung zu Inaki gehabt haben. Carmen Arrabal? Costa konnte sich das schwer vorstellen. Inaki war hässlich und unattraktiv. Frauen mochten ihn nicht, eine Kollegin wie Joana Bisbal akzeptierte ihn nur seiner Kompetenz wegen. Wie könnte er Carmen in solche mörderische Wut versetzt haben?

Er dachte auch noch einmal über die Hypothese des Bischofs nach, dass der Mordanschlag eigentlich Arrabal gegolten habe, der vergiftet werden sollte. Doch jeder noch so dumme Täter hätte damit gerechnet, dass Inaki das Gericht, das er für Arrabal zubereitete, erst einmal selbst probieren würde. Und warum sollte Carmen ihren zukünftigen Mann noch vor der Hochzeit umbringen wollen?

Systematisch ging Costa noch einmal die Belegschaft des S'Esglesia durch: die Kellner, die Lehrlinge und schließlich die Brigade der Köche. Elena hatte gute Arbeit geleistet und gründliche, engmaschige Befragungen durchgeführt. Costa brauchte drei Stunden, bis er sich zu den Aussagen der Köche durchgearbeitet hatte, an deren Verhören er selbst beteiligt gewesen war. Hier verlangsamte er das Tempo. Jede Frage und Antwort las er sorgfältig, den gelben Stift in der Hand, um jede Unstimmigkeit zu markieren.

Arrabal war der Chefkoch. Er kümmerte sich vor allem um die Vermarktung seiner Produkte und Rezepte und stand kaum noch selbst in der Küche. Als Costa ihn gefragt hatte: »Wer kocht eigentlich, wenn Sie nicht da sind?«, hatte Arrabal geantwortet: »Der Gleiche, der kocht, wenn ich da bin«, und das war Sous-Chef Felipe Inaki. Er war es, der die Küchenbrigade koordinierte und bei allen Gerichten die Endabnahme vornahm. Außerdem musste er überall einspringen, wo etwas schiefging. Normalerweise hätte Inaki die Küche auch bei den Gästen repräsentiert, das aber hatte Arrabal nie gewollt. »Er war den Gästen nicht sympathisch«, war seine Erklärung. Wenn er da war, machte das Arrabal selbst, und demnächst wollte er es Schritt für Schritt seiner Frau überlassen.

Dann gab es den Gardemanger, der auf Inakis Betreiben entlassen worden war. Argento Casal, fünfunddreißig. Seinen Platz hatte Pedro eingenommen.

Costa fiel auf, dass Inaki mit seinen Schikanen etwa zu der Zeit angefangen hatte, als Pedro auf den Platz von Argento Casal gerückt war. War das eine Entscheidung von Arrabal gewesen? Vielleicht gegen den Willen von Inaki? Oder hatte Inaki aus irgendeinem Grund eine Aversion gegen den Gardemanger generell?

Costa rief Arrabal an, der seit Inakis Tod wieder in der Küche stand. Arrabal bestätigte, dass er Pedro den Posten des Gardemangers zugeteilt hatte, Inaki aber nicht dagegen gewesen war. »Für die Schikanen muss es einen anderen Grund gegeben haben«, meinte er. »Ich kann mir das gar nicht erklären, ich habe davon ja auch nichts mitgekriegt, im Gegensatz zu meinen Köchen. Seltsam, wirklich seltsam.«

»Sie könnten also kein Motiv bei Pedro erkennen?«

»Nein. Ausgeschlossen. Auf keinen Fall.«

Costa bedankte sich und ging die Protokolle weiter durch. Manolo Sanchez, Guillen Puget, Gérard Montpellier – bei keinem von ihnen gab es Anhaltspunkte für einen Verdacht. Das

Entscheidende war aber, dass sie alle zur Tatzeit auf der Festwiese gewesen waren und dadurch ein Alibi hatten. Und neuerdings hatte Pedro auch eines: durch den Tankwart. Als Costa diesen befragt hatte, konnte der sich allerdings an gar nichts erinnern.

Seit er mit Cubano gesprochen hatte, spürte Costa eine fast unkontrollierbare Wut in sich. Ein Teil davon richtete sich vielleicht auch gegen den Rivalen in Berlin, an den er immer wieder denken musste. Seine Gedanken überschlugen sich. In immer neuen Varianten stellte er sich vor, wie er Karins unbekannten Lover aus der Welt schaffen würde. Als es ihm schließlich unmöglich wurde, überhaupt noch etwas anderes zu denken, verließ er das Büro.

Als er bei der Tankstelle in der Avenida Dr Fleming ankam, ging der Kassierer, den er suchte, gerade über den Platz. Costa sprang aus dem Wagen, folgte ihm und wartete, bis er sein Auto erreicht hatte. Als er die Wagentür öffnete, sprach er ihn von hinten an. Erschrocken drehte sich der Tankwart um.

»Erinnern Sie sich, dass ich neulich bei Ihnen war?«

Der Tankwart blickte zu Boden. Dann kam ein gepresstes Ja.

Costa holte ein Foto Pedros aus der Innentasche seiner Jacke und hielt es ihm hin. »Haben Sie diesen Mann schon mal gesehen?«

Er nahm das Foto, hielt es vor die Innenbeleuchtung des Wagens und schüttelte den Kopf.

»Haben Sie den Namen Pedro Gonzales schon einmal gehört?«

»Ja.« Diesmal kam die Antwort klarer. Costa hatte auch nichts anderes angenommen, denn inzwischen hatte El Cubano mit dem Burschen ausführlich über Pedro Gonzales gesprochen.

»Gut, Sie haben sich den Namen gemerkt. Als ich Sie auf ihn ansprach und Ihnen das Foto zeigte, war Ihnen der Mann nicht geläufig. Stimmt's?«

Er nickte.

»Sie konnten sich überhaupt nicht an ihn erinnern, richtig?«

Der Mann nickte wieder.

»Auch, dass er ein Mofa fährt, wussten Sie nicht.« Jetzt starrte der Tankwart ihm in die Augen. »Das haben Sie erst von mir gehört, oder?«

Er nickte.

»Sie sagten, wie soll man das wissen, hier gibt es viel zu viele von den Dingern, nicht wahr?«

Er nickte wieder.

»Nun hören Sie gut zu. Der Mann, der Sie angerufen hat, ist mein Onkel. Er ist der Bruder meines Vaters Toni Costa Mari.«

Der Mann fühlte sich immer unbehaglicher und Costa konnte seine Angst förmlich riechen, als er mit zitternder Stimme flüsterte: »El Cubano?«

»Richtig. Er ist hier auf der Insel im Allgemeinen als El Cubano bekannt. Ein mächtiger Mann.«

»Ich weiß.«

»Vorhin rief er mich an und sagte zu mir, Toni, ich habe einen Fehler gemacht. Wir sind dem Tankwart sehr dankbar, dass er Pedro am Sonntag kurz nach zehn dort tanken sah, aber ich habe mich in der Zeit geirrt. Und der Tankwart ebenso. Es war nämlich zwischen halb neun und neun. Kannst du das mit ihm noch einmal besprechen?«

Jetzt ging es dem Mann offenbar wieder besser. Er ahnte, dass er Vertrauen fassen konnte. »Ich habe El Cubano gesagt, ich weiß nicht genau, aber es war früh. Es war halt irgendwann in der Früh am Sonntagmorgen.«

Costa klopfte ihm auf die Schulter. »Richtig. Es war eben noch etwas früher. Jetzt habe ich die Bitte, mit mir noch einmal in die Tankstelle zu gehen und dieses kleine Protokoll aufzuschreiben, damit das mit der Zeit korrigiert wird. Können wir das gleich machen?«

Der Mann nickte. »Kein Problem.«

Beide gingen zurück in die Tankstelle. Der Tankwart ließ sich einen Block geben und schrieb: »Pedro Gonzales kam am Sonntag am halb neun auf seinem Mofa zum Tanken. Er tankte fünf

Liter.« Dann unterzeichnete er, riss den Zettel vom Block ab und gab ihn Costa. Dieser bedankte sich und wünschte ihm einen schönen Abend.

Die Katze saß auf der Mülltonne im gelben Licht der Straßenlaterne. Sie streckte den Kopf vor. Irgendetwas fesselte ihre Aufmerksamkeit, doch dann wanderte ihr Blick wieder ziellos herum. Sie hob ihre Pfote, strich sich über den Nacken, den Kopf und die Schnauze und leckte die Pfote ab. Costa nahm sie gar nicht wirklich wahr; sie war nur der Fixpunkt für seinen Blick ins Leere. Sie war etwas, das sich bewegte.

Er hatte noch auf dem Balkon ein Bier trinken wollen, um sich ein wenig zu entspannen, aber plötzlich wusste er, es würde nicht funktionieren. Die Gedanken an Karin, die er tagsüber in Schach gehalten hatte, bedrängten ihn wie böse Geister, gegen die er sich nicht wehren konnte. Er spürte, wie sein Herz heftig schlug, er rang nach Luft. Er versuchte, sich auf seinen Atem zu konzentrieren. Nur schemenhaft nahm er die drei alten Frauen wahr, die noch an der Ecke standen und schwatzten.

Irgendwie hatte ihm Carmen geholfen, sich gegen seinen Schmerz zu wehren, und irgendwie war er ihr dafür dankbar. Durch sie war ihm die Ablenkung gelungen und sie war intuitiv ein guter Mitspieler gewesen. Das würde auch weiterhin funktionieren, solange er sie freundlich und zuvorkommend behandelte.

Er ging noch einmal all die Gründe durch, die der Bischof gegen sie vorgebracht hatte. Irgendetwas sträubte sich in ihm. Er starrte hinunter zu der Katze und entschied sich, das Problem auf morgen zu verschieben.

Er ging ins Bett. Regungslos lag er auf dem Rücken und versuchte die Gedanken an Karin loszuwerden. Nach einer Weile stellte er fest, dass sein Atem von diesen Gedanken abhing. Sobald er an das Hotelzimmer in Berlin dachte, an den anderen, der vielleicht wieder mit Karin im Bett lag, wurde sein Atem flach, schnell und hektisch. Eine unkontrollierbare Eifersucht schien sich darin zu spiegeln.

Er sagte sich immer wieder, dass das Ende einer Beziehung nicht das Ende von allem war, doch es fiel ihm schwer, das zu glauben.

Plötzlich schnellte er hoch, griff sich das Handy und drückte ihre Nummer. Wieder nur die Ansage. »Ich komme morgen Abend zu dir, ich muss dich sprechen. Wenn ich nichts mehr von dir höre, bin ich da. Gute Nacht.«

Wenig später schlief er ein.

Die Geschäftsräume der Firma VidSegur.S.A. befanden sich in der Calle Bispe Torres, gleich hinter der Kirche von Sant Antoni. Die Tür war geschlossen, aber die Öffnungszeiten auf dem Schild versprachen, dass sich das um 9:30 Uhr ändern würde. Costa sah auf die Uhr und beschloss, einen *carajillo* zu trinken. An der Theke der Bar Los Troncos standen zwei Männer in der Uniform der Policia Local. Sie unterhielten sich darüber, ob das S'Esglesia nun wohl Pleite machen würde. Der eine, der aus der gleichen Gegend stammte wie Felipe Inaki, meinte, nach so einem brutalen Verbrechen würde da niemand mehr zum Essen hingehen. »Wenn ich am Sonnabend mit meiner Familie irgendwo ein Picknick mache, muss es doch entspannt und fröhlich sein«, sagte er.

Der andere aber hielt dagegen und wollte darauf wetten, dass das Geschäft jetzt doppelt so gut laufen würde. »Die Welt ist doch verrückt«, sagte er, »jetzt finden die das erst richtig spannend. Am besten fänden sie es, wenn da jeden Abend ein Film laufen würde, wo der Mord noch mal zu sehen ist.«

»Der Besitzer soll ja die Sache mit Video aufgezeichnet haben.«

»Meine ich doch.«

Costa bestellte sich den Kaffee mit Veterano und warf einen Blick in die Tageszeitung, die auf der chromglänzenden Theke lag. »Feinschmeckermord! Täter legte falsche Spuren nach Puerto Rico.« Er überflog den Artikel, der auf Argento als Täter zielte. Es war klar, dass der Bischof dahintersteckte.

Costa spürte seinen Ärger, trank den Kaffee aus und ging zurück zur Calle Bispe Torres.

Die Tür stand nun offen. Das Radio plärrte ein Lied von Joaquín Sabina, *Una canción para la Magdalena.* Costa kannte es. »*... la más señora de todas las putas, la más puta de todas las señoras ... Y nunca le cobró la Magdalena*«, summte er den Text über die heilige Hure mit, der Spanien 1999 in Aufruhr versetzt hatte, und inspizierte aufmerksam den Laden.

Hinter der Verkaufstheke konnte Costa in eine Werkstatt sehen. Es roch nach neuen Elektrogeräten und Isopropanol-Spray. Ein Mann lötete eine Platine.

Costa zückte seinen Ausweis und fragte nach dem Chef.

Der Mann schob die Schutzhaube hoch, wandte sich nach hinten und zeigte auf ein Kontor.

Mariano Planells war einer der wenigen dicken Männer auf der Insel. Er saß in einem breiten Sessel hinter dem Schreibtisch, der voll mit Akten und technischem Gerät war. Costa hatte keine Ahnung, wie er sich dazwischen zurechtfand. Er stellte sich vor und erklärte, worum es ging.

Planells bestritt nicht, dass die Videoanlage im S'Esglesia von der VidSegur installiert worden war. Es war auch so, wie Costa gedacht hatte – die Kamera musste in Arrabals Küche regelmäßig neu justiert, die Linse von Fett- und Dampfspuren gereinigt werden. Auch dass die Überwachungsanlage topsecret behandelt wurde, bestätigte Planells. Nur José Arrabal wusste davon. Costa bat den Firmeninhaber, die Durchschläge der Wartungspapiere herauszusuchen.

Planells stemmte sich aus dem Sessel und ging zu einem Regal rechts an der Wand. Trotz seiner Fülle bewegte er sich erstaunlich schnell und nahm schwungvoll die drei Stufen des breiten Treppchens vor dem Regal. Im nächsten Moment hatte er eine Akte aus den oberen Fächern in der Hand und war schon wieder herunter. Nur die Kehrtwendung zurück zum Schreibtisch dauerte etwas länger.

Schweißperlen standen ihm auf der Stirn, als er Costa die Akte überreichte. Dann ließ er sich wieder auf seinem Sessel nieder und zupfte immerfort an dem nassen Hemd, während er Costa beobachtete, wie er die Durchschläge der Wartungspapiere aufmerksam durchsah. Die Arbeiten wurden monatlich ausgeführt, jeweils am ersten Sonntagmorgen des Monats. Alle Blätter trugen die ausladende Unterschrift Arrabals: ein majestätischer Aufschwung, runde Bögen, der letzte Buchstabe wie ein Pralinenschnörkel. Seltsamerweise fiel Costa beim Betrachten dieser Signatur ein, dass Arrabal erst als Erwachsener Lesen und Schreiben gelernt haben konnte, denn eine Schule hatte er nie besucht.

Er blätterte weiter und stockte plötzlich. Mit der Unterschrift vom 4. November 2007 stimmte etwas nicht. Er verglich sie nochmals mit den anderen und war sich sicher. »Können Sie mir sagen, welcher Ihrer Mitarbeiter am 4. November die Überprüfung der Anlage gemacht hat?«

Planells stemmte sich wieder hoch, beugte sich nach vorne und streckte den Arm nach einem Ordner aus. »Reichen Sie mir den mal, den grünen da, da sind die Arbeitspläne des letzten Jahres drin.«

Costa gab ihm den Ordner und Planells ließ sich zurück in seinen Sessel fallen. Mit seinen kurzen Fingern, die er immer wieder mit der Zunge anfeuchtete, blätterte er die Seiten durch. »Sie haben Glück«, sagte er. »Der Monteur arbeitet am Rathaus am Passeig Mar. Das ist nur zweihundert Meter von hier.«

Costa bedankte sich. Planells kam wieder hinter dem Schreibtisch hervor und drückte Costa die Hand. »Der Mann heißt Ernesto Montgri.«

Die Uferpromenade der größten Bucht von Ibiza war menschenleer und Costa konnte Montgri schon von Weitem sehen. Er stand auf einer Leiter vor dem Rathaus und hantierte beidhändig an einer Kamera herum.

Costa wusste, worum es bei dieser Kamera ging. Sie war auf den Springbrunnen gerichtet und der Springbrunnen war Bürgermeister Clapes' Idee gewesen. Die große Attraktion. Jeden

Abend sollte es Wasser- und Lichtspiele geben, *son et lumière,* um die neue Promenade attraktiver zu machen. Klassische Musik, changierende Fontänen – ein kultureller Genuss nach Clapes' Geschmack. Wie sich jedoch herausstellte, hatten die meist jugendlichen Besucher von San An, wie der Ort überall zwischen Portsmouth und Inverness genannt wurde, andere Pläne mit dem Schmuckstück: Sie sprangen nackt hinein und tanzten.

Einen ganzen Sommer lang hatte Clapes extra drei Beamte abgestellt, die das Treiben zu verhindern hatten, aber für alle anderen Tätigkeiten blockiert waren. Endlich ließ er eine Kamera montieren, die mit dem Büro der Guardia in Sant Antoni verbunden war, sodass es flexible Einsätze gab.

»Señor Montgri«, rief Costa am Fuß der Leiter und hielt seinen Ausweis nach oben.

Montgri schob seine Sonnenbrille ins Haar und blickte auf Costa herunter.

»Ich komme von der Guardia Civil und habe ein paar Fragen.«

Montgri war ein kleiner drahtiger Mann, ein typischer Ibizenko, dem man seine innere Haltung nicht so leicht anmerken konnte. An die gefürchtete Guardia Civil unter Franco erinnerte er sich wahrscheinlich nicht mehr, dennoch kam er schnell herunter.

»Sie haben am 4. November letzten Jahres im Restaurant S'Esglesia die Wartungsarbeiten an der Küchenkamera gemacht. Erinnern Sie sich?«

»An was soll ich mich erinnern?« Montgri hatte die nervöse Angewohnheit, mit den Schultern zu zucken.

»An Ihre Tätigkeit dort.«

»Wir reinigen die Kamera, wir richten sie neu aus, und wir überprüfen, ob die Aufnahmen funktionieren.«

»Und wer hat Sie am 4. November, es war ein Sonntag, empfangen?«

»Das ist immer Señor Arrabal. Die Sache ist geheim, davon soll ja niemand etwas wissen.«

»War Señor Arrabal auch am 4. November da?«

Jetzt zuckte er etwas schneller als sonst. »Warum nicht?«, sagte er.

Costa zeigte ihm die gefälschte Unterschrift auf dem Servicepapier. »Das ist nicht die Unterschrift von Señor Arrabal.«

Das Zucken wurde nun noch heftiger. »Ich bin ein ehrlicher Mensch, *teniente*, sagen Sie's bloß nicht meinem Boss.«

»Dass Sie ein ehrlicher Mensch sind?«

»Nein! Das mit der Unterschrift.«

»Wieso? Ist die von Ihnen?«

»Wo denken Sie hin! Señor Arrabal war an dem Tag nicht da. Außer dieses eine Mal hat er nie einen Termin vergessen. Ich rede von sonntagmorgens. Wer fährt da schon gerne umsonst durch die Gegend. Zum Glück war dieser junge Mann da. Der hat mich reingelassen.«

»Der hier?« Costa zeigte Montgri das Foto von Pedro.

»Genau. Der war das. Na ja, und meine Arbeit war ja korrekt erledigt.«

»Und wer hatte die Idee, dass er mit ›Arrabal‹ unterschreiben sollte?«

Montgri hob die Hände und zog die Augenbrauen hoch. »Na, anders wär's doch nicht gegangen!«

Langsam ging Costa den Passaig Mar entlang und betrachtete die dort liegenden Motorjachten. Vor einem Boot blieb er stehen. Es erinnerte ihn an die Jacht von Vince Gordon, einem Musiker, der in letzter Verzweiflung sein Schiff in die Luft gesprengt hatte. Nicht viel hatte gefehlt und Costa wäre dabei ums Leben gekommen. Er war mit Vince Gordon eigentlich sehr gut klargekommen, musste nachträglich aber feststellen, dass er sich schwer in ihm getäuscht hatte.

Sollte ihm das jetzt mit Pedro auch so gehen? War Pedro, dem nach Karins Meinung nur eine richtige Dosis Sex fehlte, um ein anständiger Mensch zu werden, ein paranoider Killer? Jemand, der angegriffen wird und in einen Blutrausch gerät, sobald er die Überhand gewinnt?

Costa würde alles geben, dass es nicht so wäre. Doch unwiderlegbar blieb, dass Pedro von der Küchenkamera gewusst hatte. Eigentlich hätte es von Anfang an klar sein müssen: Der Täter hatte sich einen Müllsack übergezogen, weil er von der Kamera wusste.

Costa hatte früher geraucht. Jetzt hätte er gerne eine Zigarette gehabt.

Da ihr Chef es wollte, hatte Karin ihren Aufenthalt in Berlin abgebrochen und war zurückgekommen. Sie hatte es Costas Mutter gesagt und war sich daher sicher gewesen, dass Toni am Airport stehen würde. Aber das war ein Irrtum gewesen. Sie hatte ihn doch falsch eingeschätzt. Er nahm das Ende ihrer Beziehung vermutlich viel gelassener hin, als sie dachte. Vielleicht hatte er auch keine Zeit. Die große Auseinandersetzung war damit erst einmal verschoben.

Den ganzen Abend hatte sie in der Redaktion verbracht und die Unterlagen studiert, die ihr Chef irgendwo bei der Guardia besorgt hatte. Als sie später nach Hause gekommen war und sich gerade im Badezimmer abschminken wollte, klingelte es an der Tür.

Er hatte es tatsächlich wahrgemacht. Sie hatte es für einen Scherz gehalten, als Marc in Berlin von einem spontanen Besuch auf Ibiza gesprochen hatte. Nun stand er leibhaftig vor ihr, einen Koffer neben sich, und sagte: »Hier bin ich.«

Sie hasste es, wenn man ihr den Freiraum nahm. Sie lebte auf dieser Insel und wollte hier in Ruhe ihren Job machen. Sie liebte Ibiza, aber Ibiza war die Insel der Familie Costa. Diese Erfahrung hatte schon Tonis Mutter Maria machen müssen. Marcs Besuch würde nur Komplikationen bringen und das brauchte sie wirklich nicht. Vor allem wollte sie sich nicht von einem Mann unter Druck setzen lassen, wenn sie sich über ihre Gefühle zu ihm noch nicht im Klaren war.

Sicher, sie hatten wunderschöne Tage zusammen in Berlin verbracht, er hatte für sie gekocht – Täubchen in Rotweinsauce –, sie waren im Theater und in Ausstellungen gewesen und alles war harmonisch verlaufen. Marc war klug und er verstand es, ihr das zu geben, wonach sie sich sehnte – Zustimmung und Bestätigung.

Aber er hätte sie wenigstens fragen müssen. Man hätte sich auf Mallorca treffen können: ein schönes Hotel, das Abendessen auf dem Zimmer, Zärtlichkeiten und Sex.

Das hatte sie ihm auch sagen wollen, aber er hatte so hinreißend gelächelt, dass ihre Einwände erstickten. Sie konnte ihm nicht widerstehen. Kaum war er in ihrer Wohnung, lagen sie auch schon im Bett.

Danach hatte sie eine Flasche Weißwein aufgemacht – der Champagner musste erst im Eisfach kalt werden – und mit ihm angestoßen. Worauf? Vielleicht auf ihre Hochzeit? Sie hatten gelacht, es war sein Vorschlag, auch wenn er es nicht so meinte – oder doch so meinte! –, es war auf jeden Fall amüsant. Er beschrieb genau, wie das Kleid ausgesehen hatte, als sie sich das erste Mal begegnet waren, und wie er es ihr im Geiste ausgezogen hatte. Er erinnerte sich an die Zahl der Knöpfe, ihre verführerische Unterwäsche, an alles. Und er verstand es, ihr das Gefühl zu geben, ihm überlegen zu sein, ihm niemals etwas vormachen zu müssen.

Natürlich konnte sie es nicht verhindern, dass ihr immer wieder Unterschiede zu Toni auffielen, besonders wenn Marc sie »Liebesgöttin« nannte – Toni hatte sie als »typisch deutsch« bezeichnet.

Alles in allem war es gestern ein süßer Überfall gewesen. Doch jetzt hatte sie nach all der Euphorie ein flaues Gefühl im Magen. Ihr war zumute wie nach zu viel Champagner. Das beste Heilmittel nach zu viel Champagner war weiterschlafen.

Nur jetzt ging das nicht. Er lag neben ihr, schon unruhig, und in der Redaktion wartete eine Menge Arbeit auf sie. Sie wünschte sich, er hätte, wie sonst Toni, schon heimlich und leise das Frühstück gemacht, es ihr ans Bett gebracht und würde sich nun zärtlich verabschieden. Nur aus den Augenwinkeln würde sie verfolgen, wie er das Zimmer verließe. Später, vielleicht schon gegen Mittag, würde die Sehnsucht nach ihm das flaue Gefühl im Magen überdecken. Oder auch nicht.

Aber es gab noch ein Problem. Marc wollte mehr, als er in Berlin bekommen hatte. Er wollte länger bleiben. Er wollte hier Urlaub machen!

Sie würde erst einmal ins Büro verschwinden. Da war es leichter, solche Konflikte zu lösen und Entscheidungen zu treffen. Doch als sie sich vorsichtig aufrichtete, spürte sie plötzlich seinen warmen Atem in ihrem Nacken. Er umfasste sie und zog sie zu sich ins Bett zurück. Ihr letzter Versuch der Abwehr war: »Heute Abend bin ich verabredet.«

Unter Küssen fragte er: »Mit ihm?«

»Ja.«

»Lass ihn sitzen.«

»Er kommt hierher.«

»Ich werde die Tür aufmachen.«

»Und dann?«

»Ich werde ihm sagen, du liebst es, von zwei Männern begehrt zu werden.«

»Und er?«

»Oh, ich denke, er wird das verstehen, wieder verschwinden und erst seinen Fall lösen.«

Die *fiscalia*, die Staatsanwaltschaft von Ibiza, befand sich in der Calle Aragon 67. Costa parkte den Wagen auf der anderen Seite des Parque de Pou. Als er durch den Park ging, in dem die Angestellten der umliegenden Geschäfte in der Sonne ihre *bocadillos* und *tostados* verzehrten, merkte er, dass er heute noch nichts gegessen hatte. Immer wieder kam der Schmerz, in jeder noch so kleinen Pause, und daher versuchte er, sich unentwegt auf Trab zu halten. Dem war auch sein Frühstück zum Opfer gefallen. Doch leider minderte der Hunger auch seine Konzentration und er war sich nicht ganz sicher, ob es gut war, was er jetzt vorhatte.

Die Sekretärin von Franco Secundo winkte ihm zu. Er kannte sie seit seiner Rückkehr auf die Insel. Sie mochte ihn, weil er sich manchmal die Zeit nahm, um sich nach ihren Söhnen zu erkundigen. Sie hatte sie ohne Unterstützung ihres Mannes erzogen und war oft besorgt, ob sie alles richtig gemacht hatte. Costa versuchte dann, ihre Bedenken zu zerstreuen. Und stets blickte sie ihn nach seinen tröstenden Worten lächelnd an, als hörte sie das zum ersten Mal.

»Kommen Sie rein, Costa«, rief der Staatsanwalt aus seinem Büro. Wie immer trug er einen braunen Anzug, dessen Hosen zu kurz waren. Auch Weste und Krawatte fehlten nicht, vielleicht um den Blick seines Gegenübers nach oben zu lenken. Er bot Costa einen Stuhl an, setzte sich an den Schreibtisch und nahm eine Speicherkarte aus der Schublade. »Nettes Video.« Seine blaugrauen Augen hinter der randlosen Brille taxierten Costa. »Ich habe eine Kopie machen lassen.«

Costa nickte und steckte das Küchenvideo ein. Dann wartete er auf einen Kommentar Secundos. Er wusste nie, wie er diesen

Mann einschätzen sollte, der mit denselben Leuten verkehrte wie sein Onkel El Cubano. Dennoch gehörte er nicht zu dessen Seilschaften und hatte sich ihrer auch nie bedient.

»Sie haben einen Verdächtigen, wie mir Lopez Santander mitgeteilt hat. Es ist der Sohn Ihres Kollegen Leutnant Gonzales. Ich halte das für brisant und möchte, dass Sie mir regelmäßig berichten.«

Costa nickte.

»Was ist der Stand der Ermittlungen?«

Hatte Cubano bereits Druck gemacht, fragte sich Costa. Wollte er den Bischof schützen? Oder ihn absägen? Costa entschied sich für ein vorsichtiges Abtasten. Auf keinen Fall wollte er, dass Pedro eine Figur in dem permanenten Machtgerangel auf der Insel würde.

Während er die Ereignisse so genau wie möglich wiedergab, wurde die Miene des Staatsanwaltes immer undurchdringlicher. Nur seine wachen Augen verrieten, dass er ganz bei der Sache war. *Innere Siesta* nannte man auf der Insel diesen Zustand, wenn die Beamten genüsslich vor sich hin dösten. Aber so war Secundo nicht. Ganz im Gegenteil.

Als Costa seinen Bericht beendet hatte, schwiegen beide kurz. Dann fragte Secundo: »Auf dem Grundstück waren zur Tatzeit also nur Pedro Gonzales und Carmen Arrabal, richtig?«

Costa nickte.

»Welche Indizien sprechen gegen Señora Arrabal?«

»Keine.«

»Das heißt: Pedro Gonzales war am Tatort, wusste von der Überwachungskamera und hatte ein Motiv. Und er hat für die Zeit des Mordes kein Alibi.« Secundo verschränkte die Arme und lehnte sich zurück. »Fällt Ihnen dazu noch etwas ein, *teniente*?«

Costa stand auf und ging ziellos ein paar Schritte auf und ab. Er schaute aus dem Fenster. Der Himmel war tiefblau, am Horizont bauten sich weiße Wolken auf. Sie wirkten wie die Gipfel eines fernen schneebedeckten Gebirges.

Er drehte sich um und schaute den Staatsanwalt herausfordernd an. »Pedro Gonzales hat ein Alibi durch den Kassierer einer Tankstelle, nicht wahr?«

»Ja, das wurde mir mitgeteilt.«

»Von meinem Onkel Joan Costa?«

»So ist es.«

»Mein Onkel hat den Tankwart bestochen. Ich weiß nicht wie und ich weiß nicht womit, aber als ich ihn unter Druck setzte, gab er zu, dass El Cubano ihn angerufen hatte. Ihm war nahegelegt worden, sich zu erinnern. Aber man hat sich nicht einmal die Mühe gemacht, ihm ein Foto zu zeigen, damit er weiß, an wen er sich erinnern soll.«

»Man unterstellt Ihnen eine gewisse Familiensolidarität«, gab Secundo zögerlich zu bedenken.

Costa erwiderte entschieden: »Durch solche Methoden wird Pedro zwar vor Ihrer Anklage bewahrt, doch wenn er nicht der Täter ist, wird seine Unschuld auch nie bekannt werden. Es wird immer das Geraune bleiben, dass er einen Kollegen brutal ermordet hat.«

»Also nehmen Sie an, dass Carmen Arrabal die Mörderin ist?«

»Nein.«

»Wird dieser Tankwart das Alibi von Pedro Gonzales vor Gericht bestätigen?«

»Nein.«

Der Staatsanwalt machte eine hilflose Geste. »Es ist eine unschöne Angelegenheit, Costa. Niemand im Gefängnis sollte wissen, wer der Vater des jungen Gonzales ist.«

Es war nichts daran zu ändern – Costa würde im Gerichtsgebäude den Beschluss abholen und die Verhaftung selbst vornehmen.

Er hielt dem Bischof den Haftbefehl hin. »Secundo hat ihn beantragt. Hier.«

Wie versteinert stand Rafal Gonzales im Türrahmen, unfähig, darauf zu antworten.

»Das Büro des *Juzgado de lo Penal N° 1* hat ihn bereits ausgestellt, wie du siehst. Es hat keinen Zweck, dagegen anzugehen. Wo ist Pedro? Ich muss ihn mitnehmen. Es tut mir wirklich leid, aber daran ist erst mal nichts zu ändern.«

Ein plötzliches Aufschluchzen hinter der Küchentür verriet, dass Inès gelauscht hatte.

»Ein völliger Blödsinn. Er hat ein Alibi! Er war tanken. Frag Cubano, ruf ihn an!«

Der Bischof war aschfahl, machte Costa aber Platz.

»Das kannst du alles dem Haftrichter vortragen«, erwiderte Costa und betrat Pedros Zimmer. »Hallo Pedro. Es gibt einen Haftbefehl für dich, du musst jetzt mitkommen. Pack ein paar Sachen zusammen.«

Pedro lag auf dem Bett und las. Er klappte das Buch zu und schaute Costa verwirrt an, als würde er aus einem tiefen Traum erwachen.

»Steh auf, es hilft nichts.«

Pedro schüttelte den Kopf und richtete sich auf.

Costa setzte sich neben ihn auf das Bett. »Ich habe nicht den Eindruck, Pedro, dass du uns alles erzählt hast, was du weißt. Aber dein Vater und ich können dir nur helfen, wenn du uns die Wahrheit sagst.«

Pedro stand auf und schaute seinen Vater an. »Was soll ich machen?«

»Pack deine Sachen und geh mit Toni mit«, sagte der Bischof leise. »Du bleibst da nicht lange, aber mitgehen musst du erst einmal.«

Pedro holte ein T-Shirt aus dem Schrank. Inès erschien und nahm es ihm, ohne Costa einen Blick zuzuwerfen, aus der Hand. »Das nicht. Nimm dieses hier«, sagte sie und reichte ihm ein anderes Shirt. Er legte es sorgfältig in eine Tasche.

»Warum hast du den anderen nichts von der Kamera gesagt?«, fragte Costa.

»Er wusste nichts davon, was sollte er ihnen sagen?«, trat der Bischof dazwischen, während die Mutter weitere Sachen aus dem Schrank nahm und in Pedros Tasche legte.

Pedro ließ die Arme hängen. Ratlos stand er zwischen den drei Erwachsenen herum.

»Pedro wusste von der Kamera«, sagte Costa, »weil er einmal sonntags bei der Wartung dabei war.«

»Ist das wahr?«, herrschte der Vater seinen Sohn an.

Pedro nickte stumm.

»Warum hast du das nicht gesagt? Weißt du, dass jeder bei der Polizei sich fragt, warum ein Mörder eine Maske trägt, wenn sein Opfer ihn dann sowieso nicht mehr identifizieren kann?« Es hätte nicht viel gefehlt und er wäre seinem Sohn gegenüber tätlich geworden.

Inès drehte sich um und sagte eindringlich: »Bitte, Rafal, mäßige dich.« Der Bischof atmete tief durch. Dann fragte er seinen Sohn noch einmal, warum er nichts gesagt habe, nun in einem milden, fast verständnisvollen Ton.

»Ich habe es nicht gesagt, weil es niemand wissen durfte.«

»Aber du wusstest es?«, insistierte Costa.

»Ja. Ich habe mich halt vorgesehen, dass ich keinen Scheiß baue. Ich wusste, Arrabal filmt das alles, und da habe ich mich eben aus allem Streit rausgehalten und versucht, keine Fehler zu machen.« Um Verständnis bittend blickte er von einem zum anderen. »Ich habe mich immer sehr konzentriert, aber es hat mir ja auch geholfen.«

»Und warum hast du es nach dem Mord nicht gesagt? Zum Beispiel mir?«, fragte der Bischof mit unterdrückter Wut.

Pedro zuckte mit den Schultern.

Für Costa war es nicht klar, ob Pedro raffiniert den Unschuldigen spielte oder wirklich ein naiver Junge war, der immer nur seine Karriere im Kopf hatte. Dass er seinem Vater nichts gesagt hatte, ließ allerdings deutlich werden, dass es keine Absprache zwischen den beiden gab.

Für den Bischof war das sicherlich eine besondere Kränkung. Er atmete schwer und war drauf und dran, seinem Sohn einen längeren Vortrag zu halten, aber Costa kam ihm zuvor. In einem sehr scharfen Ton fragte er: »Pedro, du weißt, dass wir dir helfen wollen. Was ist passiert, nachdem die anderen Köche weggefahren sind?«

»Was ist dann gewesen?«, knurrte der Bischof.

Pedro sah von einem zum anderen. Costa konnte die kleinen Schweißperlen auf seiner Stirn sehen. Es musste etwas vorgefallen sein, das dem Jungen höllische Angst machte. Er war kreidebleich. In fast allen anderen Fällen hätte Costa gewusst, dass er den Täter vor sich hatte, der nun, in die Enge getrieben, gar nichts mehr sagen oder ein Geständnis ablegen würde. Pedro hatte sich offenbar dazu entschieden, gar nichts zu sagen. Eine letzte Chance war, ihn zum Reden zu bringen, damit diese Blockade sich löste. »Hat keiner der anderen dich aufgefordert mitzukommen?«, fragte Costa aufmunternd.

»Doch, Joana.«

Er wollte also sprechen, konnte nur nicht, weil er aus Angst vor etwas blockiert war. Dieses *Etwas* musste nicht unbedingt der Mord sein, wusste Costa aus Erfahrung. »Und warum hast du Joana gesagt, du möchtest nicht mitfahren?«

»Habe ich ja nicht. Inaki hat gesagt, ich soll bleiben …«

»Ja, richtig, du hast es ja schon gesagt. Was wollte er?«

Inès hatte aufgehört, die Tasche zu packen, und starrte ebenso gebannt auf Pedros Mund wie die beiden Männer.

»Ich sollte den Sack Knoblauch schälen.«

»Und?«, drängte Costa.

»Ich habe den Eimer genommen und das Schälmesser und wollte anfangen, aber er wollte, dass ich das draußen im Hof mache.«

»Und?!«

»Habe ich den Sack und den Eimer genommen und bin raus.«

»Und dann?!«

»Bin ich noch mal rein und habe mir 'n Schemel geholt.«

»Und hast dich daraufgesetzt und geschält, richtig?« Costa ließ ihm nun zwischen Antwort und nächster Frage keine Luft mehr.

»Ja.«

»Denk mal genau nach: Hattest du die Uhr da noch um?« Costa konnte sehen, dass ihn diese Frage aus der Bahn seiner Gedanken warf. Vielleicht hätte er sich noch schnell eine Lüge ausgedacht, wenn der Druck durch die erwartungsvollen Blicke der anderen nicht so groß gewesen wäre.

»Ja«, sagte er.

Costa konnte ein leichtes Widerstreben heraushören. Sofort hakte er nach: »Und während des Schälens hast du sie ja wohl nicht abgenommen, oder?«

»Nein, ich wollte mich ja beeilen, obwohl ich trotzdem bis in die Nacht daran gesessen hätte.«

»Und dann? Warum hast du aufgehört?«

»Señora Carmen rief meinen Namen.«

»Wo war sie?«

»Sie stand in der Tür des Pfarrhauses und wollte, dass ich komme. Ich habe gedacht, ich soll irgendwas für sie tun.«

»Und?«, fragte sein Vater.

Costa wusste, jetzt hatten sie ihn.

»Ich bin hingegangen und sie hat gefragt, ob ich ihr im Büro etwas helfen kann.«

»Und als ihr im Büro wart?«

»Hat sie abgeschlossen.«

»Und?«

»Meine Hand genommen und gesagt, dass die zu sehr nach Knoblauch riecht, und …«

»Und?«

»… sie sich zwischen die Beine getan und mich geküsst.«

Der Bischof wandte sich an Inès. »Geh du bitte raus.«

Inès verließ das Zimmer.

»War das das erste Mal?«, fragte Costa.

Pedro nickte. »Vorher hat sie schon mal mit mir so ein bisschen rumgemacht. Mich zufällig berührt. Sie hat mich auch einmal geküsst, aber nicht richtig.«

»Seit wann ging das so?«

Pedro zuckte mit den Schultern. »Seit zwei Monaten etwa.«

»Seit Inaki dich auf der Abschussliste hatte?«

»Ja, könnte sein.«

»Hat er gesehen, dass du mit ihr im Büro verschwunden bist?«

»Ich weiß nicht. Ich glaube nicht.«

»Ich denke aber doch«, sagte Costa. »Joana hat ihn angerufen, als du draußen beim Schälen warst. Er ist dann rausgegangen, weil er dir sagen wollte, dass du Luftdruckpatronen zur Festwiese mitnehmen sollst. Du warst aber nicht da. Vom Video wissen wir, dass Inaki erst nach fünf Minuten wieder in die Küche kam. Wo war er in dieser Zeit? Er wird nach dir gesucht haben. Er dachte, wo ist der Bursche? Vielleicht hat er euch auch gerade im Pfarrhaus verschwinden sehen. Was könnte er da gesehen haben?«

Pedro schoss das Blut ins Gesicht. »Du willst doch wohl keine Einzelheiten hören, oder?«, fragte er plötzlich in einem aufsässigen Ton.

»Nur die, die uns weiterhelfen, den Täter zu finden.«

»Sie wollte, dass wir es zusammen machen.«

»Und dann?«

»Danach bin ich mit dem Mofa zur Festwiese gefahren. Da habe ich gemerkt, dass ich meine Uhr vergessen hatte, und bin wieder umgekehrt.«

»Wo hast du die vergessen?«

»Sie hat sie mir vom Handgelenk gezogen.« Pedro sprach plötzlich sehr schnell. »Ich habe gemerkt, dass ich nicht genug Benzin hatte, und deswegen musste ich erst zur Tankstelle. Dann bin ich zurück, aber das Büro war abgeschlossen und Carmen war weg. Ich dachte, vielleicht ist sie in der Küche.«

»Und? War sie in der Küche?«

»Nein.«

»Sondern?«

»Da lag Inaki. Erstochen.«

»Könnte sie das getan haben?«

»Weiß ich nicht.«

»Warum hast du deine Geschichte mit ihr nicht gleich erzählt?«

»Wenn das rauskommt, ist meine Karriere zu Ende. Dafür wird der Chef sorgen.«

»Glaubst du, Carmen Arrabal wird das alles bestätigen?«

»Muss sie doch! Es war ja so!«

Costa glaubte ihm. Nun hatte er auch eine Erklärung dafür, warum Pedro nach Carmens Parfum gerochen hatte. Allerdings bedeutete dieses Geständnis für Pedro keine wirkliche Entlastung. Dem Bischof war das offenbar nicht klar. Er nahm seinen Sohn in den Arm und tröstete ihn.

»So was ist mir zwar noch nie passiert, aber ich kann dich verstehen. Deinen Job bist du jetzt zwar los, aber wir werden schon etwas anderes finden. El Cubano vertraut dir und wollte sowieso, dass du bei ihm im Rechnungswesen anfängst.« Väterlich nahm er Pedro in den Arm.

Inès, die offenbar an der Tür gelauscht hatte, kam herein und fragte Costa, ob Pedro denn nun ins Gefängnis müsse, da er doch ein Alibi hätte.

Costa sah die Situation vor Gericht für den Jungen nicht so rosig wie die Eltern. Jeder wusste, dass er unbedingt ein großer Koch werden wollte. Dafür brauchte er Arrabal. Doch dessen Frau verführte den Jungen an ihrem Hochzeitstag, und leider gab es dafür einen Zeugen, der aber – zum Glück für Pedro –

wenig später tot aufgefunden wurde. Ermordet. Die einzigen beiden Personen, die ein unmittelbares Motiv hatten, waren Carmen und Pedro. Doch der schwerere Verdacht ruhte auf ihm. Er hatte nachweislich von der Überwachungskamera gewusst, und dieses Wissen war für den Mörder das einzige erklärbare Motiv, sich einen Müllsack überzustülpen.

So war die Lage. Dennoch tat Pedro Costa leid, weil er sich immer noch nicht vorstellen konnte, dass sein Neffe eine so grausame Tat begehen konnte. Nach den Worten des Gerichtsmediziners glich sie einer »Hinrichtung«, und das war es, was Costa dem Jungen nicht zutraute.

Er holte den Haftbefehl aus der Tasche und wandte sich an Inès. »Der Haftbefehl liegt vor und ich kann ihn hier nicht einfach aufheben. Pedro muss erst einmal mit«, sagte er bedauernd.

Als er mit Pedro das Haus verließ, hörte er ihr lautes Schluchzen hinter sich und die aufgeregte Stimme des Bischofs, der mit irgendjemand telefonierte.

Das Gefängnis von Ibiza lag an einem Hang über der Platja d'en Bossa. Wegen der Kuppel, die den Verwaltungstrakt krönte, sah es aus wie eine Moschee. »Bitte Zelle mit Meerblick«, war der ständige Witz bei Verurteilungen. Doch die einzigen Fenster des zitronengelb gestrichenen Gebäudes, die einen Blick nach außen erlaubten, waren die im Verwaltungstrakt.

Die Schranke öffnete sich, die erste Gittertür, dann die zweite. Pedro stand stumm neben Costa, als dieser die Papiere unterzeichnete. Die Beamten übernahmen den jungen Mann. Sie schienen zu ahnen, dass der ranghohe Offizier eine persönliche Verbindung zu dem Gefangenen hatte, und unterließen ihr hämisches Grinsen.

Pedro versuchte, tapfer zu sein. Er drückte Costas Hand etwas zu lange und zu fest. Costa fühlte den stummen Hilferuf und nickte. Es war ein Versprechen, nichts unversucht zu lassen, ihn wieder herauszuholen. Dann wandte sich der Junge ab und folgte den Aufsehern ins Halbdunkel des Zellenganges. Seine Schritte verhallten.

Costa schaute ihm besorgt nach. Tägliche Auseinandersetzungen unter den Häftlingen waren schon aufgrund der babylonischen Sprachenvielfalt unvermeidlich. Und die Beamten der Guardia, die hier Dienst taten, waren nicht die Zierde ihrer Zunft. Mit Willkür und nicht selten sadistisch kontrollierten sie ihr eigenes Reich.

Er kannte die Zellen, die er oft genug mit Insassen gefüllt hatte – stickig und stinkend, fensterlos oder mit kleinen Luftschächten zum Innenhof, gerade groß genug, um Ratten durchzulassen. Doch fraßen sie die Kakerlaken nicht, die nachts aus allen Löchern kamen und über den Boden krochen.

»Frischfleisch!«, rief eine Stimme.

Costa ging schnell zum Ausgang. Er brauchte einen Drink.

»Bar Isidro« stand auf dem verwitterten Mahou-Reklameschild. Costa stellte sich an den Tresen und nahm eine Tüte *Tiras de maiz con sabor barbacoa* aus dem Ständer. Während er ein paar Maischips knabberte und an einem Absinth nippte, dachte er immer wieder an das Gespräch mit Pedro auf der Fahrt zum Gefängnis.

Er hatte von der Kamera gewusst und sich dementsprechend verhalten. Kein Wunder, dass Arrabal in den höchsten Tönen von ihm sprach. Das würde sich wohl ändern, sobald jener erführe, dass ihn seine Frau am Hochzeitsmorgen mit Pedro betrogen hatte. Das würde Pedro seinen Job und seine Karriere kosten.

Aber Costa konnte ihn da nicht bedauern. Auch wenn sie außerordentlich attraktiv war, auch wenn sie ihn ins Büro gezogen, geküsst und verführt hatte, hätte er widerstehen müssen. Selbst wenn er verliebt war.

Vielleicht hätte Costa vor Karins Betrug noch anders geurteilt, aber seit er die Eifersucht selbst so stark spürte, hatte er sich verändert. Er konnte sich vorstellen, wie sehr es Arrabal treffen würde, wie groß sein Schmerz wäre, sollte er von dem Seitensprung Carmens erfahren. Wie würde er auf Pedro reagieren, wenn er ihn wiedersähe? Sich auf ihn stürzen, wie Costa sich das mit dem Berliner ausmalte?

Er merkte, wie ihm heiß wurde. Während er die obersten Knöpfe seines Hemdes öffnete, raunte ihm jemand zu: »Auch Freigänger? Oder entlassen worden?«

Die Stimme riss ihn aus seinen Gedanken. Sie gehörte einem kräftigen Kerl in einem verwaschenen Amnesia-T-Shirt. Costa sah aus den Augenwinkeln die Blumenkohlohren und die Tätowierungen auf den Knöcheln: A-M-O-R auf der einen Hand, O-D-I-O auf der anderen. Er lächelte, ohne aufzusehen, und sagte: »*Soy Alicantino, fuerte y fino.*«

»*Coño*, Costa!«, dröhnte der Mann und eine Pranke krachte auf Costas Rücken. »Ich hab dich gar nicht erkannt!«

Pica Marmoles war früher ein zweitklassiger Boxer gewesen. Sein Spitzname *Piedra*, Stein, bezog sich weniger auf seine Härte im Ring als vielmehr auf sein Talent, zum richtigen Zeitpunkt zu fallen wie ein Stein. Er war aus Alicante, stark und fein, was der Spruch »*Soy Alicantino, fuerte y fino*« besagte, und arbeitete seit ein paar Jahren als Aufpasser im Tortuga, einem bordellähnlichen Barbetrieb in Jesús. Er saß wegen Körperverletzung. Fünf gegen einen, aber ihn hatte der Richter verknackt, weil er Boxer war. Pica hob die Fäuste. »Das sind Waffen, sagt das Gesetz«, erklärte er nicht ohne Stolz. »Körperverletzung mit Waffe. Gefährliche Körperverletzung.« Im Moment aber war er Freigänger, um seinem zweiten Job, Bauarbeiter an der Autobahnstrecke Ibiza–Sant Antoni, nachgehen zu können, weil dort jeder Mann gebraucht wurde.

Pica war auf dem Weg zu seiner Schlafstelle und gab sich wie jeden Abend vorher in der Bar Isidro ordentlich die Kante. »Was machst du hier, *teniente?*«

»Ich habe eben jemanden eingeliefert. Pedro Gonzales. Schüchterner Junge. War noch nie im Knast. Ich denke, er wird bald wieder frei sein. In der Zwischenzeit sollte man ihn in Ruhe lassen.«

»Du meinst, ich sollte ihn unter meinen Schutz nehmen?«

»Genau das meine ich.«

Pica machte ein Victory-Zeichen. »Geht klar, *teniente.*« Dann kippte er sein Bier auf ex und bestellte für Costa noch einen Absinth.

Das Restaurant, in dem er mit Karin verabredet war, besaß nur acht Tische. Sie hatte es vorgeschlagen. Offenbar wollte sie nicht, dass er zu ihr nach Hause käme. Das Lokal glich eher einer eleganten Privatwohnung. Das Mobiliar bestand aus Antiquitäten, gedimmte Murano-Leuchter sorgten für eine intime Beleuchtung.

Alles in allem ein angenehmer, behaglicher Ort.

Leider gab es keine Bar, an der er auf sie hätte warten können. Man hatte ihn direkt an den reservierten Tisch in einer Fensternische geführt, der von den anderen Tischen aus kaum einzusehen war und wo man sich ungestört unterhalten konnte, als fürchtete sie, dass er sie erbost zur Rede stellen und zu einem Schuldeingeständnis zwingen könnte. Ihm war das ganz recht, denn er wollte unter keinen Umständen, dass nun Wochen der nächtelangen Diskussionen, Trennungen und Versöhnungen folgten. Er wollte nur herausfinden, ob sie ihn noch liebte.

Nach zwanzig Minuten bestellte er das zweite Bier. Karin war noch immer nicht aufgetaucht, aber vielleicht dauerte die Redaktionskonferenz heute ja länger. Vielleicht wollte sie absagen und sein Handy hatte keinen Empfang. Oder er hatte sich in der Zeit geirrt und in Wirklichkeit waren sie eine Stunde später verabredet.

Wie lange sollte er noch auf sie warten?

Er bestellte ein weiteres Bier. Er musste sich betrinken. Immer wieder sah er Karin in Gedanken vor sich, mit ihrem Liebhaber, obwohl er sich diese Vorstellung verboten hatte. Aber es half nichts. Eng umschlungen gaben sie sich ihrer Lust hin. Er wehrte sich gegen die Bilder, aber auch wenn es ihm gelang, eines zu verdrängen, war das nächste sofort da und noch intensiver als das vorige. Er sah sie Dinge tun, die er nie gewagt hatte. Wenn er an diesem Punkt angelangt war, gab er es auf, gegen seine Fantasie anzukämpfen. Dann gab er nach – den Bildern und seiner Aggression.

Tiere kämpfen mit ihren Rivalen um die Vorherrschaft, der Unterlegene sucht das Weite. Aber den Menschen genügt das nicht, sie gehen bis ans Äußerste. Sie töten.

Als er nach einem weiteren Bier und zwei Absinth das Restaurant verließ, hatte er seine Ohnmacht besiegt. Er fühlte sich stark und unzerstörbar. Gut, dass die Straße leer war und keiner ihm in die Quere kam, als er zum Wagen ging. Gut auch, dass die erste Ampel Gelb und nicht Rot anzeigte, denn ihn interessierte das alles im Moment nicht. Die Gegenlichter blendeten, aber auch das störte ihn nicht. Er blendete ebenfalls nicht ab. Im Gegenteil, er brauchte viel Licht. Sehr viel Licht und viel Klarheit. Klarheit, um die Szene genau vor Augen zu haben: Er würde seine Dienstwaffe ziehen und zu diesem Knaben sagen: »Jeder macht mal einen Fehler. Aber diesmal bist du an den Falschen geraten.« Dann fiel ihm das Küchenvideo ein und er sah seinen Gegner im Blut liegen, so wie Inaki.

Betrunken warf er sich aufs Bett und schaltete den Fernseher ein. Wellen liefen über den Bildschirm. Dann Schwärze und Flimmern. Die weißen Flocken verwandelten sich in ein Feuerwerk, das in bunte Streifen überging, bis sich das Bild aufgebaut hatte. Nun war auch der Ton da. Die Werbung vor den Nachrichten. Osborne warb nicht mehr mit Stieren und Stierkampf, seit die Grünen so erstarkt waren, sondern zeigte statt des Matadors einen Florettfechter, der mit einem Schatten kämpfte. Als er ihm ins Herz stach und jener zusammenbrach, zischte er: »Touché!«

Costa schnellte hoch und starrte auf den Bildschirm. Der Fechter wandte sich der Kamera zu, griff mit der Hand um den Schutzhelm, hob ihn ab und lächelte Costa an. Carmen! Costa wusste, dass sie Werbung gemacht hatte, aber nicht diese! Von dieser hatte er nichts gewusst. Sofort stand ihm wieder das Küchenvideo vor Augen. Er sah, wie der rechte Arm des Killers mit dem hoch angeschliffenen spitzen Messer vorgeschossen war und der Stich, getragen von dem Ausfallschritt des rechten Fußes, direkt ins Herz ging. Und plötzlich hörte er deutlich das leise gezischte »Touché!«

Er öffnete die Augen, schloss sie aber gleich wieder. Ein Sonnenstrahl fiel auf seine Stirn und es fühlte sich glühend heiß an. Er betastete seinen Kopf. Es war nicht die Hitze, sondern ein stechender Schmerz, der sich bis über die Schläfen in den Nacken zog.

Nach seiner Uhr war es zwölf Uhr mittags.

Karin hatte ihn sitzen lassen. In seiner Wut hatte Costa sie immer wieder angerufen und endlich auch erreicht.

Er richtete sich auf. Vorsichtig setzte er die nackten Füße auf den Boden, gab sich einen Ruck und ging in die Küche, wobei er über die Jeans am Boden stolperte.

Während er gierig Wasser trank, suchte er nach den letzten Erinnerungen.

Jetzt fiel es ihm ein: Er hatte sie angebrüllt, weil sie ihn versetzt hatte. Weil sie ihm ihre Affäre nochmals bestätigt hatte. Sie sei hinterhältig und kaltschnäuzig, hatte er gebrüllt. Sie hatte dann aufgehängt.

Er massierte seine Stirn, den Nacken, drehte den Kopf nach rechts und links, senkte und hob ihn. Es half nichts. Die Worte, die er gesagt hatte, kamen mit aller Wucht zurück. Es war schwer zu ertragen und auch das Büro würde ihn nicht ablenken. Wahrscheinlich könnte er sich gar nicht konzentrieren.

Er beschloss, ins Sportstudio zu gehen und so lange zu trainieren, bis er alles ausgeschwitzt und sich wieder stabilisiert hatte.

Als er später angenehm erschöpft und frisch geduscht am Steuer saß, stand die Sonne bereits tief und blendete ihn. Die Schlieren des roten Regens im Gegenlicht nahmen ihm die Sicht. Er drückte auf den Schalter der Scheibenwaschanlage.

Wieder dachte er an Pedro. Seine einzige Chance war ein Alibi von Carmen Arrabal. Vorhin hatte er mit der Haushälterin telefoniert, die ihm gesagt hatte, dass die Señora heute im S'Esglesia speise und wohl erst spät wieder zu Hause sein würde.

Costa glaubte nicht, dass Carmen ihre Affäre mit Pedro ohne Weiteres zugeben würde. Was für eine Frau! Am Morgen ihrer Hochzeit!

Er parkte seinen Wagen an der Straße, denn der Parkplatz des Restaurants war voll. Jetzt, in der Dämmerung, hätte man das Gebäude für ein zu groß und zu hoch geratenes Bauernhaus halten können, wären nicht die runden Bleiglasfenster an Stirn- und Rückseite gewesen. Der karge, einer Basilika ähnliche Bau hatte ansonsten keine Fenster und nur ein Portal. Den Turm hatte man schon vor langer Zeit abgetragen.

Costa erinnerte sich an den Abend, als er mit Karin hier gegessen hatte. Ein Restaurant in einer Kirche. Das hatte sie beide auf das Thema Hochzeit gebracht. Dazu kamen die Opernarien im Hintergrund, die Kellner in ihren ibizenkischen Trachten, der kaum wahrnehmbare Geruch von Weihrauch, das gedämpfte Licht. All das hatte ihnen das Gefühl gegeben, das Leben sei ein Fest. Karins Augen hatten im Kerzenschein geglänzt und er hatte sich lebendiger denn je gefühlt. Plötzlich sprachen sie beide vom Heiraten. Sie hatte den Leuchter beiseitegeschoben, seine Hand genommen und gesagt, um zu heiraten, muss ich ganz sicher sein, niemals im Stich gelassen zu werden. Er hatte schon zwei Gläser getrunken und schwor ihr ewige Treue. Aber sie war es nun, die ihn verlassen hatte. Wieder fühlte er den stechenden Schmerz in der Brust.

Die Sandsteinmauern des S'Esglesia glühten in den letzten Strahlen der untergehenden Sonne noch einmal orange auf. Vom Vorplatz aus, auf dem eine kleine Bar mit Palmendach aufgebaut war, konnte man die gesamte Küstenlinie der Bahia von Port d'es Torrent überblicken.

»Ziemlich eindrucksvoll, nicht wahr?«

Costa hatte de la Reina nicht bemerkt und wie in stiller

Andacht stand er nun mit dem Kritiker Schulter an Schulter. Beide blickten zur Illa Conillera, hinter der sich der rote Feuerball langsam ins Meer senkte.

»Was führt Sie her?« De la Reina blickte Costa fragend an. »Ein Ausbruch aus der ibizenkischen Gemeindeküche? Weg von den ausgetretenen Pfaden der katalanischen Eintöpfe? Oder sind Sie, wie soll ich sagen, geschäftlich hier? Mein Gott, ja, natürlich! Haben Sie schon einen Verdacht? Einen reizvollen?«

Costa verneinte.

Eine Arie aus »Rigoletto« und der Geruch von auf Holz gegrilltem Fleisch drangen aus dem halb geöffneten Kirchenportal.

De la Reina atmete den Duft tief ein. »José Arrabal ist dadurch bekannt geworden, dass er Gerüche in die Komposition seiner Menüs mit einbezieht.« Er zog Costa am Arm mit. »Kommen Sie.«

Costa folgte ihm und fand sich in einem Kräutergarten wieder, dessen intensive Aromen die Luft erfüllten. De la Reina zerrieb ein lila Blatt zwischen seinen Fingern und hielt es Costa hin. Überraschenderweise entströmte ihm der Geruch von Basilikum. Dann deutete er auf ein Beet, in dem zwischen verwitterten Borken Pilze wuchsen. Einige kannte Costa, andere hatte er noch nie gesehen.

»Dieser Mann experimentiert mit dem Unsichtbaren, dem Duft. Wollen Sie ein Beispiel? Er fängt den Rauch des Buchenholzes ein und legt ihn wie einen aromatischen Nebel über eine Suppe mit Pata-Negra-Schinken. Ständig lässt er neue Zusammensetzungen von süß, sauer, salzig und bitter testen. Und frische Ware bekommt er täglich von den Märkten auf dem Festland.«

»Warum hat er sein Restaurant dann nicht auf dem Festland?«

»Sie sind ein Pragmatiker, *teniente*. Seine Läden hat er da, stimmt. Das Restaurant, das er ja selbst führt, nicht. Arrabal meint, er kann nur hier arbeiten. Diese Insel inspiriere ihn. Wie auch immer, im Moment ist er der beste Koch Spaniens. Drei

Toquen, und das auf einer Insel, deren Gastronomie bis vor Kurzem nicht der Rede wert war.«

»Toquen?«, murmelte Costa.

Der Kritiker setzte sich eine unsichtbare, sehr hohe Kochmütze auf. »Toquen, *teniente* Costa! Mützen! Das ist eine Bewertung. Und drei Toquen hat es in Spanien noch nie gegeben. Arrabal hat Arzak und Adría abgehängt.«

Während Costa noch darüber nachdachte, ob der Familienname eines Starkochs immer mit A beginnen musste, war de la Reina auf dem Weg zum Eingang.

»Ich habe mich hungrig geredet. Ran an die Arbeit. Sie verhaften den Mörder und ich nehme mir heute das Dessert vor.«

»*Bon profit*«, sagte Costa und ging in Richtung Hintereingang. Er war gespannt, wie Arrabal auf seinen unangemeldeten Besuch reagieren würde.

Der Schäferhund hatte ihn gehört und begann zu bellen. Costa ging zum Zwinger und kramte in seiner Tasche. Der Hund behielt ihn scharf im Auge, hörte aber mit der Kläfferei nicht auf.

»Du musst dich doch an mich erinnern. Du weißt, dass ich kein Einbrecher bin.« Die Tüte mit den Maischips knisterte. »Mal sehen, ob ein Feinschmeckerhund so etwas isst.« Er steckte einen Chip durch die Maschen des Drahtzaunes. Der Hund schnappte zu, sodass Costa zurückzuckte und dabei den Maischip fallen ließ. »Idiot! Der Mais, nicht meine Finger!« In der Tür drehte er sich noch einmal um und sah, wie sein Geschenk im Maul des Hundes verschwand. »Immerhin weißt du ja die Geste zu schätzen, so wie es aussieht«, grinste Costa und betrat die Küche.

Hitze schlug ihm entgegen. An den Herden, auf denen Flammen hochschlugen und es aus großen Töpfen dampfte, hantierten die Köche. Hektische Betriebsamkeit, begleitet von lauten Zurufen, erfüllte den Raum. Souverän das Ganze überblickend, stand Arrabal in einer schwarzen Uniform neben seinem steinernen Abbild. Er nickte Costa zu, sah dann in ein paar Töpfe, prüfte die Teller, bevor sie die Küche verließen, schob in einer Pfanne etwas zurecht, wischte mit Küchenpapier den Rand einer Terrine ab.

»Für den Fall, dass sich ein Tropfen Sauce verirrt hat«, sagte er zu Costa, als er dessen Blick bemerkte. »Kommen Sie her! Nun sehen Sie das Ganze mal auf Hochtouren, *teniente*.«

Er hielt Costa etwas auf einem kleinen Teller hin. »Hier. Für Sie.«

»Was ist das?«

»Inakis Vermächtnis. Ihnen zu Ehren habe ich es frisch angefertigt. Die Millefeuille von ibizenkischem Bonito und Osietra Imperial.«

Costa probierte.

»Sie haben nun doch mit meiner Frau gesprochen.«

Costa fand interessant, was er auf der Zunge spürte.

»Wie finden Sie sie?«

Costa war sich nicht sicher. Ehe er richtig schmecken konnte, war es schon auf seiner Zunge zergangen. Was sollte er sagen? »Leicht.«

»Ich meinte, meine Frau. Sie haben sie doch vorgeladen.« Als Costa nicht antwortete, legte Arrabal seine Hand auf Costas Arm. »Sie hat damit nichts zu tun! Glauben Sie mir das.«

Auf Inakis Posten arbeitete jetzt ein Mann Ende zwanzig mit dunkelbraunen Haaren und einem adrett gestutzten Schnurrbart. Costa hatte ihn schon irgendwo gesehen.

»Zum Glück fand sich Ersatz«, sagte Arrabal, der Costas Blick gefolgt war. »So etwas ist fast unmöglich, aber Anton Kaltenbach war auf meiner Hochzeit und hatte zum Glück noch seinen Urlaub drangehängt. Er hat schon einmal als Sous-Chef bei mir gearbeitet und wird diese Saison bei uns kochen. Trotzdem – heute werde ich den ganzen Abend hier sein.«

»Tisch 12 ist überfällig. Wann kommt das Soufflé?«, rief ein Kellner.

»Läuft«, schrie Joana Bisbal, öffnete einen Herd, holte mit einer schnellen Bewegung die Form heraus, stellte sie auf den angerichteten Teller und drückte sie dem Kellner in die Hand. »Und raus damit.« Dann wandte sie sich wieder ihrer Arbeitsplatte zu. Sie setzte ein Röhrchen an den Mund und blies Luft in ein Kügelchen aus Zuckermasse, das am anderen Ende klebte. Mit einem kleinen Bunsenbrenner erhitzte sie den größer werdenden Ball, als wäre sie ein mallorquinischer Glasbläser. Dann ließ sie mithilfe einer Pumpe einen aromatischen Rauch von Zimt und Zitronade in die transparente Kugel einströmen und verschloss die Öffnung.

»Sie glauben ja nicht, was für ein grandioser Effekt entsteht, wenn der Dessertlöffel den Zucker durchbricht«, sagte Arrabal.

Costa ging zur Tür des Gastraumes, darauf bedacht, niemanden zu behindern. Carmen stand in einem leuchtend grünen Seidenkleid am Eingang und begrüßte die Gäste.

Ein aufgeregter Kellner stürzte durch die Schwingtür: »Der Herr Abgeordnete Ferrer Tur beschwert sich, dass das Fleisch noch blutig ist. Er hat es *well done* bestellt.«

»Richten Sie dem Herrn Abgeordneten Ferrer Tur mein Bedauern aus und nehmen Sie das Filet von der Rechnung. Vermerken Sie im Reservierungsbuch, dass der Herr Abgeordnete in zwei Jahren wiederkommen darf.« Arrabal wandte sich Costa zu. »Obwohl ich sehr bezweifle, dass er dann noch Abgeordneter ist. Aber was ich noch mit Ihnen besprechen wollte, Señor Costa: In Spanien gibt es zurzeit fünf Restaurants mit drei Sternen, neun mit zweien und 97 mit einem Stern. Dies hier ist ein Restaurant mit drei Sternen.«

»De la Reina sagte mir vorhin, es gebe keines mit drei in Spanien.«

»Keines mit drei Toquen außer uns. Toquen, also Mützen, vergibt Gault, Sterne Michelin. Das ist ein Unterschied. Die Kriterien sind aber die gleichen: Wahl der Produkte, Zubereitung, Geschmack, Kreativität und Beständigkeit. Alleine auf Ibiza, einer Insel mit 90 000 Einwohnern, gibt es zweitausend Etablissements, die sich Restaurant schimpfen. Jedes Jahr schließen dreihundert, jedes Jahr eröffnet ungefähr die gleiche Zahl. So viel zu Geschmack, Kreativität und Beständigkeit.« Er machte eine Pause, als ob ihm die Formulierung des nächsten Satzes schwerfiele: »Darf ich Sie um eines bitten, *teniente*? Es wird sich ja wohl nicht vermeiden lassen, dass die Presse über diese Sache berichtet, aber ich wäre Ihnen sehr dankbar, wenn möglichst wenige Einzelheiten bekannt würden. Dass ein Koch in meiner Küche auf diese Art starb, würzt nicht die Speisen.«

»Was wäre Ihr Verlust?«

»Es geht mir nicht um die zehntausend Euro am Abend, es geht mir um den makellosen Ruf.« Er lächelte traurig. »Man könnte auch sagen: die Reinheit der Küche.«

»Zehntausend Euro an einem Abend? So groß ist das Restaurant doch gar nicht.«

»Für ein Restaurant der Spitzenklasse ist es groß. Wir haben fünfzig Plätze, die wir natürlich nur einmal am Abend vergeben. Ein Gast gibt im Schnitt zweihundert Euro aus. Aber das reicht nicht, um die Kosten zu decken.«

»Das beste Restaurant der Insel ist ein Verlustgeschäft?«

»Ja. Wir haben achttausend Anfragen für einen Tisch in diesem Jahr und können doch nur einen Bruchteil bewirten. Meine Frau meint, ich sollte die Plätze versteigern. Außer dem Feinschmecker-Disneyland von Paul Bocuse kenne ich kein Dreisternerestaurant, das nicht Zuschussbetrieb ist.« Er schob Costa in einen Windfang zwischen Küche und Restaurant. »Wir produzieren Haute Couture, exquisit, maßgeschneidert, unbezahlbar. Jeder Koch ist handverlesen und verdient mehr als ein Filialleiter. Wir verwenden nur beste Ware.« Costa wollte ihn beiseiteschieben, aber Arrabal hielt ihn fest. »Wir sind der Nährboden, aus dem die Prêt-à-porter ihre Ideen gewinnt, aus dem die zarten Pflänzchen der Innovation sprießen. Das S'Esglesia dient nur dem Image, der Publicity. Und davon leben die Unternehmen, über die das Geld kommt: JArrabali, L'Esencia und Viñas Reales. Darum ist es so wichtig, *teniente*, dass Sie mir helfen, den Mörder zu finden.«

Costa wollte gerade nachfragen, als er hinter sich Carmens Stimme hörte.

»JArrabali ist eine Feinkostkette, die sich auf Patés, Wurstdelikatessen und Wildbret spezialisiert hat.«

Er wandte sich um und blickte in die bernsteinfarbenen Augen der Südamerikanerin.

»Ich kenne den Laden in Barcelona.« Costa hatte dort auf der Suche nach einem Mitbringsel für Karin einmal eingekauft. Sehr eindrucksvoll, sehr britisch: dunkles Holz, Messing, grünes Tuch, Trophäen an den Wänden.

Arrabal nickte seiner Frau zu. »Erinnerst du dich, wie wir das erste Mal zusammen dort waren? Einen ganzen Nachmittag wandelten wir zwischen Türmen von Foie gras, Magret von der Flugente, baskischer Schweinskopfsülze im Einmachglas, Hase in Armagnac, Rillettes von der katalanischen Gans ... Und dann die gute Perlhuhn-Morchel-Paté von Felix Soto und die gefüllten Schinkenröllchen von Comtesse du Barry!«

Carmens Gesicht zeigte keinerlei Regung. »Im Schlaraffenland kann es nicht schöner sein.« War sie zynisch? Sicher hatte sie eine andere Vorstellung vom Paradies als gefüllte Schinkenröllchen von der Comtesse du Barry.

Costa wandte sich wieder an Arrabal. »Und womit kommt sonst noch Geld in die Kasse?«

Carmen kam ihrem Mann mit der Antwort zuvor. »Noch mehr? L'Esencia verkauft die feinsten Öle, unter anderem mit Trüffeln und Steinpilzen. Und viele Sorten von Gewürz- und Blütenessig. Sie haben auch Fleur de Sel und getrocknete Pfefferschoten aus Südamerika. Viñas Reales ist der größte Exporteur für erstklassige Weine aus Ribera del Duero, Rioja Alta, Priorato, Penedes und Somontano.«

Nun ergriff Arrabal entschieden das Wort: »Menschlich ist es ein ziemlicher Schlag, das werden Sie verstehen, Costa, aber geschäftlich sollte es dank Ihrer Diskretion keiner werden.« Er reichte ihm die Hand. »Wenn Sie mich nun entschuldigen würden.«

»Kein Problem«, antwortete Costa. »Ich habe nur noch ein paar Fragen an Ihre Frau.«

Arrabals Blick drückte entschieden seine Missbilligung aus.

»Kommen Sie«, sagte Carmen, schob den Vorhang auseinander und lud Costa ein, ihr zu folgen.

Leise Musik und gedämpftes Gemurmel umfingen ihn. Im Hauptschiff und hinter den Säulenarkaden tafelten elegant gekleidete Gäste an festlich gedeckten Tischen. Der Gourmettempel war bis auf den letzten Platz besetzt.

Alle Blicke richteten sich auf sie, als Carmen mit ihm durch den Mittelgang nach vorne ging. Die meisten wussten wahrscheinlich, welch furchtbare Tat in der Küche passiert war, denn etliche Gesichter drückten unverhohlen Neugierde aus.

»Die Kirche ist nie geweiht worden«, erklärte Carmen, »sonst hätte mein Süßer wohl keine Lizenz bekommen.« Sie drehte sich um. »Schließlich sind wir im katholischsten Land der Welt, wo immer von oben aufgepasst wird.« Sie zeigte spöttisch zur Decke.

Dann wies sie auf einen kleinen Tisch in der Apsis und sie nahmen beide Platz.

»Ich hätte noch einige Fragen, die sich erst nach unserem letzten Gespräch ergeben haben.«

»Erst essen oder erst fragen?«

Wie ein Schatten war der Sommelier herangetreten, räusperte sich und präsentierte ihnen eine Flasche. Costa warf einen Blick auf das Etikett: L'Ermita Crianza 1998.

Sie nickte, der Maître öffnete und rubinrot rann der Wein in die Gläser.

An Carmens Mimik konnte Costa ablesen, dass es ein sehr teurer Wein sein musste.

Er hob sein Glas, um mit ihr anzustoßen. Sie tat es ihm gleich und wartete, bis er getrunken hatte, nahm aber selbst keinen Schluck. Sicher erwartete sie eine Bemerkung über die Qualität des Weines, doch Costa kam sofort zum Thema.

»Hatten Sie am Morgen Ihrer Hochzeit mit Pedro Gonzales Sex?«

Sie fuhr sich mit der Hand ins Haar und wickelte eine Locke um ihren Finger, wobei sie Costa erwartungsvoll ansah, als hätte sie ihm eine Frage gestellt. Als er dann seine wiederholen wollte, sagte sie überaus lässig: »Soll das eine kleine Unverschämtheit sein?«

»Pedro Gonzales sagt aus, Sie hätten ihn ins Büro gerufen, als er im Hof Knoblauch schälte. Haben Sie das?«

»Ich bin aufgewacht, weil draußen gehupt wurde. Ich stand auf, zog mir einen Morgenrock über und ging zur Tür, um nachzuschauen. Der Wagen mit den Köchen war bereits weg; da war nur Pedro, der auf einem Hocker saß und Knoblauch schälte. Ich wollte einen kleinen Scherz machen und holte aus dem Bad mein Parfum. Dann ging ich zu ihm hin, sprühte ihn an und sagte: Wenn du schon Knoblauch schälst, musst du wenigstens gut riechen! Dann ging ich wieder hinein, um mich fertig zu machen.«

Costa war verblüfft. Wusste sie, dass ihm ihr Parfum an Pedro aufgefallen war? Woher sollte sie das erfahren haben? Von Pedro? Oder bedachte sie bei ihren Lügen jedes kleinste Detail?

Vielleicht war es die Wahrheit und Pedro hatte gelogen.

Diesmal würde Costa das Spiel nicht mitspielen. Nun wollte er es wissen. »Wenn es so gewesen wäre, wie Pedro behauptet, würden Sie sich dann vor der Eifersucht Ihres Mannes fürchten müssen?«

Sie drehte langsam ihr Weinglas, aus dem sie noch nichts getrunken hatte, und sah ihn wie aus weiter Ferne an. »Letztes Jahr war ich noch einmal in meinem Dorf in Südamerika«, sagte sie mit fast singender Stimme, und er wusste, nun war es nicht mehr sein Stück, in dem *sie* spielte, sondern ihres, in dem er der Zuschauer war. Der Zuschauer, der sie zu enträtseln hatte. »Es war ein schlimmer Tag, es regnete in Strömen«, fuhr sie fort, »wir waren sogar überfallen worden. Der Taxifahrer hatte aufgegeben und ich musste mit dem Bus weiterfahren. Es war heiß und stickig, aber zum Glück hatte jemand das Fenster auf meiner Seite eingeschlagen. So konnte der Wind ein bisschen Erfrischung bringen.«

Costa folgte der Bewegung ihrer Lippen. Er fragte sich, ob für sie die Vorstellung, mit Pedro Sex gehabt zu haben, so unangenehm war, dass sie sie durch eine Geschichte überbrücken wollte.

»Neben mir saß eine junge Frau mit ihrem Neugeborenen an der Brust. Sie hatte nur ein dünnes Kleid an und nichts schützte sie gegen den Regen. Außerdem war sie barfuß. Ich schenkte ihr ein Paar Schuhe, die ich übrig hatte. Glücklich und überschwänglich bedankte sie sich. Als wir ankamen, war der Schlamm auf der Straße so tief, dass der Bus stecken blieb. Es dauerte eine Weile, bis die Leute mit ihren Körben und Bündeln und mit Stricken verschnürten Koffern ausgestiegen waren. Auch die junge Frau, die meine Schuhe in der Hand hielt. Sie wären sofort ruiniert gewesen, denn ihre Knöchel versanken im Schlamm. Sie hielt ihr in ein Tuch eingewickeltes Baby fest im Arm. Sie kam noch einmal an meinem Fenster vorbei, strahlte mich an und sagte: ›Welch ein Glück ich habe!‹ Da hab ich begriffen, worauf es im Leben ankommt.«

»Was meinen Sie damit? Worauf kommt es an?«

»In jedem Moment von Liebe erfüllt zu sein, auch wenn man nichts hat, wenn man nicht einmal Schuhe anhat …«, plötzlich funkelten ihre Augen spöttisch, »wenn man völlig nackt ist.«

Sie war einer direkten Antwort ausgewichen und er fragte noch einmal: »Sie haben mir immer noch nicht gesagt, ob Ihr Mann sehr eifersüchtig ist.«

»Als wir uns kennenlernten, hat er mich gefragt: Wen hast du am meisten geliebt in deinem Leben? Ich habe ihm geantwortet: meine Freiheit. Und er hat gesagt: Darauf bin ich nicht eifersüchtig, diese Liebe will ich dir nicht nehmen. Und ich habe ihn dann gefragt: Garantierst du mir das?«

»Und was hat er geantwortet?«

»Er hat es mir garantiert.«

»Er hat Ihnen Ihre Freiheit garantiert? Die Freiheit, ihn am Hochzeitsmorgen zu betrügen?«

»Wenn ich ihn gefragt hätte – ja.«

Costa merkte, wie sehr ihn diese Antwort aus dem Gleichgewicht brachte. Er wollte nicht an sein eigenes Dilemma erinnert werden. »Lieben Sie José?«, fragte er unvermittelt. Sein Ton geriet ihm ein wenig zu inquisitorisch.

Ohne zu zögern, erwiderte sie: »Ja, ich liebe ihn.«

Auch das glaubte er ihr nicht. Er stand auf und wechselte schroff das Thema. »Können Sie mir das Büro mal zeigen?«

Carmen schloss die Tür des Pfarrhauses auf, machte Licht und ließ Costa eintreten. »Gleich hier rechts.«

Er warf einen Blick in den langen Gang zu seiner Linken und folgte ihr. Am Abend nach der Hochzeit war er schon einmal hier gewesen, aber diesmal musste er sich genau umschauen, ob er Spuren fand, die Pedros Unschuld beweisen könnten. Währenddessen versuchte er im Plauderton, weitere Einzelheiten aus Carmens Leben zu erfahren.

Das beste Indiz, um Pedros Story zu untermauern, wären Spermaspuren im Bett. Langsam ging Costa um den Schreibtisch herum und auf das Bett zu. Er beugte sich darüber und schlug die Decke zurück. Das Bettlaken war frisch.

»Das Laken vom Hochzeitsmorgen ist in der Wäsche gelandet«, sagte Carmen spöttisch.

»Haben Sie es ausgewechselt?«

»Ich habe es abgezogen, weil ich in der Nacht hier geschlafen habe. Am Montag kommt immer die Putzfrau und nimmt die Schmutzwäsche mit.«

Costa betrachtete sie mit gemischten Gefühlen.

»Sie glauben mir nicht. Auch die Handtücher im Bad sind frisch. Überzeugen Sie sich selbst. Zwei Türen weiter links.«

Costa ging hinaus, um das nachzuprüfen. Sie hatte recht, die Handtücher waren unberührt. Bevor er das Büro wieder betrat, öffnete er die Tür daneben. Hier war die Toilette. Ihm fiel auf, dass es ein breites Oberlicht gab, das fast über die gesamte Länge der Wand ging, die Büro und Toilette trennte.

Als er zurückkam, saß Carmen bequem im Sessel, ihre Beine übergeschlagen. Gelangweilt wippte sie mit dem Fuß.

»Können Sie sich vorstellen, dass Pedro Gonzales von Inaki schikaniert wurde?«, fragte Costa und setzte sich auf den Schreibtisch.

Sie war nicht im Geringsten überrascht. »Selbstverständlich.«

»Und warum?«

»Er war krank vor Eifersucht.«

»Warum?«

»Er war versessen auf mich. Er konnte Pedro nicht verzeihen, dass ich ihn mochte. Inaki mochte ich nicht.«

»Und wie drückten Sie ihm Ihre Abneigung aus?«

»Wenn ich jemanden nicht mag, dann merkt er das. Ist das bei Ihnen anders?«

Er überging die Frage. »Vielleicht drückte sich Ihre Zuneigung zu Pedro sehr deutlich aus.«

Sie lachte. »Sie versuchen es immer wieder, nicht wahr?«

»Weiß Ihr Mann von Ihren Zu- und Abneigungen?«

»Störe ich?« Oswaldo de la Reina stand in der Tür.

Bevor Costa Ja sagen konnte, antwortete Carmen: »Da Sie nun schon einmal stören – kennen Sie *teniente* Costa?«

»Der Guardia-Offizier mit dem interessanten Beruf.«

Carmen fragte ihn, ob sein Beruf nicht auch interessant sei.

»Wo denken Sie hin?«, rief er. »Mein Beruf ist grauenvoll. Ich muss versuchen, in Worte zu fassen, was man nicht beschreiben kann: Geschmack.«

»Was für ein Geschmack wäre ich? Wie würden Sie mich beschreiben?«, wollte sie wissen.

»Das völlige Wohlbefinden. Nicht süß oder sauer, nicht salzig und nicht bitter. Die fünfte Dimension unserer Papillen. Mit der Muttermilch haben wir es eingesogen und suchen es den Rest unseres Lebens.«

»Vielen Dank.« Sie zwinkerte Costa zu. »Normalerweise ist er viel grausamer in seinen Beurteilungen.«

»Wir haben eben eine große Verantwortung«, sagte de la Reina, ohne seinen Platz in der Tür zu verlassen. »Essen ist ein lebensnotwendiger Akt, ein Grundbedürfnis. Ich werde Ihnen ein Beispiel geben: Sie freuen sich auf einen wunderbaren Abend mit Ihrer Geliebten, Ihrer Freundin, Ihrer Ehefrau. Sie haben hart gearbeitet, es ist Wochenende, Sie können am nächsten Morgen ausschlafen. Sie führen sie aus, in ein gutes Restaurant, Sie trinken einen Aperitif und träumen von den nun beginnenden Genüssen: eine leichte Vorspeise, etwas Neues, das Sie noch nie gekostet haben, danach Ihr Lieblingsgericht in einer neuen Variante, ein köstliches Dessert – all das als Auftakt zu einer Symphonie der Leidenschaft mit Ihrer Angebeteten. Die Bestellung wird notiert, der Champagner steht vor Ihnen. Und dann: Die Bouillabaisse wird gebracht. Sie führen den Löffel zum Mund – die Suppe ist weniger als lauwarm. Dafür mit Anis überwürzt, als habe der Koch seine Geschmacksnerven mit Pastis ruiniert. Die Julienne ist lieblos fade, weil schon gestern zubereitet, das Brot aufgebacken und dennoch nicht knusprig, die Wachtelbrüstchen und Trüffeln Ihrer Liebsten schwimmen in Balsamico.« Er sah Costa Empörung heischend an. »Jetzt sind Sie doch schon sauer, oder nicht?«

Gerne hätte Costa den Abend mit Karin verbracht und es wäre ihm völlig egal, wie lauwarm die Suppe sein würde.

»Es wird kaum noch möglich sein, diese erste Scharte auszuwetzen. Sie werden dem Hauptgang misstrauisch entgegensehen und in der Anspannung geht auch noch Ihre Unterhaltung zugrunde. Den Wein trinken Sie schneller, als es Ihnen guttut. Kein Sex, aber eine hohe Rechnung«, lachte er zu laut. »Sie werden das Lokal nie wieder betreten.« Costa fand ihn unausstehlich. »Beginnen wir mit einem zweiten Szenario. Alles hat geklappt, Sie haben eine kulinarische Perle entdeckt und möchten dieses wundervolle Erlebnis wiederholen. Aber etwas ist jetzt anders. Zwar wird alles genauso wiederholt, aber etwas fehlt – die Aufregung des ersten Mals. Psychologen behaupten, wir jagen unser Leben lang dem perfekten erstmaligen Genuss nach bis zum nächsten erstmaligen Genuss. Unser Hirn sei so gestrickt.« De la Reina machte ein paar Schritte und stellte sich vor Costa hin. Plötzlich sprach er sehr leise. »Und da kommt

Arrabal ins Spiel. Er und eine Handvoll Kollegen auf dieser Welt. Jeden Abend ein neuer, nie da gewesener Genuss, jeden Abend eine überwältigende Sinneslust. Sie meinen vielleicht, sich den Aufwand halbwegs vorstellen zu können, aber ich versichere Ihnen: Sie können es nicht.« Er seufzte. »Manche Köche flüchten sich in die blutleere Wiederholungswelt der Convenience-Produkte. Fertigspeisen nannte man so etwas früher. Für die Sättigung von Heeren im Krieg mag das seine Berechtigung haben. Für den Rest der Welt aber sollte es das bleiben, was es ist: ein schaler Aufguss, ein schwacher Abglanz. Die Hersteller dieser Gerichte sind Verbrecher, Genussdiebe und Geschmackshochstapler!«

Er hatte sich warmgeredet. Costa hätte ihn unterbrochen, aber Carmen hörte ihm zu. Er entschuldigte sich und ließ die beiden in Arrabals Büro zurück.

Ihm fielen ein paar Bemerkungen Elenas über die Gästetoiletten ein und er beschloss, sich das »Kack-Museum«, wie es der Surfer genannt hatte, anzusehen.

In der Mitte des Vorraumes stand eine Statue Arrabals – diesmal jedoch nicht aus Stein, sondern aus massivem Holz. Auf den Tischen entlang der Wände gab es jede Menge Kochbücher mit dem Bild des Meisters. Arrabal scheute sich nicht, hier im Vorraum zur Toilette auch Küchengeräte mit seinem eingravierten Namen auszustellen, Kochjacken in Schwarz mit roten Knöpfen – die *Arrabal Edicion Especial.* Eine Kollektion von CDs war auf zwei Tischen ausgebreitet: Musik zur Vorspeise, zum Hauptgang, zum Dessert, von José Arrabal persönlich für den erlesenen Geschmack ausgewählt. Außerdem bargen mehrere Vitrinen Geschirr, Gläser, Tischtücher, Servietten und signierte Speisekarten mit einem Aquarell von Arrabals Hand, das die Kirche inmitten eines Schneegestöbers aus Mandelblättern zeigte.

Als Costa wieder ins Freie trat, sah er zwei Gestalten, die eng beieinander neben einem Wagen standen. In der Küchentür erblickte er die Silhouette Arrabals. Er starrte in die gleiche Richtung wie Costa.

Als er ins Restaurant zurückkam, war Carmens Platz leer. Er beschloss, keinen Wein mehr zu trinken, und bestellte sich einen Kaffee. Zusammen mit der Gebäck-Etagère wurden weiße Rosen gebracht. Als er sich gerade eine ans Revers stecken wollte, tauchte Carmen wieder auf.

»Ich habe Oswaldo zu seinem Wagen begleitet«, sagte sie mit leicht geröteten Wangen. »Sie hatten recht – es war zu langweilig. Aber leider ist de la Reina entweder ein unschätzbarer Verbündeter oder ein mächtiger Feind. Das muss man begreifen.« Sie war verändert, fand Costa. Sie schien es selbst zu bemerken, nahm schnell eine Blume und brach ein Blütenblatt ab. »Die sind aus Zucker, sehen Sie?« Sie tauchte es in seinen Kaffee. Es löste sich auf.

Costa rührte seinen Rosenkaffee um. Hatte sie etwas mit de la Reina?

»Wie war das eigentlich genau, als Sie José damals kennenlernten?«, fragte er. »Sie sagten, es war im Café Zurich.«

Sie wurde wieder ruhig, ihr Teint blasser. Sie schaute ihm in die Augen und begann mit melodiöser Stimme. »Es war ein Sonntag im Oktober.« Schon diese ersten Worte klangen für Costa wie der Anfang einer ihrer poetischen Fabeln. Vielleicht eine Schutzhaltung, die sie bereits als Kind angenommen hatte: eine schöne Geschichte erzählen.

»Argento und ich hatten alles im Spielcasino verloren«, fuhr sie im gleichen Tonfall fort, »und waren gerade in Barcelona angekommen. Wir hatten seinen Wagen irgendwo im Barrio Gótico geparkt und wollten die kleine Pension suchen, die man uns empfohlen hatte. Als wir zum Wagen zurückkamen, war er weg. Es war eine dieser Situationen, wo man denkt: Das kann nicht sein. Falsche Straße. Es waren doch nur fünf Minuten. Aber der Wagen war tatsächlich gestohlen worden, und mit ihm unsere Pässe, Kreditkarten und Habseligkeiten. Bis morgens saßen wir auf der Polizeiwache.«

Costa hatte gleich bei der Erwähnung des Namens Argento nachfragen wollen, ob es sich um denselben handelte, der vor einigen Monaten im S'Esglesia gearbeitet hatte, Argento Casal. Jetzt machte Carmen eine kleine Pause, vielleicht um seinen Kommentar zu dem dreisten Autodiebstahl zu hören, und er ergriff die Gelegenheit.

»Sie sprachen von Argento – Argento Casal?«

»Ja. Er hat hier gearbeitet. Wenn Sie mir zuhören, erfahren Sie auch, wie er hierhergekommen ist.«

Sie lächelte etwas herablassend und fuhr fort. »Argento, wie Sie nun wissen, war Koch, und wir waren nach Barcelona gekommen, weil er bei Jean Louis Neichel arbeiten wollte. Aber nun hatten wir weder ein Auto noch Geld noch Ausweise. Uns blieben genau sieben Euro, die Argento in der Tasche hatte. Wir waren verwirrt, wir mussten die Polizeistation suchen, unsere Kleidung war verschwitzt von der langen Fahrt und wir hatten Durst. Wir liefen ziellos durch die Stadt und landeten an der Plaça Catalunya, vor dem Café Zurich. Ich sagte zu Argento, lass uns da was trinken.«

In einem Ton, als erinnerte sie sich an eine sehr romantische Situation, sagte sie: »Unser Geld reichte gerade für zwei Cola und ein Croissant, über das er laut schimpfte, weil es mit Margarine statt mit Butter gebacken war. Dann überlegte er, wen er anpumpen könnte. Selbst für seine Verhältnisse wäre es unpassend gewesen, bei einem möglichen neuen Arbeitgeber gleich nach einem Vorschuss zu fragen. Das alles hörte am Nebentisch ein älterer Mann. Er hatte schulterlange, graue Locken, trug einen sehr teuren, modischen Anzug und Sonnenbrille. Er kam an unseren Tisch und stellte sich als José Arrabal vor. Argento wusste sofort Bescheid. Es gibt wahrscheinlich keinen Koch, der Arrabals Namen nicht kennt. Er lud uns zu Neichel zum Essen ein.«

»Und? Nahmen Sie die Einladung an?«

»Aber selbstverständlich. Mit José Arrabal in Barcelona essen zu gehen ist unglaublich. Nicht einmal dem König kann mehr Aufmerksamkeit entgegengebracht werden. Natürlich nicht auf der Straße, aber sobald er ein Restaurant betritt, fängt das an.«

Sie lächelte. »So sanken wir in die Fauteuils dieses wunderbaren Belle-Epoque-Tempels und waren nach dem ersten Glas Roederer beschwipst. Argento und José fachsimpelten über die Ravioli von Stopfleber und Seespinne. Von Anfang an faszinierte mich José. Einerseits war er sehr distanziert, andererseits aber auch so intensiv, als ob jetzt gerade der Moment wäre, auf den er ein Leben lang gewartet hatte.« Ihre Augen glänzten. »Natürlich war mir klar, dass all das mir galt. Argento hat davon nichts mitbekommen, er dachte nur an Essen, Trinken und Geld. Neben José wirkte er wie ein kleiner Junge.«

»Haben Sie ein Foto von ihm?«

»Ja, ich denke schon.«

Sie winkte den Kellner herbei und bat ihm, ihr ihre Tasche zu bringen. Nach einer Minute war er zurück und reichte ihr eine schwarze Tasche mit einem silbernen Schnappverschluss. Sie holte daraus einen großen, in rotes Leder gebundenen Timeplaner und zog mehrere Fotos aus einem Seitenfach heraus. »Das sind Bilder, wo ich mich besonders hübsch finde«, sagte sie mit einem Augenzwinkern. Kurz betrachtete sie ein postkartengroßes Foto, bevor sie es Costa reichte.

Es war eine Aufnahme, wie sie professionelle Fotografen machen, die von Restaurant zu Restaurant gehen und verliebte Paare fragen, ob sie ein Foto von ihnen machen dürfen.

»Das war in einem Flamenco-Restaurant in Madrid«, erklärte sie. »Es ist schon etwa anderthalb Jahre her.«

Auf diesem Bild war Argento Casal etwa dreißig Jahre alt. Er trug einen Dreitagebart, hatte dichtes dunkles Haar und einen intensiven Blick. Beide lachten in die Kamera. Carmen trug eine weiße Bluse unter einer schwarzen Kostümjacke. Auch er hatte ein weißes Hemd und einen dunklen Anzug an, sodass man sie fast für Geschwister halten konnte.

»Sieht gut aus, der Junge«, sagte Costa.

»Ja, wenn seine Seele so gewesen wäre wie sein Aussehen. Aber er war ein unberechenbarer Typ. Er war empfindlich, seine Launen wechselten schnell. Manchmal war er aufbrausend, dann wieder versank er in Melancholie. Er war schon früh sehr erfolgreich und seine schönste Zeit war wohl mit achtzehn oder neunzehn, als er im Sportwagen herumfuhr, wie er mir erzählte, und Mädchen nachjagte. Als ich ihn kennenlernte, hat er zu mir gesagt, ich habe viele, viele Feinde. Manchmal ist es gut, Feinde zu haben, selbst wenn man sie nicht kennt. Es bedeutet, man ist wichtig. Man muss wichtig sein, wichtig genug, um einen Feind zu haben.«

»Haben Sie ihn geliebt?«

Sie lachte auf. »Ich glaube, unsere Liebe bestand darin, herauszufinden, was das Rätsel des anderen ist.«

»Ein Spiel, das Sie lieben, oder?«

»Richtig. Alles andere finde ich langweilig.«

»Darf ich das Foto behalten?«

Sie nickte.

»Wie ging es dann weiter?«

»Beim Dessert schließlich bot uns José seine Wohnung an. Er musste noch in der gleichen Nacht nach Ibiza und wollte in zwei Tagen zurückkommen. Wir brachen auf und niemand kam mit einer Rechnung. Zusammen gingen wir ein Stück durch die Nacht. Vor einem Jugendstilportal blieb er stehen und gab Argento einen Schlüssel. ›Vierter Stock‹, sagte er. Zum Abschied berührte er mich nicht, gab mir nicht einmal die Hand, sah mir nur in die Augen.«

Costa dachte, sie musste von Arrabal sehr beeindruckt gewesen sein. Beeindruckt sogar davon, dass er ihr nicht die Hand gab. Sie schienen ein Spiel zusammen zu spielen, das von Anfang an funktionierte.

»Ist es nicht ungewöhnlich, dass er Ihnen gleich die Wohnung überließ?«

»Ja. Später sagte er mir, dass er mich in dieser Wohnung haben wollte. Hätte ich sie erst einmal betreten, würde er mich ganz kriegen.« Sie lachte.

»Abergläubisch? Oder war es eine besondere Wohnung?«

»Die Wohnung war wie er. Sie roch nach seinem Rasierwasser und überall waren Fotografien von ihm. Er war so präsent, dass ich Argento überhaupt nicht mehr wahrnahm. Am Montagmorgen ging er zu Neichel, um sich auf die Anzeige zu bewerben.« Sie machte eine Pause. »Er wurde abgelehnt. Ich habe das damals nicht verstanden. Argento hatte erstklassige Zeugnisse, es gab keinen Grund, ihn keine Chance zu geben. Heute, wo ich José besser kenne, ist mir klar, dass er interveniert hat. Er geht immer auf Nummer sicher. Er wollte mich. Als Argento völlig fertig zurückkam, klingelte das Telefon. Es war José. Er fragte Argento, ob er schon bei Neichel gewesen war, und bot ihm dann eine Stelle auf Ibiza an. Argento war außer sich vor Freude. Was gab es für ihn Besseres? Kochen bei Arrabal, Freizeit auf Ibiza.«

Sie hatte immer noch keinen Schluck von ihrem Rotwein getrunken. Sie sprach sehr schnell und ging völlig darin auf, zu erzählen. Costa war klar, dass er keine Informationen erhielt, die ihm wirklich weiterhalfen. Selbst die Weise, wie sie Argento skizzierte, konnte ganz ihrer momentanen Laune entspringen. Arrabal würde ihn sicher anders beschreiben. Doch wenn ein wichtiger Zeuge oder gar Verdächtiger im Redefluss war, sollte man ihn auf keinen Fall unterbrechen, im Gegenteil. So musste auch Costa nun Carmen das Gefühl geben, dass er ganz bei der Sache wäre – und interessiert an dem aufregenden Prozess ihrer Entschlüsselung. Sie liebte das, er konnte das spüren. Vielleicht war das auch Arrabals Trick: ihr einfach zuhören.

»Auf Ibiza wohnten wir zwar noch kurz in einem kleinen Hotel zusammen, aber die Sache war klar, auch wenn es keiner aussprach: Argento würde bei Arrabal kochen und ich zu Arrabal ziehen.«

»Haben Sie noch Kontakt zu Argento?«

»Nein.«

»Könnte er ein Motiv gehabt haben, sich an Felipe Inaki zu rächen?«

»Nein. Bestenfalls an José.«

»Hat er Sie geliebt?«

»Argento? Ja, genauso wie José.« Sie lächelte Costa spöttisch an. »Und Inaki. Sicher auch Pedro, wenn er solche Geschichten erfindet. Und Sie? Sie auch?«

»Ich bin liiert.«

Mit gespieltem Mitleid schaute sie ihn an. »Ein Hund an der Leine?«

Genauso fühlte sich Costa, aber seine Gefühle zu Karin gingen sie nichts an.

»Wo haben Sie Argento kennengelernt?«

»In Madrid, in diesem Flamenco-Club. Wir saßen zwar an verschiedenen Tischen, aber nebeneinander. Er war ein großer Kenner von Flamenco und erklärte mir die Feinheiten des Tanzes.«

»Was taten Sie in Madrid?«

»Mal dies, mal das, verschiedene Jobs. Vor allem habe ich gemodelt.«

»Und was tat Argento in Madrid?«

»Er kochte im Zalacain.«

»Haben Sie ihn geliebt?«

»Auch.«

»Was meinen Sie damit?«

Sie setzte wieder ein spöttisches Lächeln auf. »Meine Liebe ist kein Zustand. Sie verändert sich beständig. Wie eine Flamme. Sie lodert auf, sie erlöscht, aber selten brennt sie auf demselben Pegel. Arme Menschen, die sich an Zustände klammern. Alles verändert sich, nichts bleibt.«

Nichts wünschte Costa sich sehnlicher, als dass die Liebe zwischen Karin und ihm sich nicht verändert hätte. Und José Arrabal dachte vermutlich ebenso. Er konnte sich kaum vorstellen, dass Arrabal die Philosophie des Wechsels mochte.

»Was sagt Ihr Mann dazu?«

Sie sah ihn einen Moment ernst an. Ihm war, als würden ihre Augen plötzlich einen sehr viel dunkleren Schimmer haben. »Er liebt mich. So wie ich bin.«

Als Costa im Auto saß, rief er sofort den Bischof an. Carmen Arrabal bestritt die Geschichte Pedros. Damit hatte sich die

Situation für den Jungen verschlechtert, er wurde mehr und mehr unglaubwürdig und das sollte der Vater wissen.

Aber der Bischof meldete sich nicht. Nur seine Mailbox war dran.

Costa hinterließ nichts und rief stattdessen Inès an. Sie erklärte ihm, dass Rafal nicht zu Hause sei. Als er wissen wollte, wo er ihn erreichen könne, zögerte sie, sagte dann aber, dass er zu Onkel Cubano gefahren sei. Costa überraschte das nicht. Rafal tat alles, um Pedro aus der Schlinge zu ziehen.

»Ist denn was Besonderes?«, fragte sie.

»Es sieht für Pedro nicht so gut aus und ich wollte mit Rafal darüber reden.«

»Er stellt immer sein Handy ab, wenn er bei Onkel Cubano ist, aber wenn du hinfährst, triffst du sie da alle an. Sie sind auf Onkel Cubanos Finca.«

Diese Onkelwirtschaft ging Costa auf die Nerven. »Alle? Wer?«

»Pedros Anwalt, Pedro selbst, Rafal und Onkel Cubano.«

Costa meinte, er hätte sich verhört. Wie sollte Pedro aus dem Gefängnis auf Cubanos Finca kommen? »Wieso Pedro?«

»Richter Montañya hat den Haftbefehl aufgehoben, nachdem Onkel Cubano hunderttausend Euro Kaution hinterlegt hat.« Sie fügte schnell hinzu: »Wir sind ihm alle sehr dankbar und richtig erleichtert.«

Costa holte einmal tief Luft. Auf diese Art hatte sich Cubano immer die Leute verpflichtet – sei es privat, in der Verwaltung oder bei der Polizei. Irgendwann würde er seinerseits vom Bischof einen Gefallen verlangen.

Alle Ermittlungen würden sich nun erschweren, denn Cubano war nicht der Mann, der leichtfertig hunderttausend Euro aufs Spiel setzte. Er würde das Geld wiederhaben wollen und er würde es nur wiederbekommen, wenn er statt Pedro einen anderen Täter lieferte. Jemand, der der Justiz genauso genehm wäre.

Costa hatte einen Verdacht, wer das sein könnte, und es erfüllte ihn mit Groll.

Sie war sehr lange in der Redaktion geblieben, weil sie ahnte, was auf sie wartete. Costa stand im hell erleuchteten Hausflur vor ihrer Wohnungstür und wartete, dass sie aus dem Fahrstuhl käme.

Früher wären sie sich in die Arme gefallen und gleich ins Bett gegangen. Aber jetzt?

»Was machst du hier?« Ihre Stimme war fest.

»Ich will mit dir reden.«

Sie schloss die Tür auf und beglückwünschte sich, dass sie sorgfältig alle Spuren von Marc beseitigt hatte. Dann holte sie zwei Gläser und eine Flasche Wasser aus der Küche, stellte alles auf den Tisch und sagte: »Es ist Schluss, Toni. Ich trenne mich von dir.«

Costa nickte. »Verstehe.«

Er trank sein Wasser. Aus ihrer Sicht war alles gesagt. Sie würde das jetzt nicht abschwächen. Er musste sich mit der Situation abfinden. Das wollte sie erreichen.

Plötzlich schaute er sie an und sie erinnerte sich, wie sie diesen sanften Blick geliebt hatte. »Weiter hast du nichts zu sagen?«, fragte er.

»Dass es mir leidtut.«

»Mir auch.«

»Es ist zu spät, Toni. Du hättest es dir früher überlegen müssen.«

»Was überlegen?«

»Wenn du willst, kann ich es dir erklären.«

»Bitte.«

»Ich möchte nicht mit jemandem zusammen sein, der immer unter Anspannung steht. Für den es immer auf Leben und Tod geht. Du magst deinen Onkel für einen skrupellosen Typen halten, aber er hat Lebensart, er genießt das Leben und lässt andere genießen. Wenn ich mit viel Mühe und Aufwand endlich eine Geburtstagsfeier zusammenbringe, dann erscheinst du nicht einmal. Ich möchte meine Partnerschaft und alles andere genießen.«

»Auch deine Arbeit?«

»Meine Arbeit gefällt mir. Mir gefällt nicht, was danach kommt. Es ist mir egal, wer diesen Koch umgebracht hat, ich will nur einen tollen Artikel schreiben und danach mit dir fein essen und einen guten Wein trinken. Von mir aus auch im S'Esglesia. Aber da würdest du nicht essen. Und wenn doch, würdest du die ganze Zeit damit nerven, dass der Täter ein anderer ist, vielleicht ein gänzlich Unbekannter. Den ganzen Abend würdest du mir damit vermiesen, dass du den Falschen in den Knast gebracht hast. Dann lass ihn raus, sage ich. Aber du: Das ist nicht so einfach, die Beweise – und dann fängt das Ganze wieder von vorne an.«

Sie war ziemlich stolz auf ihren Monolog, endlich hatte sie ihm ohne Umschweife, ohne Beschönigung ihre Meinung gesagt. Früher hätte sie ja gar nicht gewagt, auch nur ein einziges positives Wort über Cubano zu äußern. Aber das war jetzt vorbei. Sie wurde von zwei Männern begehrt, sie riskierte etwas und sie konnte es sich leisten. Sie genoss es.

Costa lächelte. »Und das fällt dir alles jetzt ein? Warum kannst du nicht einfach zugeben, dass du auf diesen Kerl stehst, weil er dir vorspielt, dass du die Größte bist? Wie viele Hundert SMS hat er dir schon geschickt, in denen er dir Honig um den Mund geschmiert hat? Warum gibst du nicht zu, dass du von hohlen Liebesschwüren nicht genug bekommen kannst? Hättest du mir das so klar zu verstehen gegeben, hätte ich dich auch mit Komplimenten überschüttet.«

Er war wütend und redete sich jetzt in Rage. Warum sollte sie sich das gefallen lassen?

»Und dann so ein Blödsinn mit dem S'Esglesia! Wir waren da essen! Ich habe dich eingeladen! Hast du das schon vergessen?«

»Nein, habe ich nicht.« Sie stand auf. »Geh jetzt bitte!«

Er sprang auf und starrte sie an.

»Oder willst du mich schlagen?«, fragte sie. Ganz ruhig, weil sie es sich nicht vorstellen konnte. In seinem Zorn sah Costa plötzlich so attraktiv aus, dass sie daran dachte, ihn zu küssen.

Er sagte nichts. Er warf ihr nur einen vernichtenden Blick zu, bevor er sich umdrehte und die Wohnung verließ.

Schade, er war so anders als sein Onkel. Der konnte charmant, hilfsbereit und offen sein. Ohne ihn würde sie jetzt nicht wissen, wer der Täter in diesem Mordfall war. Sie lächelte. Diesmal war sie Costa einen großen Schritt voraus.

Der Ruf des Muezzins weckte ihn. Er kam aus einem zu laut eingestellten Radio. Im ersten Stock war vor ein paar Tagen eine muslimische Familie eingezogen. Wahrscheinlich stand das Radio auf dem Fensterbrett und hallte in den Hofschacht, wohin auch sein Schlafzimmerfenster ging.

Er hatte eine quälende Nacht hinter sich. Immer wieder war er erwacht. Einmal glaubte er, nackte Füße tapsten über das Holz. Gegen vier meinte er, Karin neben sich im Bett atmen zu hören. Danach versuchte er eine Stunde lang, seine Gedanken zu kontrollieren und nicht den immer gleichen diffusen Assoziationen zu folgen: Sie will mich nie wieder sehen. Oder: Sie gewährt mir drei Monate, danach wird sie sich zwischen mir und dem Berliner entscheiden. Aber die angenehmste Version war: Sie bittet um Verzeihung, sieht alles ein und kommt zurück.

Meistens scheiterten all diese halbherzigen positiven Fantasien und dann versuchte er den Schmerz zu bekämpfen, indem er Öl ins Feuer goss. Das heißt, er brachte den Berliner auf jede erdenkliche Weise um. Gestern zum Beispiel hatte er ihn vergiftet. Dazu hatte er sich von Karin und ihm zum Essen einladen lassen und ihm in einem günstigen Moment eine farblose Flüssigkeit auf das Dessert geträufelt. Blausäure. Er wartete genüsslich, bis sich die Symptome einstellten: stechender Schmerz im Kopf, Erbrechen, Krämpfe, Zittern, Angstzustände, Atemnot, Bewusstlosigkeit. Dann trat der Tod durch Herzstillstand ein. Lächelnd hatte er sich der entsetzten Karin zugewandt und gesagt: »Ist doch nicht so attraktiv, dein Neuer, oder?«

Danach war er erschöpft in einen tiefen Schlaf gefallen, aus dem ihn nun die Stimme des Muezzins geweckt hatte. Vermutlich war

Sonntag. Er wälzte sich aus dem Bett, ging sofort unter die Dusche und drehte sie voll auf. Minutenlang ließ er den kalten Regen über seinen Kopf strömen, um allen Spuk loszuwerden.

»*Toni, com va aixo?*« Joan Costa Mari, genannt El Cubano, breitete die Arme zur Begrüßung seines Neffen aus und lachte gönnerhaft.

Costa ließ sich umarmen. »Du hast mich bestimmt erwartet.«

El Cubano setzte ein erschrockenes Gesicht auf und hob die Handflächen, als hätte Costa eine Waffe gezogen. »Oh, entschuldige! Erwartet habe ich dich nur dienstlich. Aber heute ist Sonntag.«

Costa ging an seinem Onkel vorbei ins Büro. Er war zum ersten Mal hier, denn bei seiner letzten »dienstlichen Begegnung« mit Cubano, vor Jahren, gab es dieses Gebäude noch gar nicht. Es stand in der ersten Reihe am Hafen und war das Einzige mit sieben Stockwerken. Die Bauämter hatten sich dem Willen der Piratin gebeugt; es gehörte ihr wie so viele Häuser in dieser Stadt. Zwei Etagen hatte Cubano an die Bank des Gouverneurs Matares vermietet, zwei weitere an den Familienanwalt Antoni Campaña und an ein Notariat. Die übrigen Stockwerke beherbergten die Firmen der Piratin.

»Ein wunderbarer Blick, nicht wahr?«, hörte er die Stimme seines Onkels hinter sich.

Er hatte recht, von hier aus überblickte man die ganze Stadt.

»Immer den Überblick behalten«, sagte er stolz.

Costa konnte das Haus sehen, in dem er selbst wohnte, nicht weit entfernt davon das Royal Plaza, das ebenfalls der Piratin gehörte, und neben dem Plaza den Krater der alten Stierkampfarena. Cubano und Matares waren dabei, dort ein Einkaufscenter nach amerikanischem Muster zu errichten. Diesmal war Costa direkt betroffen, denn seine Wohnung war von der alten Stierkampfarena nur zwei Minuten entfernt.

Als er sich in dem ihm von seinem Onkel angewiesenen Ledersessel niederließ, öffnete Cubano den Humidor, der auf dem Schreibtisch stand. Cubano wusste, dass Costa ablehnen würde, aber er liebte nun mal Rituale. Dazu gehörte auch das wiederholte Angebot einer steilen Karriere in Cubanos Unternehmen und, natürlich, Costas Ablehnung.

Mit einem Fächer fachte Cubano die Glut seiner Zigarre lässig an.

»Es ist nett, dass du Pedro aus der Untersuchungshaft geholt hast«, sagte Costa.

»Er ist unschuldig.«

»Mag sein. Aber er hat sich schwer belastet«, wandte Costa ein.

Statt an der Zigarre zu ziehen, hob Cubano die Augenbrauen. »Er hat ein Alibi.«

»Ich weiß. Der Tankwart. Aber der hat bereits widerrufen.«

»Mir gegenüber nicht.«

»Nein, aber mir gegenüber. Er hat den Widerruf bereits unterschrieben.«

Costa spürte, wie sich Cubanos Stimmung verfinsterte. Dann machte er eine ausladende Bewegung, die er mit einem warmen Singsang unterlegte: »Toni, wie kannst du deiner Familie so etwas antun?«

Mit der gleichen Theatralik hob Costa beide Hände wie in stiller Verzweiflung. »Weder der Bischof noch Pedro haben kooperiert. Stattdessen gab es immer neue Widersprüche. Was hätte ich machen sollen?« Seine Reaktion war nicht nur gespielt, darin lag auch ein echtes Bedauern. »Und jetzt behauptet er, mit Carmen Arrabal Sex gehabt zu haben. Wenige Stunden vor ihrer Hochzeit. Das kann man doch nicht glauben.«

»Toni«, Cubano erhob sich, drückte dabei resolut seine Zigarre aus, ging um den Schreibtisch herum und legte seine Hand auf Costas Schulter. »Toni, sie war es!« Er stand vor Costa und sah ihm in die Augen. »Sie ist nicht von dieser Welt.«

»Das reicht nicht, um sie zu verdächtigen.«

»Das reicht nicht?« Cubano machte ein ungläubiges Gesicht. »Hat sie ein Alibi? Nein! Aber vor allem spricht das Küchenvideo gegen sie. Der Mörder agierte wie ein Degenkämpfer –

erst der Rückzieher, dann der Ausfallschritt und dieses *Touché*. Es ist der gleiche Bewegungsablauf wie in dieser Fernsehwerbung von Osborne. Hast du die mal gesehen?«

Costa nickte.

»Sie ist es, die diese Werbung vor zwei Jahren gemacht hat. Sie hat keine Skrupel. Sie tötet den Koch, indem sie ihre eigene Werbung zitiert. Und sie hat ein Motiv!«

»Welches?«

»Inaki hat sie beim Sex mit Pedro erwischt. Er hat Pedro gesucht oder ihn im Büro verschwinden sehen. Er geht hinterher und beobachtet die beiden. Nachdem Pedro verschwunden ist, geht er zu ihr und droht ihr, alles Arrabal zu berichten, wenn sie ihn nicht auch ranlässt. Carmen spart sich all diesen Ärger, indem sie den Zeugen tötet. Sie weiß, dass Pedro als Täter auch infrage kommt, und setzt darauf, dass es ihn erwischen wird. Klug. Sehr klug. Aber wirklich infam.« Erregt nahm Cubano den Zigarrenstumpen und drückte ihn noch einmal in den Aschenbecher, als wäre die Glut nicht erloschen. Dann ließ er sich in den Sessel fallen.

»Nicht klug genug für dich«, grinste Costa.

»Richtig, richtig.«

Beide saßen sich schweigend gegenüber. Carmen sollte das Bauernopfer sein, nicht Argento – Costa hatte es geahnt. Als wollte sein Unbehagen sich Gehör verschaffen, knurrte sein Magen.

Cubano lachte. »Wir sollten was essen.« Er stand auf. »Komm, ich lade dich zum Lunch ein.«

Costa ärgerte sich über das wie stets joviale Gehabe seines Onkels, weil hinter seiner Freundlichkeit immer eine Absicht lauerte. Auch sonst war es eine für Costa zu einfache Welt: Was nutzte, war gut, was schadete, war schlecht. Wenn du mein schlechtes Kamel gegen deine zwei guten eintauschst, bist du mein Freund. Selbst wenn er keine Hintergedanken hegte, forderte er von den anderen Applaus für seine Lebensart und seinen guten Geschmack.

Costa war gespannt, wohin es diesmal ging.

Die erste Überraschung war das Lokal. Von sich aus wäre Costa nie auf eine solche Idee gekommen. Vor der Tür standen Mülltonnen, die Rollläden waren herabgelassen, die Scherengitter geschlossen.

Cubano packte mit beiden Händen zu. Unter den Ärmeln seines Jacketts spannte sich ein beachtlicher Bizeps. Nachdem er die Gitter auseinandergeschoben hatte, schlug er mit der flachen Hand auf die Lamellen des Rollladens. »Hast du da mal gegessen, im S'Esglesia?« Es war eine rhetorische Frage – sein Neffe würde sich das gar nicht leisten können –, daher wartete er die Antwort gar nicht erst ab. »Ich schon.« Er schlug wieder gegen den Rollladen. »Der Gouverneur mag den Laden. Für mich ist das alles übertrieben. Schon wenn ich die Karte lese, habe ich keine Lust mehr: an, neben, unter, bei. Man muss einen Architekten mitbringen, um das zu verstehen. Nein, mein Junge. Ein frischer Fisch aus unserem Meer oder ein knuspriges Spanferkel ist immer noch das Beste.« Er trat einen Schritt zurück, weil die Läden hochgezogen wurden.

Ein Mann mit Lederschürze ließ sie ein und Costa erkannte, dass sie sich in einer Halle auf der Rückseite des Alten Marktes befanden. Auf einem Tresen stapelten sich große Schinken mit buttergelber Oberfläche, keiner weniger als fünfzehn Kilo.

»Pata Negra. Hinterbein. Vom Besten«, erklärte Cubano mit großer Geste. Die Arbeiter legten ihre Spielkarten beiseite, um ihn zu begrüßen. Sogleich wurden Weinflaschen geholt, große Brotlaibe geviertelt, Gläser mit einem Lappen geputzt und zwei Holzkisten als Sitze an den Stahltisch geschoben, an dem sonst der Metzger die Rinderhälften tranchierte. Einer der Männer reichte Cubano ein Messer mit langer biegsamer Klinge und wuchtete einen der Schinken auf den Tisch. Er klemmte das Hinterbein in einen Ständer und fixierte den Knochen mit einer langen Flügelschraube.

»Schön fest«, erläuterte Cubano mit anerkennendem Blick. »Der Schinken darf sich während des Schneidens nicht bewegen.«

»Warum schneidet man ihn nicht mit einer Maschine?«, fragte Costa, nur um irgendetwas zu sagen.

Die Männer schnauften verächtlich.

»Nichts da mit Maschine!«, polterte sein Onkel. »Jeder in Spanien weiß, dass seit der Erfindung der Schneidemaschine der Schinken nicht mehr wie Schinken schmeckt. Der erste Schnitt beginnt senkrecht zum Huf und endet am Sprunggelenk«, setzte er seine Lektion fort und zog das flexible Messer durch das Fleisch. Dann folgten zwei Längsschnitte an beiden Seiten, ein weiterer eleganter Schnitt deckte das Hauptteil ab.

Costa begriff, dass dieser Lunch tausend Euro kosten würde, denn ein angeschnittener Schinken musste ganz bezahlt werden. Aber für Cubano spielten solche Summen keine Rolle.

»Immer parallel zur Faser schneiden.« Scheibe um Scheibe landete auf einem Holzteller. »Die Scheiben müssen fast durchsichtig sein, so breit wie der Schinken und nicht länger als der kleine Finger eines Mannes.« Er steckte sich ein Stück in den Mund und schmatzte genüsslich. »Die Schlampe war's«, sagte er unvermittelt und ließ Olivenöl auf seinen Teller tropfen. Er salzte es und tunkte das ungesalzene Brot hinein.

Was sollte das? Inzwischen standen mindestens fünfzehn Männer und zwei Frauen um Cubano herum, alles Ibizenkos, denen keines der Worte entging.

»Die Frau von Arrabal. Das Flittchen aus Südamerika.«

Nun begriff Costa den Zweck der Einladung. Cubano hatte sich entschlossen, eine öffentliche Kampagne gegen Carmen Arrabal zu führen. Dies hier sollte nur die Generalprobe sein. Die Premiere würde dann in der Tageszeitung stattfinden, die seinem Freund Matares gehörte.

»Komm schon, Neffe, euer Revier ist voll von Kanaken aus Ecuador, Kolumbien, Argentinien, Chile und Mexiko. Du weißt, dass diesen Menschen nichts heilig ist. Sie töten für Rauschgift ihre eigene Mutter. Und über das Temperament einer Latina brauche ich dir hoffentlich nichts zu erzählen.« Er legte den Kopf ein wenig schief und lachte. »Oder doch? Wenn du willst, kann ich nach dem Essen eine kleine Vorführung für dich arrangieren.«

Costa hatte plötzlich die Vision eines Schachspiels, in dem er nur eine Figur war. Ein Bauer.

Cubano goss ihm ein Glas Rotwein ein. »Komm schon, sie verführt den Kleinen und betrügt ihren Mann sogar am Hochzeitstag. Wahrscheinlich ist die ganze Brigade durch ihr Bett marschiert. Das wirst du ja herausfinden, wenn du deinen Job richtig machst.«

»Dann werde ich wohl gleich damit anfangen!« Zornig stand Costa auf und ging.

Er hatte kaum den Fuß vor die Halle gesetzt, da war Cubano wieder neben ihm und hielt ihm einen Umschlag hin. »Einen Teil deiner Arbeit habe ich schon gemacht. Schau mal rein. Die Frau dieses Kochs und die Wahrheit sind keine guten Freundinnen.«

Costa blickte Cubano in die Augen und zögerte, den Umschlag anzunehmen.

Seine Ernsthaftigkeit schien seinen Onkel zu amüsieren. »Kennst du den Dreizeiler von Octavio Paz?«, fragte er grinsend.

Costa hatte den Namen des mexikanischen Dichters schon einmal gehört, wusste aber nicht, worauf Cubano hinauswollte. Er schüttelte den Kopf und zeigte offen seinen Unmut über die exaltierte Art seines Onkels, der sich aber seine gute Laune dadurch nicht trüben ließ.

»Jede Nacht steigt sie hinab in den Brunnen
und taucht am Morgen auf
mit einem neuen Reptil in den Armen.« Er grinste breit. »Paz ist Mexikaner. Er ist Carmen Trujillo sicher nicht persönlich begegnet, aber er kennt die Mentalität der südamerikanischen Damen.« Damit drehte er sich um und verschwand wieder in der Halle.

Costa überflog die Unterlagen.

Abgesehen von der Tatsache, dass Carmen Trujillo 1982 in Asunción geboren war, stimmte nichts mit dem überein, was sie

Costa bei ihrer Vernehmung auf dem Präsidium erzählt hatte. Die von ihr erwähnte Großmutter war die Frau des Bruders von Rafael Leónidas Trujillo Molina, der die Dominikanische Republik dreißig Jahre lang grausam wie kein anderer Diktator geschunden hatte. 1961 musste sich die Familie auf Druck von John F. Kennedy mit der Leiche Trujillos im Gepäck über Paris nach Spanien absetzen.

Kurz vor dieser Flucht wurde Carmens Vater geboren. Carmens Großvater hasste Spanien, aber das geraubte Milliardenvermögen machte das Leben in der Fremde dennoch zu einem angenehmen Aufenthalt. Cubanos Papier listete auf, welche Banken und Unternehmen dem Trujillo-Molina-Clan noch gehörten. Ende der Siebziger verließen Carmens Eltern Europa wieder. In guter Tradition versuchte Carmens Vater Hector Bienvenido, mit den kolumbianischen Kokainkartellen in Kali und Medellin ins Geschäft zu kommen, und kaufte zu diesem Zweck das Anwesen in Asunción. Drei Jahre später wurde Carmen geboren. Die Kopie eines Polizeiprotokolls aus Palmira von Donnerstag, dem 12. November 1985 besagte, dass auf der Straße von Ibaque nach Kali ein Personenwagen der Marke Volvo mit Maschinengewehren beschossen worden war. Die beiden Erwachsenen, Hector Bienvenido Trujillo Molina der Zweite und seine Frau Rosa de Oro, waren sofort tot, Carmen, die dreijährige Tochter der beiden, überlebte unversehrt.

Costa atmete tief ein. Manchmal lügen die Menschen, weil der Schmerz der Erinnerung zu groß ist. Er merkte, wie heiß die Sonne herunterbrannte. Er trat in den Schatten und las weiter.

Im Juni 2000 war Carmen Trujillo nach Spanien eingereist, nachdem ihre Großmutter zwei Monate zuvor gestorben war. Sie lebte danach bei Verwandten in Madrid, Granada und Barcelona.

Im letzten Jahr war ihr ständiger Begleiter Argento Casal gewesen. Näheres wusste das Dossier nicht. Hier las es sich so, als ob sie mit einem Koch, den Arrabal angefordert hatte, nach Ibiza gekommen war.

Carmen – die Verwandte eines blutrünstigen Diktators?

Wusste Arrabal davon? Vermutlich nicht.

War Carmen Trujillo ihren mächtigen Gegnern hier, Cubano und Matares, ebenbürtig? Oder war sie von ihrer Familie verstoßen worden?

Costa dachte an seine eigene Familie. Die Piratin hatte sie zusammengehalten, sie wohlhabend gemacht und niemand hatte je Probleme damit gehabt. Aber als Costa auf die Insel zurückkam und Cubano begann, die Familienpolitik zu beeinflussen, änderten sich der Stil und die Konflikte. Es war nicht das erste Mal, dass Costa damit konfrontiert wurde und Cubano gegenüberstand.

Carlos Matares und El Cubano machten sich die Erde in einer Weise untertan, die der Verfasser der Genesis mit Sicherheit nicht gemeint hatte. Sie plünderten die Ressourcen der Insel bis zur Schmerzgrenze. Dabei war eine gut geölte Maschinerie in Gang gesetzt worden, die der Justiz zumindest ebenbürtig war: eine Maschinerie, die Informationen mit nahezu unbegrenzten Mitteln kaufen oder, wenn es nicht anders ging, mit Gewalt erpressen konnte. Eine Maschinerie, die imstande war, ein Haus bis auf die Grundmauern auseinanderzunehmen, bevor Costa mit einem Durchsuchungsbefehl vor der Tür stand.

Als er das letzte Dokument aus dem Umschlag zog, hätte sein Erstaunen nicht größer sein können. Es war ein Hausdurchsuchungsbefehl für den Wohnsitz Carmens in der Cala Gracioneta. Ihm war, als stünde Cubanos Schatten höhnisch grinsend hinter ihm. Er drehte sich um, aber da war niemand.

Er drückte die Handynummer des Staatsanwaltes, um Secundo sofort nach der Sache zu fragen. Der erklärte ihm, dass es der Bischof war, der die Durchsuchung der Wohnräume von Carmen Arrabal beantragt habe.

»Heute am Sonntag?«

»Nein, gestern Abend. Er hat mich in Begleitung Ihres Onkels aufgesucht.«

Nach der Besprechung auf Cubanos Finca, von der Inès ihm berichtet hatte, waren also Cubano und der Bischof zu Secundo gefahren, um sich den Durchsuchungsbefehl zu holen. »Haben sie auch einen Grund angegeben?«

»Es liegt eine Anzeige wegen Diebstahls vor.«

»Diebstahl?« Costa konnte sich nicht vorstellen, was das mit dem Mord an Inaki zu tun haben sollte.

»Pedro Gonzales behauptet, Carmen Arrabal habe seine Uhr gestohlen.«

Costa verstand. Wahrscheinlich war es Cubanos Idee gewesen, Pedros Geschichte von der verschwundenen Uhr so zu verdrehen, dass man sie zum eigenen Vorteil verwenden konnte. Der nächste Schritt wäre die Hausdurchsuchung bei Arrabal und morgen die Schlagzeile in der Zeitung als Auftakt einer Kampagne gegen Carmen. Um der Sache einen neutralen Anstrich zu geben, sollte Costa und nicht Pedros Vater die Hausdurchsuchung durchführen. Sehr clever.

Costa überlegte einen Moment, ob er dieses Spiel mitspielen sollte. Wenn ja, brauchte er Elena und den Surfer als Zeugen.

Als er sie anrief, war Elena sofort bereit, aber der Surfer war wegen der guten Windverhältnisse auf dem Wasser. Sie meinte, sie könnte ihn erreichen, aber es würde sicher eine Stunde dauern. Costa war einverstanden und sie verabredeten sich in anderthalb Stunden am Mar y Sol.

Costa saß am Steuer und starrte nach draußen. Er hatte die Zeit bis zur Verabredung in einem Café am Hafen verbracht und versucht, Cubanos Plan bis ins Detail nachzuvollziehen. Das war immer noch besser, als die ständig gleichen Gedanken über seine verfahrene Beziehung mit Karin hin und her zu wälzen.

Nach dem Cortado hatte er noch drei Absinth getrunken und nun kam es ihm vor, als bewegten sich die Passanten in Zeitlupe. Ebenso langsam griff seine Hand nach dem Schalthebel. Alles um ihn herum erschien schemenhaft.

»Was haben wir überhaupt gegen Carmen in der Hand?«, hörte er wie aus der Ferne Elena fragen. In ihrem Ton schwang Ärger über El Cubanos Vorgehen mit.

Sie saß auf dem Beifahrersitz, der Surfer hinten. Aufgeregt beugte er sich nach vorne und steckte seinen Kopf zwischen Costas und Elenas Schultern. »Was ist, wenn Inaki versucht hat, sie zu vergewaltigen? Oder sie tatsächlich vergewaltigt hat?«

»Wie kommst du darauf?«, brummte Costa.

»Wenn Inaki wirklich so besitzergreifend und jähzornig war, wie alle sagen, könnte das doch sein. Er steigt auf den Toilettenrand, sieht sich das Schauspiel eine Weile an und sagt sich, da mach ich doch mit.«

Costa warf einen Blick in den Rückspiegel. Es war deutlich, wie er es genoss, solche Szenarien in Elenas Gegenwart auszubreiten.

»Hast du denn die Toilette nach Spuren untersucht?«, fragte sie kühl nach hinten.

»Ja, ich habe Handabdrücke von Inaki an der Wand unterhalb des Fensters gefunden, durch das man von der Toilette ins Büro sehen kann.«

»Warum erfahren wir das erst jetzt?« Costa spürte eine leichte Wut in sich aufsteigen.

»Ich habe das Ergebnis erst heute bekommen. Ich war selbst im Labor. Heute! Am Sonntagvormittag!«

»Und beweist das, dass Carmen etwas mit dem Mord an Inaki zu tun hat?«, fragte Elena scharf.

Der Surfer legte beide Arme auf die Lehnen der Vordersitze und beugte sich noch weiter vor. »Ich sehe das so«, sagte er eine Spur zu laut: »Inaki fragt sich, als er Pedro im Hof nicht sieht, wo er eigentlich steckt – schließlich war er ja ein ziemlicher Kontrollfreak. Er öffnet die Tür zum Pfarrhaus und hört Geräusche aus dem Büro. Er weiß, dass man von der Toilette aus dort hineinsehen kann. Er schleicht hin, steigt auf den Toilettenrand, stützt sich mit beiden Händen gegen die Wand und hat den besten Ausblick auf die Sexszene. Dann geht er wieder zurück in die Küche und überlegt. Er muss erst verarbeiten, was er gesehen hat: Seine Angebetete wird von seinem Lehrling gevögelt. Nach elf Minuten ist ihm klar: Was der Lehrling sich nimmt, steht ihm auch zu.

Entschlossen geht er wieder rüber ins Pfarrhaus. Pedro öffnet die Tür, die sie vorher abgeschlossen haben, und Inaki stürzt herein. Er kümmert sich nicht um Pedro, sondern packt Carmen. Er weiß, die beiden müssen den Mund halten, sonst schmeißt Arrabal sie raus. Pedro greift nicht ein, sondern haut ab. Voller Rachsucht stülpt er sich im Vorratsraum die Mülltüte über und wartet in der Küche auf Inaki. Als der mit Carmen fertig ist, geht er ebenfalls in die Küche. Inaki muss annehmen, unter der Mülltüte steckt Pedro, denn Carmen kann es ja nicht sein, die ist noch im Büro. Nur – so war es nicht! Er sagt nämlich nicht Pedros Namen, sondern Carmens. Wir wissen das vom Küchenvideo. Also ist sie ihm irgendwie aus dem Büro entwischt. Sie ist nackt und daher zieht sie sich die Mülltüte über.

Sie ist voller Hass, und als Inaki kommt, sticht sie ihn ab. Im Sterben röchelt er ihren Namen. Carmen!«

»Und wo ist Pedro abgeblieben?«, fragte Elena.

»Pedro hat sich nach dem Schock auf sein Moped geschwungen und ist davongebraust. Entweder zur Festwiese oder zur Tankstelle.

»Der Mörder hat *touché* gesagt«, versuchte es Elena noch einmal. »Was hat die Stimmenanalyse ergeben?«

»Nichts. Es ist nicht festzustellen, ob es eine Männer- oder eine Frauenstimme ist.«

»Wenn sie um 10:25 Uhr zu Hause war, wie José Arrabal sagt, dann hat sie praktisch ein Alibi«, wandte Elena noch einmal ein.

»Arrabal wird seine Frau schon nicht hängen lassen.«

»Sie decken, obwohl sie seinen besten Koch getötet hat?«

»Logo. Davon, dass er Carmen ans Messer liefert, wird sein Koch auch nicht wieder lebendig.«

»Das Ganze setzt aber voraus, dass Pedro wirklich mit Carmen Sex hatte. Bisher ist das nicht erwiesen. Hast du denn irgendwelche Spuren von ihm im Büro gefunden?«

Der Surfer hob abwehrend die Hände. »Meine liebe Elena, wir hatten keine Ahnung, dass das Pfarrbüro so wichtig werden würde. Es wäre anders gewesen, wenn Pedro gleich seine Geschichte erzählt hätte.«

»Jetzt war nichts mehr zu finden?«, fragte sie noch einen Grad kühler.

»Nein.«

»Und woher hatte sie so schnell das Gift, das sie auf den Teig geträufelt hat?«

Darauf wusste der Surfer keine Antwort.

Dieses Gespräch hatte Costa noch einmal klargemacht, wie unwahrscheinlich es war, dass Carmen Inaki getötet hatte. Umso schockierter war er, als er Pedros vermisste Uhr in ihrem mit silbernen Fäden durchwirkten Toilettentäschchen fand.

Es war alles ziemlich reibungslos gegangen: Ein Hausmädchen mit costa-ricanischem Akzent hatte die Tür geöffnet. Bei den Worten »Guardia Civil« war sie ganz blass geworden und zurückgewichen. Offenbar besaß sie keine Aufenthaltsgenehmigung, geschweige denn eine Arbeitserlaubnis.

Costa fragte nach Señor Arrabal. Das Mädchen antwortete mit kaum hörbarer Stimme, er schlafe noch.

Costa bat sie, ihn schlafen zu lassen, und verlangte nach Señora Arrabal.

Das Mädchen deutete Richtung Wohnzimmer. Die hohen gläsernen Schiebetüren zum Garten standen offen. Im Pool konnte Costa das tiefschwarze Haar Carmen Arrabals erkennen.

Sie gingen durch das Wohnzimmer auf die Terrasse. Die Hausherrin trug nichts als ein winziges türkisblaues Bikinihöschen und wirkte in dem großen, elegant geformten Pool wie ein lebender Gruß aus Hollywood. Sie hob kurz ihre Hand, um ihnen zu winken, als wären sie die ersten Gäste ihrer Poolparty, machte aber keine Anstalten, aus dem Wasser zu kommen.

»Madonna!«, hörte er den Surfer hinter sich raunen.

Costa bat Elena, hinunter zum Pool zu gehen und Señora Arrabal zu bitten, ins Wohnzimmer zu kommen. »Bekleidet«, fügte er hinzu.

»Warum das?«, murmelte der Surfer.

Als Costa sich abwandte, um ins Haus zu gehen, fragte der Surfer: »Fangen wir an?«

»Nein. Wir informieren Señora Arrabal zuerst, dass wir einen Hausdurchsuchungsbefehl haben.«

»Señora!« Der Surfer gab dem Wort einen Klang, als handelte es sich bei Carmen Arrabal um das Gegenteil.

Die Terrasse, das große Wohnzimmer, die Diele, vermutlich auch alles andere war in einem kühlen, kargen Stil gehalten. Ein bisschen japanisch, fand Costa. Er wusste, dass Arrabal das Anwesen von seinem Bewunderer gemietet hatte, einem Londoner Designer, der nach New York gegangen war.

Elena kam ohne die Hausherrin. »Sie möchte im Pool bleiben. Die Hausdurchsuchung hat sie nicht beeindruckt. Sie wollte nur wissen, ob sie mitsuchen soll.«

»Und?«

Nun huschte doch ein leichtes Lächeln über Elenas Lippen. »Ich habe gesagt, das können Sie immer noch, aber wir fangen schon mal an.«

»*Bueno*, ich übernehme den ersten Stock«, sagte Costa. Die Tür zum Badezimmer war angelehnt, also würde er dort mit der Durchsuchung beginnen. Ziemlich schnell stieß er auf das silberne Toilettentäschchen, in dem die schwarze Männeruhr lag. Es war eine Casio G-Shock Great Groover, ein Geschenk von Pedros Vater zum achtzehnten Geburtstag.

Costa ging hinunter und bat Elena, Verstärkung anzufordern. Vielleicht fanden sich ja auch noch der Müllsack, die Plastikhandschuhe und die Überschuhe des Mörders. »Und hol deinen Laptop aus dem Auto. Wir machen die Befragung von Carmen Arrabal gleich hier.« Dann setzte er sich ins Wohnzimmer und wartete.

Nach etwa zehn Minuten erschien sie im weißen Hosenanzug von Versace. Costa hielt die Uhr in der durchsichtigen Plastiktüte hoch. »Woher haben Sie die?«

»Einen Drink?« Sie setzte sich ihm gegenüber in einen Sessel.

Er wartete.

Sie lehnte sich entspannt zurück und schaute ihn durchdringend an.

Er ließ sich nicht provozieren.

Mit gleichgültiger Stimme, fast schläfrig sagte sie: »Ich habe sie im Hof gefunden.«

»Wann?«

»Am Morgen meiner Hochzeit.«

»Warum haben Sie das nicht erwähnt?«

»Ich hielt es nicht für wichtig. Wenn es ein blutverschmiertes Messer gewesen wäre, hätte ich es Ihnen gesagt.« Sie hatte die Beine übergeschlagen und wippte mit dem Fuß. Die Hose bestand aus unterschiedlichen Materialien; Streifen aus weißem Leinen wechselten mit durchsichtigem Organza.

»Können Sie uns genau sagen, wo die Uhr sich befand?«

»Sie lag auf einem Sack mit Knoblauch. Daneben stand ein Hocker, auf der anderen Seite ein Eimer. Genügt Ihnen das?«

»Wie spät war es, als Sie die Uhr fanden?«

»Es könnte so Viertel vor zehn gewesen sein. Ich ging dann noch mal ins Büro, um ein wenig Ordnung zu machen.«

»Warum sind Sie denn noch einmal in den Hof gegangen?«

»Ich wollte schauen, ob Pedro noch da wäre, bevor ich zur Cala Gracioneta fuhr.«

All diese Antworten hatte sie mit äußerster Gelassenheit gegeben und es kam Costa vor, als machte ihr dieses Frage-Antwort-Spiel Spaß.

»Warum haben Sie die Uhr mitgenommen und nicht liegen gelassen?«

»Es war ein Scherz. Mein Mann hatte Pedro etliche Male gelobt und gesagt, dass er ihm zur Belohnung demnächst eine Uhr schenken wolle. Mein Mann ist ein Uhrennarr und es wäre sicherlich eine besondere und kostbare Uhr geworden. Ich dachte, dann freut er sich noch mehr, wenn er vorher seine alte verloren hat.«

Sie lächelte ein wenig und es fiel Costa schwer, ihr nicht zu glauben. »Hat er ihm denn nun eine Uhr geschenkt?«

»Nein.«

»Und dennoch haben Sie die Uhr behalten?«

»Er wird es tun. Er wird ihm eine Uhr schenken.«

»Wird er?« Langsam verlor Costa die Geduld. Er stand auf, ging in den ersten Stock und klopfte an Arrabals Schlafzimmer. Er hörte nur ein gleichmäßiges Schnarchen, klopfte kräftiger und betrat dann das Zimmer.

Arrabal lag zugedeckt im Bett und hatte Costa den Rücken zugekehrt. Nur seine grauen Haare waren zu sehen.

»Señor Arrabal!«, sagte Costa laut und nachdrücklich.

Arrabal fuhr herum und sah Costa mit weit aufgerissenen Augen an. »Was ist? Was ist los?«

»Es tut mir leid, Don José, dass ich Sie hier im Schlaf stören muss, aber wir machen eine Hausdurchsuchung bei Ihnen. In dem Zusammenhang habe ich –«

Arrabal unterbrach ihn laut: »Durchsuchung? Ist eingebrochen worden?«

»Ihre Frau hat leider einem Ihrer Köche die Uhr weggenommen und daraufhin ist –«

Jetzt saß Arrabal aufrecht. Er trug einen dunkelblauen seidenen Schlafanzug mit kleinen Sternchen. »Das glauben Sie doch selber nicht. Meine Frau braucht deren Uhren nicht!«

»Es ist Pedro Gonzales' Uhr, ich selbst habe die Uhr in ihrer Schminktasche gefunden.«

Arrabal sprang wütend aus dem Bett und zog sich einen japanischen Morgenrock über. »Pedro hat Anzeige erstattet? Wegen Diebstahls?«, brüllte er. Dabei ging er Richtung Tür, um das Schlafzimmer zu verlassen, aber Costa stellte sich ihm in den Weg.

»Sagen Sie, Señor Arrabal, ich habe jetzt eine Frage, und wenn Sie mir die nicht beantworten, lasse ich Sie polizeilich vorführen. Wir können das ganze Gespräch auch bei uns auf dem Präsidium führen.«

Arrabal wurde aschfahl im Gesicht, blieb aber stehen und machte eine Bewegung mit der Hand, dass Costa fragen möge.

»Haben Sie in letzter Zeit geäußert, dass Sie Pedro Gonzales eine Uhr schenken wollen? Wegen guter Verdienste in der Küche?«

»Was geht Sie –?«

Costa unterbrach ihn. »Haben Sie oder haben Sie nicht?«

»Ja, ich habe das gesagt. Zu meiner Frau. Aber mit dieser Anzeige kann er die Sache ja wohl vergessen!«

»Das liegt ganz bei Ihnen. Wenn Sie gestatten, werden wir jetzt die Hausdurchsuchung fortsetzen.«

Er hörte noch, wie Arrabal mit seinem Anwalt telefonierte.

Als er die breite Treppe wieder herunterkam, saß Carmen immer noch da, wo er sie verlassen hatte.

»Ihr Mann hat Ihre Aussage bestätigt.«

»Entschuldigen Sie mich bitte bei Pedro, wenn Sie ihm die Uhr zurückgeben«, sagte sie, stand auf und verschwand in Richtung Pool.

Bis auf den Barmann, der Gläser abtrocknete, war es noch vollkommen leer. Costa entschied sich, vor dem Eingang zu warten. Er wollte nicht in dem leeren Lokal sitzen, als handelte es sich um irgendein Blind Date. Er wollte mit der Frau, mit der er schon so lange zusammen war, auch zusammen hereinkommen und sie den Tisch auswählen lassen.

Es war ein frühsommerlicher Abend, viel zu warm für die Jahreszeit. Der Himmel war klar und ein voller Mond schwebte hoch über dem Jachthafen von Sant Antoni. Zwei kleine Kinder jagten einen weißen Hund mit hellbraunen Ohren, Schwanz und Brustfleck. Sie lachten und schrien »Komm! Komm!«, doch er schnüffelte unbekümmert an allen möglichen Bäumen und Pfählen herum. Wenn die Kinder nah genug bei ihm waren, machte er ein paar schnelle Sprünge und ließ sich dann wieder Zeit zum Schnuppern.

Costa schaute auf die Uhr und überlegte, ob Karin ihn wohl versetzen würde. Er hielt es für unwahrscheinlich, aber trotzdem hatte er ein flaues Gefühl. Er war sehr erleichtert, als er sie kommen sah. Sie telefonierte gerade mit dem Handy und rief ihm zu, er solle schon hineingehen.

Er zögerte einen Moment, dann betrat er das Lokal.

Die Villa Mercedes war bis vor drei Jahren die herrschaftliche Residenz einer reichen Dame aus Madrid gewesen. Dann aber hatte der ibizenkische Bauboom ihr die Laune verdorben und sie verkaufte an einen cleveren Engländer, der das große Haus mit Balkonen und Terrassen in ein Restaurant mit internationaler Küche verwandelte. Die besten Plätze waren im ersten Stock auf dem Balkon. Neben einer amerikanischen Cocktailbar, wo man

Martinis, Manhattans, Daiquiris und Margaritas trank, spielte jeden Sonntagabend ein Trio mit einer englischen Sängerin Hits aus den Siebzigern und Achtzigern.

Costa wählte einen Platz möglichst weit von der Musik entfernt. Im Vorbeigehen an der Bar bestellte er für sie schon mal einen Daiquiri und für sich einen Martini. Er wollte bei dem Gespräch mit Karin einen klaren Kopf behalten, hoffte aber, dass der Alkohol ihre Stimmung heben würde. Zum Barmann sagte er: »Wenn ich Ihnen ein Zeichen gebe, bringen Sie noch einen Daiquiri.«

»Kein Problem.«

Am Tisch wählte er den Stuhl mit Blick auf den Hafen. Die Sonne war schon untergegangen, leuchtete aber noch in allen Schattierungen von Orange bis Violett. Draußen ging Karin immer noch auf und ab. Er hatte nicht das Gefühl, dass sie mit der Redaktion telefonierte.

Er wandte sich ab. Er kannte das Lokal nicht. Seit er mit Karin zusammen war, hatte er keinen Grund, all diese Treffs und Bars abzuklappern. Wenn er sich betrinken wollte, ging er ins Sa Calima, wo Pep für ihn kubanische Musik spielte und einen guten Rotwein oder Absinth bereithatte. Die Kneipe mit dem riesigen Poster der Mannschaften von Real Madrid und FC Barcelona war so wenig einladend, dass Karin nie mitging. Wenn er auf dem Heimweg dort noch hereinschaute, genoss er es, allein zu sein, nicht auf der Jagd nach neuen Bekanntschaften oder Erlebnissen. Er hatte ja Karin.

Costa konnte sich nicht vorstellen, dass diese Affäre in Berlin etwas mit Liebe zu tun hatte. Purer Sex? Alles sträubte sich in ihm bei dem Gedanken daran.

Er ärgerte sich, wie lange der Barmann für die Getränke brauchte. Endlich war er damit fertig und rief den Kellner, der die Gläser in aller Gemütsruhe auf ein Tablett stellte. Im gleichen Moment kam Karin herein. Sie erreichte vor dem Kellner den Tisch und Costa konnte sie nicht einmal begrüßen, weil der Typ sich einfach zwischen sie schob und auch noch fragte: »Daiquiri ist richtig?«

»Kein Daiquiri, ich möchte einen Gin Fizz.« Karin stellte ihre Handtasche auf den Boden und setzte sich.

Niemals zuvor hatte sie Gin Fizz getrunken.

Der Kellner nickte. »Kein Problem.« Er stellte den Martini auf den Tisch und ging.

Karin schaute ihm nach, machte aber keine Anstalten aufzustehen und Costa zu umarmen. Er setzte sich ihr gegenüber, legte die Arme auf den Tisch, umfasste das Martiniglas mit beiden Händen und schob es in die Mitte.

Sie trug eine grüne, an den Seiten eng geschnittene Seidenbluse. Neu. Dazu einen engen schwarzen Rock und Pumps mit Stiletto-Absätzen. Auch neu. Aber vor allem hatte sie ihre Frisur geändert. Das Haar war hochgesteckt, was er so an ihr noch nie gesehen hatte. Ein paar Locken fielen ihr weich in die Stirn. Und mehr als alles andere verunsicherte ihn die Farbe der Haare: Sie hatte ihrem Blond einen Rotton beigemischt. Zum ersten Mal hatte sie die Haare gefärbt. Rot – die Farbe der Gierigen, die Farbe der Unersättlichen.

Er wollte etwas sagen, aber keiner seiner Gedanken schien ihm passend. Der Barmann brachte ihren Gin Fizz.

Sie schaute ihn abwartend an, schließlich hatte er die Verabredung gewünscht.

Costa war auf eine Diskussion eingestellt gewesen, doch bis jetzt war noch kein Wort gefallen. Er nahm Zuflucht zu seinem Martini. Wie ein Verdurstender schlürfte er ihn in einem Zug.

Sie nahm ihm das Glas ab. Sie schwenkte es langsam, sodass die Olive darin herumrollte. Ohne ihn zu beachten, hob sie es Richtung Kellner.

»Noch einen Martini?«, rief er.

»Noch einen Gin Fizz«, rief sie zurück.

Sogar auf den Kellner war Costa eifersüchtig. »'n Martini auch!«, brummte er ärgerlich und zeigte auf sein Glas in ihrer Hand.

Als der Barmann die Getränke brachte, nahm sie ihre Handtasche und fragte ihn: »Was kosten zwei Gin Fizz?« Bevor Costa etwas sagen konnte, hatte sie einen Schein in der Hand.

»Sechzehn.«

»Wenn du erlaubst, zahle ich«, sagte er.

Sie hielt in der Bewegung inne, beugte sich nach vorne und schaute ihn mit durchdringendem Blick an.

Was immer sie sich überlegt hatte – sie wandte sich an den Kellner und sagte: »Was ist die Rechnung insgesamt?«

»Dreißig.«

Im nächsten Moment lagen fünfunddreißig Euro auf dem Tisch, sie sagte »Stimmt«, ließ das Portemonnaie in der Tasche verschwinden, hob ihr Glas und lächelte Costa an.

Er war sprachlos.

»Ich lade dich ein.«

»Wollen wir nichts essen?«

»Ich habe keinen Hunger. Wenn du Lust hast, können wir ein paar Schritte am Hafen entlanggehen.«

Als sie das Lokal verließen, passte er sich ihrem Schlenderschritt an und tat so, als würde er sich tatsächlich die Boote im rosigen Licht des Sonnenunterganges anschauen. In Wahrheit aber überlegte er die ganze Zeit, was ihre neue kesse Art zu bedeuten hatte und was sie im Schilde führte. Er wusste, dass er bereit war, ihr den Berliner zu verzeihen, wenn sie unter alles einen Schlussstrich ziehen würde.

»Ich habe mir die Sache überlegt«, sagte sie endlich.

Jetzt kam es und er spürte sein Herz. Entweder würde sie nun endgültig mit ihm Schluss machen oder ihn um Verzeihung bitten. Er hoffte auf das Zweite. »Und?«, fragte er vorsichtig.

»So kann es nicht weitergehen«, sagte sie, aber in ihrem Ton lag keine Feindseligkeit. »Ich möchte mir nicht Urlaub nehmen, nach Berlin fliegen, all die Vorbereitungen treffen und dann mir nichts dir nichts erfahren, dass ich Strohwitwe bin und alles vergebliche Mühe war.«

Wie einen kleinen Rausch spürte er die Hoffnung in sich aufsteigen. »Ich verstehe das. Wenn du mir glaubst – ich verspreche dir, dass das nie wieder vorkommen wird.«

»Und wenn es wieder so einen Fall gibt wie dieses Mal?«

»Egal. Mein Versprechen gilt. Was auch immer sein wird. Ich liebe dich und es wird nicht mehr vorkommen.« Eigentlich hatte er die entscheidende Frage nicht stellen wollen, aber er konnte sich nicht zurückhalten: »Und was ist mit dem Typ in Berlin?«

»Ich habe Marc gesagt, dass es ein letztes Gespräch zwischen dir und mir geben wird und dass davon alles abhängt. Wenn du dein Versprechen ernst meinst, rufe ich ihn an und sage ihm, dass zwischen ihm und mir nichts weiter sein kann.«

Costa glaubte ihr. Diese Zusage übertraf all seine Träume. Er hätte den Abend am liebsten weiter mit Karin verbracht, doch sie sagte, sie habe noch zu tun. Er war so voller Glück, dass er sich nicht vorstellen konnte, was es nun zu tun gäbe, aber nahm das schweigend hin.

Sie ließ sich in den Arm nehmen, aber nicht küssen. »Ich fahre alleine«, sagte sie. »Ich brauche noch ein wenig Distanz.«

Costa fühlte sich von einer schweren Last befreit. Er fuhr noch einmal ins Büro, und als er nach einer längeren Besprechung mit Elena und ein paar Gläsern Rotwein zu Hause ins Bett fiel, träumte er von einer Radtour mit Karin und wie sie auf den Talaiassa kletterten, bis zum Torre de Savinar, dem alten Wachturm gegenüber Es Vedra. Er erklärte ihr, dass von diesem Turm aus im Mittelalter ein Wächter Tag und Nacht das Meer beobachtet hatte, um die Einwohner rechtzeitig vor Piraten zu warnen.

Gegen vier erwachte er und versuchte die Bilder der fratzenhaften, zerfurchten Gesichter der Piraten zu verdrängen, die sich in die Gedanken an seinen Nebenbuhler mischten. Müde von der Anstrengung schlief er wieder ein.

Karin ging auf den Balkon und sah, wie die Abendsonne die Kumuluswolken im Westen in rosa Zuckerwatte verwandelte. Im Hintergrund lief eine CD mit Ennio Morricones schönster Filmmusik. Sie hatte ihr schwarzes Cocktailkleid von Prada angezogen. Es war zwar gewagt, aber sie liebte es. In der Hand hielt sie ein Glas Blue Flamingo mit echtem kubanischen Rum. Nun konnte Toni kommen und von ihrem Anblick beeindruckt sein. In Momenten wie diesen genoss sie es in vollen Zügen, von einem Mann begehrt zu werden. Aber es konnte eine Steigerung sein, wenn es zwei Männer waren.

Allerdings blieb es ja nicht bei dem Begehrtwerden. Nach kurzer Zeit schon meldeten die charmanten Eroberer ihre Ansprüche an und es ergab sich schnell eine Liste mit Dingen, die erwünscht, und anderen, die auf keinen Fall erwünscht waren.

Sie hatte schnell begriffen, dass Marc ihr einen klar definierten Platz in der Beziehung zuweisen wollte. Er beschrieb es als eine Idylle und im ersten Moment klang alles anders als mit Toni: »Ich kaufe auf dem Markt ein und du kochst – Wir fahren zusammen nach Formentera – Ich bringe dir endlich ein paar gute Bücher mit.« Aber ihr war bald klar, wie sehr seine Wünsche sie in ihrem Alltag und Beruf einschränken würden. Die Zeit, die Toni *nicht* für sie hatte, war ein Teil ihrer Freiheit. Und ihr fiel auf, wie sehr sie sich daran gewöhnt hatte.

Vom Balkon aus sah sie seinen Dienstwagen in die Straße einbiegen. Sie wollte jetzt nicht über ihre Gedanken reden, aber nach ihrer neuen Erfahrung war sie nicht mehr zornig auf ihn. Jedenfalls nicht darauf, dass sein Job ihn so in Anspruch nahm.

Es klingelte. Langsam ging sie zur Tür. Als sie öffnete, lächelte er. Dieses Lächeln war ihr aus der ersten Zeit ihrer Beziehung vertraut. Sie hatte es vermisst.

Toni trug einen Sommeranzug mit weißem Hemd und locker gebundener Krawatte. Er hatte ein neues Eau de Cologne, das ihr gefiel. Er wirkte sehr entspannt und hätte ihr sicher noch Zeit gelassen, um sich fertig zu machen. Aber sie war fertig.

Sie führte ihn auf den Balkon, wo sie zwei Gläser Weißwein mit Eis bereitgestellt hatte. »Lass uns anstoßen«, sagte sie.

»Worauf?«, fragte er.

»Auf unsere neue Liebe, Toni.«

Ihr fiel auf, wie windstill es war. Kein Lüftchen wehte. Vor lauter Spannung über das Wiedersehen war ihr bei dem schwächer werdenden Licht des Abends entgangen, dass sich dunkle Wände über dem Horizont aufgebaut hatten. Doch bevor sie Gelegenheit hatte, ihre Angst vor Gewittern zu erwähnen, saß sie schon bei ihm im Wagen. Als sie auf die Schnellstraße nach Sant Antoni fuhren, zuckte es und für den Bruchteil einer Sekunde stand alles in grellem Licht.

Wie Hiebe schlugen die Blitze auf die Insel ein. Sie merkte, dass sie den Atem angehalten hatte und versucht war, Tonis Hand zu ergreifen.

Er wusste von ihrer Angst, aber er nahm sie nicht ernst. Ihn berührten diese Naturgewalten nicht. Lächelnd deutete er nach draußen, wo sich ihnen das Unwetter unglaublich schnell näherte. Als mächtige Schläge über ihnen explodierten, zuckte sie jedes Mal leicht zusammen, versuchte aber, ihre Angst nicht allzu deutlich zu zeigen. Zornige Böen rissen Blüten und Äste am Straßenrand ab und sie erschrak. Geistesabwesend verfolgte sie, wie der Wind allerlei Abfall die Straße entlangjagte. Selbst im Hafen bäumte sich das Meer unter weißen Schaumkronen auf und die Jachten taumelten gegeneinander. Doch plötzlich wurde es still. Wenig später löste sich ein sintflutartiger Regen.

Schon immer hatte sich Karin vor solchen Ausbrüchen der Natur gefürchtet. Als kleines Mädchen durfte sie bei ihren Eltern unter der Decke Schutz suchen, später ließen sie sie immerhin noch mit ihrem Federbett ins Wohnzimmer flüchten, wo auch sie saßen. Als Teenager schlief meistens eine Freundin bei ihr. Später gab es den einen oder anderen Mann, bei dem sie sich ankuscheln konnte, doch seit sie mit Toni zusammen war, hatte sie so manches Gewitter allein durchstehen müssen. Und hier auf der Insel gab es eine Menge. Mehr als irgendwo sonst, wo sie vorher gelebt hatte.

Sie schaute aus dem Fenster und lächelte. Heute wenigstens saß Toni neben ihr und sie fühlte sich geborgen.

Als sie sich dem S'Esglesia näherten, hörte der Regen auf.

Die Kirche der Kochkünste«, sagte Costa, als sie auf den Parkplatz fuhren, und schilderte Karin seine Empfindungen, die sich im Laufe der letzten Tage so sehr verändert hatten. Als er am Tag des Mordes hergekommen war, hatte er sich vor allem an das Gespräch übers Heiraten erinnert, das sie hier geführt hatten. Die Erinnerung daran wurde dann sogleich davon überdeckt, dass ein Familienmitglied unter Mordverdacht stand. Als er wenig später mit Carmen hier am Tisch saß, erlebte er das exquisite Flair eines einmaligen Restaurants. Und seit Kurzem war das S'Esglesia vor allem die Wirkungsstätte eines hart arbeitenden Mannes, der in seine Frau verliebt war und von einem unbekannten Feind angegriffen wurde.

Karin fragte, ob der »unbekannte Feind« Arrabal oder ihm unbekannt sei.

»Arrabal wird ihn wohl kennen, aber er weiß nicht, dass er es ist«, sagte Costa und folgte dem Kellner an den für ihn reservierten Tisch.

»Und weißt du es?«

»Nein.« Costa überlegte, ob sie seine Einladung angenommen hatte, um ihn über den Stand der Ermittlungen auszuquetschen. Schließlich war sie vorzeitig aus Berlin zurückgekommen, weil die Redaktion von ihr den Bericht über den Mord im S'Esglesia wollte. »Wirst du den Artikel über die Hausdurchsuchung bei Arrabal schreiben?«, fragte er. Er hatte ihr gegenüber bisher nichts davon erwähnt, aber er ging davon aus, dass Cubano ihr die Informationen zukommen ließ, die er in der Zeitung haben wollte.

»Ja, sicher«, erwiderte sie. Es war eine Lüge. Um alles aus ihm herauszulocken, musste sie so tun, als wüsste sie bereits alles.

Eigentlich hatte sie das nicht vorgehabt. Sie hatte seine Einladung ins S'Esglesia in der festen Absicht angenommen, berufliche Dinge wegzulassen. Aber vielleicht gab es für ihn doch nichts außerhalb seiner Fälle.

»Gibt es irgendetwas, das ich nicht schreiben soll?« Sie erwartete von ihm als Antwort: Nein, aber lass uns über etwas anderes reden.

Doch das sagte er nicht. Er sagte: »Ich würde nicht erwähnen, dass Pedros Uhr bei Carmen gefunden wurde.«

Sie wusste, dass Pedro seine Armbanduhr am Mordtag verloren hatte, aber sie wusste nicht, warum das bedeutsam war. Und die Uhr hatten sie jetzt bei Carmen gefunden? Sollte das Carmen belasten? Besser nicht nachfragen, dachte Karin, denn dann würde Toni merken, dass sie gar nichts über die Hausdurchsuchung wusste. »Das ist doch das entscheidende Ergebnis dieser Aktion«, bluffte sie und ärgerte sich darüber, dass er nicht offen war. Er hätte sie doch direkt bitten können, dieses oder jenes nicht zu schreiben oder es so darzustellen, wie er es haben wollte. Aber das machte er nicht.

»Arrabal ist darüber nicht informiert«, sagte er, wegen der Kellner mit gesenkter Stimme.

»Ist er nicht?«

»Nein. Natürlich muss er es irgendwann erfahren, aber im Moment wäre es ein zu heftiger Schock für ihn.«

»Ein heftiger Schock? Ein heftiger Schock könnte es ja nur sein, wenn die Uhr für Carmen etwas bedeuten würde. Zum Beispiel ein Liebespfand.«

Ein Liebespfand, dachte Costa empört. Ihm war klar, dass die Fraktion Pedro-Bischof-Cubano das bereits daraus gemacht hatte: ein Liebespfand. Die Uhr im Besitz von Carmen sollte nicht nur beweisen, dass Pedros Geschichte stimmte, sondern es sollte sich in der Zeitung auch gut lesen. »Es ist zwar Pedros Version, dass er am Morgen der Hochzeit mit ihr Sex hatte. Aber sie bestreitet das und man kann es nicht nachweisen. Sie sagt, dass sie die Uhr im Hof gefunden hätte. Solange die Sache nicht wirklich geklärt ist, bitte ich dich, davon nichts in der Zeitung zu bringen. Ist das möglich?«

Karin fiel aus allen Wolken. Diese Frau und Pedro? Am Morgen ihrer Hochzeit? Sie konnte es nicht fassen.

Costa nahm ihre Hand. »Ist das okay?«

Sie nickte. »Ja, ist gut.« Sie schaute sich um, ob sie Carmen irgendwo entdecken konnte.

Die Tische waren inzwischen alle besetzt. Nur einer in der Apsis war leer. Er war prunkvoll gedeckt und hell ausgeleuchtet. Jetzt nahm sie auch die leise Hintergrundmusik wahr, Vivaldis Primavera aus den »Vier Jahreszeiten«, und es schien ihr, als eilten mehr Kellner als sonst durch den Raum. »Wird hier irgendwas gefeiert?«

»Ja, der Geburtstag von de la Reina«, erwiderte Costa.

»Der Restaurantkritiker?«

»Ja. Als ich den Tisch bestellt habe, hat mir Arrabal gesagt, dass *El Gourmet* den Geburtstag groß bringen will. Deswegen werden Fotos vom Essen da am Tisch gemacht.«

Sie lachte. »De la Reina sagt dann wohl immer, wie gut es schmeckt.«

»So ist es wohl gemeint.«

Sie lachte wieder. Von einer ähnlichen Reportage wusste sie, dass die Speisen bei Fotoshootings alle ungenießbar waren. Sie sollten nur gut aussehen. Zum Teil wurden sie gar nicht gekocht, sondern nur mit einer Mischung aus Öl und Farben aufgepeppt. In den Champagner, mit dem auf das perfekte Mahl angestoßen wurde, streute man immer wieder kleine Prisen Salz, damit er ordentlich perlte.

»Warum lachst du?«

»Ich freue mich darauf, dass der Fotograf seine Aufnahmen beginnt und die Herrschaften den versalzenen Champagner trinken.«

»Du hast recht, das ist komisch, so eine künstliche Welt.« Er freute sich, dass sie einer Meinung waren. Während der Wein, den er bestellt hatte, dekantiert wurde, blickte er sich suchend nach Carmen um.

»Glaubst du denn, dass Pedro die Wahrheit sagt?«, fragte Karin.

»Inzwischen glaube ich es, ja.«

»Dass sie leugnet, ist ja auch klar. Sie kann es nicht zugeben, sonst wäre ihre Ehe ruiniert.«

»Ja.« Costa nervte das Thema. Karin hatte ihren Fehltritt ohne Weiteres zugegeben. Der Gedanke, ihre Beziehung zu Costa damit zu ruinieren, hatte ihr offenbar nichts ausgemacht. – Er merkte, wie zermürbend diese Gedanken waren, und versuchte, sich auf die Speisekarte zu konzentrieren. Dann entschied er sich für Carpaccio vom Wildlachs und danach Fisch.

Karin hatte noch immer keine Wahl getroffen; sie hing noch ihren Gedanken nach, warum Carmen sich ausgerechnet mit Pedro eingelassen hatte. An der Wahrheit der Geschichte zweifelte sie nicht. Denn sie konnte sich nicht vorstellen, dass Pedro, obwohl sie ihn nicht sehr gut kannte, solch eine haarsträubende Geschichte erfinden würde. Und nicht nur erfinden – er musste es ja auch glaubhaft vertreten. Nein, es musste wahr sein. Aber wie kam eine so attraktive, intelligente Frau dazu, sich mit diesem zwar netten, aber völlig uninteressanten Pedro Gonzales einzulassen? Und dann noch am Morgen ihrer Hochzeit. Aber vielleicht hing es zusammen? Vielleicht ging es gar nicht um Pedro. Vielleicht wollte sie José Arrabal einfach am Morgen seiner Hochzeit betrügen. Aus Rache dafür, dass sie ihn heiratete. Das klang zwar paradox, aber sie hatte schon öfter Frauen erlebt, die etwas taten und sich im nächsten Moment dafür rächten, dass sie es getan hatten, obgleich sie gar nicht dazu gezwungen gewesen waren. Sie verstand es sogar, sie verstand es sehr gut.

Das Thema regte sie auf, sie trank einen großen Schluck Rotwein. »Wenn Pedros Geschichte wahr ist, warum hätte sie das tun sollen? Ausgerechnet mit Pedro?«

»Vielleicht liebt sie ihn.«

Karin konnte nicht anders als laut lachen. »Das glaubst du doch wohl selber nicht. Ich habe sie zwar nur während eines längeren Interviews erlebt, aber Carmen und Pedro, das ist etwa so wie …«

Costa unterbrach sie, weil er diese Abwertung Pedros, mit dem er schließlich verwandt war, in seiner momentanen Stimmung nicht vertrug. Und was war mit dem Berliner? »Ich halte Pedro für zuverlässig und charakterstark. Er ist jemand, dem man vertrauen kann.«

»Vertrauen? Hat er dir denn gleich erzählt, wie das abgelaufen ist?«

»Vielleicht hat er ihr versprochen, es geheim zu halten.«

»Und? Hat er es getan?«

»Er hat es versucht. Er hat es nicht geschafft, weil er seinem Vater, seiner Mutter und mir gegenüberstand.«

Karins Blick war fast spöttisch. »Heißt es charakterstark sein, wenn man ein gegebenes Versprechen bricht, bloß weil ihr drei einem gegenübersteht?«

Costa lag eine passende Antwort auf der Zunge, aber in diesem Moment wurden die Flügel des Hauptportals aufgestoßen und alle wandten die Köpfe.

Carmen Arrabal trug ein knöchellanges Kleid aus rotem Taft. Ihren Hals zierte eine schlichte Platinkette mit einer großen Rubinrose. Begleitet wurde sie von de la Reina, der sie, huldvoll nach allen Seiten nickend, zum Tisch in der Apsis führte. Irgendwie empfand es Costa wie eine unangenehme Reminiszenz an Arrabals Hochzeit, aber bevor er länger darüber nachdenken konnte, öffnete sich die Küchentür und heraus kam der Meister, flankiert von einem Kellnerheer mit Wunderkerzen, das zu »Happy Birthday« nach vorne marschierte.

Erst setzte sich das Ehepaar Arrabal, dann de la Reina.

Als Letzte erschienen ein Fotograf, sein Assistent und ein Beleuchter, die sich sofort an die Arbeit machten. Im Zeitraffer wurden die Gänge serviert und abgeräumt, aber die Arrabals und der Kritiker aßen die Sachen nicht, sondern spielten es nur. Sie kauten mit leeren Mündern. Der Fotograf rief, wenn getrunken werden sollte, dann streute der Sommelier kleine Prisen Salz in den Champagner, die drei sagten strahlend »Santé« und Karin stieß Costa an.

Carmen Arrabal schien dafür geschaffen, Mittelpunkt solcher Events zu sein. Sie lächelte und lauschte den Erzählungen ihrer Tischpartner, die im Grunde nur für den Fotografen waren. Dies war keines von Carmens Spielen, die entschlüsselt werden mussten. Dies war ein offensichtliches Schauspiel für die Leute vom *El Gourmet*. José Arrabal nahm die Sache ernst, wirkte sehr konzentriert und trank in den Pausen kleine Schlucke Mineralwasser aus einer dunkelblauen Flasche, die neben seinem Stuhl vor der Kamera versteckt stand.

De la Reina führte wie selbstverständlich die Konversation. Zwischendurch rollte er prätentiös einen Bissen oder einen Schluck im Mund, spitzte die Lippen, sah zur Decke und schrieb immer wieder etwas in ein kleines rotes Büchlein.

Nachdem zu guter Letzt die Tapas von Sardinen und Kaviar in Meerwassergelatine, die Foie gras mit Mispeln und Sommertrüffeln, der Kaisergranat »Miracielo« mit filigranen Gemüsenudeln und Joana Bisbals berühmtes Karamelltörtchen mit Eis aus den Trockenfrüchten der Insel fotografiert worden waren, verlosch das grelle Licht der Scheinwerfer und die Augen aller mussten sich wieder an das schummrige Licht der Kerzen und Leuchter gewöhnen.

Nun wurden echte Speisen hereingetragen und trinkbare Weine serviert und der Geburtstag konnte gefeiert werden.

De la Reina stand auf und kam herüber zu Costa an den Tisch. Er begrüßte Costa und stellte sich Karin vor. »Entschuldigen Sie, dass ich störe, aber ich würde gerne eine Empfehlung aussprechen, denn ich weiß, was heute in der Küche los ist und wozu man raten sollte.«

Karin blickte ihn interessiert an. »Wie alt sind Sie denn geworden?«

»Zu alt, zu alt«, wich er lachend einer Antwort aus. »Aber ist es nicht das Alter, das Ihre Jugend so ganz und gar zu schätzen weiß?«

»Ich weiß nicht, wer meine Jugend schätzt«, entgegnete sie trocken. »Was wird denn an Ihrem Tisch serviert?«

Sie war da la Reina in die Falle gegangen – endlich hatte sie ihm die Chance für einen seiner Auftritte gegeben.

De la Reina schlug die Augen nieder und erklärte bescheiden: »Dort drüben haben wir eine Traube von rohen Erbsen mit parfümierter Consommé und den Tränen der Arbequina-Olive. Dann Mangold in einer Bouillon von Sardine und Oktopus. Dann Carpaccio vom Kobe-Rind, begleitet von süßsaurem Dressing, Stäbchen vom Idiazábal-Käse und Gemüsehalmen. Als Viertes fossilisierte Salsifí …«

»Was ist das?«, fragte sie, vermutlich nur, um ihn zu unterbrechen.

»Schwarzwurzel mit Osietra Mallosol und maritimen Akzenten. Sodann Fasern vom Taschenkrebs mit Topinambur.«

»Topinambur? Was ist das?«

Costa musterte sie skeptisch. Interessierte das Karin wirklich oder wollte sie nur höflich sein?

»Das sind Erdartischocken«, erklärte de la Reina. »Dann wird man Paté de Foie servieren, garniert mit Senfsamen. Dann Biskaya-Seezungenfilet unter einer Sülze von Borretschstielen, Braten vom Milchkalb mit Fragmenten von Thymian, Asche, Flor de Sal und knusprigem Rettich. Dann Schwänzchen vom Schwarzfußschwein und gebratenen Baby-Kaisergranat mit einer Reduktion vom Eichelschwein-Schinken.«

»Kein Dessert?«, fragte Costa, fast zynisch.

»Doch, Maître Comisario. Es gibt Granny-Smith-Apfelschnitten mit Karamell und feurigen Arugulablättern. Und zum Abschluss saftigen Schokoladenkuchen mit kalter Mandelcreme und Kakaoblasen.«

Costa versuchte sich vorzustellen, was Kakaoblasen sein könnten, während Karin bereits mit de la Reina über ihre Fischvorlieben diskutierte. Dann entschied sie sich, ihren Fisch abzubestellen und stattdessen seidene Bäckchen vom Kabeljau mit einer Emulsion von Acacia-Blütenhonig, gefolgt von einer Variation von Sommertrüffel, ibizenkischer Kartoffel, Rosmarin und Olivenöl und schließlich Hummerpolenta mit Fenchelcreme zu nehmen.

Als de la Reina verschwunden war, fragte Costa sie, warum sie aufs Dessert verzichte. Er meinte es ironisch, denn Carpaccio hatte sie schon vorweg.

»Wegen meiner Figur.«

»Wieso? Deine Figur ist doch toll.«

»Und so soll sie auch bleiben.«

Seit der Berliner sie anschwärmte, musste sie offenbar auch

noch auf ihre Linie achten. Ihm gegenüber war das nie ein Thema gewesen. Er nickte freundlich zustimmend, denn er wollte den Wein und die Nähe Karins genießen. Sie tranken Rioja, sprachen über belanglose Neuigkeiten in ihrer Redaktion, und als ihr dritter Gang kam, war die Stimmung gelöst und heiter. Costa konnte sich beinahe schon vorstellen, wie er Karin später nach Hause brachte und sie ihn bat, mit hoch zu kommen.

Ein spitzer Schrei riss ihn aus seinen Gedanken. Er kam vom Tisch der Arrabals, die fassungslos de la Reina anstarrten.

Gesicht und Hals des Kritikers waren rot angelaufen, Panik lag in seinem Blick, er rang nach Luft. Mit schmerzverzerrter Miene suchte er Halt, griff um sich, bekam das Tischtuch zu fassen und riss es mit sich, als er zu Boden fiel. All dies geschah innerhalb weniger Sekunden. Costa kam der Sturz vor wie in Zeitlupe. Außer ihm und den Arrabals hatte wohl niemand etwas davon mitbekommen. Erst das Krachen des Geschirrs ließ die anderen Gäste aufblicken. Unter heftigsten Zuckungen lag de la Reina auf dem Steinboden. Etliche der Gäste waren aufgesprungen, eine Frau schrie.

Costa drückte Elenas Nummer auf seinem Handy und murmelte: »Komm sofort mit dem Notarzt ins S'Esglesia!« Mit einem Satz war er bei de la Reina, drehte ihn auf den Rücken, kniete sich neben ihn und begann mit einer Herzmassage. Er versuchte, sich zu erinnern: zwei Mal beatmen, fünfzehn Mal das Brustbein drücken. Eine Zeit lang lief die Musik weiter, aber dann stellte irgendjemand sie ab und es war totenstill. Die Kellner standen ratlos an der Küchentür und die Gäste hatten aufgehört zu essen.

Costa versuchte, den Puls de la Reinas an der Halsschlagader zu ertasten. Er fand ihn nicht. Während er fieberhaft weitermachte, sah er, wie sich einige Gäste erhoben, Geld auf den Tisch legten und in Richtung Ausgang strebten. Karin? Er konnte sie so schnell nicht erblicken.

De la Reinas Haut wurde grau. Wieder versuchte Costa, den Puls zu fühlen. Ihm brach der Schweiß aus und sein eigener Brustkorb begann zu schmerzen. Er durfte den Rhythmus nicht verlieren. Fünfzehn Mal, dann zwei Atemstöße. Erleichtert hörte er die Sirenen. Der Notarzt stürmte herein, zwei Sanitäter, zwei Uniformierte, Elena Navarro und der Surfer. Costa erhob sich.

José Arrabal hatte sich nicht bewegt, seit de la Reina gestürzt war. Er war bleich. Seine Hände umkrampften die blanke Tischplatte. Vielleicht hatte er Angst, er könnte auch zu Boden sinken. Carmen Arrabal hatte die Hände vors Gesicht geschlagen.

Der Körper de la Reinas zuckte unter den Stromstößen des Defibrillators. Schließlich schienen die Bemühungen Erfolg zu haben. Die Sanitäter hoben de la Reina auf eine Trage und brachten ihn hinaus.

Costa bückte sich und hob das rote Büchlein mit den Notizen des Kritikers auf. Noch bevor er es aufschlagen konnte, stand plötzlich Anton Kaltenbach am Tisch, der neue Sous-Chef. Er flüsterte Arrabal etwas ins Ohr, der sich sofort erhob und in die Küche ging. Elena folgte ihm.

Costa konzentrierte sich wieder auf de la Reinas Notizbüchlein. Er blätterte zum letzten Eintrag und las: »Womit, mon Dieu, haben sie die *tempranillo* verschnitten, dass sie so einen metallischen Unterton hat?« Der Text war ihm unverständlich. Er steckte das Büchlein ein, taxierte Carmen kurz, die immer noch hinter ihren vorgehaltenen Händen saß, und folgte Arrabal in die Küche.

Ganz nebenbei und nur halb bewusst bemerkte er, dass Karin nicht mehr an ihrem Platz war.

* * *

*Bäckchen vom Kabeljau mit einer Emulsion*
*von Acacia-Blütenhonig*
*(Vorspeise)*

300 g Kabeljau-Bäckchen
Saft von 1 Zitrone
5 EL Olivenöl
2 Knoblauchzehen
1 Zweig Rosmarin
Fleur de Sel
3 EL Akazienblütenhonig
1 Melone, Amarillo Rugoso
1 Salatgurke
1 EL Minze, gehackt

Bäckchen abtupfen, mit Zitronensaft marinieren. Olivenöl erhitzen, Knoblauch und Rosmarin darin 10 Minuten ziehen lassen. Kräuter und Knoblauch entfernen, Kabeljau beidseitig je 1 Minute garen, salzen. Fisch herausnehmen und warm stellen. Honig mit einem Schneebesen in den Sud einrühren, Emulsion kurz erhitzen, abschmecken. Melone und Gurke in Würfel schneiden, mit Zitronensaft und Olivenöl anmachen, mit gehackter Minze und Fleur de Sel abschmecken. Kabeljau anrichten, mit Emulsion umsprenkeln und mit dem Rosmarinzweig dekorieren. Melonen-Gurken-Salat dazu servieren.

* *

*Hummerpolenta mit Fenchelcreme*

2 Hummer
1,2 l Hummerfond
300 g Bramata Polentagrieß
50 g Butter

2 Fenchel
Abrieb von 1 Zitrone
150 ml Gemüsefond
75 g Sahne

Hummer abkochen, zerlegen und Fleisch fein hacken.
Fond einreduzieren, abschmecken. Mit Polentagrieß unter ständigem Rühren zu einer cremigen Polenta kochen. Hummerfleisch in ausgelassener Butter ansautieren.
Fenchel mit Zitronenabrieb und Gemüsefond garen, pürieren. Sahne unterheben, abschmecken. Polenta auf Teller geben, Fenchelcreme mit Eisportionierer daraufgeben, sautierten Hummer dazugeben.

* *

*Granny-Smith-Apfelschnitten mit Karamell*
*und feurigen Arugulablättern*

4 Granny-Smith-Äpfel
Butter
Saft von 1 Zitrone
50 g Zucker
30 g Rucola
Olivenöl
Fleur de Sel
getrocknete Chili

Die ungeschälten Äpfel entkernen und in 5 mm dicke Scheiben schneiden. In Butter mit Zitronensaft 3 Minuten sautieren. Inzwischen Zucker karamellisieren, zu Kreisen auf Backpapier träufeln. Rucola 1 Minute in Olivenöl sautieren, mit Fleur de Sel und Chiliflakes würzen. Apfelscheiben mit Karamellringen und Rucolablättern aufschichten, mit Rucola abschließen. Dann mit Olivenöl umsprenkeln.

Der Spüler lag auf dem Boden und atmete in schnellen, kurzen Stößen. Elena stand über ihn gebeugt.

»Was ist los?«, fragte Costa, der Arrabal in die Küche gefolgt war.

»Es ist eine der Hilfskräfte«, sagte Elena. »Er ist aus Ecuador und heißt Rocafuerte.«

Costa kniete sich neben den jungen Mann. Die Symptome ähnelten jenen de la Reinas, aber sein Puls war stabil. Seine Augen waren weit aufgerissen und starrten ins Leere, der Körper schweißbedeckt, Beine und Arme zuckten, seine Haut war knallrot und wurde dann allmählich aschfahl.

Als der Notarzt eine Spritze zückte, Riparin und Acetylsalicinsäure aufzog, kam der Surfer hereingestürmt. Elena erklärte ihm, was geschehen war.

»Das sieht für mich nach einer Lebensmittelvergiftung aus«, sagte Costa. »Ihr müsst rausfinden, was der Spüler hier gegessen und getrunken hat.«

»Haust du ab?«, fragte der Surfer.

»Ja, ich fahre mit ins Krankenhaus«, erwiderte Costa.

»Wir sollten uns vielleicht mal die Aufnahme der Überwachungskamera anschauen«, raunte Elena.

»Benutzt er sie noch?«, fragte der Surfer leise zurück.

»Nimm ihn beiseite und frag ihn«, sagte Costa. »Habt ihr den Bischof verständigt?«

»Sollten wir?«, fragte der Surfer.

Costa schüttelte den Kopf und ging mit den Sanitätern hinaus, die Rocafuerte trugen.

Er kletterte mit in den Krankenwagen und beobachtete den

schwer atmenden Jungen. Immer wieder dachte er an die Geschichte, die er auf der Hochzeit gehört hatte: Eine vernichtende Kritik de la Reinas hatte die Existenz eines Koches zerstört, der sich daraufhin erhängte. Warum sollte jetzt nicht jemand versuchen, de la Reina zu vergiften, statt sich zu erhängen?

Als sie in der Klinik ankamen, erkundigte sich Costa in der Aufnahme nach de la Reina. Schnell ging er dann durch die Halle zu den Fahrstühlen und drückte alle Knöpfe. Der erste Aufzug kam aus dem Keller. Als die Tür zur Seite glitt und er eintrat, musste Costa sich an die Wand drücken, weil fast der ganze Platz von einem Rollbett mit einer alten Frau und dem begleitenden Pfleger eingenommen wurde. Costa wählte Etage drei.

Er bat die Nachtschwester, ihn zum Zimmer de la Reinas zu bringen. »Auf der Intensivstation war nichts frei«, sagte sie auf dem Weg. »Wir bringen ihn morgen früh dahin. Sprechen dürfen Sie nicht mit ihm.«

De la Reina war so aschfahl, dass er kaum von dem Laken zu unterscheiden war. Nun fiel es auf, dass er sich die Haare färbte. Von seinem exaltierten Wesen war nichts mehr übrig. In sich zusammengesunken lag er in den Kissen.

Die Schwester sagte: »Er ist nicht bei Besinnung«, doch in dem Moment öffnete de la Reina die Augen und schaute in Costas Richtung. Er versuchte, sich ein Lächeln abzuringen, aber es blieb bei einer Andeutung.

Costa ging um das Bett herum und beugte sich über ihn in der Hoffnung, zwei oder drei Fragen beantwortet zu bekommen. Er wartete einen Moment und atmete den Geruch von Desinfektionsmittel und Krankheit ein. Ein Infusionsschlauch endete in der Beuge von de la Reinas linkem Arm. Aus seinen Nasenlöchern führten zwei dünne Plastikschläuche zu einem Apparat. Auch der rechte Arm war durch Schläuche mit einem Infusionsständer verbunden. Costa staunte, wie dünn de la Reinas Arme waren und wie sehr diese Gebrechlichkeit im Widerspruch zu seinem sonst so provokanten Auftreten stand. Der Zeigefinger der rechten Hand, die schlaff auf dem Laken lag, bewegte sich und zeichnete ein Kreuz in die Luft.

Wollte de la Reina ihm damit zu verstehen geben, dass es zu Ende war? Sollte es bedeuten, dass er sich mit seinen Fragen beeilen müsste?

Costa warf einen schnellen Blick zu der Schwester, die ihm ein Gespräch mit dem Patienten untersagt hatte.

Er beugte sich näher zu dem Kranken. Mit der ihm verbliebenen Lebenskraft schien er noch etwas sagen zu wollen.

Wusste er etwas, fragte Costa sich. Wollte er ihm den Täter nennen? War er der Meinung, er wäre heute Abend das Opfer eines Anschlages geworden?

Costa wartete gespannt. Er hoffte, die Schwester würde durch keinerlei Aktionen das Bemühen de la Reinas unterbrechen. Doch als er schon glaubte, jetzt würde de la Reina es schaffen, ging ein leichtes Beben durch seinen Körper und die Augen brachen. Danach war nicht die kleinste Bewegung mehr wahrzunehmen.

Er beugte sich näher und hielt seine Wange an den offenen Mund. Er konnte kein Atmen mehr feststellen. Als wollte er dagegen protestieren, schaute er die Schwester an und sagte: »Er ist tot.«

Sie ging an das Fußende des Bettes und sah auf das Kardiogramm. Dann fühlte sie den Puls de la Reinas, leuchtete mit einer kleinen Lampe in seine Augen, fühlte mit zwei Fingern die Schlagader am Hals und nickte Costa zufrieden zu. »Exitus.«

Als Costa auf den Fahrstuhl wartete, meldete sich Elena auf seinem Handy.

»Wir haben Glück gehabt«, sagte sie. »Arrabal hatte die Kamera an. Der Spüler Rocafuerte ist auf den Videos durchgängig gut zu sehen. Mit Arrabals Hilfe konnten wir feststellen, dass er heimlich einige Büchsen Bier getrunken hat, obgleich es verboten ist, und dass er außerdem von derselben Paté de Foie gegessen hat, die am Geburtstagstisch serviert wurde. Torres hat die Idee, dass das Gift im Körper entstanden ist durch Alkohol und irgendeinen Stoff in der Paté. Ihm ist dieser Gedanke gekommen, weil vier Leute von der Paté gegessen haben, nämlich José und Carmen Arrabal, de la Reina und der Spüler. Aber nur zwei haben Alkohol getrunken, nämlich de la Reina und der Spüler, und die sind ja auch im Krankenhaus gelandet. José und Carmen Arrabal haben keinen Alkohol getrunken und sind fit.«

»Welcher Stoff soll das sein? Gänseleberpastete habe ich schon oft gegessen und Rotwein dazu getrunken.«

»Torres nennt es das Coprinus-Syndrom. Er steht neben mir, ich geb ihn dir mal.«

Im nächsten Moment meldete sich Torres. »Meine Hypothese ist, dass wir es hier mit Coprinus atramentarius zu tun haben.«

»Was ist das?«

»Das ist der lateinische Name für einen Pilz. Faltentintling. Das sind schmackhafte kleine Pilze, die man an Wegrändern, in Gärten oder auch auf Wiesen finden kann. Auf Ibiza habe ich sie allerdings noch nie gesehen. Aber Arrabal sagt, er hat ein ganzes Beet davon in seinem Gemüsegarten.«

Costa erinnerte sich, wie er mit de la Reina im Kräutergarten stand und der Kritiker ihm den Pilz zeigte.

»Wurde denn der Pilz für die Paté verwandt?«

»Nein. Arrabal sagt nein. Er sagt, das wäre etwa so, als würde man eine Wurst aus Rinderfilet herstellen und sie dann in Currysauce ertränken.«

»Also?«

»Ich denke, er irrt sich. Ich habe die Paté untersucht und Fasern darin gefunden, die vom Faltentintling sein könnten. Wir werden das morgen aber genau wissen.«

»Was sagt denn Arrabal, woher diese Fasern stammen?«

»Er sagt, die gehören da nicht rein und sie seien auch nicht drin gewesen. Er selbst hat nämlich die Paté hergestellt, gestern, und über Nacht im Kühlschrank stocken lassen. Er kann sich das nicht erklären, außer die Paté wurde ausgetauscht.«

»Das heißt, jemand hat eine Paté da reingestellt, die am nächsten Tag denjenigen töten würde, der sie zusammen mit Alkohol zu sich nähme?«

»Genau. Die Speisenfolge für die Geburtstagsfeier stand fest. Das wussten alle.«

»Carmen trinkt seit Längerem keinen Alkohol, Arrabal und de la Reina sind aber große Rotweinliebhaber.«

»Also müsste derjenige, der die Paté ausgetauscht hat, es auf die beiden abgesehen haben?«, sagte Torres.

»Oder er wollte nur den einen und nahm den Tod des anderen einfach mit in Kauf. Warum hat denn Arrabal nichts getrunken?«

»Er hat eine Zahnfleischentzündung und ist deswegen seit zwei Tagen auf Amoxicillin. Vier Gramm pro Tag. Das verträgt sich nicht gut mit Alkohol, deswegen hat er heute nichts getrunken. Außer dem Zahnarzt wusste das niemand«, sagte Torres.

»Warum hat Arrabal denn diese giftigen Pilze im Garten? Hat er davon was gesagt?«, wollte Costa wissen.

»Es sind keine giftigen Pilze«, sagte Torres. »Im Gegenteil, richtig dosiert können sie einem Gericht eine einmalige Würze geben. Aber man muss eben sehr aufpassen und Arrabal nutzt sie auch nur für seine kulinarischen Experimente. Der Faltentintling enthält ein Prätoxin, also eine Vorstufe, eine Substanz, die zusammen mit Alkohol die giftige Wirkung entfaltet. Diese Substanz heißt Coprin. Die Symptome sind intensive Rötung von Hals und Gesicht, Schweißausbruch, Atemnot, ein metallischer Geschmack im Mund, Blutdruckabfall, Kollaps.«

Costa erwähnte die letzte Eintragung Reinas in dem roten Büchlein, wo er den metallischen Geschmack des Weines beklagte.

»Passt genau«, sagte Torres. »Die Frage ist nur: Wer hat die Paté ausgetauscht?«

»Was meint denn Arrabal?«

»Er sagt, er hat keine Ahnung.«

Als Elena das Gespräch wieder übernahm, wollte er wissen,

ob sie auf dem Video gesehen hatte, wie Arrabal die Paté anrichtete.

»Ja, haben wir. Aber jeder in der Küche hätte sie austauschen können. Das lässt sich nicht feststellen.«

»Carmen auch?«

»Ja, sie war ein paar Mal in der Küche und auch an dem Kühlschrank.«

»Was hat sie da gemacht?«

»Sie hat eine weiße Porzellanschale mit Blütenknospen hineingestellt, sagt sie. Für die Deko des Geburtstagstisches.«

»Und wann hat sie die wieder herausgenommen?«

»Als der Tisch eingedeckt wurde.«

»Konntet ihr auf dem Film die Blüten – also den Inhalt der Schüssel – sehen?«

»Nein.«

»Also könnten über Nacht da zwei Schüsseln mit Paté gestanden haben.«

»Ja.«

»War noch jemand anderer in der Küche, ein Fremder?«

»Nein. Nur die Leute, die wir kennen. Nur sie kommen infrage.«

Costa brach das Gespräch ab, weil der Fahrstuhl kam, und überlegte, wer ein Motiv haben könnte, de la Reina umzubringen. Ihm fiel niemand ein.

Oder war es eine weitere Attacke gegen José Arrabal? Auch das Gericht, an dem Inaki gearbeitet hatte, war vergiftet worden und Arrabal wäre daran gestorben. Das erste Mal verdankte Arrabal sein Leben Inaki. Hätte er den Müllmann nicht entdeckt und ihn mit einem Messer in der Hand gestellt, wäre Arrabal schon beim Probieren der Millefeuille gestorben. Diesmal verdankte er sein Leben einer Zahnentzündung.

Als Costa nach Hause fuhr, ließ ihn der Gedanke nicht los, wie einfach es war, jemanden umzubringen. Schwierig war es bloß, nicht geschnappt zu werden. Aber würde das auch für ihn gelten?

Er wollte diesen Gedanken nicht verfolgen, wurde aber immer wieder von der Idee gequält, dass Karin so plötzlich verschwunden war, weil der Berliner noch auf der Insel war. Warum war sie ohne jeden Abschied gegangen? Es war doch ein netter Abend gewesen. Hatte sein plötzlicher Einsatz alles wieder zunichte gemacht? Der Tod de la Reinas gab doch einen guten Stoff für ihre Zeitung. Oder musste sie weg, weil es sonst für den Redaktionsschluss zu spät gewesen wäre?

Wartete der Berliner zu Hause auf sie?

Costas Zweifel kehrten wieder zurück. Obwohl er so müde war, spürte er die Wut in sich aufsteigen.

Weil er selten zu Hause aß, hatte El Cubano in seiner Büroetage ein Frühstückszimmer. Das Mobiliar entstammte einer großen Suite im »Breakers«. Die Hotelleitung hatte es ihm auf seinen Wunsch nach Europa schicken lassen. Es war eine Reminiszenz an seine Zeit in Kuba und Florida. Es hatte nichts mit den schlimmen Stunden in Miami zu tun, wo seine zwei Kinder im Auto erschossen worden waren und er dem Tod nur durch einen Zufall entkommen war, sondern mit den schönen Stunden in Palm Beach. Dort hatte er seine großen Auftritte gehabt.

Wie an jedem Werktag frühstückte er um elf, obgleich er schon um acht zu arbeiten anfing. Die ersten drei Stunden trank er nur Kaffee, las Zeitung und aß die beiden Croissants, die Señora Muson ihm jeden Morgen mitbrachte. Die Orangenkonfitüre kam von der Frau des Verwalters auf seiner Finca.

Er schaute auf die Uhr und fand, es sei der richtige Zeitpunkt, um »die südamerikanische Schlampe« anzurufen, wie er Señora Arrabal nannte. Natürlich wollte er das nicht über die Vermittlung ihres Mannes tun, auch nicht über sein eigenes Büro. Daher wählte er ihre Handynummer selbst.

Er erreichte sie auf Anhieb. Trotz der dramatischen Ereignisse gestern Abend war sie bestens gelaunt und versuchte, ihn in ein Gespräch über das Wetter zu verwickeln. Als ihr das nicht gelang, sagte sie: »Sie möchten sicher meinen Mann sprechen, Sie haben aber meine Handynummer gewählt.«

»Ich möchte Sie sprechen«, erwiderte Cubano. »Ich möchte Sie zum Lunch einladen. Wie wäre es um zwei im Can Pujol?«

»Wenn die Markise auf der Terrasse ausgezogen ist, hat man keine Aussicht.«

»Ich kann ihnen sagen, dass sie die Markise drin lassen. Jedenfalls da, wo wir sitzen.«

»Dann ist es zu windig. Wir haben heute eine steife Brise von Nordost.«

Cubano gab nicht auf und schlug ihr vor, einen Salat bei ihm im Büro zu essen, den er selbst zubereiten wollte. Sie war einverstanden.

Er informierte Señora Muson. Sie notierte all seine Wünsche. Dann erledigte er einige wichtige Geschäfte, besprach mit Matares, wie viel von den fallenden Ölpreisen sie an die Verbraucher auf der Insel weitergeben sollten, und wurde gegen Mittag von seiner »guten Seele«, wie er die Muson manchmal nannte, informiert, dass Señora Arrabal im Frühstückszimmer auf ihn warte. Er ging in die Küche, nahm die Schüssel mit dem Salat, den er natürlich nicht selbst zubereitet hatte, und dachte darüber nach, wie er den Anteil seiner Familie am Ölimportgeschäft vergrößern könnte, während er den langen Flur entlangschritt.

Er wusste, wie Carmen aussah, er hatte sie einmal im Club Nautico mit Arrabal gesehen. Aber als er die Tür öffnete und sie mit elegant übereinandergeschlagenen Beinen in einem seiner »Breakers«-Sessel sitzen sah, war er doch erstaunt, wie schön sie war. Umwerfend.

Sie trug ein hautenges, stahlblaues Kostüm mit Stehkragen und Reißverschluss, fast wie eine Uniform, wären nicht die weiten Ärmel aus Naturseide gewesen. Das strenge Outfit gab ihrer Erscheinung etwas Fremdes, Unnahbares. Viele Männer fuhren total darauf ab, aber Cubano nicht. Dennoch machte er ihr ein Kompliment. »Señora Arrabal, was für ein wunderschönes Kostüm! Von wem ist es?«

»Dolce & Gabbana.«

»Merke ich mir. Aber dennoch – Schönheit kommt nie ohne die Flügel der Seele!« Er streckte ihr die Hand entgegen.

Sie nahm sie, blieb aber sitzen. »Lieben Sie Gedichte von Lorca?«, fragte sie mit einer tiefen warmen Stimme.

Für einen kurzen Moment versuchte er, ihr Lächeln zu deuten, gab es aber sogleich auf. Die »Flügel der Seele« hatte er irgendwo aufgeschnappt. Vielleicht war es aus einem Gedicht von Lorca, vielleicht aber auch nicht. Vielleicht stellte ihm diese Schlampe nur eine Falle. Sie war so ein Typ.

»Ich hab mir viel Mühe mit dem Salat gegeben, ich hoffe, er ist mir gelungen.« Damit bat er sie an den gedeckten Tisch.

Sie erhob sich und nahm ihm gegenüber Platz, während er betont höflich wartete, bis sie sich gesetzt hatte. Noch im Stehen nahm er die Flasche aus dem Cooler und goss ein. »Ein 70er Blanco Ygay des Marqués de Murrieta. Im Eichenfass gereift. Etwas fruchtig. Ich denke, den mögen Sie.«

Er setzte sich, schwenkte den Wein, schmeckte ihn, lächelte, sagte »Excellent« mit französischer Betonung und stieß mit ihr an.

Sie hatte ihr Lächeln immer noch nicht abgelegt. Cubano war nicht sicher, ob sie ihm Sympathie entgegenbrachte oder sie nur spielte. Aber das würde er gleich herausfinden.

Während er den Salat auf die Teller verteilte, erklärte er, warum er sie hergebeten hatte. »Pedro Gonzales ist mein Großneffe.«

»Ich wusste nicht, dass Sie mit Pedro verwandt sind. Das hat mir José nicht gesagt. Da können Sie stolz sein, er ist ein netter Junge.«

Cubano hatte nichts anderes erwartet. Sie war eine abgebrühte Person und hatte eiskalt kalkuliert: Sie wusste, dass sich Pedro von ihr verführen lassen und danach ängstlich schweigen würde. Später würde sie den Sex bestreiten und Pedro hätte für diese fünfzehn Minuten kein Alibi. Jeder Richter müsste dann annehmen, dass er sich, als Hauptverdächtiger, die Sache zu seiner Rettung ausgedacht hatte. Keiner würde Pedro glauben, dass sich Carmen ausgerechnet am Hochzeitsmorgen von ihm, einem Lehrling ihres Mannes, hatte vögeln lassen.

Die Sache war verdammt ausgefuchst, besonders weil niemand ihr Motiv ahnte. Niemand wusste, dass Arrabal vor zwei Monaten ein Viertel seines Geschäftes Inaki abgetreten hatte.

Die Sache war in einer Kanzlei in Barcelona beurkundet worden und beide Parteien hatten sich zu striktem Stillschweigen verpflichtet. Verliebt aber, wie der Narr war, hatte er es vermutlich dieser südamerikanischen Schlampe auf die Nase gebunden. Dieses Viertel fiel also nach Inakis Tod wieder Arrabal zu, sodass bei Arrabals Tod sein ganzes Vermögen auf Carmen kommen würde. Das Raffinement lag darin, dass sie direkt keinen Vorteil vom Tod Inakis hatte und damit auch kein Motiv.

Cubano lächelte in sich hinein. Wenn sie nicht eine aus der Herrscherfamilie der Trujillos gewesen wäre, hätte er solche Durchtriebenheit sogar noch bezweifelt. Im Clan des Despoten Trujillo aber wurden die Eigentumsverteilungen und Umschichtungen meist auf diese Weise vorgenommen.

Fräulein Trujillo hatte zwar überall das Aschenputtel-Märchen von der armen Südamerikanerin aus dem kleinen Dorf erzählt, in dem sie ihre Schuhe verschenkt hatte. Aber in Wahrheit war sie in der Prunkvilla ihrer Großmutter aufgewachsen und hatte Schuhe mehr als genug.

Die Informationen in dem Dossier, das er einem hochgestellten Freund im spanischen Geheimdienst abgekauft hatte, waren alle korrekt.

Cubano fiel auf, dass der Saum ihres Rockes ziemlich weit hochgerutscht war und einen Blick auf ihre glatten Innenschenkel freigab. Reizvoller noch als diesen Anblick fand er die Vorstellung, dass er sich diese Frau eines Tages auch vornehmen würde. Zumal, wenn sie sich durch unbedachte Handlungen so sehr in Schwierigkeiten gebracht hätte, dass nur seine Gunst sie noch daraus erretten würde. Ich liebe dich, würde sie ihn anflehen, ich tue alles für dich!

Er lächelte, während er die Flasche aus dem Cooler zog. »Gestern Abend haben Sie nicht getrunken«, sagte er beiläufig.

Die Antwort kam rasch. »Ich trinke fast nie.«

Señora Muson kam herein mit einer großen Flasche Napoleon auf einem silbernen Tablett und fragte, ob die Herrschaften zu dem französischen Cognac noch ein Dessert möchten.

Carmen lehnte den Cognac ab und bestellte stattdessen ein Tonic Water.

Cubano bat Señora Muson, seinem Gast trotzdem ein Glas Cognac einzuschenken. Er liebte es nicht, wenn man seine Einladungen ausschlug. Er lächelte; Fehler seiner Gegenüber ahndete er damit, dass er ihnen mehr und mehr Chancen nahm. Er sah dann nicht ihre Hilflosigkeit, ihre Angst, ihre Sorgen, sondern nur die Reihe von Fehlern, die sie gemacht und die sie dahin geführt hatten.

»Woran denken Sie?«, fragte Carmen.

»Ich dachte daran, wie schön Ihre Kindheit gewesen sein muss«, sagte er. Was bildete sie sich ein, ihn nach seinen Gedanken zu fragen? Er nahm eine von den Eispralinen, die Señora Muson gebracht hatte, biss die Hälfte ab und musterte Carmen.

»Das Gerede über Kindheitseinflüsse nervt mich«, sagte sie kühl.

»Sie sprachen vorhin von Pedro«, fing er wieder an. »Sie haben recht, ein netter Junge. Sind Sie verliebt in ihn?«

Sie lachte einmal auf und strich sich eine Haarsträhne aus der Stirn. »Die Männer sollten in mich verliebt sein. Aber nicht umgekehrt. Sind Sie da anderer Meinung?«

»Ich dachte, eine Frau ist verliebt, wenn sie mit jemandem Sex hat.«

»Ich habe nichts dagegen, wenn Sie das glauben.« Dabei nahm sie den Cognacschwenker in die Hand und hielt ihn ins Licht.

Allmählich ging ihm diese überheblich-kokette Art auf die Nerven. Vermutlich wurde dieser Dame alles verziehen, nur weil sie hübsch war. Aber bei ihm lief das anders. »Warum haben Sie sich am Morgen Ihrer Hochzeit von Pedro vögeln lassen?«, fragte er nun.

»Ich habe mich nicht von ihm vögeln lassen«, kam es im gleichen Tonfall zurück.

»Können Sie das beweisen?«

»Will ich das?«, fragte sie kühl und wechselte die Position ihrer Beine; nun schlug sie das linke Bein über.

»Dann zeigen Sie mir doch bitte mal das Muttermal an Ihrem linken Arm in der Nähe der Achselhöhle.«

Die Ärmel ihres Kleides waren weit, sie hätte den Arm nur hochhalten müssen. Sie tat es nicht. Stattdessen hielt sie ihr volles Cognacglas so herausfordernd ins Licht, dass Cubano aufsprang und mit der rechten Hand ihr linkes Gelenk fasste, um ihr selbst den Ärmel hochzuschieben.

»Langsam, langsam«, sagte sie und erhob sich dabei.

Er grinste. »Schneller wäre auch nicht schlecht.«

Sie kippte ihm den Cognac ins Gesicht. Sie traf seine Augen.

»Schnell genug?« In der Tür wandte sie sich noch einmal um. »Ich habe mich von Pedro nicht vögeln lassen – ich habe ihn gevögelt.«

Er war damit beschäftigt, seine Augen mit einer Serviette auszureiben. Sie hatte noch das Glas in der Hand und warf es nach ihm. Es verfehlte ihn und zerbrach klirrend auf dem Tisch.

»Du Nutte«, rief er ihr halb blind nach und tastete nach dem Telefon.

Erst vierzig Minuten später, als ihm gemeldet wurde, dass Carmen Arrabal vor ihrem Haus in der Cala Gracioneta verhaftet worden war, verließ er sein Büro.

Die Tür flog auf und mit ein paar schnellen Schritten stand Elena vor seinem Schreibtisch. Sie trug ein hellblaues Jeanshemd unter einer knappen dunkelblauen Strickjacke. Als sie sich vorbeugte, um eine Zeitung vor ihm auszubreiten, wehte Costa der zitronige Duft ihres Parfums entgegen. Mit einem roten Stift hatte sie die Schlagzeile markiert. »Mord im Sternetempel« stand da über einem Foto von de la Reina. Der Artikel beschrieb den Tod des Kritikers aus der Sicht eines Augenzeugen. Karin! Dafür sprach auch, dass er, Costa, nicht erwähnt wurde. Erwähnt wurde aber das herzliche Verhältnis zwischen Starkoch José Arrabal und dem Gastro-Papst Oswaldo de la Reina, die beide von der vergifteten Paté gegessen hatten. Der Aussage des Notarztes war zu entnehmen, was den Tod herbeigeführt hatte: Coprin plus Alkohol plus Herzschwäche.

»Litt de la Reina denn an einer Herzschwäche?« Costa schaute zu Elena auf.

Sie hatte sich auf die Kante seines Schreibtisches gesetzt, um zu warten, bis er mit dem Artikel zu Ende war. »Er hatte eine ererbte Herzmuskelinsuffizienz und war schon lange bei Professor Tur Ferra in Behandlung. Ebenso wie Arrabal. Er hatte vor zwei Jahren eine Herzoperation in Can Misses.«

»Wie kann das mit der vergifteten Paté denn bekannt geworden sein? Habt ihr Arrabal nicht gesagt, dass er sich vorerst nicht zu den Vorgängen äußern soll?«

»Haben wir. Aber da stehen auch Dinge drin, die Arrabal gar nicht wusste. Der Redakteur …«, Elena betonte die männliche Form, » … weiß alles und noch ein bisschen mehr. Deswegen bringe ich dir ja den Artikel.«

»Du meinst, die Redakteurin«, sagte Costa mürrisch und schaute wieder in den Artikel. Obgleich Karin vorher gegangen war, wusste sie von dem Spüler aus der Küche, der von der vergifteten Paté genascht hatte und noch im Krankenhaus lag. Heute Mittag sollte er wieder entlassen werden. »Ist Rocafuerte schon raus?«, fragte Costa.

»Ja, sie haben ihn vor einer Stunde entlassen.«

»Na ja, ist eben gute journalistische Arbeit«, murmelte er und las noch einmal, was als Vermutung der Polizei präsentiert wurde. »Das ist doch starker Tobak«, sagte er. »Der Verfasser des Artikels weiß, dass der Mörder jemand ist, der genau wusste, woraus das Geburtstagsmenü für Reina bestand, der außerdem weiß, dass im Garten des Restaurants Tintlinge wachsen, und der Gelegenheit hatte, die vom Meister angerichtete Paté gegen die vergiftete auszutauschen. Außerdem war ihm bekannt, dass de la Reina, wie auch Arrabal, an einer Herzschwäche litt. Er soll nur nicht gewusst haben, dass Arrabal an diesem Abend keinen Alkohol trinkt.« Er schaute Elena entrüstet an. »Und jetzt kommt der Hammer! Jetzt wird nämlich Arrabal wörtlich zitiert, wie er sagt: ›Meine Frau, nein, ich hatte ihr nicht gesagt, dass der Arzt mir Alkohol verboten hat.‹ Ist doch klar, was das bedeutet, oder?«

Elena zog die Augenbrauen hoch und zuckte mit den Schultern.

Costa fuhr mit beiden Händen über die Zeitung, als könnte er damit den Artikel wegwischen. Auf sehr raffinierte Weise wurde Carmen hier an den Pranger gestellt. Alle Indizien passten auf sie, sodass der Leser nur noch ihre Verhaftung erwarten konnte. Und genau an diesem Punkt las Costa: »Noch am selben Tag wurde bei Carmen Arrabal in der Cala Gracioneta eine Hausdurchsuchung durchgeführt, bei der ein Beweisstück für den Mord an Felipe Inaki sichergestellt werden konnte.«

Pedros Uhr.

Costa ärgerte sich am meisten darüber, dass Karin ihr Versprechen gehalten hatte, indem sie weder die Uhr noch Pedros

Behauptung erwähnte, mit Carmen Sex gehabt zu haben. Nur machte dies Verschweigen keinen Sinn mehr. Natürlich würde Arrabal sich alles zusammenreimen können. Doch viel ärgerlicher war für Costa, dass jemand abgeurteilt wurde, von dessen Schuld Costa nicht einmal als Chefermittler überzeugt war.

Der Artikel endete mit der Frage: »Wird Carmen Arrabal sich durch ein Alibi im Fall Inaki retten können?« Damit stand sie im Scheinwerferlicht der Anklage.

»Was für ein Blödsinn!« Costa schlug mit der flachen Hand auf die Zeitung.

»Von Pedro kein Wort. Rafal ist ganz zufrieden«, sagte Elena, die stets auf Costas Seite war.

»Das kann ich mir denken! Das haben die neulich auf Cubanos Finca zusammen ausgeheckt.«

»Und Karin lässt sich dafür benutzen?«

Costa wollte etwas erwidern, spürte seinen trockenen Hals und musste erst einmal schlucken. »Weiß ich nicht, weiß ich nicht! Wie soll ich das wissen?«, sagte er wütend. »Ist ja auch egal, das Entscheidende ist, dass man uns mit so einem Artikel zwingen will, Carmen Arrabal zu verhaften.«

»Ist schon geschehen.«

Costa starrte Elena so empört an, dass sie vom Schreibtisch aufstand und zwei Schritte in Richtung Tür zurückwich.

»Glaubst du, dass Carmen Arrabal diese beiden Morde begangen hat?«, fauchte er Elena an.

Sie lächelte und zuckte mit der Schulter. »Vergiften ist Frauensache.«

»Und das Abstechen?«

»War vielleicht nur Notwehr. Sie tröpfelte das Gift auf die Millefeuille in dem Moment, als Inaki hereinkam.«

»Und sie ist imstande, eine Paté so anzurichten, dass Arrabals verwöhnter Zunge nicht auffällt, dass das nicht seine ist?«

»Frauen können kochen. Und wenn sie etwas wirklich wollen, können sie das auch lernen.«

»Frauen.«

»Carmen Trujillo auf jeden Fall.«

Costa stand auf und sagte plötzlich energisch: »Wir müssen Argento Casal finden.«

Elena lachte laut auf. Costa schüttelte fragend den Kopf und zog die Augenbrauen hoch.

»Das Gleiche hat der Bischof gesagt: Jetzt wird Toni Argento Casal jagen.«

Einen Moment war Costa verwirrt. »Wie kommt er darauf?«

»Er meint, du bist in Carmen Arrabal verschossen.«

Costa stand auf und ging zur Tür.

»Wohin gehst du?«, fragte sie.

Costa stoppte und drehte sich langsam um. »Ins UG.«

Elena zog die Augenbrauen hoch. »Was willst du da?«

»Carmen Arrabal besuchen.«

Er hörte noch »Oh Gott!«, als er die Tür zuschlug.

Costa war am Ende. Der Fall entglitt ihm. Hier hatten Leute die Hände im Spiel, deren Interessen er nicht durchschauen konnte, von deren Existenz er vielleicht nicht einmal wusste. Selbst Karin war darin verwickelt und Costa war sich nicht sicher, was ihr Motiv dabei war.

Dass sie mit ihrem letzten Artikel Carmen Arrabal zur Täterin stempeln wollte oder sollte, war nicht zu übersehen. Es war auch klar, wer dahintersteckte, und von ihm, nämlich Cubano, hatte sie wohl auch alle Informationen erhalten. Sie kannte die Details beider Mordfälle, sogar solche, die nicht einmal Costa wusste. Doch warum ließ sie sich auf diese Weise benutzen? Um ihm zu schaden? Um ihm klarzumachen, dass sie sich auf die Seite seines Onkels geschlagen hatte? Dass er für sie nicht mehr wichtig war? Vielleicht lag es auch im Interesse des Berliners, dass sie mit Cubano kooperierte? Früher hatte sie Wert darauf gelegt, den Lesern die Ereignisse von einer neutralen Warte aus zu schildern, doch in diesem Artikel war davon nichts mehr zu spüren.

Und der Bischof? Er wollte anfangs unbedingt Argento Casal ausfindig machen, interessierte sich aber jetzt nur noch für die Vorbereitung des Prozesses gegen Carmen. Costa hatte ihn beurlaubt, aber Santander hatte diese Anweisung rückgängig gemacht und Rafal wieder als zweiten Teamleiter eingesetzt. Sein Cousin hatte sogar die Chuzpe besessen, eine Zeitungsanzeige Costas zurückzurufen. Die Inselbevölkerung wurde darin aufgefordert, alle Hinweise, die zur Feststellung des derzeitigen Wohnortes von Argento Casal dienen konnten, unverzüglich der nächsten Polizeidienststelle mitzuteilen. Dazu ein Foto des Gesuchten.

Der Bischof begründete seinen Eingriff damit, dass es eine unnötige Maßnahme sei; Costa brauche doch nur ins Untersuchungsgefängnis zu fahren und Señora Arrabal fragen, wo sich ihr ehemaliger Liebhaber aufhalte.

Costa hatte ihm wütend vorgehalten, er führe die Ermittlungen, und wenn Rafal mit irgendwelchen Maßnahmen nicht einverstanden sei, möge er sich zuallererst einmal mit ihm darüber auseinandersetzen.

»Als Pedro verhaftet wurde, hast du dich auch nicht erst mit mir darüber verständigt«, erwiderte der Bischof. »Du hast mit dem Haftbefehl vor meiner Tür gestanden und ihn mitgenommen.«

Als Costa ins Gefängnis kam und die Beamten Carmen Arrabal endlich in den Vernehmungsraum brachten, war er wieder einmal überrascht von ihr. Sie trug eine elegante Kappe mit einer großen, bunten Feder – nichts hätte in dieser Umgebung unpassender sein können. Die Kappe war rot, leuchtend rot, und passte zu den verschiedenen Rottönen ihres Kleides. Genauso ungewöhnlich wie der weit ausgestellte, gebauschte Rock, der bei jedem Schritt wippte. Das Ganze war eine ungeheure modische Provokation.

Als sie Costas Gesicht sah, lachte sie und sagte: »Bis zu unserer Verurteilung sind wir freie Menschen.«

Er antwortete darauf nichts, sondern holte nur tief Luft.

»Nicht vogelfrei, *teniente*!«, sagte sie mit einer gespielten Drohung, wobei sie sich ihm am Tisch gegenübersetzte.

»Was hat man Ihnen als Haftgrund angegeben?«

»Sie wollen mir den Mord an Felipe Inaki in die Schuhe schieben«, erwiderte sie lächelnd. Nichts von der Verzweiflung, die Costa erwartet hatte, war zu spüren. »Haben Sie einen Anwalt?«

»Drei. Mein Mann hat das gleich organisiert.«

»Und was sagen die?«

»Sie meinen, es sei ein Fehler gewesen, dass ich Señor El Cubano, Ihrem werten Onkel, gesagt habe, dass ich wenige

Stunden vor meiner Trauung mit Pedro Gonzales in den Büroräumen des S'Esglesia Geschlechtsverkehr hatte. Zumal ich das vorher bestritten hatte. Daher habe nun Pedro Gonzales ein Alibi, nicht aber ich, weil er nach diesem hinreißenden Vergnügen zur Festwiese gefahren sei – nachweislich, wie auch meine Anwälte betonten –, ich aber zurückblieb, und zwar ›nicht nachweislich wie lange‹, sodass ich ausreichend Gelegenheit gehabt haben könnte, den Sous-Chef meines Mannes zu erstechen, um den einzigen Zeugen meines vorweggenommenen Ehebruchs zu eliminieren.« Sie legte die Arme auf den Tisch. Den Schmuck hatte man ihr bei der Einweisung abgenommen. »Ich nehme an, dass diese fulminante Neuigkeit meinem Mann schnellstmöglich übermittelt wurde. Dennoch hat er die Großzügigkeit besessen, mir diese Anwälte zu besorgen.«

»Er liebt Sie.« Auch Costa hatte seine Hände auf den Tisch gelegt.

Carmen beugte sich vor und ließ ihre Hände langsam auf die seinen sinken. »Keine Liebe ohne Probe«, sagte sie dabei.

Costa dachte unmittelbar an Karins Betrug – sollte das eine Liebesprobe sein? Ihm war der Gedanke sehr unangenehm und er zog seine Hände zurück.

Unvermittelt fragte sie: »Stecken Sie hinter meiner Verhaftung?«

Er schüttelte den Kopf.

»Wissen Sie einen Weg hinaus aus diesem Dilemma?«

Wieder verneinte er. Er hätte ihr solch eine Dummheit gegenüber Cubano nicht zugetraut. Dennoch tat sie ihm leid. Es war nicht schwer zu erkennen, dass es sie viel Kraft kostete, in dieser Situation die Überlegene zu spielen. Eines ihrer Spiele, aber dieses war sicherlich nicht das leichteste.

»Nun, wenn Sie keine Idee haben, habe ich vielleicht eine.«

»Und die wäre?«

»Mein Mann ist vermögend genug, um eine Kaution zu hinterlegen. Wenn Sie, Señor Costa, sich für mich verwenden, könnte man mich auf Kaution freilassen. Die Entscheidung, das sagten meine Anwälte, kann Richter Montañya treffen.« Sie lächelte ihn wieder betörend an.

Costa merkte, wie sein Pulsschlag schneller wurde. Nicht wegen ihres Lächelns, sondern wegen des Einfalles, der ihm gerade kam. Es war ein großes Risiko, aber er begriff, dass das die einzige Lösung war.

Bevor er ging, bat er Carmen, noch mit ihm ein genaues Protokoll der Vorgänge des fraglichen Sonntags aufzusetzen. Sie willigte ein, wich keiner seiner Fragen aus und beantwortete stets ohne Zögern, was sich von ihrem Erwachen bis zu ihrer Abfahrt zur Cala Gracioneta am Hochzeitstag ereignet hatte.

Nachdem sie unterschrieben hatte, versprach Costa, alles in seiner Macht Stehende zu tun, damit sie auf Kaution freikomme. Er fügte noch hinzu: »Vorausgesetzt, Sie können mir sagen, wo ich Argento Casal finde.«

Sie schüttelte den Kopf. Ob vor Enttäuschung oder weil sie Argentos Aufenthaltsort tatsächlich nicht kannte, wusste er nicht.

Nachdem er das Untersuchungsgefängnis verlassen hatte, fuhr Costa zur Redaktion von *Ibiza Heute* und gab die Zeitungsanzeige wegen Argento wieder in Auftrag. Natürlich hatte er die Hoffnung gehabt, Karin dort zufällig zu treffen. Nach dem Mord an de la Reina hatte er sie nicht mehr gesprochen. Entweder hatte sie so viel zu tun oder ein schlechtes Gewissen. Der Berliner war jedenfalls abgereist, das hatte er herausgefunden.

Er merkte wieder die Stiche in der Herzgegend. Die Entwicklungen der letzten Tage hatten ihm zugesetzt. Er fühlte sich kraftlos und ausgebrannt. Vielleicht sollte er irgendwo was essen. Auf einer Terrasse sitzen und einfach aufs Meer schauen. Ihm fiel das kleine Restaurant »Insula Augusta« an der Platja d'en Bossa ein und er beschloss hinzufahren.

Das Restaurant war gut besucht, aber er fand noch einen Tisch in einer Ecke. Als er von der Speisekarte aufblickte und nach dem Kellner Ausschau hielt, entdeckte er einige Tische weiter Guillen

Puget mit seiner Frau und zwei Kindern. Der Grillchef des S'Esglesia war ihm von der ersten Begegnung an unsympathisch gewesen. Ein Typ, der seine Ziele nicht erreicht hatte und darunter litt. Mit den Jahren war seine Unzufriedenheit gewachsen. Neidisch blickte er auf alle, denen es besser ging, und wartete nur auf den rechten Moment, um ihnen zu schaden.

Auch jetzt war Puget in seinem Element. Obgleich es ein einfaches Lokal war, beschwerte er sich, dass der Wein eine Nuance zu warm sei, und schmetterte dem verdutzten Kellner entgegen: »Ich bin Profi, ich koche in einem Spitzenrestaurant. Wenn ich mich schon herablasse, in einer Strandbude *Lubina a la espalda con patatas fritas y ensalada* zu essen, möchte ich wenigstens einen richtig temperierten Wein dazu.«

Noch bevor Costa sich hinter der Speisekarte verstecken konnte, hatte Puget ihn schon entdeckt. Er sprang auf und begrüßte ihn, als wären sie alte Freunde. Nachdem das ganze Lokal nun wusste, was Costa beruflich machte, zog ihn Puget mit Verschwörermiene zu sich heran. »Haben Sie schon eine Spur von Argento Casal?«, fragte er.

Costa blieb ungerührt. »Warum sollten wir ihn suchen? Der Mann ist in Puerto Rico.«

Puget schien es besser zu wissen. »Ich glaube nicht, dass der weg ist. So schnell gibt der nicht auf. Er ist ein echter Spanier, eine Frau gehört ihm fürs Leben.«

»Welche Frau?«

»Carmen Trujillo. Er hat mir erzählt, wie toll sie ist und dass er sich nie von ihr trennen wird, auch wenn sein Chef sie unbedingt haben will. Und dann die Umstände seiner Entlassung! Erst nimmt man ihm die Frau, dann versetzt man ihm einen Fußtritt. Und den Tritt macht der Meister nicht einmal selber, er lässt treten – Inaki. Ich hab damals schon gesagt, der wird zurückkommen. Er ist ein leidenschaftlicher Mann.«

»Warum fehlt dann diese Information in Ihrer Aussage?«

Puget zuckte die Schultern. »Ich hielt sie damals nicht für wichtig.«

»Dann rate ich Ihnen, sich jetzt gut zu überlegen, ob es sonst noch etwas gibt, das sehr wichtig ist und von dem Sie annehmen, dass Sie es hier nicht sagen müssen«, herrschte Costa ihn an. »Warum ist er entlassen worden?«

»Das weiß ich nicht. Ich möchte meinen Job behalten, aber es muss etwas mit diesen giftigen Pilzen zu tun gehabt haben. Es gab da einen Vorfall mit einem Gast, der ins Krankenhaus musste.«

Vor Costa lag ein Dossier mit den wichtigsten Lebensstationen Argento Fermin Casals. Er war 1976 als viertes Kind von Tomaso und Carmela Casal in Blanes, Provinz Girona, geboren. Keine Vorstrafen. 1992 hatte er seine Ausbildung im Via Veneto in Barcelona begonnen, von 1994 bis 1996 leistete er seinen Militärdienst, danach kochte er in Saragossa, Valencia, dann Madrid und schließlich auf Ibiza. Er schien auf den Job des Tournant, des Springers, spezialisiert zu sein, und alle seine Zeugnisse, inklusive des von Arrabal ausgestellten, waren erstklassig. Die letzten drei Jahre hatte er als Gardemanger gearbeitet.

Arrabal hatte ihm 600 Euro bezahlt. Das war der Mindestlohn. Ein Koch mit seiner Qualifikation verdiente sonst mindestens das Fünffache. Dafür sprach auch die hohe Abfindung, die er bar auf die Hand bekommen hatte. Das ging aus einem Beleg von Arrabals Steuerberater hervor und passte zu Costas Annahme, dass Argento kein Bankkonto hatte. Die Erklärung dafür fand sich auf der nächsten Seite: Das spanische Finanzamt betrieb gegen ihn wegen ausstehender Einkommenssteuer eine Lohnpfändung. Also ließ er sich das meiste schwarz auszahlen. Costa interessierte sich nicht für Steuern und deren Hinterziehung, bedauerte aber, dass keine Kontoauszüge an seine Adresse geschickt wurden. Da er auch nicht mit einer Kreditkarte bezahlte, war eine Adresse nirgends zu finden. Als Wohnadresse hatte er das Hotel Cenit angegeben. Auch Carmen hatte den Namen einmal erwähnt. Es lag in der Nähe des Großmarktes.

Costa schickte Elena und den Surfer dorthin.

Er fuhr einen Seat Leon mit Gironeser Kennzeichen, der immer noch auf seine Eltern zugelassen war. Der Wagen musste auf der Insel sein, da er in den Listen der Fährunternehmen nirgendwo auftauchte.

Costa hatte die Eltern selbst angerufen. Sie wussten nur, dass ihr Sohn nicht mehr in Barcelona lebte. Seit Januar aber hatten sie nichts mehr von ihm gehört.

Auch ein Foto im Din-A4-Format lag in der Mappe. Es zeigte Argento etwa drei Jahre vor der Aufnahme aus dem Flamenco-Club. Hier trug er noch einen Bart, und das kurz geschnittene Haar war mit Gel zurückgekämmt.

Costa fuhr zum Büro von *Ibiza Heute*. Morgen früh würde das Foto Argentos auf der Titelseite sein. Noch während er dem Redakteur den unverfänglichen Text diktierte, dass dieser Mann vermisst werde und seine Familie eine Belohnung von tausend Euro für Hinweise auf seinen Verbleib ausgesetzt habe, klingelte sein Handy. Elena schlug vor, dass sie sich in einem Café am Großmarkt träfen.

Zur Calle Extremadura brauchte er mit dem Wagen nicht lange. Elena saß an einem Fenstertisch und trank Tee. Die Nachmittagssonne schimmerte durch ihr Haar. Er setzte sich ihr gegenüber, und während er darauf wartete, dass der Kellner ihm das Wasser und den Cortado brachte, legte sie in ihrer sachlichen Art los.

»Am 17. Januar 2008 nahmen Argento Casal und Carmen Trujillo ein Zimmer in dem Hotel da drüben. Einen Monat später ist Carmen ausgezogen. Der Rezeptionist kann sich ziemlich gut an unseren Freund erinnern. Er fand es merkwürdig, dass er sein Zimmer nach Carmens Auszug kaum nutzte. Auch Damenbesuch hat er später nie gehabt.«

»Hört sich für mich so an, als ob er eine neue Freundin gefunden und bei ihr übernachtet hat. Wer hat das Hotel bezahlt?«

»Arrabal. Für ein Quartal im Voraus.«

Costa zuckte mit den Schultern. »Dann kann's ihm ja egal gewesen sein.«

»So einfach ist es aber nicht. Denn am 21. März hatte er doch Damenbesuch. Rate mal, wen?«

»Keine Ahnung.«

»Carmen Arrabal. Der Rezeptionist weiß es deshalb so genau, weil Argento an diesem Tag die Reinigung für seine Wäsche bezahlt hat. Sie war eine halbe Stunde mit ihm auf dem Zimmer.«

Costa ahnte, worauf sie hinauswollte. »Du meinst, Argento und Carmen waren die ganze Zeit auch weiterhin ein Paar?«

Elena nickte. »Ein Paar mit einem Plan.«

»Ihr habt das Zimmer durchsucht?«

»Das Zimmer ist seit dem 17. April neu vermietet. Casal ist seit dem 21. März, seit Carmens Besuch, nicht mehr im Hotel gewesen. Außer einer Kochmontur und Rasierwasser hat er nichts dagelassen.«

Immerhin eine Chance auf brauchbare DNA, dachte Costa.

Elena las seine Gedanken. »Der Surfer hat alles zur Untersuchung mitgenommen.«

»Weiß der Mann an der Rezeption, wo Casal nach seinem Auszug hin ist?«

»Nein, nur dass er weiterhin als Koch tätig sein wollte.«

Costa verzog das Gesicht. »Zweitausend Restaurant gibt's hier, hat Arrabal gesagt.«

»Und wahrscheinlich arbeitet er auch noch schwarz. Wenn du nicht von der Polizei gesucht wirst, kannst du hier für ewig abtauchen.«

Costa nickte. Autos ohne TÜV und Versicherung, Häuser ohne Hausnummern, deren Grundbücher immer noch auf den Namen des Vorvorbesitzers liefen, Ausländer ohne Pass und Aufenthaltserlaubnis – all das war fast normal und fiel höchstens bei Routinekontrollen auf.

»Und wie sah nun der Plan dieses Paares deiner Meinung nach aus?«, fragte Costa.

»Carmen und Argento trafen Arrabal in Barcelona, durch Zufall. Es ist sofort klar, dass er sich auf den ersten Blick in sie verliebt hat. Er versucht mit seinem Ruf, seinem Geld, seiner Macht, Carmen zu beeindrucken, er lädt sie zum Essen ein und überlässt ihnen seine Wohnung. Argento will er mit einer Anstellung ködern. Ein verliebter älterer Mann mit einem berühmten Lokal, der Carmen zu Füßen liegt. Würde Carmen alles erben, könnte Argento das Restaurant führen und alles wäre wunderbar. Also folgen sie Arrabal auf die Insel, um sich die Situation genauer anzuschauen.«

Costa nahm seine Tasse und schwenkte sie, damit der auf dem Grund liegen gebliebene Zucker sich auflöste. Beim Cortado nahm er immer einen Löffel mehr. Dann kippte er den süßen Sud herunter.

»Der Plan zur Ermordung José Arrabals war von ihnen bis ins Detail ausgetüftelt.«

»Und?« Costa war gespannt.

Elena war sich der Bedeutung ihrer Worte bewusst. »Carmen schläft im Büro, um Argento nachts hereinzulassen, weil sie nicht sicher sein können, ob Inaki oder ein anderer am nächsten Vormittag nicht doch das Restaurant von außen abschließen wird. Der Hund kannte ihn, aber jetzt kann er sich noch einmal mit ihm anfreunden, sodass er nicht anschlägt. Carmen und Argento wissen, dass am nächsten Morgen um neun die Köche kommen werden, um die Catering-Wagen zu beladen, was etwa eine halbe Stunde dauern wird. Sie wissen auch, dass Inaki zurückbleiben will, um die Millefeuille anzurichten. Inaki war verliebt in Carmen und hatte sich schon längst verplaudert. Es gibt eine entsprechende Eintragung in seinem Notizbuch, die der Surfer erst gestern entdeckt hat. ›Carmen stimmt dem Hochzeitsgeschenk zu‹, steht da. Carmen wird versuchen, Inaki aus der Küche wegzulocken, damit Argento sich hineinschleichen und den Teig vergiften kann. Da Arrabal das Gericht erst nach der Hochzeit kosten wird, sind sie inzwischen verheiratet und Carmen kann erben. Argento sollte Inaki das Giftfläschchen unterschieben, sodass wir dort mit Sicherheit Inakis Fingerabdrücke gefunden hätten. Inaki wäre als der Mörder seines Chefs verurteilt worden und Carmen hätte ihr Ziel erreicht.«

Costa genoss den Vortrag Elenas. Er mochte die Handbewegungen, mit denen sie ihre Ausführungen untermalte. Oft unterstrich sie die unwichtigen Punkte oder betonte ein nebensächliches Detail.

»Du fragst dich, wo ich da Pedro unterbringe, wie?«

»Nein, nein, ich frage mich gar nichts, ich höre einfach nur zu.« So war es auch und er hatte sogar alles vergessen, selbst seine Probleme mit Karin. »Also weiter.«

»Wie bei allen Plänen sind es die Zufälle, die sie scheitern lassen. Außer man besitzt dieses große Talent Carmens, sich blitzschnell umzustellen und ein neues Stück zu spielen. Das war hier nötig, denn Inaki hatte plötzlich den Einfall, Pedro Knoblauch schälen zu lassen, statt ihn mit den anderen wegfahren zu lassen. Nun saß er vor der Küche im Hof als Zeuge und Wächter. Doch er saß da nicht lange, denn Carmen hatte den Einfall, ihn ins Büro zu locken und ihn dort so lange festzuhalten, bis Argento sein Werk erledigt hätte. Das Problem war aber nun: Wie sollte man Inaki aus der Küche weglocken? Vielleicht hatte Argento vor, einen Stein gegen das Fenster zu werfen, vielleicht wollte Carmen ihn per Telefon um etwas bitten. Es spielt keine Rolle, denn auch diesmal mischte der Zufall mit: Joana rief an, woraufhin Inaki die Küche verließ, sodass Argento unbemerkt hineingehen konnte.«

»Und warum hat er sich dazu die Mülltüte übergestülpt?« Eigentlich wollte Costa sie fragen, ob sie sich etwas zu essen bestellen sollten, denn er hatte verdammten Hunger, aber sie war so in Fahrt, dass er sie nicht unterbrechen mochte.

»Wahrscheinlich hat er gedacht, das Gas der Blausäure sei auch für ihn gefährlich. Torres meint, er habe unter der Plastikfolie auch noch einen Mundschutz getragen. Daher konnte man sein *Touché* kaum verstehen. Es kam doch ziemlich gedämpft, erinnerst du dich?«

Costa nickte. Es war auf dem Video kaum zu hören.

»Durch irgendein Geräusch hat Inaki dann bemerkt, dass jemand im Raum ist, hat den Müllmann entdeckt und ist mit dem Messer auf ihn los. Das andere hast du auf dem Video gesehen. Argento musste Inaki umbringen, um nicht selbst geschnappt zu werden.«

»Und Pedro?«

»Pedro war inzwischen weg. Natürlich hat sich Carmen von ihm hoch und heilig versprechen lassen, ihr Liebesabenteuer keinem Menschen zu verraten, und dieser Dummkopf hat das auch gemacht. Als sie erfuhr, dass Argento den Koch umgebracht hatte, war ihr gleich klar, dass sie Pedros Geschichte schon deshalb leugnen musste, weil dann der Junge und sie verdächtig wurden und kein Verdacht auf einen Dritten fiel.«

Costa musste zugeben, dass Elena ein kriminalistisches Meisterstück schlüssig rekonstruiert hatte. Ihm fiel kein Argument dagegen ein. »Und wie war es beim zweiten Fall?«

»Beim zweiten Versuch, Arrabal umzubringen, ging wieder etwas schief. Aber diesmal lag es an Carmens Plan. Sie hätte wissen müssen, dass Arrabal wegen seiner Zahnentzündung keinen Alkohol trinken würde. So brachte die vergiftete Paté nur den Kritiker um, um den es gar nicht ging. Außerdem hat man jetzt plötzlich Arrabal als unliebsamen Zeugen gegen sich, der behauptet, die vergiftete Paté habe er nicht angerichtet, sie müsse ausgetauscht worden sein.«

»Vielleicht wären wir ja auch nie darauf gekommen, wenn der Spüler nicht genascht hätte.«

»Vermutlich.«

Als er sich von Elena verabschiedet hatte, fiel ihm wieder ihre Bemerkung ein, Gift sei die klassische Waffe der Frauen. Es muss nicht immer Gift sein, dachte er bitter, als er Karin anrief.

Er erreichte sie erst beim dritten Versuch, aber sie fertigte ihn gleich kurz ab. »Bin im Stress!«

»Alles klar, ich will auch nur wissen, warum du in dem Artikel über de la Reinas Tod …«

Sie schnitt ihm das Wort ab: »Ist nicht von mir.«

»Was?«

»Der Artikel ist nicht von mir. Den verantwortet der Chef. Verstehst du? Okay?«

Costa hätte das gerne ein bisschen genauer gewusst, aber in diesem Moment versuchte José Arrabal schon zum dritten Mal bei ihm durchzukommen und er nahm das Gespräch an.

»Costa, war das Ihre Idee, meine Frau von der Straße weg zu verhaften?«

»Nein.«

»Wer ordnet denn solche Unsinnigkeiten an?«

»Sie sollten einen Ihrer Anwälte befragen. Der kann das sicher für Sie klären.«

»Toni, nun tun Sie nicht so, als hätten Sie damit nichts zu tun. Sie müssen mir helfen. Carmen wird völlig krank unter diesen Umständen. Sie müssen irgendwas unternehmen, egal was, aber sie muss da raus.«

Costa konnte seine Verzweiflung körperlich spüren. Aber was wollte er? Nur ein Richter konnte den Haftbefehl aufheben.

Er erklärte ihm das, bat ihn, vor allem Ruhe zu bewahren, und versprach, sich sofort bei ihm zu melden, wenn sich etwas Neues ereignen würde.

Aber was sollte es Neues geben? Am ehesten einen neuen Anschlag auf Arrabal. Wenn Argento seine mörderischen Pläne nicht aufgegeben hatte, würde Arrabal das als Erster erfahren, und wohl am eigenen Leibe.

In der Cala Gracioneta konnte man mit dem Auto bis zu den Treppen fahren, die zur Bucht führten. Costa stieg aus und ging hinunter. Der Duft eines *guisat de peix* erinnerte ihn daran, dass er Pugets wegen nichts gegessen hatte, und er folgte der Verlockung bis zur Theke eines Strandrestaurants. Aber dann entschied er sich doch dagegen. Wenn er jetzt etwas aß, würde seine Konzentration nachlassen.

Als er den Weg zurückgegangen war und das Haus erreichte, sah er die schönen handbemalten Kacheln am Eingang. Der Namenszug »Arrabal« war kaum noch lesbar. Jemand hatte mit einem Hammer oder Ähnlichem dagegen geschlagen. Die Sprünge zogen sich wie ein Spinnennetz über die glasierte Oberfläche. Kleinere Stücke waren abgesprungen.

Costa ließ den Türklopfer gegen das Holz fallen. Das Hausmädchen öffnete und führte ihn durch die Halle auf die Terrasse. Diesmal war der Pool leer, keine badende Carmen.

Arrabal saß im Garten an einem zierlichen Tischchen unter einer Pinie und las. Als er Costa sah, erhob er sich und legte seine Brille zur Seite. »Toni, ich freue mich, Sie zu sehen. Gibt es Neuigkeiten? Sind Sie vorangekommen?«

»Ich denke, dass de la Reina nicht das Ziel war.« Costa setzte sich. »Haben Sie nicht auch eine Herzschwäche?«

Arrabal ließ sich zurück auf den Stuhl fallen. »So würde ich es nicht ausdrücken. Meine Herzschwäche ist meine Frau. Aber medizinisch gesehen hat mein Herz vor zwei Jahren Unterstützung benötigt. Ich habe drei Bypässe.«

»Genau das meine ich damals in der Zeitung gelesen zu haben. Die Ibizenkos waren stolz, dass sich ein Sternekoch im örtlichen Krankenhaus Can Misses operieren ließ statt in einer Privatklinik. De la Reinas Herzkrankheit – wussten Sie davon?«

»Nein.« Arrabal überlegte. »Er hätte mir gegenüber niemals irgendeine Schwäche zugegeben.«

Costa nickte. »Ich denke, jemand wollte vielmehr Sie umbringen. Den Tod de la Reinas hat der Mörder in Kauf genommen, um Sie zu töten. Ebenso wie bei Inaki.«

Arrabal blickte über das Meer.

»An der Haustür ist Ihr Namensschild zerschlagen. Wer war das?«

Arrabal zuckte mit den Schultern. »Irgendjemand, der das Essen bei mir nicht bezahlen konnte.«

»Wann ist das passiert?«

»Drei Tage nach meiner Hochzeit. Vielleicht auch jemand, den ich nicht eingeladen habe.«

»Kriegen Sie auch Drohungen?«

»Ja, in letzter Zeit. Dreimal. Die erste kam an dem Tag, als das Namensschild zerschlagen wurde. Jemand sprach auf meine Mailbox. Der Provider kann den Anrufer nicht feststellen, weil er immer eine öffentliche Telefonzelle benutzte.«

»Argento Casal – warum haben Sie mir den Grund verschwiegen?«

»Welchen Grund?«

»Weshalb er entlassen wurde.«

Arrabal musterte ihn skeptisch. »Was meinen Sie?«

»Ich meine diese Geschichte mit dem vergifteten Gast.«

Er hob hilflos die Hände und ließ sie wieder fallen. »Ich habe das immer geheim gehalten, ich fürchtete, dass ich den Laden sonst dichtmachen müsste.«

»Das blüht Ihnen ja jetzt nun doch. Also was soll's?«

Zwischen der Isla Conejera und der Isla del Bosque glitzerten die Segel einiger Boote in der Sonne. Ein warmer Wind trug den Salzgeruch des Meeres in den Garten.

Eine angenehme Schläfrigkeit überfiel Costa, obgleich er nichts gegessen hatte. Er überlegte, ob er um einen Kaffee bitten sollte.

»Er hat gut gearbeitet. Schade war nur, dass er und mein Sous-Chef wie Hund und Katze waren.«

»Ich hörte, dass es beinahe zu einer Messerstecherei gekommen ist.«

»Davon weiß ich nichts. Aber Inaki war sehr aufbrausend, also wäre es möglich. Auf jeden Fall ist Argento Casal dann dieser Fehler unterlaufen, der zu seiner Entlassung geführt hat.«

»Ein Fehler mit Pilzen«, erinnerte Costa.

Arrabal nickte. »Ein Schaumsüppchen mit Blätterteighaube, in dem Tintlinge nichts zu suchen haben. Ich weiß nicht, was ihn geritten hat. Jeder Koch lernt Warenkunde, Chemie und Physik, bevor er sein erstes Ei brät. Diese Pilze sind sehr schmackhaft, aber ihre Verwendung bedarf eines besonderen Fachwissens. Das hatte Inaki und er wusste, dass die Tintlinge nie in Speisen gelangen durften, die für Gäste gedacht waren. Ich kann ja als Gastwirt unmöglich die Verantwortung dafür übernehmen, dass die Leute auch Tage vor und nach dem Verzehr dieser Pilze keinen Alkohol trinken – denn auch das ist sehr gefährlich. Glücklicherweise hat es der Gast überlebt. Er hielt es für einen Virus, eine Kreislaufschwäche, und hat es nicht mit uns in Verbindung gebracht. Argento Casal musste uns noch am gleichen Tag verlassen. In dem Zeugnis, das ich ihm ausgestellt habe, habe ich den Vorfall natürlich nicht erwähnt. Er selbst wird wohl nicht darüber geredet haben und nun ist er auf der anderen Seite der Welt.« Er machte eine wegwerfende Bewegung. »*Pan comido*.«

Costa schüttelte den Kopf. »Ihr Koch Guillen Puget glaubt, dass er Ibiza nicht verlassen hat.«

Arrabal beugte sich langsam vor. »Sie meinen, Argento steckt hinter dem Giftanschlag?«

Während er es aussprach, war sich Costa sicher, dass sie das Gleiche dachten: Natürlich war es möglich, natürlich konnte

Argento Casal unbemerkt am Hund vorbei in die Küche, natürlich hatte er ein Motiv – Rache an Inaki und Arrabal.

»Er hätte die Paté niemals ungesehen austauschen können«, antwortete Arrabal.

»Vielleicht hatte er einen Komplizen?«

»Wer könnte das sein?« Arrabal war bleich geworden.

Costa schaute ihn eine Weile an und sagte dann: »Wer könnte Sie ruinieren oder töten wollen?« Und er dachte: Carmen.

Arrabal sackte ein Stück in sich zusammen. »Ich weiß es nicht. Ich weiß es wirklich nicht. Was glauben Sie, was ich mir darüber schon den Kopf zermartert habe. Ich habe alles, was ich mir im Leben gewünscht habe. Ich habe Geld. Es ist wie ein Strom, der nie versiegen wird. Ich habe soziale Anerkennung, ich bin gern gesehener Gast in allen guten Restaurants Europas, ich habe die beste Loge beim Pferderennen. Die Villa hier habe ich vorige Woche gekauft. Ich habe ein großes Boot, auf dem ich manchmal Catering Tours mache, wenn jemand es wünscht.« Er lächelte wehmütig. »Und ich habe die schönste Frau der Insel, die ich liebe, wie ich nie jemanden geliebt habe. Ohne die ich nicht atmen kann. Wenn ich hier ohne sie im Garten sitze, ist es mir, als wenn ich ersticke. Glauben Sie mir das?«

Costa nickte.

»Ich habe alles und jetzt kommt jemand und will mir alles nehmen.« Irgendetwas bäumte sich in ihm auf und er trat mit Wut gegen einen Stein, der vor ihm lag. Mit plötzlichem Zorn in der Stimme rief er aus: »Sogar die Cardonas müssen das zugeben – ich habe meine Wette gewonnen!«

Costa hatte plötzlich Mitgefühl und sagte in einem beruhigenden Ton: »Ich habe Paco Cardona auf Ihrer Hochzeit getroffen. Er war voll des Lobes. Sie haben als Kind bei seinem Vater in der Küche gearbeitet, stimmt's?«

Arrabal nickte.

»Welche Wette?«

Arrabal schien ganz in Gedanken versunken. Kaum merklich schüttelte er den Kopf und murmelte: »Kinderkram.«

»Wissen Sie, Don José, ich könnte eine Sache versuchen.«

Hoffnung flackerte in seinen Augen auf. Er hob den Kopf. »Was?«

»Ich könnte versuchen, dass Ihre Frau aus der Haft entlassen und stattdessen im Hotel Royal Plaza unter Hausarrest gestellt wird. Da hat sie immerhin alle Bequemlichkeiten und auch für Sie wäre es angenehmer, sie dort zu besuchen.«

»Sie meinen, das kriegen Sie hin?«

»Wenn Sie die Kaution zahlen und die Hotelkosten übernehmen?«

Arrabal sprang auf. »Kein Problem! Keine Frage!«

Auch Costa hatte sich erhoben. Arrabal legte die Hand auf seine Schulter. »Toni, ich werde immer in Ihrer Schuld stehen, egal, was passiert. Warum wollen Sie das tun?«

Costa merkte, wie er ihm prüfend in die Augen sah. Natürlich wusste Arrabal, dass Cubano sein Gegner war und dass für Costa eine solche Aktion nicht ohne Risiko war. Cubano und Costa waren aus derselben Familie – warum sollte sich der Jüngere und Schwächere nun mit Arrabal verbünden? Welchen Grund konnte er haben? Einfach um ihm einen Gefallen zu tun?

Costa ahnte all diese Gedanken. Arrabal war angeschlagen und unsicher, aber Costa verstand ihn. Ihm ging es ähnlich.

»Ein Gefängnis ist kein Ort für Ihre Frau, Don José.«

Costa nahm Arrabals Hand von seiner Schulter und drückte sie. »Sie ist unschuldig. Wenn niemand in ihrer Familie unschuldig ist – sie ist es.« Er sah Arrabal fest in die Augen. »Sie ist vollkommen unschuldig.«

Costa sah, wie sich Arrabal entspannte. Um den entscheidenden Beweis zu führen, brauchte Costa Arrabals vollkommenes Vertrauen im Moment. Egal, welches Cubanos Gegenzüge wären, Arrabal musste tun, was Costa verlangte. Das Erste war, Carmen aus dem Gefängnis zu holen, wo Cubano sie hatte hinbringen lassen. Costa wollte sie im Royal Plaza als Köder haben. Als Köder in einer Falle.

Arrabal hielt Costas Blick nicht stand. Er wich ihm einmal aus, ein kurzes Flackern, bevor er sich wieder gefangen hatte. »Unschuldig hat einen doppelten Sinn.«

Costa begriff – Arrabal hatte die Sache mit Pedro inzwischen in Erfahrung gebracht.

»Seien wir keine Pharisäer«, sagte er und dachte daran, wie er Karin verzeihen könnte. Mit derselben Großzügigkeit, die er Arrabal nahelegte?

Costa wartete schon eine halbe Stunde vor dem Gerichtssaal im dritten Stock des Justizgebäudes an der Avenida Isidoro Macabich. Die Holzbank war unbequem, es roch nach kaltem Rauch und der Borsäure, die man in den Ecken und Ritzen verteilt hatte, um die Eier der Kakerlaken zu töten. An den Wänden hingen die Steckbriefe der ETA-Bomber und ein Werbeplakat für die Policia Local.

Gleich nachdem er Arrabal verlassen hatte, ließ sich Costa mit Richter Montañya verbinden. Er hatte Glück, Montañya war bereit, ihn anzuhören.

Die Tür des Gerichtssaales öffnete sich. Der Richter ging voran, neben ihm eine konservativ, aber elegant gekleidete Dame, die versuchte, ihm etwas zu erklären. Costa kannte sie, sie war Anwältin in einer großen Kanzlei um die Ecke. Sie war Deutsche, ein heller Typ, vermutlich aus dem Norden. Costa empfahl sie, wenn Deutsche einen Anwalt brauchten. Als sie ihn entdeckte, grüßte sie freundlich und blieb stehen. »Warten Sie auf mich oder auf Richter Montañya?«

Costa erhob sich, begrüßte beide und bat den Richter um zehn Minuten. Mehr brauchte er nicht, denn er verstand sich mit Montañya oftmals fast ohne Worte. Der Richter gehörte noch zum alten Schrot und Korn, war unbestechlich und unbeugsam, auch wenn Matares oder Cubano etwas von ihm wollten.

Es dauerte doch etwas länger, die Sache war heikel. Costa sah sich gezwungen, seine ganze Ermittlungsstrategie darzulegen, bis Montañya begriff, warum er Carmen Arrabal nicht im Untersuchungsgefängnis lassen, sondern im Royal Plaza unter Aufsicht gestellt haben wollte.

»Das Royal Plaza gehört doch El Cubano, oder?«, fragte der Richter.

»Es gehört seiner Mutter, aber er hat schon fast alles in der Hand, ja, das ist richtig.«

Schließlich willigte Montañya ein. »Wenn da was schiefgeht, Toni Costa, war das unser letztes Match«, drohte er.

Costa nickte lächelnd und ging.

»Toni?« Elena Navarro war am Apparat. »Eben ist ein Hinweis auf Argento Casal eingegangen. Er wurde auf dem Zeitungsfoto erkannt. Irgendjemand in einer Großmetzgerei an der Straße zum Flughafen. Die sagen, Casal hat bei ihnen eingekauft. Fährst du selbst hin?«

»Danke. Mache ich«, sagte er und wechselte auf die linke Spur. Als er auf der Avenida España Richtung Sant Jordi fuhr, fiel ihm ein, dass die Straße wegen des Autobahntunnelbaus ab dem San-José-Kreisel gesperrt war. Er beschloss, Schleichwege durch Figueretas und Platja d'en Bossa zu fahren. Das war allemal schneller als die offiziell ausgeschilderte Umleitung, die am neuen Friedhof vorbeiführte.

Während er die kilometerlange Amüsierstraße entlangfuhr, die nach dem Vater von Gouverneur Matares benannt worden war, überlegte er, dass Argento irgendwo einen Job als Koch haben müsste, wenn er bei der Großmetzgerei einkaufte. Wenn das so war, hatte er auch feste Tagespläne und Arbeitszeiten und müsste nachweisen können, wo er wann war. Costa fuhr noch langsamer. Vor den Türen der Hotels und Restaurants stauten sich die Wagen der Reinigungsunternehmen, Markisenhersteller und Klimatechniker. Überall wurde geputzt, gestrichen, gehämmert, gesägt und ausgebessert. Als ein Tieflader mit Anhänger in eine Einfahrt wollte, kam alles zum Stillstand. Costa ließ die Scheiben herunter, beugte sich aus dem Fenster und griff nach seinem Handy. Er drückte Karins Nummer – alles mit einer Hand. Wieder meldete sich nur die Mailbox. Er hinterließ keine Nachricht.

Carlos Matares und Joan Costa Mari hatten hier schon in den Siebzigern aus einem ganzen Stadtteil eine glitzernde Amüsiermeile geschaffen. Zwar waren Grillhähnchen und Frankfurter nach und nach von Döner und Ciabatta verdrängt worden, aber sonst war sich das Viertel an der »Rolex-Beach« treu geblieben. Spielhallen, Biergärten, Bullenreiten, Irish Pubs, Karaoke, Bingo, ein Jahrmarkt, Bungee-Jumping, Wasserrutschbahnen, Diskotheken und Nightclubs. Mit einem verdrossenen Blick auf die Stahlgerippe der noch zu bauenden Hotels fuhr er wieder an, als die Schlange vorrückte. Er folgte der grell beleuchteten lärmenden Promenade, über der in der Saison die Haupteinflugschneise des Flughafens lag. Als er das laute Dröhnen einer Maschine hörte, zog er unbewusst den Kopf ein. Der Luftverkehr war bereits in den Siebzigerjahren so stark gewesen, dass das Insula-Augusta-Hotel gesprengt werden musste, weil die Flugzeuge sein oberstes Stockwerk fast mit dem Rumpf streiften. Seitdem hatte sich alles verhundertfacht. Platja d'en Bossa brauchte nun im Sommer eine eigene Wachstation der Guardia, die vom ersten Tag an ständig überlastet war.

Vor dem Hügel, der den Strand der Nackten, Individualisten und Althippies vom Gewimmel der Pauschaltouristen trennte, fuhr Costa nach rechts zum Kreisverkehr von La Canal Richtung Sant Jordi.

Die José Ferra S.A., der größte Metzgereibetrieb der Insel, war in einer Lagerhalle an der Carretera Aeropuerto untergebracht.

Costa rollte auf das Gelände und geriet zwischen zwei Trucks, die an der Laderampe rangierten. Er konnte nicht zurücksetzen, weil hinter ihm Container verladen wurden. Da sein Hupen nichts nutzte, stellte er die Polizeisirene an, die in letzter Sekunde alles stoppte.

Ein Mann kam angelaufen. Er stellte sich als Ferra vor und schimpfte, er versorge mehr als die Hälfte der Insel mit Fleisch, da werde es hier schon mal eng, denn das bedeute manchmal etliche Tausend Tonnen pro Tag.

»Alles in Ordnung«, sagte Costa und Ferra war schon wieder weg.

Er parkte den Pajero auf einem Platz zwischen zwei riesigen Sattelschleppern, die ihm wie die Einfahrt in einen Tunnel vorkamen. Er stieg aus und drängte sich zwischen Fahrerkabine und Gebäudewand hindurch. Ferra war nicht mehr zu sehen. Der einzige Eingang, den er fand, war ein Tor, vor dem schwere Folien hingen. Dahinter wurde es fünfzehn Grad kühler. Zwischen Rinderhälften und ganzen Schweinen fand er den Weg zum Büro.

Der Fleischer, wegen dem er hier war, weil er Argento Casal gesehen haben wollte, hatte einen riesigen Schnurrbart, unter dem ein Goldzahn hervorblitzte. Er roch nach Brandy und Leberwurst. Eine Weile suchte er nach einem Zettel, den er angeblich schon bereitgelegt hatte, und schließlich fand er ihn. Es war keine offizielle Rechnung. Es war nur eine Notiz über den Verkauf von achtzehn Kilo *Chuletón de Buey*, Ochsenkotelett, an ein Restaurant mit Namen »Eliza Correlaciones« in der Nähe von San José.

Costa stellte ihm ein paar Fragen. Mehr Zettel gab es nicht, aber der Mann erinnerte sich daran, dass der Käufer, der ein paar Mal gekommen war, eine Menge von Fleisch verstanden hatte. Er arbeitete als Koch im Restaurant »Eliza Correlaciones«. Er kam immer mit einer Vollmacht seiner Chefin, die ihre Fleischerrechnung monatlich beglich.

Man brauchte nicht viel Fantasie, um aus der Unterschrift den Namen Argento Casal herauszulesen. Costa war sich sicher, dass er auf der richtigen Spur war.

Er bedankte sich und ließ sich den Weg zu Eliza Correlaciones' Restaurant erklären.

Als er die Halle verließ, tauchte Ferra wieder auf. »Na, alles gefunden?«

»Ja, danke.«

Ferra hatte ein großes Stück Wurst auf der Spitze eines langen Messers und hielt es Costa hin. Er nahm es, biss hinein und nickte anerkennend.

Auf der Fahrt rief er Elena an. »Ich bin auf dem Weg in das Restaurant, wo Argento eine Beschäftigung gefunden hat. Es gehört einer Eliza Correlaciones.«

»Wenn er dort arbeitet, dann wird sie ihn auch in der Zeitung wiedererkannt haben. Sie hat sich aber nicht gemeldet. Also musst du davon ausgehen, dass sie ihn versteckt.«

Costa versprach, dass er sehr vorsichtig sein und sich auf keinen Fall ohne besondere Vorkehrungen zu erkennen geben werde.

Der Abend war klar und kühl. Der Beschreibung nach sollte er in einer Kurve vor Sant Josep rechts abbiegen und dem Weg folgen, der bis zur Spitze des Hügels führte. Genau das hatte er getan und wurde mit jedem Meter, den sein Wagen zwischen den Schlaglöchern vorwärtskroch, sicherer, dass er sich verfahren hatte. Kein Hinweisschild, keine Leuchtreklame. Niemand in Sicht, den er hätte fragen können.

Es wurde dunkel.

Er schaltete die Scheinwerfer ein. Der Weg endete vor einem großen weiß gekalkten Torbogen. Er rollte auf ein Plateau aus Lehm und parkte den Wagen so, dass er vom Haus aus nicht direkt gesehen werden konnte. Als er gerade aussteigen wollte, kam ein Anruf von Elena. Sie hatte Recherchen über Eliza Correlaciones angestellt und wollte ihm das Ergebnis durchgeben.

»Ich habe dir ein Foto aufs Handy geschickt.«

Er schaute nach. Die Frau hatte ein ebenmäßiges und sympathisches Gesicht.

»*Bueno*, schieß los.«

»Sie ist in Badalona geboren, 1971. 1990 war sie jüngste Küchenchefin Spaniens. Sie hat eine Menge Preise und Auszeichnungen. '98 fing sie selbstständig auf Ibiza an. Berühmt ist ihr offener Brief an den Guide Michelin, in dem sie ihren Stern für einen Fächer von der ibizenkischen Kartoffel mit schwarzen Trüffeln und Rosmarin zurückgibt und darum bittet, künftig nicht mehr beurteilt zu werden. Ihr sei es wichtiger, schrieb sie, frei für neue Ideen zu sein, als auf Tafelsilber und Teppichflorhöhe zu achten.«

»Das ist alles?«

»Yes, Sir.«

»Danke, Elena. Die ist ja fast so aufrecht wie du.«

»Stimmt. Kocht zwar besser, aber schießt nicht so gut.«

»Stimmt auch, aber das brauchen wir hoffentlich jetzt nicht.«

»No, Sir. Hoffentlich.«

Er stieg aus und ging über einen Vorplatz mit Kopfsteinpflaster auf das Gebäude zu. Auf einer leichten Anhöhe erhob sich eine alte Finca, von Pechfackeln beleuchtet. Dach und Ställe waren von Pflanzen bewachsen, dazwischen standen Terrakottakübel mit Schilf und Palmen. Sträucher von weißem Oleander wucherten neben dunkelvioletter Bougainvillea. Es war ein Eindruck, wie er für Ibiza nicht typischer hätte sein können. Alles hatte seinen Raum, nichts war zurückgeschnitten oder getrimmt, in seiner Natürlichkeit war alles einmalig.

Durchs Fenster konnte Costa sehen, dass das Restaurant bis auf den letzten Platz besetzt war. Sein Plan, zuerst als Gast etwas zu essen und danach die Köchin zu vernehmen, hatte sich damit erledigt. Er ging an den Fenstern entlang.

Das Lokal sah ausgesprochen gemütlich aus. In keinem der verwinkelten Räume standen mehr als drei Tische; es gab knisternde Kamine, Vorhänge aus spanischer Spitze, knallblau gestrichene Türen und Fensterläden. Die Küchentür war mit dichtem Efeu bewachsen. Sie stand offen. Er trat ein.

Sechs Köche rannten durch einen Raum, der kleiner war als Arrabals Kühlhaus. Keiner sah auch nur im Entferntesten aus wie der Mann, den er suchte. Eine Weile beobachtete er Eliza Correlaciones. Ihre Haare steckten unter einer Kochmütze, die Uniformjacke betonte ihre Figur. Sie schien sechs Hände zu haben, die Fleisch in Pfannen prüften, Saucen abschmeckten, Herde öffneten, hobelten, schnitten. Währenddessen rief sie den anderen Köchen ununterbrochen Anweisungen zu. »Das ist die Farce? Viel zu grob. Noch mal kuttern. Wo ist die Foie? Ich brauche das Chinois! Her damit!«

Das Chinois war ein Spitzsieb, das wusste Costa schon, und es hing in seiner Reichweite neben der Tür. Er nahm es vom Haken und gab es Eliza.

Sie stand direkt vor ihm. »Und du? Was stehst du noch herum? Typisch Tournant. Zu spät kommen und dann noch ohne Arbeitskleidung.« Schon war sie weiter, am nächsten Herd und rief über die Schulter: »Gebt dem Mann eine Jacke. Und dann brauche ich sechs Doradenfilets.«

An diesem Punkt hätte Costa natürlich seinen Ausweis zücken und die Küche zum Standbild einfrieren lassen können. Aber er tat es nicht. Was hielt ihn zurück, fragte er sich. Respekt? Neugier? Doch falls Elena recht hatte, konnte er auf diese Weise womöglich mehr über den Aufenthalt Argentos herausfinden.

Er zog die gestärkte Jacke über, band sich eine Schürze um und begann, die Fische zu filetieren. Das war so ziemlich das Einzige, womit er in der Küche glänzen konnte. Diese Fähigkeit dankte er Onkel Pep, dem alten Seebären. Costa ging damals noch nicht zur Schule, da nahm ihn Pep schon mit zum Fischen. Natürlich suchte er nach dem Fang die besten Exemplare für sich selbst raus und Costa musste dann trotz der giftigen Rückenstacheln und Unmengen von Gräten Roja filetieren, den Großen Roten Drachenkopf. Obwohl das lange her war, konnte er über die Lubina und Doraden vor sich auf dem Tisch nur lächeln. Schnell ging ihm die Arbeit von der Hand.

Ein aufgeregter Kellner erschien am Pass. Er hielt einen Teller in der Hand, auf dem ein Wolfsbarsch lag.

»Was ist verkehrt mit dem Fisch?«, fragte Eliza.

»Der Gast möchte die Filets.«

»Hast du ihm nicht erklärt, dass der Fisch im Ganzen kommt?«

»Natürlich, aber jetzt ist er betrunken und will die Filets.«

Sie klatschte Costa den Teller hin. »Filetieren.«

»Tisch 5 beschwert sich, sie würden schon so lange warten.« Eine Kellnerin steckte den Kopf in die Küche.

Eliza warf einen Blick auf die Bons. »Das Ragout von Flusskrebsen, Artischocken und Oliven und die *Rossejat de fideus*? Ist bei mir vor zehn Minuten bestellt worden und kommt in fünf. Erklär ihnen, dass ich die rohen Nudeln in Öl anschwitze, bis sie goldblond, eben *rossejat* sind. Und dann kochen sie in einem Sud aus Fischen oder Meeresfrüchten; Nudeln müssen nun mal kochen. Wer sind diese Idioten? Vielleicht haben sie sich verfahren. Steht da draußen irgendwo ›Burger King‹ über dem Eingang?«

Kaum war der nächste Kellner mit dem Hauptgang für Tisch 8 durch die Tür, hörte man es klirren.

»Mist«, sagte Eliza und wischte sich den Schweiß von der Stirn. »Das war die Ente.« Sie klatschte in die Hände. »Hopp-hopp, auf ein Neues. Ich brauche Gratin und Zuckerschoten.«

Sie stöhnte laut. »Gas ist alle.« Ein Spüler schoss aus der Tür, um die Flaschen zu wechseln.

»Teller«, schrie sie und zeigte auf Costa. »Spül mit der Hand. Ich brauche vier große und vier Beilagenteller.«

Costa griff sich einen Schwamm und nahm den ersten Teller vom Stapel.

»Juan Torres lässt fragen, ob du ihm seine extrascharfe Zitronengrassuppe mit Gambas machen kannst, auch wenn sie nicht auf der Karte steht«, rief ein Kellner Eliza zu.

»Sag Juan, für ihn mache ich alles«, lachte sie. In Windeseile flogen geriebener Ingwer, Kaffirlimettenblätter, Zitronengras, geschälte Gambas, eine winzige, gefährlich aussehende knallrote *guindilla* und eine Prise Salz in einen Topf, den Eliza mit dem Gemüsefond auffüllte, der auf dem Herd vor sich hin köchelte.

Danach wandte sie sich wieder den anderen Bestellungen zu.

Nach ein paar Minuten und Hunderten von Handgriffen streute sie ein wenig gehackten Koriander auf die Suppe und reichte den Teller dem Kellner.

Um halb neun hatte Costa die Küche betreten. Jetzt war es Mitternacht und er hatte sich davon überzeugt, dass es einen Argento Casal hier nicht gab. Doch er wusste, es hatte ihn hier gegeben.

Er schaute sich um, die Schlacht war geschlagen. Señora Correlaciones setzte eine große Flasche Mineralwasser an den Mund, trank sie in einem Zug halb leer und reichte sie Costa. Der Rest der Brigade war bereits im Aufbruch.

Sie lehnte an einem Zubereitungstisch, die langen braunen Haare jetzt offen, die Arme verschränkt, und musterte Costa. »Du bist der unerfahrenste Springer, der mir je geschickt wurde«, stellte sie kopfschüttelnd fest. »Aber dafür völlig stressfest. Wo hast du vorher gearbeitet?«

Costa lächelte. »Bevor ich Oberstleutnant der Guardia Civil auf Ibiza wurde, habe ich eine Mordkommission in Hamburg geleitet.«

»Und?«

»Jetzt habe ich ein paar Fragen an Sie.«

Sie saßen an einem Tisch, auf den der Kegel einer Hängelampe fiel. Der Rest des Raumes war dunkel.

Señora Correlaciones hatte nach seiner Offenbarung nicht mit der Wimper gezuckt. Sie wusste vom Tod Inakis natürlich, genauso wie vom Giftmord an de la Reina, und während Costa seine Fragen stellte, hatte sie für sich und ihn eine schnelle Mahlzeit in der Pfanne gebraten: Streifen vom asturianischen Rinderfilet, grüne Pimientos, Austernpilze, ganze ungeschälte Knoblauchzehen, Zwiebeln und Kartoffelscheiben.

»Kein schlechter Tod für einen Kritiker: nach dem Genuss einer Arrabal-Paté tot vom Tisch sinken«, sagte sie und probierte eine Kartoffelscheibe. Ihr zuzusehen war den ganzen Abend über das pure Vergnügen gewesen. Genauso genussvoll, wie sie kochte, aß sie auch.

Costa öffnete den Rotwein und füllte die Gläser. »Die Paté war nicht von Arrabal. Sie war entweder von Carmen Arrabal oder von Argento Casal.«

Eliza Correlaciones lächelte. »Ich glaube kaum, dass diese Südamerikanerin eine Paté machen kann, bei der José nicht gleich aufspringen würde. Aber Argento war ein Meister der Imitation.«

»Können Sie sich vorstellen, dass Argento seinen früheren Chef töten würde?«

»Absolut. Mit einem Fingerschnippen. Mehr noch: mit Vergnügen. Argento ist leidenschaftlich. Und er hat Carmen geliebt.«

»Sie mögen Arrabal nicht?«

»So weit würde ich nicht gehen. Arrabal ist schon in Ordnung. Er hat zu seiner Zeit viel bewegt. Nur mein Geschmack sind seine aufgeblasenen Kreationen nicht. Mit Hummer und Kaviar kann jeder kochen. Dieser ganze montierte Kram. Lauch und Tomaten sind die Kunst. Arrabal wird, was das 21. Jahrhundert betrifft, völlig überschätzt. Und das ist das Verdienst von Leuten wie de la Reina.« Sie trank einen Schluck Wein und redete weiter. »Die ibizenkische Küche ist einfach, aber frisch. Stockfisch, gehäutete Auberginen und Paprika mit Kartoffeln als lauwarmer Salat, Bratwurst mit dicken Bohnen, Eintöpfe mit Safran, Seeteufel, Zackenbarsch und Drachenkopf, Sofritos, deren Inhalt aus dem Stall, aus dem Meer oder von der Jagd auf Wachteln, Rebhühner, Tauben und Kaninchen stammt. Pilze sind wichtig und Schnecken, die man einfach von den Stangen des wilden Fenchels pflücken kann. Im Frühjahr wächst überall wilder grüner Spargel und im Herbst ernten wir die Oliven. Alles, was ich für meine Küche brauche, wächst und lebt hier.«

»Verstehe«, sagte Costa. »Eine Küche wie das Land und die Menschen.«

»Schlicht, aber von hoher Qualität«, fuhr sie fort. »Wissen Sie, was ich einen neuen Koch zuerst zubereiten lasse? Wie ich ihn prüfe? Ich lasse ihn *patatas salteadas* machen.«

Costa hätte lieber erfahren, wo er Argento finden könnte.

»Ich sehe es Ihrem Gesicht an, Costa, dass Sie mir das nicht glauben, aber es ist so. Es geht um die Persönlichkeit des Menschen. Wartet er ab, bis das Fett die richtige Temperatur hat? Wird er die Zwiebeln zusammen mit den Kartoffeln in die Pfanne geben oder, wie es richtig ist, zuerst die Kartoffeln? Wie oft wird er während des Bratvorgangs die Pfanne schwenken? Richtig wäre: kein einziges Mal! Die Kartoffeln müssen im Fett bräunen – es gibt nichts zu tun für den Koch, bis sie fertig sind.«

»Und Argento Casal? Hat er sie ruhen lassen?«

»Warum fragen Sie?«

»Warum haben Sie ihn eigentlich nicht angemeldet?«

»Ich wollte ihn anmelden. Die Papiere liegen in meiner Gestoria. Sie können gerne nachsehen. Aber er hat ja nicht mal den einen Monat vollgemacht. Ende März war er weg – sang- und klanglos. Seitdem suche ich nach einem neuen Koch. Fast jeden Tag stellt sich einer vor.« Sie lächelte. »So wie Sie heute.«

»War er unzuverlässig?«

»Den Eindruck hatte ich eigentlich nicht. Er war ganz sympathisch. Hielt sich allerdings für unwiderstehlich. Für meine Verhältnisse ein wenig simpel. Aber leidenschaftlich. Vielleicht hängt das zusammen. Andererseits«, sie lächelte Costa an, »sah er sehr gut aus. Wenn er nicht mein Angestellter gewesen wäre, hätte ich mir durchaus einen One-Night-Stand vorstellen können.«

Costa war von ihrer Offenheit überrascht. »Als er bei Ihnen anfing, hat er da von Felipe Inaki gesprochen?«

»Natürlich! Was meinen Sie! In tausend verschiedenen Versionen die gleiche Geschichte! Zuerst spannt ihm sein Arbeitgeber Carmen aus und dann wird er von Felipe Inaki rausgeschmissen. Das würde wohl keinem gefallen.«

»Hat er Drohungen gegen Inaki geäußert?« Er goss ihr noch etwas Rotwein ein. Sie nahm einen Schluck und überlegte. »Es waren die üblichen Plattitüden: Dem schlag ich noch mal den Schädel ein, so was tut mir niemand ungestraft an und so weiter. Kindisch und männlich eben.«

»Wissen Sie noch, an welchem Tag er nicht mehr erschienen ist?«, fragte Costa.

Eliza ging zu einem großen Wandkalender und schlug zwei Blätter zurück. »Am 21. März. Wir hatten morgens den Einkauf besprochen und Argento sollte zum Großmarkt fahren. Aber er kam dann nicht mehr zurück. Auch nicht am nächsten Tag.«

Am 21. März hatte er Carmen im Hotel Cenit getroffen – gleich gegenüber dem Großmarkt.

»Haben Sie ihm viel Geld mitgegeben? Für den Einkauf, meine ich.«

»Keinen Cent. Ich bezahle meine Lieferanten monatlich. Die Köche haben eine Vollmacht dabei.«

»*Bueno*«, sagte er, »das war alles, was ich wissen wollte. Ich danke Ihnen für Ihre Hilfe und den Schnellkurs in Ihrer Küche.«

Eliza Correlaciones lächelte ihn an. »Jederzeit wieder, Toni Costa.«

Er lächelte zurück. »Das nächste Mal auf der anderen Seite des Passes.«

* * *

*Extrascharfe Zitronengrassuppe mit Gambas*

3 EL geriebener Ingwer
2 rote Chilischoten (Guindilla)
3 EL Erdnussöl
0,9 l Gemüsefond
100 ml Kokosmilch
4 Kaffirlimettenblätter
3 Stücke Zitronengras
12 geschälte Gambas
1 EL Fischsauce
1 TL Zucker
2 Tomaten, concassé
$^1/_2$ Bund Koriander
$^1/_2$ Bund Thaibasilikum

Ingwer und fein gehackte Chili in Erdnussöl 3 Minuten sautieren. Mit Fond und Kokosmilch angießen. Zerdrückte Kaffirlimettenblätter und grob geschnittenes Zitronengras beigeben. Aufkochen und 10 Minuten bei kleiner Hitze garen. Zitronengrasstücke und Kaffirlimettenblätter entfernen. Gambas dazugeben, 5 Minuten ziehen lassen, mit Fischsauce und Zucker abschmecken. Tomaten und Kräuter darauf verteilen und servieren.

* *

*Ragout von Flusskrebsen, Artischocken und Oliven*

400 g Flusskrebse, blanchiert und ausgelöst
4 EL Olivenöl
2 Zweige wilder Rosmarin
1 Knoblauchzehe, halbiert
2 Babyartischocken, gegart, geviertelt
3 Tomaten, concassé
10 schwarze Oliven
Fleur de Sel
schwarzer Pfeffer
Saft von 1 Zitrone
1/2 Bund Petersilie, grob gehackt

Flusskrebse vorbereiten, abtropfen. Olivenöl leicht erwärmen, mit Rosmarin und Knoblauch 10 Minuten aromatisieren. Flusskrebse bei hoher Hitze anbraten. Artischocken, Tomaten und Oliven beigeben, abschmecken mit Salz, Pfeffer und Zitronensaft, zum Schluss mit Petersilie bestreuen.

* * *

Als Costa aufwachte, dachte er: Weiterschlafen. Dann aber machte er trotzdem die Nachttischlampe an und schaute auf die Uhr. Es war kurz nach fünf. T-Shirt und Kopfkissen waren verschwitzt. Im Bad trocknete er sich ab. Dann kramte er unten aus dem Schrank das Kissen von Karin hervor. Er drehte die Bettdecke um und versuchte, noch einmal einzuschlafen.

Wie ein Film, den er nicht abstellen konnte, sah er immer wieder Szenen mit Karin vor sich. Das Schlimme war, dass die Szenen stets zweimal vor seinen Augen abliefen: einmal, wie es tatsächlich gewesen war, und gleich anschließend, wie es hätte sein können, wie es besser gewesen wäre. Diese Vergleiche waren wohl gut, um aus der Vergangenheit zu lernen, aber das wollte er gar nicht. Er wollte die alte Vergangenheit als eine bessere zurück. Als eine, die ihm Karins Liebe für ewig erhalten würde. Seine Fehler wollte er nie begangen haben.

Er wollte etwas Unmögliches und die Szenen mit den Fehlern, die er gemacht hatte, kamen immer wieder. Sie kamen in Wellen. Schreckliche Bilder, eines nach dem anderen, in denen er unterzugehen drohte. Aber es war ja noch nicht Schluss. Oder?

Er dachte an Eliza. Wäre sie nicht die bessere Frau für ihn? Ihre direkte und offene Art, ihr zupackendes Wesen, ihre Kraft, ihre Heiterkeit?

Wie schwierig war es immer mit Karin. Nie hatte er das Gefühl, dass sie wirklich offen war. Vielleicht hatte sie immer darauf spekuliert, dass er doch noch Partner El Cubanos werden würde. Genügend Anzeichen gab es dafür.

Er sprang aus dem Bett, ging in die Küche, machte sich einen Kaffee, um endgültig auf andere Gedanken zu kommen, als das Telefon klingelte.

»Wir haben Argentos Auto gefunden.«

Es war die Stimme des Surfers.

»Es war hinter der Plaça del Parque abgestellt, unterhalb der Burgmauer. Zwanzig Strafzettel unter dem Scheibenwischer. Der erste ist vom 24. März, der letzte von heute. Unser Freund scheint komplett abgetaucht zu sein.«

»Wieso parkt jemand, der am Großmarkt wohnt, sein Auto an der Burgmauer?«, brummte Costa.

»Tja, Fragen über Fragen. Manche Menschen gehen halt gern zu Fuß. Wir sehen uns im Präsidium.« Der Surfer legte auf.

Als Costa wenig später aus der Haustür trat, schien die Sonne bereits sommerlich warm. Die Terrasse des mexikanischen Restaurants in seiner Straße war trotz der frühen Stunde für den Mittagstisch eingedeckt. Die dicke Friseurin der »Peluqueria Paco Navarro« winkte ihm durchs Schaufenster zu und der Besitzer des kleinen Supermarktes rief ihm »*Bon dia*, Toni« hinterher, während er eine Lieferung katalanischer Wurstwaren auslud.

Auf seinem Schreibtisch im Präsidium lag die Tageszeitung mit dem Foto des Gesuchten, daneben die Unterlagen zu den Anrufen angeblicher Zeugen.

Argento Casal war überall auf der Insel gesehen worden. Er hatte im Es Pi D'Or zu Abend gegessen, im Teatro Pereira an der Bar gestanden und der kubanischen Band applaudiert, gleichzeitig in Sylvie's Waschsalon in Sant Antoni seine Buntwäsche geschleudert, im Cas Payés an der Straße nach San Carlos am Grill gestanden und im selben Moment eine lautstarke Party am Strand von Portinatx gefeiert. Athletisch nackt im Meer unter dem abnehmenden Mond und besinnungslos betrunken im Smoking am Black-Jack-Tisch des Casino de Eivissa. Nachdem er in Es Cubells vor ein Auto gerannt war, hatte er fünf Minuten zuvor am Kai der Fähre nach Dénia nachgewunken.

Niemand glaubte mehr daran, dass er die Insel verlassen hatte. Jeder der Hinweise war überprüft worden, doch keiner hatte zu Argento geführt.

Obgleich der Bischof nun hätte triumphieren können, hielt er sich mit Kommentaren zurück. Ihn interessierte kein anderer Täter mehr. Er hatte Carmen.

Costa schob den Zettelstoß zur Seite. »Was ist mit Argentos Auto?«, fragte er den Surfer.

»Wir haben den Wagen untersucht. Er hat einen CD-Player mit meinen Lieblingsfingerabdrücken.« Er meinte damit einwandfreie Abdrücke, wie man sie besser als auf einer CD nicht haben kann. »Außerdem haben wir im Handschuhfach einen Sicherheitsschlüssel von der Firma LINCE gefunden. Es ist ein Generalschlüssel, Haustür und Wohnung. Daher also hat er das Zimmer im Cenit nicht mehr benutzt.«

»Dann müssen wir schnellstens die Tür finden, zu der dieser Schlüssel passt.« Costa spürte plötzlich einen großen Druck. Hatte er etwas verabsäumt? Warum hatte er sich nicht schon früher um diesen Argento Casal gekümmert? Hatten seine privaten Probleme ihm den Blick getrübt?

Als er abends zum S'Esglesia fuhr, waren ihm plötzlich die Kommentare einiger Köche eingefallen, mit denen sie sich über Argentos Müdigkeit lustig gemacht hatten. Jetzt, da Argento eine ganz neue Bedeutung bekommen hatte, wollte er sie noch einmal danach befragen.

Joana Bisbal stand ganz allein an ihrem Arbeitsplatz. Sie schlug Eier in einen Topf. »Argento? Hier haben alle angenommen, dass er so müde ist, weil er immer Frauen abschleppt.«

»Wie kamen die darauf?«

»Hier weiß niemand, wo er wohnte, aber er hat oft davon geredet. Er nannte es seinen Turm. Das war hier in der Küche schon ein Dauerbrenner – Argentos Turm. Jeden Montag haben ihn die anderen gelöchert, was für eine er diesmal mitgenommen hat.«

»Hat er Sie auch mal eingeladen?«

Sie hörte kurz auf zu rühren und ihre Stimme nahm einen verächtlichen Ton an. »Wenn du groß bist, nehm ich dich auch mal mit zu einem Ritt in den Sonnenaufgang, hat er einmal zu mir gesagt und alle haben sich weggebrüllt.«

»Wo war denn dieser Turm?«

Sie zuckte die Achseln. Nervös flatterten ihre Hände über die Geräte. Was hatte Arrabal einmal gesagt? Die Köche sind die Metzger und die Patissiers die Nervenärzte. »Die Wohnung gehört einem Freund von ihm, der aber schon seit Langem nicht mehr nach Ibiza kommt. Den Namen weiß keiner.«

»Wo ist die Wohnung?«

»Irgendwo in der Stadt.«

Costa ließ nicht locker: »Joana, denken Sie noch einmal genau nach. Die Wohnung kann uns wichtige Indizien liefern.«

Sie schüttelte den Kopf. »Vielleicht weiß Señor Arrabal mehr.«

Costa schaute sich um, Arrabal stand hinter ihm.

»Worum geht's?«, fragte er und zog Costa beiseite.

»Ich versuche herauszufinden, wo Argento Casal gewohnt hat.«

»Im Cenit.«

Costa schüttelte den Kopf. »Da hat er sich nach seiner Entlassung nicht mehr blicken lassen. Wir haben das genau überprüft.« Costa verschwieg das letzte Treffen, das er dort mit Carmen gehabt hatte, genau einen Tag bevor er endgültig verschwunden war. Costa war sich im Moment nicht ganz sicher, warum er das nicht erwähnte, aber er wollte ihm wohl die letzte Hoffnung nicht nehmen, dass Carmen in Kürze freikommen würde. Dieses letzte Treffen im Cenit nämlich war ein weiterer Punkt, der sie belastete.

»Costa, wie steht es mit ihrer Entlassung aus dem Gefängnis? Ich habe eine hohe Sicherheitsleistung hinterlegt, ich habe das Royal Plaza für zwei Wochen im Voraus gebucht – wann ist es endlich so weit?« Er machte einen angstvollen, fast fiebrigen Eindruck, hatte Costas Oberarm gepackt und drückte ein wenig zu fest zu.

Costa fragte sich, wie es um ihn stünde, wenn seine Frau lebenslänglich bekommen würde. »José, Sie müssen lernen, diese Trennung zu ertragen. Es wird weder Ihnen noch Carmen einen Vorteil bringen, wenn Sie alle Leute verrückt machen.«

Arrabal blickte Costa an. Sein Blick war starr, aber dahinter spürte Costa seine panischen Gedanken. Fast flüsternd sagte er: »Wieso soll ich mich an die Trennung gewöhnen? Ich habe Carmen gerade eben erst geheiratet.«

»Auch wenn man der Verlegung ins Royal Plaza zustimmt«, versuchte es Costa noch einmal, »heißt das nicht, dass Sie sie wiederhaben.«

Arrabal wechselte die Farbe. »Sie wollten mir helfen, Costa. Haben Sie jetzt plötzlich etwas gegen sie?«

Costa hob beide Hände. »Nein, um Gottes willen, ganz im Gegenteil, ich finde sie eine hinreißende, interessante, witzige und intelligente Frau. Sie ist schön! Welcher Mann könnte etwas gegen eine solche Persönlichkeit haben?«

Arrabal runzelte die Stirn. Offenbar konnte er nicht einordnen, wie das zu verstehen war. Er hatte natürlich nicht gemeint, ob Costa persönlich etwas gegen seine Frau habe, sondern ob es für den Ermittler zwingende Beweise gäbe, die zu ihrer Verurteilung führen würden. Costa aber verfolgte mit seinen schwärmerischen Worten eine Absicht: Arrabal sollte spüren, dass Costa auch als Mann alles für Carmen tun würde.

Als er ins Auto stieg, kam Joana Bisbal angelaufen. Ihr war noch eingefallen, dass Argento von der Terrasse aus den alten Leuchtturm Far des Botafoch sehen konnte.

Costa bedankte sich. Er erinnerte sich an eine begeisterte Schilderung Elenas, dass sie die Lichter des Leuchtturms jeden Abend von ihrem Bett aus sehen konnte. Vielleicht war Argentos Wohnung in der Nähe.

Costa war gerade auf die Schnellstraße nach Ibiza eingebogen, als sich sein Handy meldete. Es war Elena. »Hallo Toni, bist du okay?«

»Ja, alles in Ordnung.«

»Könntest du jetzt nach Sa Penya kommen?«

Was sollte er dort? Sa Penya war das Viertel der Roma, in das niemand gerne ging. Außer Elena, weil sie dort am Ende einer Gasse ein kleines Häuschen hatte, an dem sie dauernd herumbastelte und renovierte. »Was gibt's?«, fragte er.

»Ich bin hier auf der Wache. Die Kollegen haben ein paar Kids beim Diebstahl erwischt. Bei der anschließenden Hausdurchsuchung haben sie dann noch mehr gefunden – unter anderem eine Tüte mit teuren Damenschuhen. Eines der Kinder gestand den Diebstahl und sagte, es habe die Tüte einer Frau aus der Hand gerissen. Nachforschungen bei dem Schuhladen haben ergeben, dass die Schuhe am 24. März von einer Carmen Trujillo gekauft und mit Kreditkarte bezahlt wurden. Einer der Missetäter ist bereit, uns zu zeigen, wo sie Carmen Arrabal die Tüte entrissen haben. Ich fände es gut, wenn du dabei wärst.«

Costa stimmte zu. »Ich bin gleich da.«

Die Roma hatten das Viertel Sa Penya seit vielen Jahrhunderten okkupiert und machten keine Anstalten, es aufzugeben. Sie wurden zwar nicht vertrieben, aber es gab für sie weder Arbeit noch medizinische Versorgung noch Schulpflicht. Niemand ging dorthin.

Costa drückte die Hände auf seine Oberschenkel, um sich den steilen Aufstieg zu erleichtern. Er ging so schnell, dass er schwitzte. Er fühlte sich wie ein Einbrecher, der in jede offene Tür einen schnellen Blick wirft. Überall in den Zimmern hinter den Perlschnüren standen große Fernseher, vor denen ganze Familien gebannt Quizshows mit Millionengewinnen verfolgten, während Hühner zwischen Hunden und Katzen frei herumliefen. Da die meisten Häuser weder Strom- noch Wasseranschluss hatten, zog sich ein Spinnennetz von Stromkabeln durch die Gassen, das auf lebensgefährliche Weise an die Straßenbeleuchtung angeschlossen war.

Es war ihm nicht sofort aufgefallen, aber einige Kinder hatten ihre Spiele unterbrochen und folgten ihm hüpfend und singend. Er hatte das Frühwarnsystem des Viertels ausgelöst. Sie waren darin geübt, Fremde zu beobachten. Aus dunklen Hauseingängen kamen andere dazu, während bisherige Verfolger verschwanden – ein spielerischer Wechsel, um die Familien zu informieren. Wer wollte schon überrascht werden, während er Kokain mit Milchpulver streckte, Haschisch presste oder vor einem Haufen gestohlener Uhren und Goldschmuck saß?

Schon die Kleinen waren Spezialisten: Sie sahen dem Fremden an, was er war – ein Polizist oder ein Kunde, der nicht warten wollte, bis er das Rauschgift abends auf der Hafenmeile kaufen konnte, oder ein verirrter Tourist.

Den Kunden würden sie nicht weiter beachten. Er wusste, was er wollte, und kannte seinen Weg. Den Touristen würden sie anbetteln, waren aber auch in der Lage, binnen Minuten rudelweise ältere Brüder um sich zu versammeln, um den Bitten notfalls größeren Nachdruck zu verleihen. Den Polizisten würden sie weiter verfolgen, ihn ablenken oder seine Aktionen verzögern. Das taten sie auch nun, während sich Costa durch immer enger werdende Gassen schleppte.

Sie wurden immer aufdringlicher, umtanzten ihn und sangen das Lied vom Tod des Mohrenkönigs. Die zwei Kleinsten hängten sich an seine Hosenbeine.

Der Gesang wurde schriller und schließlich so aufdringlich, als wüssten sie, was er suchte, und wollten ihn davon abhalten.

Die kleine Wache bestand nur aus drei Räumen, in denen zehn Beamte der Policia Local in drei Schichten Dienst taten. Im Moment waren nur zwei da. Elena saß in dem angrenzenden Raum auf einem Stuhl und unterhielt sich mit einem etwa achtjährigen Jungen mit langen schwarzen Haaren.

»Das ist Ramón«, stellte Elena ihn vor. »Er war dabei.«

»Warst du dabei oder hast du der Dame die Tüte aus der Hand gerissen?«, fragte Costa.

Der Junge wandte sich ihm zu und taxierte ihn mit ein paar furchtlosen Blicken. Es war klar, dass er überlegte, was in diesem Moment wohl günstiger wäre – der Beobachter oder der Dieb zu sein. Er entschied sich für den Beobachter, doch seine Antwort kam halbherzig. »Ich hab's halt gesehen«, sagte er mit einem Achselzucken.

»*Bueno*«, sagte Costa und holte zwei Fotos aus der Tasche. Auf einem war Karin und das andere zeigte Carmen mit Argento Casal in dem Flamenco-Lokal. »Ich zeige dir jetzt zwei Fotos mit zwei Frauen. Ich möchte wissen, ob eine von beiden die Tüte hatte oder nicht.«

Der Junge betrachtete die Bilder nur einen kurzen Moment und zeigte dann auf Carmen. »Den Mann kenn ich auch«, sagte er.

Costa und Elena warfen sich einen blitzschnellen Blick zu. Costa fiel sofort ein, was Joana Bisbal über Argentos Turm gesagt hatte: Er könne von dort aus den Leuchtturm an der Hafeneinfahrt sehen. Es war klar, sein Turm musste hier in der Gegend sein.

»Das ist interessant«, sagte Elena. »Woher kennst du ihn?«

»Der wohnt hier«, antwortete der Junge.

»Wo wohnt er denn?«

»Ich könnte Ihnen den zeigen, aber wenn der Typ da ihn auch sehen will«, dabei deutete er mit dem Kopf zu Costa, »dann muss er mir zehn Euro geben.«

Elena lächelte. »Das ist ein Freund von mir. Wir arbeiten beide bei der Mordkommission.«

Als sie dem Jungen folgten, fragte Elena Costa, ob er den in Argentos Auto sichergestellten Hausschlüssel dabeihabe.

Er zog den Schlüssel aus der Tasche und zeigte ihn ihr.

Vor einem neu renovierten Haus blieb der Junge stehen. Er deutete auf die Stahltür im Parterre. »Da wohnt er.«

Costa steckte den Schlüssel ins Schloss. Er passte. Die Tür sprang auf, sie war nicht abgesperrt.

Elena sagte zu dem Jungen, er könne jetzt nach Hause gehen. »Das mit den Schuhen und dem anderen Zeug regeln wir noch später.«

Der Junge nickte und lief davon.

Costa hatte sich über eine Steintreppe nach oben getastet. Die Tür dort war ebenfalls nur im Schloss eingeschnappt. Er wartete, bis Elena neben ihm stand. Beide lauschten, dann zog er seine Waffe und stieß die Tür auf.

Als er Licht machte, blickte er in ein modern eingerichtetes Zimmer, dessen gläserne Schiebetüren auf eine Dachterrasse führten. Schnell sah er sich um: Das Zimmer war aufgeräumt und wirkte unbewohnt.

Ein Couchtisch stand vor einem Ledersofa, gegenüber ein Regal mit Hi-Fi und TV. Eine Nische füllte ein Doppelbett aus. Von einem metergroßen Plakat an der Wand schaute eine Frau in schwarzen Dessous und Netzstrümpfen auf ihn herab. Eine Theke aus Glassteinen mit einer dunklen Holzplatte trennte den Wohnraum von einem kleineren Küchenbereich.

»Es riecht hier irgendwie komisch«, raunte Elena.

Costa ging hinaus auf die große Terrasse. Jenseits der flachen verschachtelten Dächer erhob sich der Leuchtturm. Hier hatte Argento Casal seine nächtlichen Partys gefeiert. Nun aber waren die Geranien in den Töpfen vertrocknet. Zwei Stühle standen an einem Gartentisch und in einer Ecke deckte eine große blaue Plane weitere Liege- oder Sitzmöbel ab.

Elena tippte ihn an. Als er sie ansah, hielt sie sich die Nase. Er machte einen Schritt in die Wohnung. Nun fiel auch ihm ein sonderbarer Geruch auf. Gas? Ein scharfes Reinigungsmittel?

Elena zeigte auf eine geschlossene Tür, hinter der wohl das Bad war.

Als er sie öffnete, verfluchte er sich, nicht die Luft angehalten zu haben, denn er erbrach sich im Stehen. Der anschließende Krampf zwang ihn in die Knie und er befand sich auf Augenhöhe mit einer gefüllten Badewanne. Womit sie gefüllt war, konnte er nicht erkennen, sondern nur riechen, und das zwang ihn, auf die Terrasse zu flüchten. Heftig atmete er durch.

Elena, die sich ein Kissen vor das Gesicht hielt, kam mit einer Flasche Veterano. Er nahm einen Schluck.

»Das ist ja bestialisch«, sagte sie. »Was kann das sein?«

Er nahm noch einen Schluck. »Gib mir dein Kissen und warte hier. Ich schau noch mal nach.«

Er tränkte das Kissen mit dem Alkohol und kehrte ins Bad zurück. Er machte Licht und starrte auf eine schmierige Brühe in der Wanne. Es sah aus wie eine braungrüne Mischung aus verstopfter Toilette, verschimmeltem Eintopf und sumpfigem Brackwasser.

Er drückte das Kissen fester, beugte sich über die Wanne, nahm die Klobürste und stocherte herum. Er spürte Widerstand. Irgendwas war darin, aber er musste aufgeben, weil der Gestank immer stärker wurde. Seine Augen brannten und ihm war schwindlig, er musste ins Freie.

Die frische Luft auf der Terrasse tat ihm gut. Elena zog einen Klappstuhl heran und schob ihn darauf. Es dauerte eine Weile, bis sich sein Kreislauf normalisiert hatte.

Sie zeigte ihm einen Kanister. »Das ist Zementschleierentferner. Ich kenne das Zeugs. Die Terrasse hier ist neu gefliest worden und da nimmt man so was zum Säubern der Kacheln.«

Costa warf einen Blick auf den Kanister. Aus einem aufgemalten Reagenzglas tropfte eine Flüssigkeit – Salzsäure. »Bei Hautkontakt einen Arzt aufsuchen«, stand darunter.

»Da hinten ist noch mehr«, sagte sie und schlug auf der anderen Seite der Terrasse eine Plastikplane zurück, unter der Säcke mit Sand und Zement, eine Kunststoffwanne und Pakete mit Fliesen gestapelt waren.

Sie kam zurück, legte ihre kühle Hand in seinen Nacken und beugte sich vor. »Wie fühlst du dich?«

»Gut«, sagte er und meinte den Himbeergeruch, der von ihr ausging.

»Hat er dies Reinigungszeugs in die Badewanne gegossen?«

Costa nickte.

»Aber wozu?«

Costa zuckte mit den Schultern. Unter einer Barbecue-Schüssel sah er einen großen Eisenhaken. Er schob Elena sanft beiseite, tränkte das Kissen noch einmal mit Brandy, nahm den Eisenspieß und ging wieder ins Bad zurück.

Er fischte mit dem Spieß in der Wanne herum. Die Suppe war dickflüssig und schlammig. Plötzlich blieb er an etwas hängen. Er stieß fester zu, um es herauszukriegen. Es flutschte wieder weg, aber dann presste er es gegen die Wanne und drückte es hoch. Als es aus dem Sud auftauchte, sah es aus wie eine halb zerfressene Hand. Er wollte sie herausziehen, aber die Substanz zerbröselte. Und alles verschwand glucksend. Er fischte weiter, und schließlich tauchten aus der grünbraunen Brühe die Reste eines Schädels auf. Aus hohlen Augen starrte er Costa an.

Er war mit seiner Luft am Ende, taumelte aus dem Bad und fiel Elena auf der Terrasse erschöpft in die Arme. Ihm war schwindlig, er musste sich festhalten. Elena schlang ihre Arme um ihn. Als es ihm besser ging, schaute er sie an. Ihre Nasenspitzen berührten sich. »Danke«, sagte er.

»Du riechst nach Kotze«, sagte sie, ließ ihn aber nicht los.

Als er den Kopf hob, erblickte er wieder den Leuchtturm am Hafenausgang. Elena sieht ihn jeden Abend, wenn sie im Bett liegt, dachte er lächelnd.

Kein Zweifel, es ist unser Freund Argento. Er hat sich zum Glück nicht ganz aufgelöst. In dem Reinigungsmittel ist ein großer Anteil Salzsäure, die biologisches Material nicht völlig zersetzt«, sagte Torres. »Eine Bestimmung des Todeszeitpunktes ist jedoch nicht möglich.«

»Können wir nicht einen Test machen, wie lange es dauert, bis eine Leiche so weit zersetzt ist?«, fragte der Surfer.

Torres sah ihn einen Moment nachdenklich an. Dann nahm er seine Brille ab, putzte sie, als hätte er alles um sich herum vergessen, setzte sie wieder auf und sagte: »Das Mittel *Cleanest* gibt es heute in dieser Form nicht mehr. Der Täter muss also alte Warenbestände gehabt haben.«

Elena blätterte langsam die Fotos durch, auf denen die übrig gebliebenen Leichenteile zu sehen waren. »Was ist das hier?« Sie hielt eine Zeichnung hoch, auf der die Wanne mit einem Körper darin skizziert war.

»Das ist eine Rekonstruktion von mir. Aus der Flüssigkeit ragten erst noch Teile heraus, die allmählich in der Lauge verschwanden, weil die Leiche einige Wochen zersetzt wurde und zusammensackte.«

»Was war die Todesursache?«, fragte sie.

»Argento Casal wurde von vorne erstochen. Das lassen Kerben an den Brustüberbleibseln vermuten.«

»Dann wurde er auf die gleiche Weise umgebracht wie Inaki?«

»Nein. Inaki stand, aber die Knochenverletzungen in diesem Fall zeigen, dass Argento verkrümmt gesessen hat.«

»Wie stellst du dir das vor?«, fragte Costa ein wenig erschöpft.

Er hatte Karins Stimme wieder nur auf dem Anrufbeantworter gehört und sich danach schlaflos im Bett gewälzt.

»Es könnte so gewesen sein: Argento nahm ein Bad, als es klopfte. Vermutlich erkannte er das zwischen ihm und Carmen vereinbarte Klopfzeichen. Er stand auf, öffnete und stieg wieder in die Wanne. Sie ging in die Küche, zog einen Gummihandschuh an und nahm ein Messer. Sie verbarg es in den Falten ihres Rockes und setzte sich auf den Rand der Badewanne. Vielleicht plauderten sie noch, vielleicht tauchte er kurz mit dem Kopf unter – jedenfalls passte sie eine günstige Gelegenheit ab und erstach ihn. Sie ließ das Wasser ab, ging raus auf den Balkon, holte die Kanister mit der Säure und goss alles in die Wanne, um ihre Spuren zu verwischen. Sie wusste, dass schon ein einziges Haar von ihr sie verraten würde.«

»Und ihr Motiv?«

»Wahrscheinlich haben sie Streit gehabt. Nicht irgendeinen Streit, sondern einen tief gehenden Interessenkonflikt. Ich vermute, der Plan zur Ermordung Arrabals stand schon fest. Nachdem Argento von Inaki und Arrabal gefeuert worden war, wollte er die Situation umkehren, wie Elena es ausgeführt hat: Inaki wird der Mord an Arrabal in die Schuhe geschoben, Carmen übernimmt das Vermögen, aber Argento wird der Boss vom S'Esglesia. Die Situation wäre für Carmen unerträglich geworden, denn nach dem Verbrechen hätte Argento sie in der Hand gehabt. Ihre Freiheit ging ihr immer über alles. Sie wusste, dass Argento die Wohnung eines Freundes heimlich benutzte und niemand etwas davon mitgeteilt hatte, selbst nicht Eliza. Eine bessere Gelegenheit konnte es nicht geben, als ihn dort in der Badewanne zu töten.« Torres machte eine kurze Pause. Er liebte diese Schlussfolgerungen ebenso, wie er gerne Schach spielte.

Der Surfer hatte nur darauf gewartet, Einwände gegen die so perfekt aufgebaute Theorie des Mediziners vorzubringen. »Und die Paté? Hat sie die dann später selbst gemacht?«

Aber er brachte Torres damit nicht aus der Fassung. »Ich denke, klug wie sie ist, hat sie ihm vorher die Pilze aus dem Kräutergarten gebracht. Argento hatte bei Eliza genügend Zeit, die Paté anzurichten. Bevor sie bei der Geburtstagsfeier serviert wurde, hat man sie wohl tiefgekühlt. Das wird de la Reina aber neben dem störenden Eisengeschmack nicht aufgefallen sein. Ebenso wenig Arrabal. Jedenfalls nicht im ersten Moment. Danach sollten sie ja beide tot sein. Erinnerst du dich daran?«

Diese letzte ironische Bemerkung wischte der Surfer mit einer verächtlichen Bewegung weg, aber Torres hatte seinen entscheidenden Gegenzug noch parat: »Außerdem sagte ich doch, dass wir den Todeszeitpunkt nicht feststellen können. Eben gingst du davon aus, dass Carmen ihn umbrachte, nachdem sie sich das letzte Mal im Cenit getroffen hatten. An dem Tag, als sie sich die neuen Schuhe kaufte. Es kann aber ebenso gut später gewesen sein. Es ist nicht einmal ausgeschlossen, dass Argento sogar Inaki noch getötet hat. Wir wissen sehr wenig über die chemischen Reaktionen von *Cleanest*, zumal es nach einem spektakulären Verbrechen in Belgien aus dem Verkehr gezogen wurde. Wo immer Argento es herhatte, es hat sich um alte Lagerbestände gehandelt.«

Der Surfer gab noch nicht auf. »Und warum sollte er plötzlich ohne jeden erkennbaren Grund die Arbeit bei Eliza quittiert haben?«

»Jetzt reicht's!«, fuhr der Bischof ihn an. Er schien wieder ganz der Alte zu sein und machte einen rundum zufriedenen Eindruck. Besonders seit ihm Arrabal zugesichert hatte, Pedro dürfe wieder bei ihm arbeiten. Nach einem längeren Gespräch mit José, wie er Arrabal nun immer nannte, war er gut gelaunt ins Büro gekommen und hatte alle mit der tiefen Lebensweisheit seines neuen Freundes vertraut gemacht. »Ein Mann, der alles erlebt hat, versteht auch einen jugendlichen Fehltritt«, waren seine Worte gewesen und er hatte hinzugefügt: »Außerdem begreift José wohl so allmählich, was für eine hinterhältige Schlange er sich da an Land gezogen hat.«

Costa war sich nicht sicher, ob er immer noch Groll gegen seinen Cousin empfand oder empfinden sollte, aber irgendwie ärgerte ihn dessen Selbstzufriedenheit. »Das klingt alles ganz gut«, sagte er, »aber wir haben keine Beweise. Wir haben nicht einmal das Messer, mit dem Argento erstochen wurde. Auch nicht Carmens Fingerabdrücke. Wir haben überhaupt keine Spuren von Carmen in Argentos Wohnung, obwohl das doch anzunehmen wäre, wenn sie weiterhin ein Verhältnis hatten. Doch es gibt keine Spuren und damit auch keinen Beweis gegen sie.«

»Gibt es«, sagte der Surfer und hob grinsend einen Plastikbeutel hoch, in dem ein goldenes Armband glänzte.

Diesmal ärgerte sich Costa über den Burschen. Warum kam er nicht vor der Sitzung zu ihm und informierte ihn über solche Dinge?

Dem Surfer aber entging Costas Stimmung. »Dieses Armband hat die Gravur ›Carmen Trujillo‹. Sogar eine Jahreszahl. Ein Geschenk zu ihrem dritten Geburtstag, vermutlich von ihrer Großmutter, denn deren Geburtsdatum trägt es auch.«

»Wo hast du es her?«, fragte Costa gereizt.

»Es lag unter dem Regal neben der Tür. Es ist heruntergefallen und daruntergerutscht.«

»Das Armband kann auch Argento Casal gehabt haben«, wandte Costa ein. »Vielleicht hat sie es ihm irgendwann als Beweis ihrer Liebe gegeben.« Er bemerkte, wie alle ihn anschauten, und ihm fiel wieder die Bemerkung des Bischofs ein, er habe sich in Carmen verliebt.

Der Surfer grinste. »Eher hat sie es bei einer hastigen Flucht verloren. Der Verschluss ist nämlich gebrochen.«

Costa blickte auf die Kopie einer Goya-Zeichnung, die über dem Schreibtisch hing. Sie zeigte, wie eine junge Frau erhobenen Hauptes auf das Gerüst eines Galgens stieg.

Er trat aus dem Aufzug und ging um die Ecke. Da sah er sie am Ende des Flurs. Sie wartete vor dem Zimmer auf ihn. Der Uniformierte senkte die Zeitschrift, in der er geblättert hatte, und schaute ihm entgegen.

Von Weitem glich Carmen ganz dem makellosen Bild in einem Modemagazin, aber Costa hatte erwartet, an ihr Spuren der letzten Tage zu sehen. Das war ein Irrtum. Ihr Ausdruck war wach, ihre Augen strahlten wie immer und auch ihr Haar hatte seinen Glanz behalten. Sie trug ein knielanges Kleid aus naturfarbener Seide mit einem breiten Ledergürtel. Der Ausschnitt gab den Blick auf ihre linke Schulter frei.

Als Costa bei ihr war, machte sie ganz unerwartet zwei schnelle Schritte auf ihn zu und küsste ihn auf die Wangen.

Der Uniformierte verfolgte jede ihrer Bewegungen. Er warf Costa ein vertrauliches Lächeln zu und zwinkerte.

Schwungvoll stieß sie die Tür zur Suite auf und ließ Costa vorangehen. Als er eintrat, hatte er den Eindruck, eine Filmkulisse vor sich zu haben, so üppig dekoriert war der Raum. Die mahagonifarbenen Holzlamellen vor den Fenstern verhinderten die Sicht nach draußen. Überall waren Lampen aufgestellt und Strahler angebracht.

Als er sich nach ihr umwandte, stand sie direkt vor ihm. Ein Spot, der einen alten Gobelin anleuchten sollte, streifte ihr Haar und zauberte einen rötlichen Schimmer darauf. Plötzlich kam sie ihm blasser vor, ihr Gesicht schmaler, ihre dunklen Augen schimmerten blau oder dunkelgrün. Es musste die Beleuchtung sein, die sie so anders aussehen ließ. Costa konnte kaum den Blick von ihren Lippen wenden.

»Wollen wir zuerst etwas essen?«

Ehe er antworten konnte, klopfte es. Sie rief: »Entrez!«

Drei Kellner rollten einen Wagen mit etlichen Silberkuppeln herein. Schweigend sah Costa zu, wie sie die Speisen überprüfte, dem Personal Anweisungen gab und den Empfang quittierte. Kein Vergleich mit dem Knast, dachte er. Nachdem alle hinaus waren, wies sie auf den Stuhl ihr gegenüber. »Lassen Sie uns erst ein paar Sachen probieren, dann können Sie mich ausfragen.«

Fehlt nur noch ein bisschen klassische Musik, dachte er, als er die Vorspeisen kostete. Sie forderte ihn auf, Champagner zu nehmen, während sie selbst nur Wasser trank. Ihm war es recht, der Champagner war leicht und spritzig.

Als sie zum Telefon ging, um Eis nachzubestellen, holte er schnell das vom Surfer sichergestellte Armband heraus und legte es neben ihren Teller.

Seine Taktik, ihr eine spontane Reaktion zu entlocken, ging nicht auf. Als sie zurückkam, fragte sie, ohne von dem Armband groß Notiz zu nehmen: »Wo haben Sie ihn gefunden?«

»Den Schmuck?«

»Argento. Er wusste, dass dies mein liebstes Andenken an meine Kindheit ist.« Sie hob die Plastiktüte mit spitzen Fingern hoch und betrachtete sie von allen Seiten. »Deshalb hat er das Armband bei der Trennung als Pfand behalten. Ich wollte es wiederhaben, ich habe ihn gebeten, ich habe ihm sogar gedroht. Dann wollte er es mir zurückgeben. Er habe es auf dem Zimmer, sagte er. Ich bin extra in die Stadt gefahren.«

»Wohin?«

»Zum Cenit, wo er wohnte. Aber seine Absicht war nicht, mir das Armband zurückzugeben, sondern mich zu verführen.« Fragend blickte sie Costa an: »Wie haben Sie ihn dazu gebracht, es Ihnen zu geben?«

Elegant. Lückenlos. Da würde selbst der Surfer keine Einwände finden. »Wann war das, als Sie ihn im Cenit trafen?«, fragte Costa.

»Keine Ahnung, irgendein Freitag Ende März.«

War der 21. März, ein Freitag, Argentos Todestag? Und war dieses Armband, das er nicht herausrücken wollte, das Mordmotiv? »Sie sagten, Sie haben ihm sogar gedroht. Womit?«

Carmen lachte laut auf. »Ihn anzuzeigen, natürlich. Bei der Guardia Civil. Wegen Diebstahl oder Unterschlagung oder Untreue. *Teniente* Costa würde schon wissen, wie so ein Delikt heißt.« In ihrer Stimme schwang Hohn mit. Oder war es Bitterkeit?

Die Worte lagen Costa auf den Lippen: Hätten Sie es nur getan! Doch er sagte es nicht. Stattdessen bat er sie, ihm von Argento zu erzählen.

Costa hatte nicht das Gefühl, dass Argento ihre große Liebe gewesen war. So wie sie es darstellte, war sein Wunsch, sie zu besitzen, ihr immer unerträglicher geworden. Aber war das ein Grund, ihn zu töten?

»Wussten Sie von de la Reinas Herzschwäche?« Costa war mit seinem Dessert – eine Charlotte mit roten Früchten – beschäftigt, ließ Carmen aber nicht aus den Augen.

»Ja, ich habe auch einmal einen Herzanfall von ihm miterlebt. Es war an dem Abend, als ich Ihnen das Büro zeigte. Sie erinnern sich? Er kam dazu und war ziemlich aufgedreht.«

Costa erinnerte sich. Carmen war erst nach einiger Zeit an seinen Tisch im Restaurant zurückgekehrt. Sie schien verändert, leicht abwesend. Im ersten Moment hatte er angenommen, sie hätte mit dem Kritiker etwas gehabt. »Und Ihr Mann? Wusste er auch von de la Reinas Herzschwäche?«

»Ja, natürlich, ich habe es ihm erzählt.«

Das war neu! Arrabal hatte laut eigener Aussage davon keine Ahnung. Hatte er gelogen? »Uns hat José gesagt, er habe davon nichts gewusst.«

Sie nahm ein paar Weintrauben aus einer Schale. »Vielleicht hat er es vergessen.«

Es war kein wichtiger Punkt, aber Costa hielt Arrabal durchaus nicht für vergesslich. Vielleicht vergaß er, was ihn nicht interessierte. Costa hatte nicht den Eindruck, dass ihm der Tod des

Kritikers sehr naheging. »Was ist Ihr Mann für ein Mensch? Ist Kochen für ihn alles?«

»Nein.« Sie dachte einen kurzen Moment nach. »Er ist nicht leicht zu durchschauen, aber ich glaube, sein eigentliches Thema ist die Liebe.« Ihre Augen hatten jetzt ein goldenes Funkeln. »Er braucht Liebe. Sehr viel Liebe. Dafür kocht er. Anerkennung, Applaus, Ruhm und Geld sind nur Ersatz. Dass er das kriegen kann, weiß er. Sein Problem ist vielleicht, dass er Liebe nicht annehmen kann. Man muss es ihm erst beibringen. So wie wenn man eine sehr scheue Katze anlockt, die viel Liebe und Vertrauen braucht.« Selbstvergessen betrachtete sie die Weintrauben in ihrer Hand.

Eine scheue Katze anlocken – sollte er das auch als Rezept für Karin begreifen? »Wer braucht nicht Liebe?«, sagte er.

»Sie haben recht, wenn wir von Liebe sprechen, meinen wir immer, dass wir Liebe brauchen und dass wir alles bekommen müssen. Meine Großmutter sagte einmal zu mir: Wenn du an Liebe denkst, denk nur an Liebe geben. Wenn du Liebe brauchst, übe dich im Liebe Geben. Dann wirst du glücklich.«

Für Costa schwang ein irgendwie kritischer Unterton mit, deshalb fragte er weiter: »Aber José geht mit Ihnen doch liebevoll um, oder?«

»Wenn er mir Rosen schneidet und sagt, ich liebe dich, steckt ein Zweck dahinter. Er will, dass *ich* ihn liebe. Er tut es mit Berechnung, ohne dass es ihm bewusst ist. Es ist eine zweckvolle Liebestat.«

»Wie ist man denn liebevoll ohne Zweck?«

»Wenn man es für den eigenen Genuss tut. Man tut Liebes, weil man es selbst genießt. So war meine Großmutter. Sie war liebevoll zu mir, ohne dass sie etwas erwartete, nicht einmal, dass auch ich sie lieben würde. Das ist selbstlose Liebe.«

»Aber er hat sich Hals über Kopf in Sie verliebt, als er Sie das erste Mal in Barcelona sah.«

»Als José mich kennenlernte, hatte er noch diese Wohnung an den Ramblas. Wundervoll war sie eingerichtet. Doch wozu hatte er sie? Weil er hoffte, in der großen Stadt die schöne Carmen kennenzulernen. Ja, so war das.« Sie lachte. »Er wollte sie dann gleich mit nach Hause nehmen und da sollte es ihr gefallen.«

»War es die Wohnung, die er Ihnen und Argento für ein oder zwei Nächte überließ?«

»Ja. Er hatte alles vorbereitet.« Sie lachte wieder. »Sofas füllten die Fensternischen, die mit kostbaren Gardinen und Seidendamastvorhängen dekoriert waren, ein antikes Mahagoni-Büfett rahmte die teuersten Cognac-, Whisky- und Likörflaschen ein und durch das Mittelfenster sah man auf die spiegelnden Dächer eleganter Limousinen hinab, die langsam die Rambla rauf- und runterfuhren. Man kann sich keine bessere Lage in Barcelona vorstellen. Wenn er dort war, brachte ihm morgens um acht der Diener den Kaffee und die Post, und wenn er sich erhob, half er ihm in einen weißen Bademantel. Er hielt sich die schön geschwungene Porzellantasse unter die Nase, um den Duft des Mokkas zu genießen, bevor er einen Schluck trank. Tief atmete er ein und aus und sagte zu sich: ›Sieh nur, José, du, der du in einem Hühnerstall aufgewachsen bist und schon mit sechs Jahren die Töpfe und Fliesen scheuern musstest …‹ Und dabei betrachtete er seine teure Uhr, die so viel kostet wie ein Auto, und die gut gepflegten Hände, die nicht mehr selbst kochen müssen, wenn sie nicht wollen.«

Carmen hielt inne und schien zu warten, ob sich Costa durch ihren wortreichen Monolog beeindruckt zeigte. Als er nichts sagte, sprach sie weiter: »Wenn José nach Barcelona auf Brautschau fuhr, war alles an ihm makellos. Seine Anzüge vom feinsten Schneider aus der Savile Row in London. Aber, ohne es zu wollen, lässt er seine Hülle fallen und wird wieder zu dem kleinen Jungen, der auf den Knien die Fliesen in der Küche der Cardonas schrubben musste. Manchmal flüsterte ihm die mitleidsvolle Señora Cardona ins Ohr, er möge nach Barcelona reisen und sich im Can Culleretes vorstellen. Wenn er daran dachte, konnte er nicht schlafen, und eines Tages, nachdem Señor Cardona ihm das Geld gegeben hatte, packte er sein Bündel und ging auf die Autofähre nach Barcelona.

Das Wunder geschah, der Koch im Can Culleretes, dem zweitältesten Restaurant Spaniens, nahm ihn als Lehrling. Wenn José sich an diesen Moment erinnert, muss er immer leise vor sich hin lachen. Das war der Beginn seines Aufstieges. Als er viele Jahre später nach Ibiza zurückkam, schlenderte er die Vara de Rey entlang, spazierte durch das eine oder andere Restaurant, warf einen Blick auf die Teller oder las die mit weißer Kreide auf eine schwarze Tafel geschriebenen Gerichte. Dabei genoss er es, wenn die anderen Wirte, die Kellner und die erlauchten Gäste die Blicke auf ihn richteten, die Köpfe zusammensteckten und sich etwas zuflüsterten. Das ist vorbei. Heute fährt er in seinem schönen Auto herum, aber er geht nicht mehr die Vara de Rey entlang. Jetzt hat er nicht nur, wie er immer betont, eine der besten Logen beim Pferderennen, besitzt nicht nur eine Villa in der Cala Gracioneta mit Aussicht auf die Insel, auf der Hannibal geboren wurde, sondern jetzt ist auch die schönste Frau der Insel sein Eigen. Seine Villa ist geschmückt mit Spalieren voller roter Rosen und jeden Morgen schneidet er einen Strauß, bringt ihn mir ans Bett, kniet nieder und sagt: Ich liebe dich! Doch oft bleibt er vor dem Bild einer Frau über dem Kaminsims stehen, kämmt sein Haar mit beiden Händen nach hinten und flüstert: ›Ich habe Wort gehalten. Ich habe meine Wette gewonnen.‹«

Costa erinnerte sich an sein letztes Gespräch mit Arrabal. Er hatte im Garten gesessen und darüber geklagt, dass er alles habe und irgendjemand ihm das nun alles nehmen wolle. Mit plötzlicher Wut hatte er dann gegen einen Stein getreten und mit zorniger Stimme gesagt, sogar die Cardonas müssten das zugeben, er habe seine Wette gewonnen. Costa hatte damals nicht nachgefragt, was für eine Wette das gewesen war. Er hatte einfach angenommen, dass es so dahingesagt war: Ihr werdet sehen, ich werde es einmal noch zu etwas bringen, da kann ich mit euch wetten! Das jedenfalls lag nahe, nachdem Paco Cardona ihm auf der Hochzeit erzählt hatte, wie ehrgeizig der kleine José in der Restaurantküche der Cardonas gearbeitet hatte.

»Welche Wette?«, fragte er.

Carmen breitete beide Arme aus, als wollte sie unterstreichen, dass es nur eine Antwort darauf gab. »Dass er der beste Koch Spaniens wird, dass der feine spanische Adel bei ihm speisen wird und dass er in der Kirche von Sant Antoni die schönste Frau der Balearen heiraten wird. Mich.«

»Sind Sie zynisch?«

»Nein, ich bin Teil der Wette.«

Costa schaute sie noch konzentrierter an. Sollte das ihr Motiv sein, Arrabal umzubringen? Verletzter Stolz? »Und hat José nun alles?«

»Ich denke, ja. Nun ist er befriedigt.«

Costa fragte sich, ob man nach einem solchen Leben befriedigt sein könne. Ist das Befriedigtsein wie eine Haltestelle, die man nun erreicht hat? Oder wird man noch immer irgendetwas wittern, etwas Verborgenes, etwas ein Stückchen weiter weg? So wie ein Wildschwein in einem Laubwald, in dem es sehr viele Trüffeln gibt. Es scharrt die Trüffel hervor, wittert aber noch eine größere, noch schwärzere unter der Erde, ein Stückchen weiter weg. Und was wäre es, das José Arrabal noch hervorscharren müsste?

»Sie meinen, es reicht ihm, seiner Frau die schönsten Kleider und wundervollen Schmuck zu kaufen, sich selbst seine teuerste Uhr umzubinden und die elegantesten Schuhe anzuziehen, wenn er mit ihr nach Barcelona in die Oper geht?« Costa konnte sich das nicht vorstellen. Ihm kam Arrabal eher wie ein trauriger Mensch vor, der trotz seines Erfolges eine tiefe Angst in sich spürte.

»Er hat alles«, sagte Carmen entschieden. »Er verteidigt es nur noch.«

Ja, vielleicht hatte sie recht, vielleicht hatte er alles und wollte sich das nur noch erhalten. Diese Welt aus weißen Kacheln und Stahl, in der es keinen Riss und keinen Fleck gab und in der er ein marmornes Denkmal war.

»Die Hochzeit war die Krönung seiner Wette. Aber das Tragische ist: Gerade als er die letzten Feinheiten regelt, sich noch einen Knopf annähen lässt, greift jemand sein Imperium an.«

»Sie?«

»Mit Pedro?« Sie lächelte böse. »Wenn man es so sehen will? Das wusste José aber zu dem Zeitpunkt noch nicht. Er hatte nur die Hochzeit im Blick, zu der sie alle kommen sollten, damit sie mich im schönen weißen Hochzeitskleid von jeder Seite bewundern konnten. Nur einer ist nicht gekommen.«

»Inaki?«

»Sein bester Koch. Seine rechte Hand. Sein Stellvertreter.«

»Und warum nicht?«

»Er dachte, in der Zeit, in der sich José Arrabal an eine Frau bindet, wird er das Gericht kochen, das keiner bisher kochen konnte.«

»Um ihn zu übertreffen?«

»Um ihn zu töten.«

Bevor Costa die Stufen des Royal Plaza zur Straße hinunterging, blieb er stehen und atmete tief durch. Der Himmel hatte sich bezogen. Vom Hafen kamen einige Möwen und segelten über das Gelände der abgerissenen Stierkampfarena. In immer enger werdenden Bögen schwebten sie herunter, bis sie verschwunden waren. Wahrscheinlich hatten sie hinter dem Bauzaun irgendwo eine Beute entdeckt. Er wartete, dass sie wieder aufstiegen.

Dabei dachte er an die Wette des jungen José. Vor welchem Bild blieb er heute wohl stehen und redete von dem Versprechen, das er eingelöst hatte? Über dem Kaminsims – hatte Carmen gesagt. Costa hatte zwar die Hausdurchsuchung gemacht, konnte sich aber an kein Bild erinnern.

Vielleicht sollte er jetzt Arrabal zu Hause aufsuchen und ihn noch mal nach der Wette fragen. Dabei könnte er ihm von dem wundervollen Essen berichten, wie gut es seiner Frau gehe, dass von bedrückender Gefangenschaft keine Rede mehr sein könne und sie sich beide bei Schampus und Hummer köstlich über ihn, Arrabal, amüsiert hatten, wie er vor dem Kamin kniete und das Gemälde beschwor, dass er alles getan habe, um reich und erfolgreich zu sein, und daher die Hölle weder hier auf Erden noch später verdiene. Costa grinste. War auf dem Bild die Heilige Jungfrau Maria?

Die Möwen waren nicht wieder aufgestiegen. Als Costa in Richtung Cala Gracioneta fuhr, überlegte er, welche Frau auf dem Gemälde über dem Kamin wohl sein könnte. Arrabals Mutter?

Das Hausmädchen öffnete und sagte, Señor Arrabal sei nicht zu Hause. Costa fragte höflich, ob er kurz hineinkommen könnte, er möchte sich nur noch einmal die Gemälde im Haus ansehen. Natürlich wagte sie nicht, ihm die Bitte abzuschlagen, aber sie folgte ihm und schaute neugierig zu, wie er von Raum zu Raum ging und die Bilder betrachtete.

Das Gemälde über dem Kamin zeigte eine junge Frau und führte den Betrachter fünfzig Jahre in die Vergangenheit zurück: ein hochgeschlossenes schwarzes Kleid mit langen Ärmeln, die Haare straff zurückgekämmt, ebenmäßige und ernste Gesichtszüge. In seiner Ruhe und den Farben erinnerte das Bild an die Delfter Schule.

Abgesehen von einem Hochzeitsfoto war es das einzige Frauenbild an den Wänden des Hauses. Costa nahm es ab und drehte es um. Das kleine Messingschild auf der Rückseite trug die Jahreszahl 1956 und den Namen einer Frau – Margaretha Cardona.

Costa konnte keine Ähnlichkeit zu Paco Cardona erkennen, dessen Mutter dies sein musste, die dem kleinen José das Geld für die Überfahrt gegeben und ihm damit den Weg in die große Welt der Küchen geöffnet hatte, wie Paco ihm auf der Festwiese erzählt hatte.

Costa hängte das Bild zurück, bedankte sich bei dem Hausmädchen und fuhr in Richtung Balansat, wo die Cardonas ihr Hotel hatten.

In immer neuen Windungen schlängelte sich die Straße von San Miguel vier Kilometer lang abwärts zum Hafen von Balansat. Costa hatte die Scheiben heruntergelassen und genoss die frühlingshafte Mittelmeerluft.

Die Cardonas waren reich geworden. Sie hatten ihr kleines Hotel immer wieder um Appartements erweitert und in einem günstigen Moment schließlich alles an einen internationalen Konzern verkauft, der die Anlage modernisierte und erweiterte. Die Leitung des Aparthotels hatten die Cardonas aber behalten. »Wie kann man am Arsch der Welt so reich werden?«, hatte Costa einmal zu Paco Cardona gesagt. »Am Arsch der Welt?«, hatte der gelacht. »Wir sind im Internet, haben einen Beach vor der Tür, die Tropfsteinhöhlen von San Marca um die Ecke, und zum Trommlerstrand von Benirras, wo die Hippies unter dem Vollmond toben, sind es auch nur zwei Kilometer.«

Arrabal würde die Speisekarte des Aparthotels heute wohl nicht einmal mit einem Blick würdigen, aber vor mehr als fünfzig Jahren hatte in genau dieser Küche seine Karriere begonnen.

Deshalb fuhr Costa hierher. Señora Cardona auf dem Gemälde in Arrabals Haus war die zweite Frau von Joaquin Cardona, dem Vater Pacos. Warum hatte Arrabal ein Bild von ihr an der Wand? Warum blieb er davor stehen und sprach von einer gewonnenen Wette, wie Carmen ihm erzählt hatte? Hatte diese Frau, die damals noch sehr jung war, ihm seine Mutter ersetzt?

»Meine Stiefmutter?«, sagte Paco Cardona, als er in der leeren Bar zwei Mixgetränke vor sie hinstellte. »Sie lebt noch. Da vorne sitzt sie.« Er zeigte hinüber in die Halle. In einem der Sessel saß eine alte, ganz in Schwarz gekleidete Dame und spielte Domino. »Sie ist jetzt achtundsiebzig. Mein Vater ist schon lange tot, das weißt du ja.«

Costa sah zu der alten Dame hinüber. Sie schien zu bemerken, dass über sie gesprochen wurde, hob die Hand und winkte.

»In der Villa von José Arrabal hängt ein Gemälde von ihr, das Bild einer sehr schönen jungen Frau.«

»Ja, mein Vater hatte hier Auswahl. Meine Mutter war ja schon tot und er hat Margaretha geheiratet, als sie zwanzig war.« Er lachte. »Ich war auch verliebt in sie.« Er winkte der alten Dame zu. »Aber nicht mehr als José. Er wollte das nie zeigen, aber es war so. Selbst jetzt, als er nach Ibiza zurückkam, wollte er nicht darüber sprechen.«

»Hast du ihn gefragt?«

»Sicher. Aber er war völlig verschlossen. Seltsam. Er war damals ja erst sechs oder sieben Jahre alt, als seine Mutter ihn zu uns brachte, damit er im Hotel half. Aber nachdem er ein paar Mal in der Küche mit angepackt hatte, war er da nicht mehr wegzukriegen. Besonders wenn meine Stiefmutter dort war. Wenn sie in der Küche war, war er auch in der Küche. Er wich nicht von ihrer Seite. Wenn sie ihn um irgendetwas gebeten hat, war er sofort zur Hand. Ich glaube, wenn sie gesagt hätte, schlag dich selber, hätte er nie mehr damit aufgehört.« Er lachte.

»Wie war es eigentlich möglich, dass Arrabal seine Ausbildung in Barcelona fortsetzen konnte?«

»Meine Stiefmutter hat es ihm eingeredet. Sie war davon überzeugt, dass er ein Kochgenie war. Keine Ahnung, wieso sie das damals schon wusste.« Er sah zu ihr hinüber.

Costa rührte seinen Drink mit dem Strohhalm um. Er schmeckte nach Rum und einer zu süßen exotischen Frucht. »Die Eltern Arrabals waren doch bitterarm. Sie konnten ihm die Überfahrt wohl kaum bezahlen.«

Cardona nickte. »Das ist richtig. Mein Vater hat sie bezahlt.«

»Das war sehr großzügig von ihm«, sagte Costa in einem etwas provozierenden Ton.

»Ja, absolut. Verdient hat José es nicht. Zumal unser Koch die Sache knapp überlebt hat.«

Als Costa Genaueres wissen wollte, zögerte Paco Cardona. Offenbar wollte er es sich mit José Arrabal nicht verderben. Erst als Costa andeutete, er müsste ihn sonst vorladen, erzählte er, was damals vorgefallen war.

»Es war im Sommer. Meine Stiefmutter musste in die Stadt. Den Grund weiß ich nicht mehr. Sie konnte mit Pferd und Wagen nicht umgehen, also schickte mein Vater unseren Koch mit. Als er ihr auf den Kutschbock hinaufhelfen wollte, verlor sie das Gleichgewicht, ihr Kleid rutschte hoch und sie landete in seinen Armen. Es war völlig harmlos. Alle lachten. Ich meine, mein Vater stand daneben, ich stand daneben, niemand hat sich etwas dabei gedacht. Aber dann schoss José heran. Ich glaube, er war damals zwölf. In seiner Hand hatte er einen Stein und schlug dem Koch damit ins Gesicht. Der Mann war viel zu verdutzt, um sich zu wehren, und während er noch ungläubig das Blut anstarrte, das an seinen Fingern klebte, schlug José weiter auf ihn ein, als hätte er den Verstand verloren. Nichts half – erst der Knüppel meines Vaters setzte dem Ganzen ein Ende. Mit einem kräftigen Hieb schlug er ihm den Stein aus der Hand. Hast du mal Arrabals rechte Hand gesehen? Den verkrüppelten kleinen Finger? Der rührt daher. Das ist ihm als Erinnerung an diesen Tag geblieben. Es war gut, dass die Pferde schon eingespannt waren, denn so konnten wir den Koch noch rechtzeitig ins Krankenhaus bringen.«

Costa dachte an das Gespräch mit Carmen. Sie hatte Arrabals Leben als das Konzept einer Wette dargestellt, die mit dem »Erwerb« einer schönen Frau ihre Krönung gefunden hatte. Und offenbar stand diese Wette in Verbindung mit Margaretha Cardona.

»Worüber denkst du nach?«, fragte Paco Cardona.

»Kann ich deine Stiefmutter mal sprechen?«

Er hatte nichts dagegen. »Was ihre Kindheit angeht, weiß sie alles, aber nach ihrer Heirat ist da nur ein schwarzes Loch.«

Costa ging zu ihr und stellte sich vor. »Können Sie mir etwas über José Arrabal erzählen?«

Sie hatte sehr große dunkle Augen, die ihn neugierig anblickten. Das Haar trug sie, streng nach hinten gekämmt, in einem Knoten. Es war schwarz ohne eine einzige graue Strähne. Bis auf ihre schmalen Lippen, deren Korallenrot alle Aufmerksamkeit auf sich zog, war sie ungeschminkt. In ihren Händen hielt sie einen Dominostein, den sie unablässig drehte. Auf Costas Frage begann sie mit einer klaren, überraschend jungen Stimme zu erzählen. Sie erinnerte sich also doch.

»Was mir an José gefiel, war seine Bestimmtheit. Im Allgemeinen lieben Kinder alles, laufen jedem bunten Ballon nach, sind von jedem Händeklatschen begeistert, aber José wurde nur von den Düften der Küche angezogen. Ihm ging es wie mir. Ist es der Geschmack des Kaffees, der die Zunge bitter ätzt, oder sein starker, geheimnisvoller Geruch nach Dschungel? José und ich liebten es, den Kaffee zu riechen, und konnten die verschiedenen Sorten unterscheiden. Da war er noch ganz klein, sieben vielleicht. Mit geschlossenen Augen haben wir geraten, ob in einer Schale Äpfel, Birnen oder Mirabellen liegen. Er machte mir einmal ein Kompliment und sagte, du riechst wie Zimt und Mandeln, und er hatte recht! Ich hatte mich mit Zimt und Mandeln eingerieben, weil ich als junge Frau keine künstlichen Düfte mochte. Und als ich einmal nach dem Beisammensein mit meinem Mann in die Küche kam, sagte José von der anderen Seite des Raumes, wo er Töpfe scheuerte: Du riechst nach Meer. Ich musste lachen, denn tatsächlich strömt ja der menschliche Körper im Zustand der Erregung einen Geruch nach Meer aus, ähnlich dem Geruch der Muscheln und Fische.« Sie sagte das in einem ganz natürlichen, unbefangenen Ton.

Costa verbarg seine Überraschung hinter freundlichem Lächeln. Auf welche Weise auch immer – die beiden musste eine innige Harmonie ihrer Sinne verbunden haben.

»Jedenfalls waren wir Experten für Safran, Kalmus und Zimt, kannten uns mit allerlei Weihrauchsträuchern aus, Myrrhe, Lorbeer und sonstigen feinen Gewürzen.« Sie lachte heiser auf, nahm den Dominostein in die andere Hand und drückte ihn gegen ihre Wange, als müsste sie sie kühlen. »José war das einzige Kind, das ich je kennengelernt habe, das wusste, dass das Essen, nachdem wir von seinem Duft angelockt wurden, auch ein Augenschmaus sein soll. Das war auffällig. Das bewog mich schließlich, meinen Mann um Geld zu bitten, damit er zu einem guten Koch nach Barcelona gehen konnte.« Sie legte den Dominostein in ihren Schoß und hielt kurz inne.

Costa ergriff die Gelegenheit, um sie nach dem Vorfall mit dem Koch zu fragen, den José verletzt hatte.

Sie blickte Costa mit strahlenden großen Augen an. Deutlich konnte er den Kranz ihrer Wimpern sehen. Und dabei fiel ihm auf, dass ihre braunen Augen blaue Einsprengsel hatten. Sie reagierte nicht, lächelte ihn nur an, sodass er meinte, sie habe ihn irgendwie missverstanden.

»Paco hat mir vorhin erzählt, dass José mit einem Stein …«

Sie hob ihre Hand, als wollte sie Schweigen gebieten. »Ich weiß, es war an dem Tag, als ich ihm ein neues Gericht beigebracht hatte. *Guisat de peix*, Fischeintopf. Danach wollte ich in die Stadt fahren. Unser Koch half mir beim Aufsteigen auf den Kutschbock, aber ich rutschte mit dem Fuß ab. Er fing mich auf und ich landete in seinen Armen. José war eifersüchtig, er war eifersüchtig wie ein Feuertopf. Er passte immer auf mich auf. Außer meinem Mann durfte mich niemand anfassen. Wir haben uns oft darüber amüsiert, aber diesmal ging es wirklich zu weit.« Sie versank ein wenig in Nachdenken, vielleicht war sie auch müde, vielleicht hatte die Erzählung sie angestrengt. Sie saß nicht mehr so aufrecht und strahlend da und sagte schließlich: »Er hat auch dafür gebüßt. Sein kleiner Finger war zweimal gebrochen und das behinderte ihn eine ganze Weile beim Kochen und wenn er mir in der Küche half.«

Als Costa sich schon verabschieden wollte, bemerkte sie: »Es gibt da noch Fotos.«

»Fotos von José?«

Sie legte den Dominostein auf den Tisch und erhob sich. »Wenn mich nicht alles täuscht, sind sie in einem Karton. Vielleicht helfen Sie mir, dann finden wir den.«

Costa folgte ihr in den alten Teil des Hotels. Sie wies am Ende eines Ganges auf eine Tür, die er öffnen sollte. Das Holz war aufgequollen und scheuerte auf dem Steinboden, sodass er alle Kraft aufwenden musste. Dahinter war ein Lagerraum, in dem sich von Autoreifen bis zu einer alten Küchenuhr alles fand.

Sie suchte nach dem Karton mit den Fotos und Costa half ihr dabei. Es fiel ihr schwer, sich zwischen dem vielen Krimskrams zurechtzufinden. Schließlich entdeckte sie den Karton in einer Ecke, doch dann stellte sie fest, dass die Fotos daraus verschwunden waren.

»Hier sind nur Postkarten drin, vielleicht ist es doch der falsche Karton«, sagte Costa.

»Nein, nein, sie waren hier drin, ich hab sie selbst da hineingetan zu all den Postkarten. Sehen Sie doch selbst, es sind die Karten, die José mir im Laufe der Jahre geschrieben hat. Er hat mir immer mal eine geschickt.«

Costa sah die Karten durch, sie hatte recht. Es waren Ansichtskarten mit ein paar Grußzeilen aus all den Städten, in denen José gekocht hatte. Aus Höflichkeit wollte er einige Bilder mit ihr anschauen, aber dann fiel sein Blick plötzlich auf sechs Kanister mit der Aufschrift *Cleanest*. Sie unterschieden sich nicht von denen, die er auf Argento Casals Terrasse gesehen hatte. Er hob einen an. Er war schwer und offensichtlich bis an den Rand gefüllt. Mit ein bisschen Mühe schaffte er es, einen Schraubdeckel zu lösen, und in die Nase stieg ihm der gleiche scharfe Geruch, den er von dem Zementreiniger in Argentos Badewanne her kannte. Schnell schloss er den Deckel wieder.

An den Schmutzrändern auf dem Boden konnte er erkennen, dass mehr Kanister hier gestanden hatten. Hatte Paco Cardona sie vor einiger Zeit in Argentos Wohnung transportiert? Und wenn ja, warum?

Als er Paco danach fragte, konnte der sich an kein Reinigungsmittel erinnern, das sie aufbewahrten. »Wir haben hier über all die Jahre renoviert, da ist das bestimmt irgendwann übrig geblieben.«

»Kann jeder in die Abstellkammer oder ist da abgeschlossen?«

»Da ist nicht abgeschlossen«, sagte Paco Cardona.

»Kennst du Argento Casal? Das war einer der Köche im S'Esglesia, der Anfang des Jahres hier auf die Insel gekommen ist.«

Paco schüttelte den Kopf. »Kenn ich nicht.«

»Wann war denn José das letzte Mal hier?«

»Bei mir nicht, aber Margaretha hat er besucht. Das letzte Mal? Keine Ahnung, im März? Oder April?«

Doña Nieves Calvo war eine fröhliche Frau in den besten Jahren, vielleicht ein wenig zu stämmig für die Kleidung, die sie bevorzugte.

Ehe sich Costa versah, saß er auf einem zierlichen weißen Stühlchen aus Gusseisen und hatte ein Stück *Flaó,* eine Art Käsekuchen, auf der Gabel.

»Selbst gebacken«, zwinkerte ihm die Alte zu, »ich tue immer ein wenig Minze hinein.«

Costa lobte ihre Kochkünste überschwänglich. Sie saßen auf der Terrasse, die zum Meer hinausging. Doch man hörte keine lärmenden Badegäste, nur das Plätschern der leichten Brandung und die Schreie der Möwen.

Schließlich kam er zu seinem Anliegen. »Sie tragen keine Armbanduhr. Woher wussten Sie dann so genau, dass es zehn Uhr war, als José Arrabal an seinem Hochzeitstag bei Ihnen klingelte?« Sie schaute ihn verwundert an. »Er bat sie, ihm einen Knopf anzunähen. Sie haben zu Protokoll gegeben, dass ihr Nachbar um zehn Uhr kam und um zehn Uhr fünfzehn wieder gegangen ist. Sie haben die Zeit extra betont, sagt mein junger Kollege.«

»Ja, der! Ein lustiger Kerl. Lassen Sie mich überlegen. Aber natürlich! Don José sprach dauernd von der Uhrzeit. Es ist zehn, entschuldigen Sie, dass ich störe. Schon zehn nach zehn, sagte er dann und so weiter. Ich werde zu meiner eigenen Hochzeit zu spät kommen. Und als ich ihm den Knopf annähte, hielt er das Hemd und ich hatte seine Uhr direkt vor den Augen.«

»Kam Ihnen das nicht komisch vor, dass er immer die Uhrzeit nannte?«

»Nein. Er spottet über mich, weil ich keine Uhr habe.«

»Er wusste das?«

»Ja. José Arrabal wollte mir sogar schon mal eine schenken.« Sie lachte. »Ich sagte, spare dein Geld lieber, ich brauche so was nicht.«

Hatte Arrabal sich bei seiner Nachbarin ein Alibi erschlichen? Oder war dieses Spiel mit der Uhr reiner Zufall?

Arrabal hatte geduldig die Maske über sich ergehen lassen. Jetzt brauchte er ein paar Minuten, um sich zu sammeln. Er ging nach draußen und versuchte, sich auf das bevorstehende Interview zu konzentrieren, das zur besten Sendezeit ausgestrahlt werden sollte. Der restliche Beitrag war schon abgedreht, sogar ein Statement des Königs zu seiner Küche war dabei. Leider würde Carmen nicht im Film erscheinen, aber es war ihm wichtiger gewesen, dass niemand von ihrer Haft erfuhr. Stattdessen würde nun die bis dahin geheim gehaltene Herkunft Carmen Trujillos enthüllt werden. Dazu sollten Bilder von der Hochzeit gezeigt werden, für die er ein eigenes Kamerateam engagiert hatte. Die Hochzeit von José Rudolfo Arrabal und Carmen Luisa Margarete Flor-Maria Trujillo aus der Familie des südamerikanischen Diktators Trujillo.

Er war extra ins Royal Plaza gefahren, um mit Carmen über die Filmaufnahmen zu sprechen, aber man hatte ihn nicht zu ihr gelassen. Nicht einmal Telefonieren war möglich! Nur dieser Costa hatte eine Erlaubnis und konnte Stunden bei ihr sitzen und mit ihr …

Er schob den Gedanken weg. Bei der Aufnahme würde es auf jedes Wort, jede Geste und jeden Gesichtsausdruck ankommen. Er kannte sich – er würde nur telegen sein, wenn er sich konzentrierte. Wie beim Kochen. Ganz eins sein mit dem, was er tat. Keine abschweifenden Gedanken.

Aber wenn er daran dachte, wie Carmen in dem Hotel eingesperrt war, wie die Polizei sie ganz in der Hand hatte und Costa machen konnte, was er wollte, während er als Ehemann ausgeschlossen war, stieg die Wut in ihm hoch. Seine Konzentration war dahin. Nervös rieb er sich den verkrüppelten kleinen Finger der rechten Hand, der in solchen Situationen immer zu schmerzen begann.

Er sprang auf und rief nach Pedro. Die Fernsehleute wollten den Hund wegen seines wütenden Gekläffs entfernen. Pedro kam sofort und er ging mit ihm in den Hof, um die Sache zu beaufsichtigen.

»Es ist ein schöner Abend«, sagte Pedro.

Arrabal blickte zum Himmel. Er war von einem durchdringenden, sehr dunklen Blau. Schwarz zeichneten sich die Hügelzüge ab.

Er nickte und ging schnell auf den Zwinger zu, in dem der Hund, der ihn erkannt hatte, schwanzwedelnd herumsprang. Er gab ihm ein Stück getrocknetes Schweineohr, legte ihn an die Leine und sagte zu Pedro: »Mach einen langen Weg. Geh über die Felder der Nachbarn.«

Als er den Vorraum zur Küche betrat, warteten die Filmleute schon auf ihn. Sie machten Platz und ließen ihn durch. Er trug seine Paradeuniform, schwarz mit roten Knöpfen, die Brust voller Auszeichnungen. Bis auf einen wichen alle zurück und dieser eine war Toni Costa, der Mann, der den Mörder noch immer suchte, obgleich sich alle anderen auf Carmen eingeschossen hatten. »Entschuldigen Sie«, sagte Costa, »ich habe noch ein paar dringende Fragen an Sie. Es geht um Argento Casal.«

»Im Moment sehr unpassend, Toni. Diese Leute hier sind von RTVE, sie machen einen Beitrag über mich. Stand heute in *Ibiza Heute* auf der Titelseite.«

»Tut mir leid, nicht gelesen. Aber ich kann warten.«

Gut, sollte er warten.

Arrabal wandte sich zur Küche, gefolgt von dem Tross aus Beleuchtern, Kameraleuten, Tontechnikern und Redakteuren. Er sah sich um und war zufrieden.

Er stellte sich neben seine Statue und lächelte geduldig, bis die Kamera in Position war. Je näher die Aufnahme rückte, desto mehr gewann er seine Konzentration zurück. Obwohl es nicht nur ihn störte, dass die Guardia Civil hier anwesend war und Costa zu allem Überfluss nun auch noch seine Mitarbeiterin Elena Navarro hereinwinkte. Aber endlich waren alle so weit und es ging los.

»José Arrabal, 161 die erste!«, schlug jemand die Klappe.

»Was erwartet den Gast in Ihrer Küche, Señor Arrabal?«, stellte der Regisseur die vereinbarte Frage. »Welcher Richtung, welchem Geschmack fühlen Sie sich verpflichtet?«

Jetzt kam es darauf an. Die Sätze mussten ganz selbstverständlich fließen, kein Nachdenken, kein Zögern. »Ich bin die Avantgarde, ich folge keinen Regeln. Von mir erwartet man spielerische Eleganz, Provokation, bisweilen auch Abstruses – aber niemals Langeweile! Ich polarisiere! Ich reduziere radikal. Die Essenz der Köstlichkeit zu gebären ist meine Verpflichtung. Was diese Küche verlässt …«, er machte eine ausladende Geste, »ist stets das Beste, was die Kunst eines Kochs und die Qualität eines Produktes zulassen.«

Es fühlte sich gut an. Dies war er, Arrabal, der seine Rolle perfekt spielte, und nicht der durch Carmens Verhaftung von Zweifeln und Ängsten Getriebene. Jetzt hatte er alles im Griff. Er war der souveräne Zeremonienmeister, der charismatische Guru, ein überragendes Genie und ein begnadeter Selbstdarsteller. Der Regisseur hob hinter der Kamera den Daumen, um ihm zu signalisieren, dass er zufrieden war.

Also weiter. »Meine Kollegen aus Fernost überbrühen lebende Krabben vor den Augen des Gastes mit grünem Tee und öffnen den Fisch erst am Tisch, sodass man die zuckenden Innereien zum Beweis der Frische sehen kann. Ich frage Sie: Ist das eine Missachtung der Kreatur?« Er hob gebieterisch die Hand.

In diesem Moment meldete sich unüberhörbar laut ein Handy mit dem Song »Es grünt so grün, wenn Spaniens Blüten blüh'n«.

»Stopp!«, brüllte der Regisseur und unterbrach damit die Aufnahme.

Alle starrten auf Costa, der das Handy lässig aus seiner Anzugtasche nahm. Aber er dachte gar nicht daran, sich für diese Störung zu entschuldigen, sondern nahm das Gespräch wie selbstverständlich an.

»Ja, kein Problem, ich komme gleich.« Offenbar telefonierte er mit einer ihm sehr vertrauten Person. Dann wandte er sich scheinbar verlegen, aber stolz, als hätte ihn seine Angebetete zum Tête-à-Tête eingeladen, an seine Mitarbeiterin. Leise, doch für Arrabal hörbar, raunte er ihr zu: »Ich muss jetzt ins Royal Plaza.«

Elena Navarro zwinkerte verschwörerisch und Costa verschwand, wobei er Arrabal noch einmal lässig zuwinkte.

»Okay«, knurrte der Regisseur missbilligend, »können wir weitermachen?«

Da niemand widersprach, hob diesmal er, Arrabal, gebieterisch die Hand und sagte: »Ist das eine Missachtung der Kreatur – war Ihre letzte Frage.«

Doch er konnte da, wo er unterbrochen worden war, nicht anknüpfen, er war völlig aus der Bahn geworfen. Die Bilder in seinem Kopf überschlugen sich. »Wo ist Costa hin?«, brüllte er auf einmal.

»Ins Royal Plaza«, kam es kühl von Elena zurück. »Er hat eben einen Anruf von Ihrer Frau erhalten.«

Das hatte er wohl mitbekommen. Mit zunehmendem Hass beobachtete er seit einiger Zeit, wie dieser miese Bulle die Situation ausnutzte und seine Frau anmachte. Es war vorauszusehen, wohin das führen würde; sie wurde ja in dem Hotel wie eine Geisel gehalten. Schon lange gingen ihm nicht mehr die Medienberichte über Patricia Hearst aus dem Sinn, diese reiche Zeitungserbin in den USA, die von irgendwelchen politischen Irren gekidnappt worden war und sich dann in den Anführer verliebte. Sie hatte nicht nur Sex mit ihm, sie beteiligte sich sogar an den weiteren Verbrechen. Wenn Carmen jetzt schon diesem Schnüffler hinterhertelefonierte, steckte sie mit ihm sicher schon unter einer Decke.

Um seine Wut zu kaschieren, fragte er: »Was wollte sie von Costa?«

Und diese abgebrühte Schnüfflerin von der Guardia Civil antwortete in einem heuchlerisch arglosen Ton: »Ich weiß es nicht, aber beunruhigen Sie sich nicht. Wenn es etwas Besonderes gäbe, hätte er es mir gesagt.«

Er wollte etwas Grobes erwidern, aber der Regisseur ergriff das Wort: »Denken Sie, wir können fortfahren?«

Für einen Moment kam Arrabal sich vor wie ein Stier, der in die Sonne der Arena gestürmt ist und nun, geblendet, nichts mehr sieht. Alles war erstarrt, nichts passierte.

»Ist es okay, wenn wir jetzt weitermachen?«, fragte der Regisseur noch einmal.

Als wäre er gar nicht hier, sondern in seiner Villa, sah Arrabal plötzlich das Gemälde über dem Kamin: Es war Doña Margaretha Cardona, deren Augen auf dem kleinen José ruhten. Er musste es schaffen! Er musste sich zusammenreißen.

Er erinnerte sich ganz fern, dass er über die Qual der Hühner hatte sprechen wollen, die in riesigen Legebatterien aufwuchsen. Sie hatten den Tod ihr ganzes Leben lang vor Augen, wenn sie auch nicht erst am Esstisch getötet wurden. War das nicht viel schlimmer? Auch die an den Rindern grausam geübten Foltern wollte er erwähnen: Sie schmeckten nach nichts, weil sie nur Fertigfutter bekamen und nie einen Schritt ins Freie tun konnten. Er würde niemals Tiere verarbeiten, die so gequält wurden. »Ein Kobe-Rind wird sein Leben lang gestreichelt und massiert«, sagte er geistesabwesend und wie zu sich selbst.

»Das war nicht die Stelle«, sagte der Regisseur und unterbrach die Aufnahme erneut.

Er musste weg hier. Es war nichts mehr zu retten und er, der als Koch für Disziplin und Perfektion bekannt war, hatte es verpatzt! Aber wie wegkommen? Sie alle ins Kühlhaus locken, in einer langen Schlange um die Mittelregale herumführen und dann schnell als Erster wieder hinaus und weg? Dann erst über eine Ausrede nachdenken? Ein plötzlicher Anfall? Seine Herzschwäche?

Wie ein Chefarzt auf Visite ging er voraus und öffnete schwungvoll die Tür zum Kühlhaus.

Ohne auf die ihm Nachfolgenden zu achten, marschierte er vorbei an Regalen voller Salat, Gemüse und Obst, vorbei an Cogollos aus Tudela, Spargel, Artischocken, Morcheln, würzigem Wildrucola, nussigem Sommerportulak, blutrotem Basilikum mit zartem Anis- und Pimentgeschmack. »Die Küche eint die Welt«, flüsterte er, während er durch die Gänge schritt, hier und da zupfte, zerrieb. Er roch den anisartigen Duft von Bronzefenchel, Senfkraut-Sorten, deren Anblick er nur unbewusst registrierte, ebenso wie ihre exotischen Namen – Mizuna, Mibuna, Amcoi, Tat-Soi. Sein Bewusstsein nahm nur den süßlichen Geruch der Gurken auf, die leicht pfeffrige Nuance der gelborangefarbenen Kapuzinerblüten und die Campari-Note der kleinen Blüten der Gewürztagetes.

Er bog um die Ecke und eilte vorbei an Fischen auf zerstoßenem Eis in weißen Styroporkisten. Keiner davon stammte aus einer Zucht – Seezungen aus dem Atlantik, Wolfsbarsch, Dorade, Roxa, Petersfisch, Zackenbarsch, Thunfisch, von ibizenkischen Fischern gefangen.

Für einen kurzen Moment erblickte er sein Spiegelbild im Glas der Zufütterungsbecken, in denen Langusten, Cigala ibicenca, Nekoras, Austern und Hummer aus Galicien ihre ungestörte Ruhe genossen. Er fand, dass sein Gesicht etwas Gehetztes hatte. Er wollte nicht, dass seine Mitarbeiter das sähen. Konzentration! Ruhe in der Bewegung – wie einer seiner Meister einmal gesagt hatte.

Er schaute sich um, er hatte einen Vorsprung. Aber es war noch ein weiter Weg bis zum Ausgang, vorbei an Osterlämmern, Milchzicklein und Spanferkeln, an Wachteln, Perlhühnern und Enten aus dem Baskenland.

Keines dieser Lebewesen ist jemals bewusst gequält worden, hatte er in seiner Fernsehrede sagen wollen. Hatte er sagen wollen – irgendwann in einer Vergangenheit, die keine Zukunft mehr hatte.

Costa stand wieder auf den Stufen des Plaza Hotels. Die Scheinwerfer eines mächtigen Krans warfen ein helles Licht auf die Baugrube, die sich anstelle der alten Stierkampfarena erstreckte. Der Himmel war noch sternenklar; nichts kündigte einen Wetterwechsel an.

Arrabal war beschäftigt. Sendungen, in denen er auftrat, waren in Spanien beliebt. Costa war zu den Aufnahmen ins S'Esglesia gefahren, weil er Arrabal irritieren wollte. Ihn stören bei seinem Auftritt. Er fragte sich jetzt, ob auch Schadenfreude dabei war, zu sehen, dass auch anderen die Luft vor Eifersucht wegbleiben konnte. Dazu hatte der fingierte Anruf von Carmen gedient. Es war der Surfer gewesen, der mit einer grotesk verstellten Stimme Carmen nachäffte. Auch Elena war eingeweiht. Jetzt wartete er auf ein Feedback von ihr, wie sich die Sache weiter entwickelt hatte. Wenn alles so lief, wie er wollte, würde er den späteren Abend in einem trauten Tête-à-Tête mit Carmen verbringen. Da es nur darum ging, Zeit verstreichen zu lassen, konnte er sich diese Stunden ganz nebenbei ja auch angenehm machen. Diesmal würde er den besten Rotwein wählen und das Essen genießen.

Das Handy surrte. Es war Elena. »Na? Wie ist es angekommen?«, wollte er grinsend wissen.

Sie lachte einmal kurz auf. »Ich habe das ja nicht geglaubt, aber du hattest recht – es ist wie eine Bombe eingeschlagen. Arrabal war völlig außer sich. Er hat die Sendung sofort abgebrochen. Wie ein Irrer ist er durch alle Kühlräume gestürzt und die Fernsehleute hilflos hinterher. Das war schon komisch.«

»Wo ist er jetzt?«

»Keine Ahnung. Er ist verschwunden. Die Filmleute suchen ihn, aber niemand kann ihn finden.«

»Ist sein Wagen noch da?«

»Ja, sein Porsche steht auf dem Parkplatz. Er muss einen anderen Wagen genommen haben.«

Costa kam ein sehr unangenehmer Gedanke – Pedro. Der Bischof war so froh gewesen, dass Pedros Abenteuer mit Carmen auf so viel Nachsicht bei Arrabal gestoßen war. Diese Ansicht konnte Costa überhaupt nicht teilen. Denn vielleicht war diese Nachsicht nur die Falle, die für Pedro den Tod bedeuten würde. »Ist Pedro noch da?«

»Ja. Er ist vor den Aufnahmen mit Arrabal rausgegangen, aber ich weiß nicht, was sie draußen wollten. Arrabal kam alleine zurück.«

»Sieh bitte sofort nach, ob Pedro noch irgendwo ist. Steht sein Mofa im Hof? Kann man da zu zweit drauf fahren?«

»Kann man.«

»*Bueno*, wenn du ihn nicht findest, ruf mich an.«

Die Schlinge zog sich immer mehr zu, dachte Costa. Auch wenn mit Pedro alles in Ordnung war, bestand doch kein Zweifel, dass die Kanister mit *Cleanest* aus den Beständen der Cardonas stammten. Arrabal hatte dort Zugang und er war auch dort gewesen. Er hatte nicht nur die Kanister mitgenommen, sondern auch seine Fotos aus dem Karton. Paco Cardona kannte keinen Argento Casal und warum sollte Argento sich Fliesenreiniger in irgendeinem entlegenen Hotel besorgt haben? Der Surfer hatte festgestellt, dass dieses sehr aggressive Reinigungsmittel nur einen Zweck gehabt hatte: die Leiche Argentos zum Verschwinden zu bringen. Die Fliesen auf der Terrasse waren damit nicht bearbeitet worden. Wenn der Körper sich in der Badewanne völlig zersetzt hätte, wäre Argento tatsächlich nie wieder aufgetaucht.

Die Versuche Arrabals, von sich als Täter abzulenken, waren durchaus clever gewesen: Zweimal hatte ihm jemand nach dem Leben getrachtet, aber durch einen Zufall war er seinem Schicksal entgangen – und so sollte es ja auch sein.

Sterben sollten nur jene, auf die er so fürchterlich eifersüchtig war: als Erster Argento Casal. Dann Felipe Inaki. In der Hektik des Hochzeitsmorgens war Arrabal allerdings entgangen, dass nicht sein Sous-Chef mit Carmen gevögelt hatte, sondern sein kleinster Angestellter, Pedro.

Der Nächste auf der Liste, so vermutete Costa, war er selbst. Er erwartete den Angriff, auch wenn er nicht wusste, wie, wann und wo er stattfinden würde. Wenn Costas Plan aufging, würde Arrabal in die Falle gehen – und Carmen wäre von dem Mordverdacht freigesprochen.

Costa wusste, dass er sein Leben riskierte, aber nach allem, was ihm selbst passiert war, brauchte er dies als eine Art Purgatorium. Eine Reinigung von den Versuchungen der Eifersucht und des Hasses. Es musste etwas Ungeheures passieren, um all das zu verbrennen. Er fühlte, wie die negativen Kräfte ihn immer noch bedrängten.

Inzwischen hatte sich eine Wolkendecke über den Himmel gezogen und lag tief über der Insel. In der Ferne zuckten Blitze und Costa hörte ein tiefes Grollen.

Kurz bevor er sich entschloss, zu Carmen ins Hotel zu gehen, meldete sich Elena wieder auf dem Handy.

»Wir haben Pedro nicht gefunden. Er ist vor einiger Zeit mit dem Hund weggegangen, aber nicht zurückgekommen. An sein Handy geht er nicht. Sein Mofa ist verschwunden und weder der Bischof noch die Mutter zu Hause haben etwas von ihm gehört. Was sollen wir tun?«

»Setzt Suchhunde ein. Pedro ist ja offenbar mit Arrabals Wachhund zu Fuß losgegangen, oder?«

»Ja, so ist es.«

»Mehr können wir im Moment nicht machen. Bleib aber auf Stand-by, bis du etwas von mir hörst. Egal, wie lange es dauert.«

»Aye, aye, Sir.« Costa wusste, er konnte sich auf sie verlassen.

Er ging in die Hotelhalle, überprüfte im Fahrstuhl seine Waffe und sagte dem Wachhabenden vor Carmens Zimmer, er möge zwei Mann Verstärkung anfordern. Einer sollte vor der Tür Position beziehen, der zweite hinten am Treppenhaus und einer bei den Fahrstühlen. Dann klopfte Costa.

Als handelte es sich um das heimliche Stelldichein eines Liebespaares, ging die Tür nur einen Spaltbreit auf, dann fasste eine Hand nach seiner Jacke und zog ihn schnell hinein.

Er stand in einer Wolke von Carmens Parfum und staunte über das raffinierte Abendkleid, das sie trug. Dann erst wurde ihm klar, dass es sich bei den üppig drapierten Seidenschichten in verschiedenen Rottönen um einen Morgenrock handelte.

Sie sah seinen Blick. »Stört Sie etwas?«

»Nein, nein, ganz im Gegenteil. Aber ich bin etwas überrascht über die große Aufmachung. Im ersten Moment dachte ich, Sie wollten ausgehen.«

Sie lachte. »Würde ich gerne, hätten Sie Lust?« Statt auf eine Antwort zu warten, goss sie ihm ein Glas Champagner ein. »Wenn ich hier ausgehen wollte, wäre mein Weg kurz. Nur ein paar Schritte. Nur so weit, bis Ihr *sargento* Halt brüllen würde.«

»Vielleicht können wir das ändern.«

»Wie das?«

»Wenn Sie mir ein paar Dinge sagen, die Sie bislang nicht preisgeben wollten.«

Sie lachte. »Vielleicht ist es mit den Antworten wie mit den schönen Kleidern.«

»Wie meinen Sie das?«

»Eine kluge Frau wird wohl einen Vorwand finden, wenn ihr Besucher nicht weniger Reize hat als sie selbst, sich ihrer Schleier zu entledigen, aber sie würde nie den Fehler begehen, sich ganz zu entkleiden. Sie wird es immer vorziehen, ihre Reize unter einem Hauch von Spitze darzubieten, die ihr schmeichelt und die kleinen Fehler ihres Körpers verbirgt.«

Costa durchschaute das Spiel. Es war verlockend, aber es würde Zeit kosten. Zeit, die er nicht hatte. Er schwieg und trank das Glas Champagner in einem Zug aus.

Carmen ließ nicht locker. »Wenn Sie möchten, dass wir uns

unserer Antworten entkleiden, Costa, machen Sie den Anfang und ziehen Ihre Schuhe aus.«

Er goss sich Champagner nach, setzte sich in einen der Sessel, streckte die Beine aus und streifte die Schuhe ab. Ihn kümmerte nicht, dass er mit nackten Füßen dasaß; bei dem Spiel, das sie hier spielten, ging es um etwas anderes. Es ging um die Wahrheit.

Carmen hatte den Blick keinen Moment von ihm abgewandt. »Fühlen Sie sich wohl?«, fragte sie mit laszivem Unterton.

Costa schaute sie über den Rand des Glases an. »Wenn ich offen bin, nein. Sicher, es klingt komisch – wir sitzen hier entspannt, während draußen gleich ein heftiges Gewitter losgehen wird. Ich trinke den besten Champagner, wir können uns bestellen, was wir wollen, wir haben Zeit und könnten uns der Muße in jeder Form hingeben, und doch braut sich etwas zusammen, das uns jeden Moment vernichten kann.«

Sie nahm einen Taschenspiegel und zog ihre roten Lippen nach. »Umso besser, wenn wir die Zeit mit kleinen Spielen verbringen.«

»Sie haben recht. Lassen Sie es uns genießen.«

»Wie sollen wir es genießen? Ich bin Ihre Gefangene.«

»Wenn Sie Mut ...«

»Ich habe Mut.«

»*Bueno*, dann beginnen wir mit unserem Fragespiel.«

»Gut, wer eine falsche Antwort gibt, muss ein Pfand rausrücken. Ich stelle die erste Frage. Warum sind Sie heute Abend gekommen?«

»Um den Mörder zu einer letzten unbedachten Handlung zu veranlassen.«

»Er soll Sie umbringen?«

Costa lächelte. »Er soll es versuchen. Ich hoffe, ich habe eine Chance.«

»Die haben Sie nicht, Costa. Warum tun Sie das? Für die Gerechtigkeit?«

»Die Gerechtigkeit ist in diesem Fall damit verbunden, Ihren

Gegnern auf der Insel zu zeigen, dass Sie an all den Morden unschuldig sind.«

»Bin ich das? Wie langweilig.« Carmen verzog das Gesicht. »Sie meinen also, wenn er Sie aus rasender Eifersucht angreift, werden Sie keine tödlichen Verletzungen davontragen, sondern nur den Beweis in den Händen haben, dass er der Mörder ist und nicht ich?«

Costa nickte.

»Sind Sie sich da ganz sicher?«

Costa sah sie argwöhnisch an. Die vielen Seidenschichten ihres Morgenmantels hatten sich verschoben, sodass er den Ansatz ihres Busens sah. In diesem Moment fiel ihm Pedro ein. »Warum haben Sie den Jungen verführt?«

Sie warf ihm einen langen Blick zu, dann fragte sie: »Wollen Sie eine ehrliche Antwort?«

»Ja.«

»Sie werden sie nicht verstehen.«

»Egal. Wenn sie nicht stimmt, will ich ein Pfand.«

Sie lachte und nickte. »Als Arrabal um mich warb, hat er alles versprochen. Es war seine Art. Man gewinnt eine Frau, indem man ihr alles verspricht. Was man verspricht, wird man ihr nicht geben. Es ist auch kein Spiel, bei dem man verlieren kann, es ist einfach eine Konvention: Wollen Sie eine Frau gewinnen, versprechen Sie ihr alles.« Sie lächelte amüsiert in Erinnerung an die verschiedenen Gespräche, die sie mit Arrabal geführt hatte. »Ich machte es ihm nicht einfach, ich ließ mir ganz konkrete Dinge versprechen. Er versprach mir sein halbes Vermögen, falls er sich von mir scheiden ließe, und das ganze Vermögen im Falle seines Todes. Er versprach mir, mich zu einer Spitzenköchin auszubilden, falls ich das wünschte.

Er versprach, niemals von mir gute Laune zu fordern und mich niemals für schlechte Laune zu tadeln. Es war kein Problem, er versprach es alles. Schließlich willigte ich in die Ehe nur ein, wenn er mir meine Freiheit ließe. Natürlich wusste er nicht, was Freiheit ist, denn er hatte immer nur gekocht, aber dennoch willigte er ein. Ich hatte dieses Spiel angefangen und nun, da er in alles eingewilligt hatte, blieb mir nichts übrig, als ihn zu heiraten. Es gab keinen Grund mehr, der mich daran hinderte.

Also wollte ich etwas haben, einen Edelstein, der so kunstvoll geschliffen war, dass er ihn blenden würde, der so scharf geschliffen war, dass er sein Herz zerschnitte, und der so hart war, dass es kein Mittel dagegen gab. Was konnte das sein für einen berühmten Koch, der nichts neben sich gelten ließ? Wie würde er das Geständnis seiner Ehefrau hinnehmen, dass sie ihn als Braut am Morgen seiner Hochzeit mit dem niedrigsten Angestellten betrogen hatte? Ich wollte es ihm nicht sagen, aber wenn es um meine nackte Existenz ginge, hätte ich es ihm sagen und ihn damit vernichten können. Es sollte ein geheimer tödlicher Dolch sein, den ich jederzeit hätte zücken können, wenn ihm Respekt und Achtung vor mir nichts mehr wert gewesen wären.«

»Ich verstehe«, sagte Costa, »aber der Tod von Inaki hat der Sache nun einen ganz anderen Akzent gegeben.«

»Richtig. Ich wusste, dass José ihn umgebracht hatte, ich ahnte plötzlich auch, warum Argento nie wieder aufgetaucht war, und mir wurde klar, dass ich um Pedros willen den Mund halten musste. Sein Leben wäre sonst keinen Cent mehr wert gewesen.«

»Vielleicht ist es schon nichts mehr wert«, sagte Costa und erhob sich.

In der Tür drehte sich Costa noch einmal um. »Warum hat er die Speisen vergiftet?«

»Er wollte von sich als Täter ablenken.«

»Woher hatte er die Blausäure?«

»So etwas ist kein Problem. Er hat Bewunderer überall und in allen Berufen, die ihm auch ein solches Gift besorgen können.«

Als Costa die Tür schließen wollte, legte sie ihre Hand auf seinen Arm. Niemals zuvor hatte er sich ihr so nah gefühlt.

»Vielleicht soll ich lieber hierbleiben.«

»Wenn er Sie zum Ziel hat, nutzt Ihnen das nichts mehr.«

In diesem Moment fiel ihm Pedro ein. Gab es noch eine Chance für den Jungen? Er musste es versuchen.

Es war nicht weit von hier bis zu ihm nach Hause. Dieses kurze Wegstück war die beste Möglichkeit für jemanden, ihn anzugreifen. Costa trug die Waffe zwar unauffällig in der Hand, aber was nutzte es, wenn aus dem Dunkel auf ihn gefeuert würde?

Bei jedem Geräusch, bei jedem flüchtigen Schatten stieg seine Anspannung. Die Straße schien ihm fremd. Dennoch ging er weiter, als befände er sich in einem Schwarz-Weiß-Film, in dessen Schlussszene der Kommissar nur danach trachtete, den Gegner zu erkennen und unschädlich zu machen.

An seiner Haustür klebte ein Zettel, auf dem der örtliche Stromversorger mitteilte, dass der Strom in dieser Nacht von drei bis acht Uhr abgeschaltet werde, weil ein neuer Generator ans Netz sollte. Es waren noch fünfundvierzig Minuten bis dahin. Er war sehr lange bei Carmen geblieben, aber das wollte er, das gehörte mit zu seinem Plan. Diese langen Stunden bei ihr sollten nicht verborgen bleiben, und wenn er Glück hatte, würde jetzt der Angriff auf ihn erfolgen.

Bevor er seine Haustür aufschloss, blickte er noch auf die Straße und wartete. Er sah die Katze auf der Mülltonne gegenüber. Sonst nahm er nichts Auffälliges wahr.

Vielleicht war er erst morgen dran. Oder übermorgen.

Er öffnete die Tür, ging das Treppenhaus hinauf. Er hatte die ganze Zeit sein Handy angelassen, aber es war kein Anruf von Elena gekommen. Sie hatten Pedro offenbar nicht gefunden, und auch Arrabal nicht. Die Leute vom Fernsehen würden ziemlich fluchen.

In der dritten Etage sperrte er die Wohnungstür auf, verschloss sie umsichtig wieder und bedauerte, dass er keine weiteren Sicherungen hatte, wie zum Beispiel eine Kette oder einen Riegel.

Er zog sein Jackett aus und ließ sich aufs Bett fallen. Er würde warten müssen. Am liebsten wäre er jetzt gleich zu Karin gefahren, aber er durfte kein Risiko eingehen. Er wollte sie da nicht mit hineinziehen.

Ihm fiel die Waffe ein. Er nahm sie vom Nachttisch und legte sie unters Kopfkissen. Irgendwo im Haus lief ein Fernseher. Im Stock über ihm das Schlurfen von Füßen. Der Alte konnte wieder mal nicht schlafen. Aus dem Hofschacht drangen klappernde Küchengeräusche und das Weinen eines Kindes, plötzlich so laut, dass er aus dem Halbschlaf hochschreckte. Er lauschte und hörte ein seltsames metallisches Geräusch. War das in seiner Wohnung?

Er fuhr hoch. Er tastete nach dem Schalter der Nachttischlampe, doch gerade als er den Knopf drückte, traf ein Schlag seinen Knöchel. Er war sich nicht sicher, ob seine Hand gebrochen war oder nur blutete. Er spürte keinen Schmerz, jedenfalls zunächst nicht.

Er sprang aus dem Bett und lief geduckt zur Tür. Der Schalter war links, aber in dem Moment, als er seine unverletzte Hand darauf legte, traf ihn ein Tritt ins Rückgrat. Er prallte mit der linken Schulter gegen den Türpfosten. Im Fallen drehte er sich und landete auf dem Rücken.

Er versuchte, aus der Reichweite des Angreifers zu gelangen, aber er war nicht schnell genug und es traf ihn ein Schlag am Kopf. Für einen kurzen Moment wurde ihm übel, dann schwarz vor den Augen.

Als er aufwachte, schmerzte seine Schläfe. Er drehte den Kopf leicht zur Seite und sah die bauchigen Füße des Garderobenschranks. Nun wusste er, dass er gleich neben seinem Bett lag. Wie viel Zeit war vergangen? Jedenfalls genug, um ihn an Händen und Füßen zu fesseln.

Das Licht war an, auch im Flur, aber er konnte den Angreifer nicht sehen. Er befand sich hinter ihm.

Costa dachte an seine Pistole. Schlecht, dass sie nun unter dem Kopfkissen lag. Er hatte keine Chance, in dieser Situation da ranzukommen. Er hatte den Killer unterschätzt. Wie ein blutiger Anfänger war er in die Falle gegangen. Natürlich hatte er seine Tür überprüft, als er vorhin nach Hause kam. Es war alles okay gewesen, keinerlei Einbruchsspuren. Wie konnte er also eingedrungen sein?

»Wie geht es dir, Toni?« Es war ein leises Flüstern. Der Kerl musste hinter ihm sein. Jetzt würde er ihn bald mit seinen philosophischen Ergüssen zutexten. Diese Macke haben sie immer, dachte Costa. Es geht ihnen nicht darum, einfach jemanden zu töten, nein, sie wollen die Macht spüren, sie wollen sich noch eine Weile in ihrem Ego sonnen und ihren Triumph auskosten. Man sollte sich dann besser nicht mit ihnen anlegen. In dieser Situation sind sie unbelehrbar.

»Mich erfüllt vollkommene Ruhe und Glückseligkeit«, hörte Costa hinter sich die Wisperstimme.

Ein vollkommener Blödsinn, aber er musste mit ihm reden, es war die einzige Möglichkeit, dass sich irgendwo eine Chance auftun würde.

Costa war vorbereitet. Das psychologische Training für solche Situationen hatte er als Bester hinter sich gebracht. Als Bester – das musste er sich sagen, um sich Mut zu machen. »Mich erfüllt *auch* vollkommene Ruhe und Glückseligkeit«, erwiderte er im gleichen Tonfall. Es war eine gezielte Provokation: Der Täter will keine Spiegelung, er will einzigartig sein; nur er ist glücklich, die anderen winden sich am Boden wie Würmer, die er mit dem Fuß zertreten kann.

Der andere war näher gekommen und Costa spürte seinen Atem, als er wieder flüsterte: »Soll sie es weiter treiben wie mit dir, Toni, ist mir recht. Denn ich werde immer wieder meine Ruhe und mein Glück finden. Der Abend heute wird schöner als je zuvor, auch wenn ich nicht zu ihr ins Hotel kann. Aber wenn sie dich und Pedro gefunden haben, werden deine Kollegen sie entlassen müssen. Denn Carmen kann nicht in dieser

Suite sein und zugleich zwei so brünstige Esel töten. Morgen wird sie wieder bei mir sein.«

»Was ist mit Pedro?«

»Pedro sitzt in einer Felsspalte. In der Früh, wenn das Wasser steigt, wird er sein Adieu wimmern.«

»Warum kann er dort nicht weg?«

»Dann würde der Hund ihn zerfleischen.«

»Der Wachhund?«

»Genau der.«

»Aber er kennt ihn. Er hat ihn immer gefüttert.«

»Der Hund kennt ihn nicht mehr. Ich habe ihm eine Spritze gegeben.«

»Wo ist diese Felsspalte?«

»Ich kann es dir sagen. In zehn Minuten wird es dir nichts mehr nutzen.«

»Also wo?«

»Es ist da, wo der Jesus für die Fischer auf die Felsen gemalt ist.«

Costa kannte die Bucht. Mit Suchhunden würden sie eine Chance haben. Wenn er hier rauskäme.

Der Täter wusste, was Costa dachte. »Du hast keine Chance.«

»Meine Kollegen wissen, dass du die Kanister mit dem Reinigungsmittel von den Cardonas zu Argento in die Wohnung gebracht hast. Sie wissen, dass du ihn aus Eifersucht umgebracht hast. Auch dein Alibi durch die Nachbarin steht nicht mehr. Aber das Entscheidende – deine Frau weiß alles über dich.«

»Sie ist eine Sucht. Ich bin zu keinem Gedanken fähig, wenn ich nicht weiß, dass sie ganz und gar mir gehört. Nicht mal eine Tortilla könnte ich zubereiten. Als Inaki tot vor mir lag, wurde ich ruhig. Du hast mich auf der Hochzeit gesehen. Alles war gut. Ich hatte das Richtige getan. Dann Oswaldo. Der gute Oswaldo. Ich glaube nicht einmal, dass er ein Mensch war, der Sex genießen konnte. Aber dennoch, es war meine Schuld. Ich hatte zu Carmen gesagt, wenn du dich diesem scheußlichen Hahn hingibst, werde ich ihn rupfen. Ich meinte es als Drohung, aber inzwischen weiß ich, sie genießt das. Du warst mit ihr in meinem Büro, dann kam Oswaldo dazu und du hast sie alleine gelassen.« Er kicherte. »Man könnte auch ebenso sagen, du hast Oswaldo umgebracht.«

»Du bist krank. De la Reina war schwul.«

»Ja, das denken alle. Aber ich nicht mehr.« Costa hörte, wie sich der Mann hinter ihm erhob und ein paar Schritte machte. Dann stand er am Bettende vor ihm und sah auf ihn herab. Costa fand, dass er immer noch eine achtbare Erscheinung war, hätte er nicht das Messer und die Pistole in den Händen gehalten. Irgendwie ließen ihn die Mordwerkzeuge hilflos aussehen, ganz anders als in der Küche, wenn er in seinem Element war.

Costa aber wusste, dass in Situationen äußerster Schwäche die Opfer dazu neigten, sich den Täter menschlich kleinzureden. Arrabal war ein Meister in seiner Küche, kein Zweifel, aber er war auch ein Meister in der Planung und ein Meister in der konsequenten Exekution. Egal, wie er eine Waffe und ein Messer hielt; egal, wie das auf Costa wirkte.

Er beherrschte die Situation. Jetzt hob er die Waffe, lächelte amüsiert – und gleich würde er Costas Leben auslöschen und nicht umgekehrt.

Costa sah, dass es ein Revolver war, den er auf ihn anlegte. Er sah, wie sich der Hahn spannte. Was er nicht sah, war, wie sich der Sekundenzeiger seiner Uhr der Zwölf näherte, und er sah auch nicht, dass es mit dem Erreichen der Zwölf drei Uhr nachts sein würde, genau der Moment, in dem das Licht in dem Viertel erlosch, weil ein neuer Generator ans Netz ging.

Plötzlich war es stockfinster.

Mit aller Kraft trat Costa dorthin, wo Arrabals Beine sein mussten. Ein Aufschrei bestätigte ihm, dass er getroffen hatte. Dann kam der Aufprall eines Körpers auf dem Boden.

Doch der Schrei war nicht Arrabals Stimme gewesen. Es war eine Frauenstimme. Mein Gott, er erkannte sie!

Karin lag auf dem Boden und wimmerte. Der Wahnsinnige

hatte sie als Geisel genommen und als Schutzschild benutzt! Was hatte er ihr sonst noch angetan?

Geräusche – offenbar tastete sich Karin langsam Richtung Bett vor.

Wo war Arrabal? Irgendwo musste er mit seiner Waffe sein, irgendwo in der Finsternis.

Costa riss die gefesselten Beine hoch und stieß sie mit voller Wucht nach vorne. Er hatte Glück, er traf einen Körper, der gegen die Wand krachte. Ein Messer fiel zu Boden.

Im nächsten Moment fühlte er, wie Hände nach seinen Fesseln tasteten. Karins Hände – und dann ein Schnitt, der die Fesseln durchtrennte und seine Haut ritzte.

»Bleibt beide ganz still liegen oder ich knalle euch ab!«, hörte er Arrabals Stimme, während er fieberhaft sein Handgelenk rieb.

Er zog Karin beiseite und robbte ans Bett, um nach seiner Waffe unter dem Kopfkissen zu greifen. Sie lag noch an derselben Stelle. Mit zwei schnellen Griffen fasste und entsicherte er sie und zielte in die Richtung, aus der Arrabals Stimme kam. Dann drückte er ab.

Er wusste nicht, ob er getroffen hatte, weil Karin zu schreien begann. Er wusste nicht, ob ihr Schmerzen zugefügt wurden, aber nun wusste er immerhin, wo sie war. Blitzschnell sprang er auf, tastete nach ihr und riss sie an sich. Er hielt sie mit dem Arm umklammert, mit der Rechten brachte er die Waffe in Anschlag. Sie standen zwischen Flur und Schlafzimmer, wo Arrabal irgendwo auf der Erde lag, seinen Revolver vielleicht auf sie gerichtet. Es war sinnlos, das Magazin in das dunkle Schlafzimmer zu feuern und dann ohne Munition einem Bewaffneten gegenüberzustehen. Er schob Karin zur Tür, um in den Hausflur zu entkommen, als sie aufschrie. Costa ahnte, dass Arrabal sie berührt hatte.

Etwas fiel um und riss den Fernsehapparat mit sich.

Er hatte Karin fest im Arm und nahm ihr das Messer ab, um sich die Fesseln an den Fußgelenken selbst durchzuschneiden. Er versuchte, möglichst leise zu sein. Nachdem es eine ganze

Weile still war, ließ er Karin los und schlich in den Flur, wo auf dem Sicherungskasten eine Stablampe stand.

Als er den Lichtschein auf das Schlafzimmer richtete, stand Karin in der Tür. Mit schnellen Schritten war er bei ihr, aber sie wich ihm aus und drückte sich gegen die Wand.

Er lenkte den Strahl der Lampe dorthin, wo er Arrabal vermutete. Er wusste, dass er noch einen Schuss im Magazin hatte, aber er brauchte ihn nicht mehr. Arrabal lag auf dem Rücken am Boden und lächelte ihn an.

»Bevor ich dich ins Gefängnis bringen lasse, habe ich noch eine Frage.«

Arrabal musterte ihn geringschätzig. Natürlich wusste Costa, dass er nicht der Typ war, der die Flinte ins Korn warf und in diesem Augenblick Fragen beantworten würde, die später seine Verurteilung unausweichlich machen könnten. Er würde nicht gestehen, dass er die Blausäure vom Leiter eines chemischen Labors in Toledo hatte, ebenso wenig wie er gestehen würde, dass er die Kanister *Cleanest* bei den Cardonas abtransportiert hatte, als alle zur Osterfeier in der Kirche waren. Bis auf den alten Koch, dem er einst in einem jugendlichen Eifersuchtsanfall die Nase eingeschlagen hatte und der ihn nun beim Abtransport der Kanister gesehen hatte. Und er würde auch nicht gestehen, dass ihm das goldene Armband Carmens beim Verlassen von Argentos Wohnung aus der Hand gerutscht war.

Costas Schweigen schien Arrabal auf die Folter zu spannen. »Was willst du wissen, Polizist? Wie der Tod schmeckt?«

»Das nicht.«

»Sondern?«

Nun, da die Gefahr vorüber war und Arrabal zu seinen Füßen lag, wollte Costa einmal seine Überlegenheit demonstrieren. »Da du doch so ein großer Kenner der Materie bist, wäre es schade, wenn ich diese Gelegenheit ungenutzt vorübergehen ließe. Diese Zeit nehmen wir uns jetzt. Also: Was soll ich alles beachten, wenn ich in ein Restaurant gehe und meinem Gaumen etwas Gutes tun möchte?«

»Deinem Gaumen? Ah, ich verstehe! Nun, du solltest Ausschau halten nach Sushi im Sonderangebot. Und sollte es ein Montag sein, umso besser. Dann wissen wir, dass der Fisch auf jeden Fall frisch von Donnerstag ist und zum Glück an den folgenden Tagen nicht verkauft wurde, damit er dir munden kann. Aber wenn du schon sonntags gehst, kannst du den für dich aufbewahrten Fisch auch beim Brunch als Meeresfrüchtesalat zu dir nehmen. Falls du aber nicht so ein großer Fischfeinschmecker bist, empfehle ich dir Muscheln. Muscheln sind immer gut, denn in den meisten Restaurants bemüht sich jeder Koch, ihren pikanten Geschmack dadurch zu erhalten, dass er sie genügend lange im untersten Fach eines Kühlschranks liegen lässt. Du kannst auch ganz beruhigt sein, denn niemand wird so wahnsinnig sein, für einen Bullen wie dich jede einzelne Muschel zu prüfen, ob sie lebendig und gesund ist, bevor sie in den Topf wandert. Und wenn du einmal das Glück hast, eine besonders edle Muschel zu erwischen, dann voller Jubel ins Bad taumelst, um dich nach allen Kräften zu entleeren, dann weißt du, dass du dich vom Boden deiner hündischen Kriminalschnüffelei erhoben hast und zu einem Feinschmecker der höchsten Klasse aufgestiegen bist. Wenn kluge Umsicht dich leitet und du es vergessen hast, solltest du dich vorher ordentlich an Sauce hollandaise ergötzt haben, denn diese fragile Mischung von Eigelb und geklärter Butter, die sich nur bei lauwarmer Temperatur erhält, ist der Lieblingstummelplatz für die köstlichsten Bakterien, die dich ihren Genuss so schnell nicht vergessen lassen. Noch ein guter Tipp: Wenn die Toiletten sauberer sind als eure Latrinen bei der Guardia, solltest du das Restaurant ohne weiteres Nachdenken meiden. Denn die Preise werden dir nicht bekommen. Und noch etwas: Wenn eines Tages deine Hochzeit naht, nimm Schwertfisch! Nicht leicht wirst du woanders diese meterlangen Würmer finden, die das Fleisch des Fisches so zart und locker machen. Ich sehe, dir läuft schon das Wasser im Mund zusammen. Daher sage ich *bon profit* und *todo por la patria!*«

Costa wollte es nicht glauben! Er hatte den Finger am Abzug und dieser Typ verspottete ihn? Warum fühlte er sich so sicher?

Als hätte Arrabal seine Gedanken gelesen, sagte er: »Ich nehme an, ihr habt noch fünf Minuten, dann wird das ganze Haus hier in die Luft gesprengt.« Er lachte leise vor sich hin.

Costa zweifelte nicht daran, dass der Wahnsinnige die Wahrheit sprach. Er überlegte blitzschnell und kam zu dem Schluss, dass fünf Minuten ausreichen mussten, um die Bombe zu finden und, wenn er Glück hatte, den Zünder zu neutralisieren.

»Hier, nimm meine Waffe und halte ihn in Schach«, wandte er sich an Karin. »Du brauchst keine Angst zu haben, ich bin sofort wieder da.«

Im nächsten Moment war er im Flur, hatte das Handy in der Hand, rief Elena an und bat um ein Sprengstoffkommando. Zum Glück war es totenstill im Haus. Er würde das Ticken eines Zünders hören können. Costa zog die Schuhe aus und tastete sich an der Wand entlang die Treppen hinunter.

»Er hat keine Chance, die Bombe zu finden.« Arrabal sagte es ganz ruhig.

Karin hatte noch nie eine Waffe benutzt. Das Metall fühlte sich gut an, aber sie hatte keine Ahnung, wie so etwas funktionierte. Eher machte sie das Ding unsicher, als dass es ihr die Angst nahm.

Toni hatte ihr die Taschenlampe dagelassen. Der Strahl zitterte. Dieser brutale Mörder vor ihr konnte sicher spüren, wie sie sich fürchtete. Bestimmt würde er das ausnutzen. Wo blieb Toni nur?

Arrabal richtete sich sehr langsam auf.

»Bleiben Sie liegen! Bewegen Sie sich auf keinen Fall!«

Aber er kümmerte sich nicht darum, er grinste sogar ein wenig. »Ich stehe jetzt langsam auf. Ich mache das ganz langsam, sodass Sie sich nicht erschrecken. Aber wir wollen etwas unternehmen, damit die Bombe abgeschaltet wird. Ich brauchte sie zu meinem Schutz, aber jetzt sind wir alle drei in Gefahr, jetzt würde ich mit draufgehen, und das möchte ich nicht, denn ich liebe Carmen. Das verstehen Sie doch, nicht wahr? Wenn man eine Frau liebt, möchte man nicht sterben.« Er lächelte sie freundlich an. »Das hat ja doch auch bis später Zeit.«

Sie merkte, wie ihr Herz vor Angst immer schneller schlug. Sie hätte ihm so gerne geglaubt, dass er nur das Beste für sie alle wollte, und sicher log er auch nicht, es ging auch um sein Leben. Aber Toni hatte sie angewiesen, ihn in Schach zu halten. Und das musste sie tun. »Bleiben Sie da liegen, sonst schieße ich. Ich weiß nicht, was ich machen soll, ich kann Sie nur erschießen. Also bleiben Sie liegen.«

Er nickte. »Sie haben vollkommen recht, ich werde mich wieder hinlegen. Aber zuerst müssen wir die Bombe unschädlich machen. Sonst fliegen wir mit ihr zusammen in die Luft. Glauben Sie mir, sie wird uns in Stücke zerreißen. Das ist ein schrecklicher Tod. Ich stehe jetzt auf und gehe an Ihnen vorbei, sodass Sie mir folgen können. Ich weiß, wo die Bombe im Treppenhaus ist, Toni kann sie nicht finden, sonst hätte er sie schon und wäre zurück. Wir müssen das jetzt in die Hand nehmen.«

Arrabal hatte sich weiter aufgerichtet und erhob sich langsam. Mit Entsetzen sah sie, wie er immer größer wurde, er wuchs über sie hinaus. Und dann kam er direkt auf sie zu, obwohl er immer wiederholte, er werde jetzt an ihr vorbeigehen und sie solle ihm folgen.

Der Lichtkegel der Lampe war immer noch auf sein Gesicht gerichtet. Sie wollte sagen, bleiben Sie stehen, kommen Sie mir nicht näher, aber irgendetwas zuckte in seinem Gesicht und das erschreckte sie so, dass sie abdrückte. Es gab einen fürchterlichen Knall, ihre Hand flog in die Luft und die Waffe fiel zu Boden.

Karin hörte, wie Arrabal stürzte. Sie hielt die Taschenlampe fest umklammert und leuchtete in sein Gesicht. Alles war rot. Sie wagte nicht, sich zu rühren, bis sie Schritte hörte und dann Tonis Stimme.

»Hast du geschossen?«

»Ja.«

Im nächsten Moment hatte er ihr die Lampe abgenommen, kniete neben Arrabal und tastete nach seinem Puls.

»Er ist tot«, hörte sie ihn sagen.

Pedro stemmte sich mit den Füßen gegen einen kleinen Felsbuckel. Er war zu schmal und zu abschüssig, als dass er darauf hätte sitzen können, aber bot immerhin einen gewissen Halt.

Pedro war nicht dick, obwohl er oft gehänselt worden war, sondern muskulös. Ohne seine Kraft hätte er all die Stunden hier gar nicht durchgestanden. Alle fünf Minuten wechselte er das Bein, mit dem er sich auf der gegenüberliegenden Wand abstützte, um nicht in dunkle Tiefe zu stürzen.

Das Wasser gurgelte vier Handbreit unter ihm. Erst war es ihm nicht aufgefallen, doch dann hatte er bemerkt, dass es im Ansteigen war. Er wusste, dass es Ebbe und Flut gab, aber er hatte keine Ahnung, wie hoch die Unterschiede in den Wasserständen waren. Wenn das Wasser mehr als einen Meter ansteigen würde, hätte er keine Chance. Er würde abrutschen und ertrinken. Auch wenn seine Kraft nachließe, bevor die Rettungsmannschaft käme, gäbe es keinen Ausweg. Natürlich könnte er versuchen zu tauchen, unter den Felsen durchzutauchen, bis er das offene Meer erreichen würde, doch das wagte er nicht. Er hätte es gleich anfangs tun müssen, als er noch nicht geschwächt war.

Er hatte keine Ahnung, ob es von hier aus überhaupt einen Durchgang zum Meer gäbe, vor allem auch nicht, wie tief der war. Er konnte sich nichts anderes vorstellen, als dass er irgendwo in einer Grotte hängen bliebe und ertrinken würde. Der Gedanke kehrte immer wieder und dann dachte er an seine Mutter. Er konnte ihr das nicht antun, er musste durchhalten.

Anfangs hatte er versucht, die drei Meter nach oben hinaufzuklettern. Das war ihm trotz großer Ängste auch gelungen, aber dann hatte ihn der Hund angesprungen. José Arrabal musste ihm irgendein Mittel gegeben haben, denn niemals hatte er ihn so wild und beißwütig gesehen. Als sie hier ankamen, hatte Arrabal plötzlich eine Waffe in der Hand und Pedro aufgefordert, aus dem Wagen zu steigen. Vor Angst konnte er nicht sprechen und wie mechanisch ging er den Weg, den er gehen sollte.

Ihm war klar, dass sein Chef jetzt Rache nehmen wüde. Pedro hätte ihn gerne angefleht, etwas zu seiner Entschuldigung gesagt, aber vor Angst brachte er kein Wort heraus. Den Hund hatte Arrabal im Wagen gelassen, den musste er später geholt haben. Dann wurde Pedro über ein kleines Plateau getrieben und plötzlich in einen Felsspalt gestoßen. Panisch griff er im Fallen um sich und blieb an einem Strauch hängen. Seine Hände waren zerschrammt und blutig, trotzdem versuchte er sich mühsam festzuhalten. Doch der Ast gab immer mehr nach und brach schließlich ab. Pedro stürzte hinunter ins kalte Wasser. Wie er es geschafft hatte, doch wieder Stück für Stück den Schacht hinaufzuklettern, wusste er nicht mehr. Er wusste auch nicht, wie viel Zeit verstrichen war, seit er seine ganze Kraft zusammengenommen hatte, um die Öffnung oben zu erreichen.

Aber kaum hatte er die Hand ausgestreckt, war der Hund auf ihn losgestürzt. Er biss zu. Vor Schreck war Pedro wieder heruntergestürzt und in der Position verharrt, in der er sich jetzt befand. Anfangs hatte er die Schmerzen nicht bemerkt, sondern nur das Blut gefühlt. Inzwischen tat ihm die Hand so weh, als wäre sie ganz entzündet und geschwollen, sodass er sie zum Klettern nicht mehr benutzen konnte.

Das Entsetzlichste war, dass er nicht wusste, ob sie ihn suchten. Die Filmaufnahmen waren natürlich längst beendet, alle saßen noch zusammen und niemand bemerkte, dass er fehlte. Und wenn, würden sie glauben, dass er mit dem Hund unterwegs wäre. Sorgen machen würde sich erst seine Mutter, weil er am nächsten Tag nicht zum Frühstück erschiene. Aber wer würde ihn in dieser Felsspalte vermuten?

Um die Zeit zu überbrücken und nicht verrückt zu werden, überlegte er, durch wie viel Qual die Sünde, mit Carmen Sex gehabt zu haben, gesühnt wäre. Er wusste von seiner Mutter und aus der Kirche, dass es eine Gerechtigkeit gab. Er musste nur herausfinden, wie lange er hier zu leiden hatte, wie groß seine Buße sein musste, um sich auszurechnen, wann ein Ende abzusehen wäre. Ein Ende durch Rettung.

Das war ihm klar, aber er wusste nicht, wie schwer die Sünde wog. Als sie ihn ins Büro rief, hatte er sich gefreut, von Inakis Strafarbeit wegzukommen. Sie war die Braut des Chefs, ihr hatte Inaki nichts zu sagen. Wenn sie sagte, komm mal zu mir ins Büro und hilf mir, dann hatte das Vorrang. Hoffentlich merkt Inaki das und ärgert sich ordentlich darüber, war sein letzter Gedanke gewesen, bevor er ihr folgte.

Er vermutete, er solle ihr etwas Schweres tragen helfen oder etwas reparieren. Als sie dann die Tür hinter ihm abschloss, dachte er sich noch nichts dabei. Aber als sie ganz dicht vor ihm stand und er ihr Parfum riechen konnte, wurde ihm schwindlig vor Aufregung. Und dann, als sie ihn mit ihrem Körper gegen die Tür drückte und ihm lauter kleine Küsse auf den Mund gab, geriet er in einen Zustand solcher Verwirrtheit, dass er selbst jetzt, hier in der Kälte, noch nicht sagen konnte, welche Gefühle das waren.

Plötzlich hatte er keinerlei Kontrolle mehr über sich. Doch dann wusste er, was er zu tun hatte, und es war nicht so, wie er es schon ein paar Mal erlebt hatte. Diesmal war es ganz anders, es war so, als würde er mit den Elementen verschmelzen, sich auflösen in seiner Lust. Wie sollte er daran die Sünde messen?

Wenn er seine Schuld ernst nahm, würden ihn die Naturgewalten verschlingen. Dann hätte er keine Chance mehr.

Plötzlich hörte er, wie der Hund oben laut bellte. Er lauschte. Nein, das waren mehrere Hunde! Das Gekläff wurde immer heftiger und wütender. Ein Knall ertönte, es klang wie ein Schuss. Danach ebbte das Bellen ab.

Und dann hörte er die Stimme seines Vaters: »Pedro!«

Ihm wurde ganz heiß und sein Herz begann zu rasen. Er durfte sich jetzt nicht aufregen, sonst würden seine Beine vielleicht nachgeben. Er musste seine Position weiter halten. »Hier bin ich, hier! Holt mich hier raus!«, rief er.

Stimmen wurden laut, Lampen blitzten auf und wieder hörte er den Ruf seines Vaters: »Bleib, wo du bist, wir holen dich!«

Sie ließen ein Seil mit Knoten herunter, an das er sich klammern konnte. Dann zogen sie ihn langsam hoch.

Als er oben ankam, wollte er seinen Vater umarmen, aber seine Beine waren zu schwach. Seine Knie zitterten und er knickte ein. Aber bevor er auf die Felsen aufschlug, packten ihn die Arme seines Vaters. Er hob ihn hoch und trug ihn über Geröll und Felsstücke zum Auto. Stark wie ein Bär, dachte Pedro und klammerte sich noch fester an ihn. Er war so erschöpft und müde, dass er nur noch seinen Geruch wahrnahm, eine Mischung aus Rasierschaum, Knoblauch und Schweiß.

Sein letzter Gedanke, bevor er die Besinnung verlor, war, nichts und niemanden mehr zu lieben als seinen Vater.

Wenigstens einmal im Monat will ich mir die Nacht um die Ohren schlagen. Wie wäre es mit heute?«

Costa schaute Karin einen Moment lächelnd an. Er kannte diesen Spruch, wenn er auch nie darauf eingegangen war. Durchfeierte Nächte waren etwas für Leute wie den Surfer. Für die ewig Suchenden, wie er das nannte.

Nach den Ängsten, die Karin zuletzt ausgestanden hatte, brauchte sie vielleicht etwas Zerstreuung. Sie war ziemlich tapfer gewesen. Aber wie sehr der Tod Arrabals ihr zu schaffen machte, bemerkte er daran, dass sie nicht mehr alleine schlafen wollte. Beim besten Willen konnte sie sich selbst keine Schuld geben, denn der Wahnsinnige hatte sich langsam auf sie zubewegt, ohne auf ihre Warnungen zu achten. Aber eines warf sie sich immer wieder vor: dass sie sich gleich nach dem TV-Interview mit Arrabal verabredet hatte, ohne jemanden darüber zu informieren. Der Vorschlag war von ihm gekommen, sie hätte auch ablehnen können. Doch immer wieder betonte sie, wie absurd es gewesen war, ihn für den Killer zu halten. Im Gegenteil, sie war zu dem heimlichen Treffen gefahren, um für ihren Artikel noch einige private Aussagen über seine Ehefrau als mutmaßliche Mörderin zu bekommen. Er hatte dann die Gelegenheit genutzt, sie zu zwingen, ihm Costas Wohnung zu öffnen.

Costa hatte nicht vergessen, wie Karin nach dem Schuss zitternd in seinen Armen Schutz suchte. Ihre Nähe in diesem Augenblick tat ihm gut; sie hatten es gemeinsam überstanden. Er hielt sie noch immer fest, als er das Team verständigte, wo Arrabal Pedro gefangen hielt. Als Elena ihn später benachrichtigte, dass Pedro mit einem Schock und etlichen Schürf- und

Fleischwunden ins Krankenhaus eingeliefert worden war, fiel ihm ein Stein vom Herzen.

Immer wieder umarmte er Karin, denn ihm war klar geworden, wie leicht er sie verlieren konnte. Diese Einsicht war ein Schock für ihn und dieser Schock war so groß gewesen, dass er in Zukunft vieles ändern wollte. Er glaubte ihr, dass sie sich von dem Berliner innerlich vollkommen getrennt hatte, aber er hatte auch verstanden, dass sein Verhalten die Ursache für diese Affäre gewesen war.

»Wenn wir vorher noch was essen wollen …«

»Fände ich gut, ja«, sagte er lächelnd. »Ich würde dich gerne einladen.«

»Aber nicht ins S'Esglesia.«

Es war kein Scherz, sondern ein Zeichen dafür, wie durcheinander Karin noch war. Das S'Esglesia war nämlich geschlossen, Carmen Arrabal war abgereist und der Bischof lag El Cubano in den Ohren, er solle ihr die »Kirche der Kochkünste« abkaufen und Pedro dort einen verantwortungsvollen Posten geben. »Du und Matares, ihr könnt so einer südamerikanischen Erbschleicherin nicht das beste Restaurant auf Ibiza überlassen«, war eines seiner Hauptargumente. Das alles wusste Karin, die ihren Artikel heute in der Redaktion abgegeben hatte.

»Vielleicht hast du Lust, in der Fischerbude zu essen«, schlug Costa vor.

»Ich würde gerne einmal die Küche von Eliza Correlaciones probieren, die soll exquisit sein. Und dabei ganz und gar ibizenkisch.«

»Ja, das Essen ist recht gut dort«, sagte Costa so gleichgültig wie möglich. Jetzt war nicht der richtige Zeitpunkt, um mehr über die besonderen Qualitäten dieser Köchin zu erzählen.

# *Epilog*

Sie saß in einem breiten Fauteuil, den Kopf in die Polster gelehnt, und schaute in das Blau des Universums. Sie liebte diesen Blick. Er ließ sie daran denken, wie klein und nichtig all die Dinge waren, die unten auf der Erde zählten. Wohlig spürte sie die Wärme und genoss den zarten Duft der Rosen, die die Stewardess gebracht hatte. Sie berührte sanft ihre Schulter, um zu fragen, ob sie nicht doch ein wenig Kaviar wolle, wenn sie schon sonst nichts esse.

»Ja, gerne«, sagte Carmen Trujillo, die wieder ihren Mädchennamen angenommen hatte, und nickte freundlich. Kaviar konnte sie nie ausschlagen. Ihre Großmutter hatte ihr geraten, beim Essen nie zu denken, außer beim Kaviar. »Wenn die Eier des Störs auf deiner Zunge zergehen, berührst du den Ursprung des Lebens«, hatte sie immer gesagt.

Carmen betrachtete das Armband, dessen Verschluss sie hatte richten lassen, und dabei fielen ihr die vielen Nächte ein, die sie mit Argento Casal verbracht hatte, dem Wahnsinnigen, der sie nachts nach der Küche in Spielhöllen schleppte, in kühle Flamenco-Keller, in düstere Spelunken, wo er sich mit anderen Köchen traf, zu ausschweifenden Gelagen mit Malern und Stierkämpfern, um sie aufzuheizen und sich dann in irgendeinem Hotel an ihrer Leidenschaft weiter zu erhitzen, bevor er sie löschte. Begabt für alle möglichen Passionen, so hatte sie ihn kennengelernt.

Doch als sie dann José Arrabal in Barcelona begegneten, hörte all das auf, nur weil er diesen spanischen Promikoch so über alles verehrte und anbetete. Er wollte nicht mehr ihr gefallen, sondern diesem alten Hexenmeister der Küche. Sie konnte es nicht begreifen, sie ärgerte sich darüber, aber es war nicht zu ändern. Argento hatte sich von einem erotischen Derwisch in einen dienenden Mönch verwandelt. Damit war er in den Alltag abgesunken, in die Niederungen des Lebens – mit den schäbigen Rivalitäten, mit Neid und Missgunst.

Die erste Wunde brachte ihm Felipe Inaki bei, als er ihn zum Verantwortlichen für den Sonntagsbrunch machte, diesem Abladeplatz für die Reste von Freitag- und Samstagabend und was sonst noch aus der Woche von irgendwelchen Geschäftsessen übrig geblieben war. »Motz den Fisch mit Vinaigrette auf und spar nicht mit der Hollandaise. Und alles ein bisschen schärfer würzen.« Mit diesen Ratschlägen Inakis war Argento kochend vor Wut ins Hotel gekommen. Sie verstand nicht gleich, worum es ging, und er hatte geschnaubt: »Brunch ist die Strafabteilung für Köche der zweiten und dritten Liga! Das ist Nachsitzen mit den Idioten!«

Vielleicht hatte sich seine Bewunderung für José Arrabal auf Carmen übertragen, vielleicht aber wollte sie ihm nur einen Spiegel vorhalten, wie sein hochmütiges Auftreten auf andere wirkte – jedenfalls begann sie, Arrabal ebenso zu umschmeicheln, wie es Argento tat. Nur mit viel mehr Erfolg, wie sie sofort feststellen konnte.

Mit Argentos Karriere ging es langsam bergab. Schließlich feuerten sie ihn sogar und er musste sich als Springer bei irgendeiner zweitklassigen Köchin verdingen.

Und er, den sie alle zu ihrem Gott erkoren hatten, warb so unablässig und charmant um sie, dass sie schließlich nachgab. Argento war verschwunden, José hatte all ihre Bedingungen erfüllt und schließlich glaubte sie, ihn ganz und gar zu lieben. Dennoch blieb eine warnende Stimme, die immer wiederkehrte und immer stärker wurde, je näher die Hochzeit rückte. Sie wusste nicht, was es war. Eine Angst, all diesem Glamour und all dieser Macht nicht gewachsen zu sein? Sie konnte es sich nicht erklären, sie hatte mächtigere Männer erlebt.

Doch da sie die Gedanken nicht einfach wegwischen konnte, griff sie zu einem Gegenmittel, das sich in ihrem Leben schon öfter als wirksam erwiesen hatte: Sie tat etwas Heimliches, das ihr eine große Macht einflößte, weil die Offenbarung des Geheimnisses den Gegner wie ein scharfes Schwert vernichten konnte. Würde sie sich also nicht mehr gegen Arrabal wehren können, der ihr trotz aller Liebenswürdigkeiten auf eine seltsame Weise bedrohlich vorkam, so wollte sie ihn mit dem Geständnis, ihn wenige Stunden vor seiner Hochzeit mit seinem niedrigsten Angestellten betrogen zu haben, in die Schranken weisen.

Sie hatte immer schon so ein seltsames Gefühl gehabt, seit Argento sich überhaupt nicht mehr bei ihr gemeldet hatte. Ein paar Mal war ihr der Gedanke gekommen, Arrabal könnte ihn durch eine Drohung von der Insel vertrieben haben. Oder bestochen – auch das war möglich. Aber darauf, dass er ihn töten würde, noch bevor er ihr einen Heiratsantrag gemacht hatte, darauf wäre sie nie gekommen. Damals jedenfalls nicht.

Dass José ein Killer war, hatte sie erst nach dem Mord an Inaki begriffen. Seine Reaktionen auf den Tod des Sous-Chefs machten sie stutzig. Gut, nach außen hin wirkte ihr Mann sehr gefasst, aber auch wenn er mit ihr alleine war, bemerkte sie eine Gleichgültigkeit, ja eine Kälte, die für ihn gegenüber allem, was mit dem Restaurant zu tun hatte, völlig untypisch war. Und immerhin war Inaki der zweitwichtigste Mann dort gewesen.

Nur, warum José ihn getötet hatte – und nicht Pedro –, war ihr anfangs nicht klar gewesen.

Schon als er ihr davon berichtete, dass er sich zusammen mit der Polizei die Vorgänge in der Küche angeschaut hatte, und zweimal auffällig betonte, Inaki sei ungewöhnlich lange weggeblieben, hörte sie an dem Unterton heraus, was er meinte. Vielleicht wäre sie nicht sicher gewesen, aber als er sie dann in der Nacht darauf fragte, wer der abstoßendste Typ gewesen sei, den sie je gehabt habe, wusste sie, dass diese Frage auf Inaki zielte. Sie konnte es förmlich mit den Händen greifen.

Die Stewardess kam und fragte, ob sie noch einen Wunsch habe und wann sie ihr das Bett zur Nacht fertig machen solle. Sie bestellte einen Kräutertee und sagte, sie würde gerne noch eine Weile so sitzen und aus dem Fenster schauen.

Als sie in jener Nacht neben ihrem Mann lag und nicht einschlafen konnte, hatte sie das Gefühl gehabt, in eine schreckliche Falle geraten zu sein. Erst wenige Tage verheiratet, begriff sie, dass José ein Mörder war. Ihr wurde plötzlich auch klar, warum Argento so vollkommen spurlos von der Bildfläche verschwunden war. Aber was sollte sie tun? Es gab keine Beweise gegen José, nicht die geringsten Indizien.

Sie war rübergegangen zu Doña Nieves Calvo und hatte sie gründlich ausgefragt. Trotzdem war sie sich vollkommen sicher, dass an Josés neuem Hemd für die Hochzeit kein Knopf gefehlt hatte, sondern er ihn abgeschnitten hatte, um sich ein Alibi zu verschaffen. Angeblich hatte die Nachbarin dem Polizisten, der Josés Angaben überprüfte, auch gesagt, dass es im ganzen Haus keine Uhr gebe.

Aber niemand hatte ihn als Täter im Verdacht – den berühmtesten Sohn der Insel.

Sie konnte nichts tun. Oder würde etwa die Polizei sie unterstützen? Hatte sie Freunde auf der Insel? Würde ihr überhaupt jemand geglaubt haben? Außer José natürlich, der sie dann umgebracht hätte, um seine eigene Haut zu retten.

Wie sollte sie mit ihm fertig werden? Er war ein Schauspieler, durchtrieben, hochgradig aggressiv, in all den Küchen war er ein schlauer Fuchs geworden und obendrein ein präziser Regisseur, der es sogar wagte, die gesamte Mordkommission der Guardia zu seiner Vorstellung einzuladen. Unter ihren Augen brachte er Inaki um. Lenkte sie auf die falsche Fährte mit dem Gift, was ihnen ohne die Überwachungskamera vielleicht gar nicht aufgefallen wäre.

An wen sollte sie sich wenden? Wer war einem Täter von solchem Format gewachsen? Sie fand niemanden, außer: sich selbst.

Erst als sie das begriffen und akzeptiert hatte, konnte sie wieder schlafen. Sie beobachtete eine Weile die Arbeit der Polizei, ließ sich alles berichten, musste aber bald erkennen, dass Arrabal alle in die Tasche steckte.

Immerhin aber hatte er eine Schwäche: Er konnte nicht aufhören. Sie hatte ihm ein paar Geschichten aus seiner Kindheit entlockt, die ein ähnliches Verhalten zeigten. Doch um ganz sicherzugehen, brauchte sie einen eindeutigen Beweis und den fand sie in Oswaldo de la Reina.

De la Reina war ein großer Bewunderer Josés, er hatte ihn seine Karriere über begleitet und José verdankte ihm viele seiner Triumphe. Er hatte allen Grund, dem Kritiker ein möglichst langes Leben zu wünschen. Daher wählte sie ihn als Testperson aus. Die Gelegenheit kam, als sie eines späten Abends mit dem Chefermittler Costa in Arrabals Büro war und völlig überraschend de la Reina hinzukam. Sie wusste, dass ihr Mann Costa ständig im Blick hatte, sie vermutete sogar, dass er ihn überwachen ließ. Als der Polizist das Büro verließ und sie mit de la Reina alleine blieb, war es für sie klar, dass dies José nicht entgangen war. Eigentlich war er in der Küche und kochte, jetzt aber stand er vermutlich hinter der Tür und lauschte oder nutzte das Oberlicht der Toilette, auf das sie durch die Nachforschungen der Polizei aufmerksam geworden war. Es war nicht schwer, de la Reina zu verführen.

In der Nacht, als sie danach mit José im Bett lag, konnte sie seine seltsame Erregung spüren. Und wenig später die Konsequenzen. Diesmal hatte José die Stirn, seinen Nebenbuhler vor ihren eigenen Augen umzubringen. Nun hatte sie Gewissheit.

Der nächste Kandidat sollte es José sehr viel schwerer machen, das war ihr Plan und ihre Hoffnung. Der Tod von *teniente* Costa würde die gesamte Guardia auf die Beine bringen. Sie lächelte. Zum Glück hatte sie sich geirrt. Sie hatte Toni Costa unterschätzt.

Ihre erste Aufgabe war es, Costa so verliebt zu machen, dass er sie nicht für schuldig halten würde. Das war nicht so einfach, denn ihre Erkundigungen hatten ergeben, dass er schon lange mit einer Journalistin von *Ibiza Heute* zusammen war. Aber sie hatte schon ganz andere Damen ausgestochen.

Und tatsächlich, bald war Costa ihren Reizen erlegen. Selbst als alle gegen sie waren, setzte er sich ständig für sie ein, und das sogar auch noch, als man sie in die U-Haft steckte. Sie schaffte es, dass er alles daransetzte, sie in einem angenehmen Hotel unterzubringen, wenn auch unter Hausarrest. Sie kannte das aus ihrer Kindheit, denn so hatten etliche ihrer Verwandten ihre Gefängniszeit verbracht. Der Rest lief nach Plan, mit einer kleinen Einschränkung, wie sie sich eingestehen musste. »Unwiderstehlich«, hatte Costa einmal zu ihr gesagt. In dem Punkt hatte er sich geirrt und sie auch.

Sie gab der Stewardess ein Zeichen, dass sie nun bald schlafen wolle. Dann stand sie auf und ging zur Toilettenkabine. Während sie ihr Gesicht reinigte, dachte sie darüber nach, wie viele Männer ohne diesen Costa wohl noch hätten ihr Leben lassen müssen. Zehn? Fünfzehn? Sie lachte und überlegte, ob sie dem *teniente* eine kleine Aufmerksamkeit zukommen lassen sollte. Schließlich verdankte sie ihren gerade ererbten Reichtum auch ihm.

Aber was könnte das sein? Er war nicht dumm; sie hatte ihn unterschätzt, das sollte ihr nicht ein zweites Mal passieren. Also müsste es etwas Besonderes sein. Vielleicht ein gemeinsamer Opernabend in der Metropolitan? Sie wollte das Orchester schon lange einmal unter der Leitung von Lorin Maazel erleben.

Als sie sich schlafen legte, dachte sie über das letzte Gebot nach, das El Cubano ihr für das S'Esglesia gemacht hatte. Bevor Carmen einschlief, hörte sie noch einmal Toni Costas warme und tiefe Stimme. Sein Kompliment zu ihrem Parfum. Unwiderstehlich.

Nun, in ihren Träumen auf dem Flug nach Miami, widerstand er ihr nicht.

# *Danksagung*

Mein Dank gilt auch diesmal wieder dem Leiter der Hamburger Rechtsmedizin Professor Klaus Püschel. Ein ganz herzlicher Dank geht auch an Andrea Etz, mit der ich manche Szene besprechen durfte, und Volker Schmitz, der mir bei den umfangreichen Recherchen half.

Ich danke auch Andreas C. Studer für seine Hilfe und meiner Verlegerin Brigitte Fleissner-Mikorey für ihre Geduld, mit der sie das Buch begleitete. Vor allem aber danke ich meinen beiden Lektorinnen Anne Heidenreich und Christine Gerstacker, die sich sehr einfühlsam um meinen Text gekümmert haben. Herzlichen Dank ihnen allen.

Die Anregung für den Ort des Geschehens – S'Esglesia – bekam ich durch das Restaurant Sa Capella in Sant Antoni, das sich in einer ehemaligen Kirche befindet und für viele Einheimische und Touristen eine Attraktion ist. Etwaige Ähnlichkeiten mit lebenden Personen und realen Handlungen sind rein zufällig.

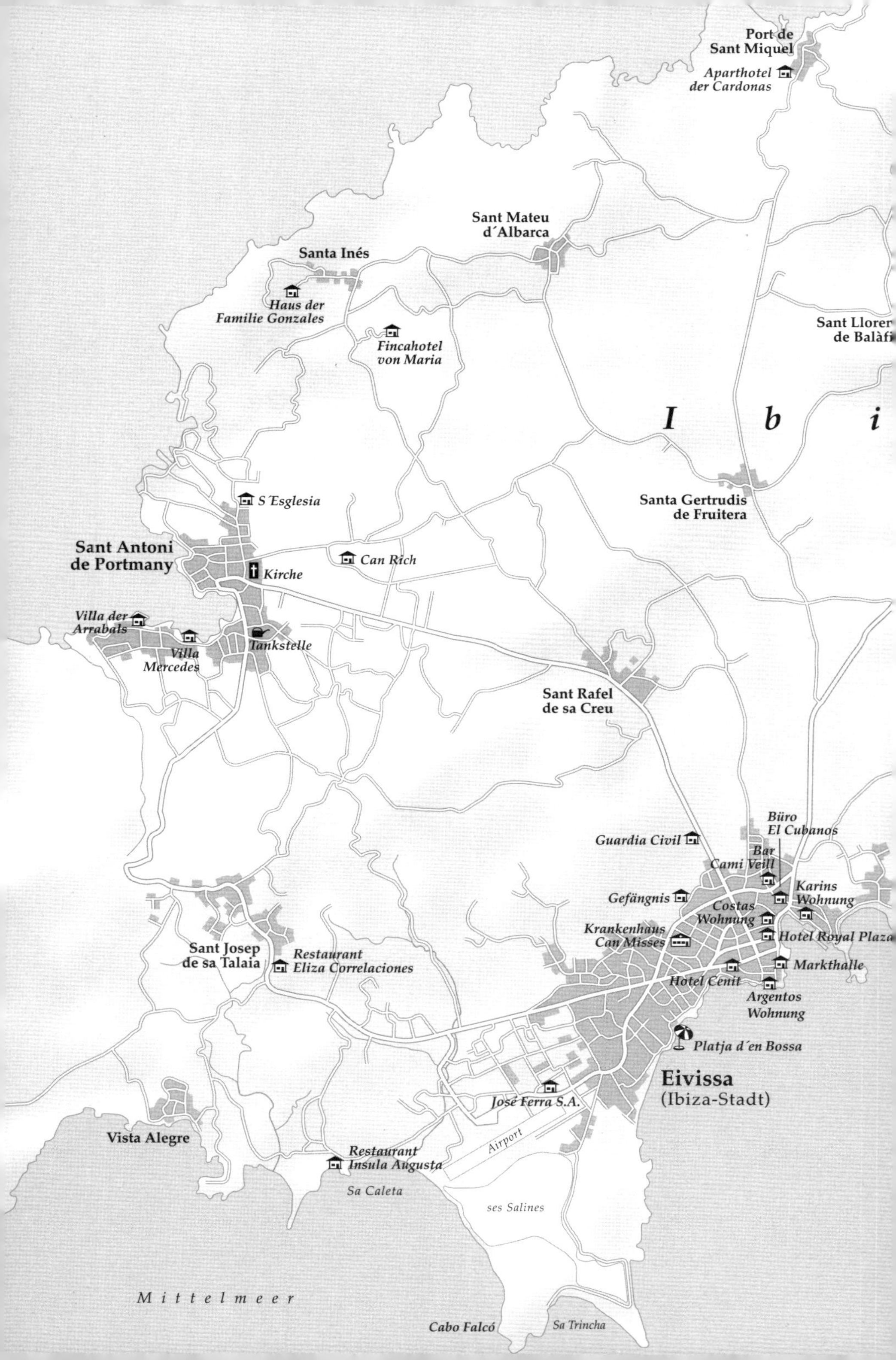

Port de
Sant Miquel
Aparthotel
der Cardonas
Sant Mateu
d´Albarca
Santa Inés
Haus der
Familie Gonzales
Fincahotel
von Maria
Sant Llorer
de Balàfi
I b i
Santa Gertrudis
de Fruitera
S´Esglesia
Sant Antoni
de Portmany
Kirche
Can Rich
Villa der
Arrabals
Villa
Mercedes
Tankstelle
Sant Rafel
de sa Creu
Büro
El Cubanos
Guardia Civil
Bar
Cami Veill
Karins
Wohnung
Gefängnis
Costas
Wohnung
Krankenhaus
Can Misses
Hotel Royal Plaza
Markthalle
Hotel Cenit
Argentos
Wohnung
Sant Josep
de sa Talaia
Restaurant
Eliza Correlaciones
Platja d´en Bossa
Eivissa
(Ibiza-Stadt)
José Ferra S.A.
Vista Alegre
Airport
Restaurant
Insula Augusta
Sa Caleta
ses Salines
Mittelmeer
Cabo Falcó
Sa Trincha